PETER GLANNINGER

Finsterdorf

PETER GLANNINGER

Finsterdorf

Kriminalroman

GMEINER

Personen und Handlung sind frei erfunden.
Ähnlichkeiten mit lebenden oder toten Personen
sind rein zufällig und nicht beabsichtigt.

Immer informiert

Spannung pur – mit unserem Newsletter informieren wir Sie
regelmäßig über Wissenswertes aus unserer Bücherwelt.

Gefällt mir!

Facebook: @Gmeiner.Verlag
Instagram: @gmeinerverlag
Twitter: @GmeinerVerlag

MIX
Papier aus verantwortungsvollen Quellen
FSC® C083411
FSC www.fsc.org

Besuchen Sie uns im Internet:
www.gmeiner-verlag.de

Im Ehnried 5, 88605 Meßkirch
Telefon 07575/2095-0
info@gmeiner-verlag.de

1. Auflage 2021

Lektorat: Christine Braun
Herstellung: Mirjam Hecht
Umschlaggestaltung: U.O.R.G. Lutz Eberle, Stuttgart
unter Verwendung eines Fotos von: © pepipepper / photocase.de
Druck: CPI books GmbH, Leck
Printed in Germany
ISBN 978-3-8392-2823-4

Für Ulli

1.

Die Finsternis über dem Dorf war vollkommen. Die Dunkelheit wirkte so allmächtig, dass sie selbst das Licht der Straßenlaternen aufzusaugen schien. Selten hatte man im Dorf eine so dunkle Nacht erlebt.

»Sie kommt« – lautete die kurze Nachricht auf dem Handydisplay.

Er steckte das Telefon in die Tasche und klopfte an die Trennwand zum Laderaum des Transporters.

»Es geht los«, sprach er nach hinten in den dunklen Laderaum, startete den Motor und zog sich die Sturmhaube über Kopf und Gesicht.

»Dort drüben ist sie«, sagte einer der beiden Männer, die vom Laderaum aus durch ein Schiebefenster und die Windschutzscheibe den nächtlichen Platz beobachteten. Seine Stimme klang dumpf unter dem schwarzen Stoff. Dann öffnete er die Schiebetür.

Ein junges Mädchen verließ das Lokal schräg gegenüber, wandte sich nach rechts und tapste mit kurzen Schritten davon.

»Alles klar?«, fragte der Fahrer.

»Alles klar«, antworteten die zwei Männer hinter ihm.

Das Mädchen entfernte sich rasch auf dem Gehsteig. Wenige Meter noch, dann würde sie die Hauptstraße verlassen und in eine Seitengasse gehen. Am Beginn dieser Gasse war ein unbebautes Grundstück. Dort würden sie zuschlagen. Erst 100 Meter weiter hinten begann die Wohnsiedlung, in der das Mädchen lebte. Sie kannten die Örtlichkeit und die Gewohnheiten der Kleinen. Es würde keine Probleme geben, sie hatte keine Chance.

Als das Mädchen in die Seitengasse ging und aus ihrem Blickfeld verschwand, fuhr der Lenker los. Nach wenigen Augenblicken bog er um die Kurve, sah sie vor sich, rollte an ihr vorbei und bremste den Wagen ab. Gleichzeitig sprangen die beiden anderen Männer aus dem Laderaum auf die Straße.

Es ging schnell.

»Hey, was soll das?«, war die empörte Stimme des Mädchens zu hören, aber bevor sie weitersprechen konnte, wurde sie gepackt und nach hinten gestoßen. Gleichzeitig presste sich eine Hand im Lederhandschuh fest auf ihren Mund und erstickte den aufkommenden Schrei. Ein heftiger Schlag in den Magen ließ ihr die Beine wegknicken und raubte ihr für einen Moment beinahe die Besinnung. Sie merkte kaum, wie sie in den Laderaum gezerrt wurde, die Schiebetür sich schloss und der Transporter weiterfuhr.

Erst jetzt begriff sie, was passierte, und versuchte, sich zu wehren. Sie lag auf dem Boden, zwei maskierte Männer über ihr. Sie wusste, was das zu bedeuten hatte, und es brauchte nicht viel Vorstellungskraft, um sich auszumalen, was als Nächstes geschehen würde. Eine unbeschreibliche Angst packte sie genauso fest wie die Männerhände, die sie niederdrückten. Sie begann herumzutreten und versuchte sich zu befreien, die Hand um ihren Mund presste den Kopf brutal auf den Boden des Wagens. Dann spürte sie eine andere Hand, die ihr den Hals zudrückte, und hörte eine Stimme flüstern: »Halt still, du Schlampe, sonst mach ich dich kalt.«

Sie hörte auf, sich zu wehren, und ließ mit sich geschehen, was immer die Männer tun wollten. Sie blieb still, als sie zur Seite gedreht und ihre Arme nach hinten gerissen wurden. Sie spürte, wie sich Kabelbinder um ihre Handgelenke und um ihre Beine zusammenzogen. Da packte sie neuerlich die Angst so heftig, dass sie glaubte, ohnmächtig zu werden.

Eine Hand krallte sich in ihr Haar, riss ihren Kopf zurück, der Lederhandschuh verschwand von ihrem Mund und einen Augenblick später war er mit einem festen Klebeband verschlossen. Gleich darauf wurde ihr eine schwarze Kapuze über den Kopf gezogen.

Sie lag da und spürte den Boden unter sich rütteln, als der Wagen Fahrt aufnahm.

Leise begann sie zu weinen.

»Wir haben sie«, hörte sie die gedämpfte Stimme eines Mannes und dann an ihrem Ohr eine andere: »Jetzt gehörst du uns!«

Sie sah das trübe Licht einer Taschenlampe.

Die beiden Männer lehnten an der Wand des Wagens. Alles war problemlos gelaufen, in wenigen Minuten würden sie an ihrem Ziel sein. Langsam begannen sie sich zu entspannen.

Der Strahl der Taschenlampe glitt über den zitternden Körper des Mädchens. Ihre Hose war zwischen den Beinen und an den Oberschenkeln nass.

»Verflucht«, sagte einer, »sie hat sich angepisst.«

2.

Sie kamen kurz nach 3 Uhr, als sie sicher sein konnten, dass niemand in der Siedlung mehr wach war. Den Wagen stellten sie neben einem leeren Grundstück ab, ungefähr 200 Meter vom Haus entfernt. Sie bewegten sich schnell. Sie wussten, wo sie hinmussten und was sie dort zu tun hatten. Die Schnelligkeit war ihr Vorteil. Sie versuchten trotzdem im Schatten zu bleiben, bis sie vor einem geräumigen Bungalow im Stile der 90er-Jahre standen.

Noch einmal blickten sie sich um und vergewisserten sich, dass in den umliegenden Häusern kein Licht mehr brannte. Dann sperrte der Erste von ihnen die Gartentür auf und sie gingen zum Windfang am Eingang. Der Mann mit dem Schlüssel wartete, öffnete die Haustür und sie schlüpften in den Vorraum. Die drei schmalen Lichtkegel ihrer Taschenlampen suchten die Wände neben der Tür ab, das war der kritische Moment. Aber nirgends war ein Hinweis auf eine Alarmanlage zu sehen. Gut so, dann konnte alles weiter nach Plan laufen.

Hinter den ersten Türen links und rechts im Vorraum gleich neben dem Eingang vermuteten sie Toilette, Bad, Abstellraum oder den Abgang zum Keller, uninteressant für sie. Sie suchten das Schlafzimmer der Eltern. Rasch verschafften sie sich einen Überblick. Wohnzimmer und Küche waren schnell identifiziert, blieben noch drei Türen übrig. Jeder der drei Männer übernahm eine davon, öffnete sie einen Spalt breit, um hineinzuspähen und sich zu vergewissern, was sich in dem Raum befand. Hinter der letzten Tür war das Elternschlafzimmer, in den anderen beiden Räumen befand sich niemand.

Sie waren ein eingespieltes Team und hatten zuvor genau abgesprochen, wer was zu tun hatte. Mit wenigen leisen Schritten standen sie am Bett neben dem Ehepaar. Der Mann lag auf dem Rücken und schnarchte leise vor sich hin, die Frau an seiner Seite hatte sich, wie ein Kind zusammengerollt, in ihre Decke gekuschelt.

Hände pressten sich auf ihre Münder und erstickten die ersten Laute der Überraschung, der Empörung und der Angst. Dann waren die Messerklingen an ihren Kehlen, und einer der drei zischte leise, aber bestimmt: »Seid ruhig, sonst schneiden wir euch den Hals auf.«

Sie gehorchten, erstarrten und blieben still liegen. Taschenlampen leuchteten ihnen ins Gesicht und blendeten sie. Schemenhaft sahen sie die drei Eindringlinge. Zwei hielten ihn, einer sie.

»Wenn ihr tut, was wir euch sagen, wird euch nichts geschehen. Wenn nicht, machen wir euch kalt«, drohte der Wortführer, ein großer, kräftig gebauter Kerl.

Die Angst der Eheleute war so übermächtig, dass der Große einen Moment lang fürchtete, sie könnten kollabieren.

Einer der Männer zog die Bettdecken weg. Die beiden waren bis auf ihre Unterhosen nackt. Schnell und routiniert knebelte er das Paar und fesselte ihre Hände mit Klebeband. Die Messer an den Hälsen ihrer Gefangenen hatten sich die ganze Zeit über kaum bewegt.

Der Große leuchtete mit der Taschenlampe über den Körper der Frau. Sie beobachtete mit weit aufgerissenen, panischen Augen, wie er sie musterte, begutachtete, einem Stück Vieh gleich, als müsste er erst abwägen, ob sie ihm gefiel und es sich lohnte, über sie herzufallen. Sie wollte etwas sagen, aber das Klebeband um ihren Mund ließ sie nur unverständlich brabbeln. Die Frau war Mitte 40 und er fand, dass sie reichlich Speck angesetzt hatte. Sie versuchte, mit den gefesselten Händen ihre Brüste zu bedecken. Wie lächerlich, dachte der Große, wir sind nicht gekommen, um dich zu ficken.

Der Ehemann beobachtete die Männer stumm, sein Blick schwankte zwischen Angst und Wut, doch schließlich überwogen die Angst und der Wunsch, zu überleben.

Der Große beugte sich über die beiden und sagte leise: »Hört mir zu: Eure Tochter ist verschwunden. Aber es geht ihr gut. Noch. Sie ist bei uns. Sie war ungehorsam und deshalb mussten wir sie bestrafen. Wir geben sie euch wieder zurück. Irgendwann in den nächsten Tagen. Ihr sprecht mit niemandem über das, was geschehen ist. Habt ihr mich verstanden?«

Beide Eheleute nickten und beobachteten die vermummte Person über ihnen mit großen, furchtsamen Augen.

»Kein Wort«, bekräftigte er. »Sonst holen wir sie erneut und dann wird sie wirklich leiden. Oder vielleicht holen wir dich. Das würde auch Spaß machen.« Dabei strich er mit der kalten Messerklinge über den Körper der Frau.

Sie versuchte zu schreien, doch das Klebeband hielt ihre Panik verschlossen.

»Wir wissen, dass ihr schon bei der Polizei gewesen seid. Damit ist jetzt Schluss. Wenn jemand fragt, wo eure Tochter ist, sagt ihr, dass sie ausgerissen ist, ein paar Tage bei ihrer Freundin in Wien oder sonst wo verbringt, um Spaß zu haben. Irgendetwas in der Art. Habt ihr das kapiert?«

Wieder nickten sie.

»Und werdet ihr euch daran halten?«

Nicken.

»Brav. Ihr seid ganz brav. Ich hoffe, dass wir euch nicht noch einmal besuchen müssen.«

So gespenstisch schnell, wie sie gekommen waren, verschwanden die drei Männer. Nun brauchten sie nicht mehr leise zu sein. Sie verließen das Haus, eilten zu ihrem Auto zurück und machten, dass sie nach Hause kamen. Morgen war wieder ein normaler Arbeitstag für sie.

3.

Sie hatte so lange geweint, bis sie glaubte, keine Tränen mehr in sich zu haben. Sie lag in einem Verlies. Es war kein herkömmlicher Raum, kein Zimmer, sondern ein Kerker, wie sie ihn nur aus Filmen und Besuchen in alten Burggemäuern kannte. Eine kleine Zelle, vier Schritte breit und sechs Schritte lang, die Mauern aus grob behauenen Steinen und der Boden gepflastert, kalt und feucht. Kein Fenster, kein Tageslicht. So finster, dass sie nichts sah. Aber an der Stirnseite der Zelle konnte sie in Kniehöhe einen eisernen Ring ertasten, der dort in die Wand eingelassen war. Der Raum war leer bis auf einen Plastikeimer, den sie als Toilette benutzen konnte.

Sie wusste nicht, ob Tag oder Nacht oder wie lange sie schon hier war. Sie besaß kein Zeitgefühl mehr. Aber mit

Sicherheit war sie bereits mehrere Tage in ihrem Verlies gefangen. Die Stunden zerschmolzen in einer Mischung aus Verzweiflung und Angst, unterbrochen von einzelnen Ereignissen.

Manchmal wurde eine Klappe geöffnet, die sich am unteren Rand der massiven Holztür befand. Dann schob jemand eine PET-Flasche mit Wasser in die Zelle und einen Plastiknapf mit Suppe. Es war immer das gleiche Zeug – klare Gemüsesuppe. Ohne Löffel. Sie schlürfte die Suppe und musste das Gemüse mit den Fingern essen. Zuerst hatte sie nichts hinuntergebracht, aber später war der Hunger so groß geworden, dass sie zu essen begonnen hatte.

Manchmal kamen zwei vermummte Männer an die Tür, forderten sie auf, den Eimer zu bringen, nach hinten zu gehen und sich dort mit dem Gesicht zur Wand hinzustellen. Sie tauschten den stinkenden Kübel gegen einen leeren aus, in dem eine Rolle Klopapier lag.

Wenn sich die Klappe öffnete oder die Tür, waren dies die einzigen Momente, in denen sie ein bisschen Licht sah.

Die meiste Zeit saß sie zusammengekauert und frierend in einer Ecke ihres Kerkers. Am Anfang war sie herumgelaufen, von der Tür zur Wand und zurück, zehn Schritte immer hin und her. Später war sie im Kreis gegangen. Sich an den Wänden entlang tastend, einmal in die eine Richtung und dann in die andere. Um ihrer Angst Herr zu werden, um die Dunkelheit zu ertragen und die Einsamkeit. Aber es hatte nichts genutzt. Die Angst war geblieben und die Dunkelheit und die Einsamkeit.

Jetzt saß sie nur mehr in einer Ecke. Oder sie schlief auf dem nackten Steinboden, wenn sie müde war, oder sie aß, wenn es Suppe gab, oder sie verrichtete ihre Notdurft oder sie stellte sich an die Wand, wenn der stinkende Kübel getauscht wurde. Das war nun ihr Leben.

Niemand hatte ihr bisher etwas getan, niemand hatte sie vergewaltigt. Und niemand sprach mit ihr. Sie hatten ihr nur die Schuhe und den Gürtel ihrer Jeans weggenommen. Zunächst hatte sie mit den Männern reden wollen, hatte gefragt, was los sei, was sie von ihr wollten, warum sie hier sei, wo sie überhaupt sei. Aber es gab keine Antwort. Dann schrie sie, beschimpfte sie, und als der Kübel wieder einmal getauscht wurde, versuchte sie an die Tür zu gelangen. Doch die Männer warfen sie brutal zu Boden, einer kniete auf ihrem Rücken und der andere flüsterte ihr ins Ohr: »Wenn du nicht brav bist, hängen wir dich mit einer Kette an die Wand wie einen räudigen Hund.« Trotz der Stoffmaske, die er trug, konnte sie seinen Atem spüren. Und er leuchtete mit einer Taschenlampe auf den Eisenring an der Wand. Von diesem Zeitpunkt an blieb sie gehorsam an der Wand stehen, wenn die Männer kamen.

Jedes Mal, wenn die Tür sich öffnete, wurde sie von einer unbestimmten Angst gepackt. Sie wusste, dass es einen Grund gab, warum sie hier war, dass ihre Entführer etwas mit ihr vorhatten. Und jedes Mal, wenn die Tür sich öffnete, befiel sie die Furcht, dass es jetzt geschehen könnte.

Irgendwann war es so weit. Die Tür wurde aufgerissen und grelles Licht blendete sie. Bevor sie wusste, was geschah, zog sie jemand hoch, und mit einem stinkenden Stofffetzen wurden ihr die Augen verbunden. Die Angst war wieder so übermächtig, dass sie sich kaum auf den Beinen halten konnte.

»Zieh dich aus«, hörte sie eine Stimme, gedämpft und wie aus weiter Ferne.

Sie waren gekommen, um das mit ihr zu tun, weshalb sie sie hierhergebracht hatten. Die ganze Zeit über hatte sie darüber nachgedacht, was die Männer von ihr wollten, und war immer nur zu einem Ergebnis gekommen. Sie hatte versucht, sich damit abzufinden, aber es war ihr nicht gelungen. Jetzt war es so weit.

»Nein, bitte, tut mir nichts«, stammelte sie und begann zu weinen. Gleichzeitig wusste sie, dass alles Flehen vergeblich war.

»Zieh dich aus«, wiederholte der Mann, diesmal ungeduldiger. »Oder sollen wir dir dabei helfen?«

Sie war unfähig, sich zu bewegen. Plötzlich hörte sie ein lautes Knacken und spürte einen stechenden Schmerz im Oberschenkel. Sie schrie, stolperte zur Seite und fiel hin.

»Steh auf und zieh dich aus, oder willst du noch einmal?« Erneut hörte sie das ratternde Knacken. Trotz der Augenbinde nahm sie einen hell züngelnden Lichtpunkt wahr. Verzweiflung und Furcht wurden so übermächtig, dass sie sich nicht mehr beherrschen konnte. Sie machte sich in die Hose.

»Los, mach schon!«, hörte sie den Befehl.

Ihr Oberschenkel tat höllisch weh, als sie sich wieder hochrappelte. Sie konnte kaum stehen. Langsam zog sie sich aus, zuerst ihre Bluse, dann die nasse Hose, schließlich stand sie in Unterwäsche da, zitternd vor Angst, Kälte und Scham.

»Alles!«

Nach einem Moment des Zögerns öffnete sie den BH, ließ ihn zu Boden fallen und zog danach ihr Höschen aus. Sie konnte kaum auf den Beinen stehen bleiben. Sie weinte noch immer.

Zwei Männer waren nun neben ihr, packten sie und banden ihre Handgelenke mit einem groben Seil zusammen. Sie spürte einen Ruck an den Fesseln, der sie nach vorne riss.

»Los, gehen wir!« Ein scharfes Kommando. Es war ihr kaum möglich, einen Schritt zu tun, sie stolperte vorwärts, zum Teil gezogen, dann am Arm gepackt und wie eine Blinde geführt.

Es ging durch einen Gang und anschließend über eine enge Wendeltreppe hoch. Sie stieß sich daran die Zehen blutig.

Sie hörte dumpfes Geraune und Stimmen. Eine Tür wurde geöffnet, sie wurde in einen Raum geführt und die Menschen darin verstummten. Sie war gefesselt und konnte nichts sehen. Sie stand nackt da und wusste nicht, wie viele Leute sie anstarrten. Nun begriff das Mädchen, was das alles zu bedeuten hatte und was man mit ihr vorhatte. Das Gefühl, sich wegen ihrer Nacktheit schämen zu müssen, war mit einem Mal verschwunden, wurde weggewischt vom Bewusstsein des Ausgeliefertseins. Entsetzen packte sie und die Angst vor dem Kommenden, wie ein übermächtiges Tier, das sich unbemerkt angeschlichen hatte und sie zerriss. Ihre Beine gaben nach und sie sackte zu Boden.

»Bringt sie her!«, schrie die dumpfe Stimme eines Mannes.

Zwei Männer zerrten das Mädchen an den Armen hoch und schleiften es in die Mitte des Raumes. Eine Kette mit einem Haken hing dort an einem Flaschenzug. Damit zogen sie den schmächtigen Körper an den Armen in die Höhe, bis das Mädchen nur noch auf den Zehenspitzen stehen konnte. Einer der Männer band ihre Fußgelenke an einen metallenen Ring, der im Boden eingelassen war.

Sie begann vor Schmerzen zu wimmern, weil die Fesseln in ihre Handgelenke schnitten. »Bitte«, flehte sie, »bitte tut mir nichts. Ich mache es auch nie wieder. Ich …«

Der Mann vor ihr schlug sie ins Gesicht und beendete damit das Flehen nach Gnade.

Sie begann erneut zu weinen. Dann spürte sie eine Hand zwischen ihren Beinen und schrie. Die Hand verschwand. Sofort aber streichelte sie ihren Rücken und ihre Brüste.

»Du bist schön. Möchtest du schön bleiben oder sollen wir dich so herrichten, dass dich kein Mann mehr ansieht?«

Sie hörte ein Klicken. Ein Feuerzeug, dachte sie und spürte eine Flamme an ihrer rechten Brust und einen brennenden Schmerz. Sie schrie und zerrte an den Fesseln, krümmte sich, doch es war nicht möglich, der kleinen Flamme zu entkommen. Es schien eine Ewigkeit zu dauern und nicht aufhören zu wollen. Dann war die Flamme weg. Aber der Schmerz blieb. Es roch nach verbrannter Haut. Sie musste würgen, und hätte sie etwas anderes gegessen als dünne Suppe, hätte sie sich übergeben. Sie weinte noch immer, und die Tränen wurden von der Augenbinde aufgesogen.

Sie glaubte, das erregte Keuchen von Menschen zu hören, war sich jedoch nicht sicher. Vielleicht täuschten sie ihre Sinne. Vielleicht waren nur die Männer hier, die sie geholt hatten.

Plötzlich spürte sie einen spitzen Gegenstand an ihrer Brust. Eine metallene Spitze umkreiste ihre Brustwarze. Die Angst umklammerte sie noch stärker und ließ sie heftig atmen. Als wolle die Spitze ihren Körper streicheln, glitt sie in das Tal zwischen den Brüsten und danach hoch zur anderen, umkreiste auch dort die Brustwarze, zog weiter und bohrte sich leicht in die zuvor verbrannte Stelle. Ein greller Schmerz durchzuckte sie und ließ sie aufschreien. Sie spürte eine Hand auf ihren Brüsten und unterdrückte einen neuerlichen Schrei.

»Schöne Titten. Du hast so wunderschöne Titten. Wir könnten sie dir in Streifen schneiden. Möchtest du das?«

Sie schüttelte den Kopf. »Nein«, kam kaum hörbar aus ihrer trockenen Kehle.

Dann war seine Stimme an ihrem Ohr: »Weißt du, wo du hier bist?«

Sie nickte zaghaft.

»Und weißt du auch, warum du hier bist?«

»Ja«, flüsterte sie.

»Gut«, sagte er, »sehr gut. Ich werde dir jetzt einige Fragen stellen. Und ich möchte, dass du sie mir beantwortest. Ehrlich beantwortest. Wenn du das nicht machst, werde ich dir sehr wehtun. Dagegen werden dir alle deine bisherigen Schmerzen lächerlich erscheinen. Am Ende wirst du ein Haufen geschundenen Fleisches sein. Glaubst du mir das?«

Sie nickte.

Er stellte seine Fragen, und sie antwortete ihm wahrheitsgetreu. Er wusste, dass sie ihn nicht belog. »Braves Mädchen«, flüsterte er an ihrem Ohr. »Was sollen wir jetzt mit dir machen?«

Sie wurde am Haar gepackt und ihr Kopf zurückgerissen. Sie stöhnte leise.

»Du gehörst uns!«, brüllte er sie an. »Nur uns! Für immer und ewig! Vergiss das nie! Du hast deine Seele dem Teufel verkauft – und jetzt bist du bei mir!«

Sie versuchte zu nicken.

»Vielleicht lassen wir dich laufen. Dann kannst du wieder ein normales Leben führen. Du bist jedoch nicht frei. Außerdem trägst du das Zeichen. Das müssen wir dir vorher herausbrennen.«

»Nein, bitte nicht«, wimmerte sie und zerrte wild an den Stricken. »Bitte nicht. Bitte nicht.«

Ihr Flehen verlor sich in einem fürchterlichen Schrei, als ihr ein glühendes Eisen mit einem grässlichen Zischen unter der linken Achsel ins Fleisch gedrückt wurde. Ihr Körper zuckte und wand sich in den Fesseln. Vergeblich versuchte sie, dem Eisen zu entkommen. Sie warf den Kopf zurück, obwohl er immer noch an den Haaren gehalten wurde, doch dieses Reißen war nichts gegen den Schmerz, der ihren Körper durchfuhr. Sie schrie so laut und so lange sie konnte, bis das Brandeisen wieder weg war. Die Schmerzen wurden schwächer, waren aber noch stark genug, um kaum erträglich zu sein. Tränen liefen über ihre Wangen, die Augenbinde konnte sie nicht mehr zurückhalten. Ihre Brüste hoben und senkten sich schnell, so rasend ging ihr Atem.

Sie wünschte sich, ohnmächtig zu werden, dann würde sie keine Schmerzen mehr spüren, aber es geschah nicht. Als der Mann sie losließ, kippte ihr Kopf nach vorne. Doch einen Moment später wurde er wieder an den Haaren hochgerissen. Sie schrie vor Schmerz und hörte erneut die flüsternde Stimme: »Wenn du nur ein Wort sagst über das, was hier passiert ist, nur ein Wort zu deinen verfluchten Eltern oder einer deiner verfickten Freundinnen oder zu dem versifften Pfaffen oder zu sonst irgendeiner beschissenen Kreatur, nur ein Wort – dann holen wir dich wieder. Ganz egal, wo du dich verkriechst, wir werden dich finden. Und dir wird alles, was wir bisher mit dir gemacht haben, wie das Paradies vorkommen. Wir werden dich ficken und dir die Haut abziehen und dich so lange in deinem Loch verfaulen lassen, bis der Tod dir eine Erlösung sein wird. Hast du das verstanden?«

Sie nickte unmerklich. Der Schlag einer Peitsche traf sie quer über den Rücken. Sie schrie.

»Hast du das verstanden?«, fragte die Stimme noch einmal, immer noch leise, aber bestimmter, wie das zornige Zischen einer giftigen Schlange. »Antworte oder wir schlagen dir das Fleisch von den Knochen.«

»Ja«, keuchte sie, »ja.«

»Lauter.«

Ein neuer Schlag hinterließ eine zweite Strieme, die brannte, als hätte ihr jemand Säure über den Rücken gegossen. Sie brüllte, das Schreien ging in ein hysterisches »Ja! Ja! Ja! Ich hab verstanden!« über.

»Gut«, flüsterte er und streichelte über ihre Brüste.

Jetzt wurden die Stricke gelöst und sie sackte zu Boden. Einen Moment lang keimte Hoffnung in ihr auf. »Bitte, lasst mich gehen«, wimmerte sie.

Als Antwort zog die Peitsche eine neue Strieme über ihren Rücken, und die Stimme sagte: »Du gehst, wenn ich es dir erlaube. Wir sind noch nicht fertig mit dir.«

4.

»Kollege Radek, ich hätte da einen Job für dich.« Chefinspektor Gierling stand mit einem breiten Grinsen in der Tür, kam dann zu Radeks Schreibtisch und blieb vor ihm stehen.

Radek erhob sich. Weniger aus Höflichkeit zu seinem Chef, sondern weil er ihm auf Augenhöhe gegenüberstehen und nicht von oben herab, wie es sich aus dieser Situation sonst ergeben hätte, behandelt werden wollte. Radek wusste, dass Gierling ihn nicht ausstehen konnte. Der Chef machte daraus kein Geheimnis.

Felix Dully, ein Kollege, der an seinem Computer in einen Bericht vertieft war, blickte auf und beobachtete die Situation gespannt. Vielleicht gab es Ärger für Radek. Auch

Dully konnte ihn nicht leiden, genauso wenig wie die anderen Kollegen im Einsatzbereich Eins, Leib und Leben, im LKA Niederösterreich. Sie betrachteten Radek als Eindringling. Er war der Jüngste der Gruppe. Alle anderen waren eingefleischte Kriminalbeamte. Er war ein Frischling. Gierling hatte einen zusätzlichen Mann haben wollen, der ihnen den Papierkram erledigte, welcher in den letzten Jahren immer umfangreicher geworden war. Er hätte dafür einen älteren Kollegen bevorzugt, der auf einen ruhigen Posten wollte, auf dem er gemütlich in die Pension segeln konnte. Keinen ehrgeizigen Jungspund, der mit einem Auge stets auf seine Karriere schielte. Aber die besoldungsrechtliche Bewertung der Stelle, die sie bekommen hatten, war so schlecht, dass sich niemand für den Job fand. Nur Radek hatte sich nicht abschrecken lassen und sich direkt nach Beendigung eines Kurses für dienstführende Beamte hierher gemeldet.

Zuvor war er Streifenbeamter und Kriminalsachbearbeiter auf der Polizeiinspektion Linzer Straße in Sankt Pölten gewesen.

Gierling blätterte den dünnen Akt durch, den er in der Hand hielt. »Ich habe hier eine etwas sonderbare Angelegenheit«, sagte er. »Es geht um Folgendes: Vor etwa zwei Wochen wurde in Schandau, das ist ein Nest im Bezirk Scheibbs, ein Mädchen namens …«, er suchte im Akt nach den Personaldaten, »Bernadette Lindner, 17 Jahre alt, als vermisst gemeldet. Die Eltern haben eine Abgängigkeitsanzeige erstattet. Dann ist das Mädchen nach einer Woche unversehrt wiederaufgetaucht. Die Vermisstenanzeige haben wir bearbeitet, es ist jedoch nichts Großartiges herausgekommen. Das Übliche eben.«

Gierling machte eine Pause, als warte er auf Fragen, aber Radek wollte erst die Fortsetzung hören.

»Diese Lindner wirkte auf die Kollegin von der Polizeiinspektion Gresten, die die Sache jetzt bearbeitet, etwas verwirrt. Und zu allem Überdruss hat sie wilde Geschichten vom Teufel erzählt. Na ja, jedenfalls hat die Kollegin einen Bericht ans Bezirkspolizeikommando geschickt und darin den Verdacht geäußert, dass Satanisten ihr Unwesen treiben. Der Sachbearbeiter im BPK übermittelte das Ganze an das Landesamt für Verfassungsschutz, und die haben den Akt an uns weitergeleitet, weil wir die Vermisstensache bearbeitet haben. Mit der Anmerkung, dass es seit den letzten Reformen kein Sektenreferat mehr gebe und die entsprechenden Kompetenzen zur Beurteilung des Sachverhalts nicht mehr vorhanden seien.«

Früher hatte es beim Verfassungsschutz in den Ländern und im Innenministerium eigene Referate für Sekten gegeben. Vor einigen Jahren waren sie allerdings aufgelöst worden. Die wollen sich abputzen, dachte Radek, die wollen uns sagen: Die Dienstbehörde kürzt uns mit ihren Scheißreformen die Ressourcen und deshalb stellen wir für diesen Kram kein Personal mehr ab. Also, liebes LKA, selber machen. Ihm war zwar noch nicht klar, was Gierling von ihm wollte, aber er hatte eine vage Vermutung.

»Was erwartest du jetzt von mir?«, fragte Radek. »Soll ich eine Analyse anfertigen?«

Radek machte in Gierlings Gruppe nur wenig kriminalpolizeiliche Arbeit. Vorwiegend analysierte er Berichte und Sachverhalte von Straftaten, führte Computerrecherchen durch oder erledigte sonstigen Papierkram. Arbeiten, die allen anderen zuwider waren. Gierling wollte ihn damit aus dem Ermittlungsteam raushalten.

»Nein, du sollst keine Analyse machen. Du sollst dort hinfahren und dir die Situation vor Ort anschauen«, sagte Gierling.

Das überraschte Radek. »Wie meinst du das?«, fragte er etwas verunsichert.

Gierling zuckte die Schultern. »Das LV hat schon recht. Eigentlich sind wir dafür zuständig. Aber ich möchte keinen großen Wind um die Sache machen. Deshalb folgende Überlegung: Arbeite dich in den Akt ein, fahr nach Schandau und schau, was da los ist. Vor allem solltest du klären, ob mit der Abgängigkeit ein strafrechtlicher Tatbestand verbunden ist. Soweit ich das bisher gesehen habe, hat sich die Kollegin dort diesbezüglich noch nicht festgelegt. Wenn du das geklärt hast, dann überlegen wir, was wir in dieser Angelegenheit weiter unternehmen werden. Sollte es eine Entführung sein, sind wir dafür zuständig. Du weißt ja, das ist eine Straftat, die in unseren Bereich fällt.«

Er grinste breit und es sah nicht so aus, als würde er das, was er eben gesagt hatte, selbst ernst nehmen. Aber es stimmte. Entführung war ein schweres Delikt, den ihr Einsatzbereich zu bearbeiten hatte. Allerdings zweifelte auch Radek daran, dass es sich tatsächlich um eine solche handelte. Sonst wären aus der Polizeiinspektion Gresten klarere Informationen gekommen.

»Soll ich da alleine hinfahren?«, fragte Radek.

»Brauchst du einen Partner?«, lautete die Gegenfrage. »Du sollst nicht großartig ermitteln. Hör dich in diesem Nest ein bisschen um, sprich mit der Kollegin, dem Mädchen, den Eltern und mit wem du willst. Stell fest, ob dort wirklich der Teufel sein Unwesen treibt und junge Mädchen verschleppt.«

Gierling gab sich launisch, und Radek tat ihm den Gefallen und zeigte ihm ein belustigtes Grinsen. Auch Dully kicherte hinter seinem Computerbildschirm.

Gierling bevorzugte zwar Teamwork, aber er hatte keine Lust, die Zeit seiner Leute mit derartigen Kleinigkeiten zu verschwenden. Außerdem war es eine gute Gelegenheit, Radek für eine Weile zu beschäftigen und draußen zu haben. In Wirklichkeit war die ganze Sache lächerlich. Wenn hinter der Abgängigkeitssache keine Entführung steckte – und das sah bisher nicht so aus –, konnte das Bezirkspolizeikommando diese Geschichte erledigen. Der Satanismusverdacht klang ohnehin wie ein Scherz, vermutlich eine Fehleinschätzung der Kollegin.

»Ich habe dir einen Reiseauftrag für eine Woche genehmigt«, fuhr er fort. »Du wirst wahrscheinlich nicht so lange brauchen. Nimm dir am Montag ein Dienstauto. Du kannst die ganze Woche in Schandau bleiben, wenn nötig. Das ist ja eine Stunde Fahrt von hier. Zahlt sich nicht aus, jeden Tag hin und her zu pendeln. Melde dich zwischendurch bei mir und halt mich auf dem Laufenden.«

Er reichte Radek den Akt über den Tisch, Radek nahm ihn und widerstand der Versuchung, gleich darin zu blättern.

»Hast du noch Fragen?«

Radek schüttelte den Kopf. »Nein, momentan nicht.«

»Na dann: Viel Spaß in der Provinz.«

Gierling lächelte noch einmal unverbindlich, für ihn war das Gespräch beendet. Er verabschiedete sich und ging in sein Büro zurück.

»Radek, der Exorzist. Gehst du jetzt unter die Teufelsaustreiber?«, fragte Dully mit gackerndem Gekicher.

Radek gab ihm keine Antwort. Dully schien auch keine zu erwarten.

5.

Der Akt gab nicht viel her. Da war die Vermisstenmeldung, in der die Mutter, Anette Lindner, am 7. September, einem Samstag, gegen 18 Uhr in der Polizeiinspektion Gresten eine Anzeige erstattet hatte, weil ihre 17-jährige Tochter Bernadette nicht nach Hause gekommen war. Bernadette war am Vorabend weggegangen und sollte eigentlich am Samstag arbeiten. Sie war als Friseurlehrling im Salon Doleschal in Schandau beschäftigt. Nachdem sie am Samstagmorgen weder zu Hause noch bei der Arbeit aufgetaucht war, hatten sich die Eltern Sorgen gemacht und sie gesucht. Vergeblich allerdings, daher hatte die Mutter am Samstagabend die Anzeige erstattet.

Auch der Erhebungsbericht war erwartungsgemäß mager. Die Kollegin, die den Fall zuerst bearbeitet hatte, hatte herausgefunden, dass Bernadette am Freitagabend mit einer Freundin bis gegen 23 Uhr im Gasthaus »Falk« in Schandau gewesen war. Danach hatte sich Bernadette verabschiedet und wollte nach Hause gehen. Ihre Freundin war noch geblieben. Aber Bernadette war nie zu Hause angekommen.

Die Kollegin hatte den Akt übers Bezirkskommando ans LKA geschickt, das für diesen Fall zuständig war. Hier hatten zwei weitere Kollegen von Radek an der Sache gearbeitet, Andrea Bosch und Josef Hammer. Nicht sehr eifrig, wie Radek unschwer anhand der Unterlagen feststellen konnte. Sie hatten eine Suchaktion veranlasst und die Eltern, den Arbeitgeber sowie einige andere Leute im Ort, Freunde und Bekannte, befragt. Einhelliges Ergebnis: Niemand hatte gewusst, wo Bernadette Lindner war.

Daraufhin hatten sie die Sache auf sich beruhen lassen. Sie hatten den Akt zwar nicht abgeschlossen, ihn aber mangels brauchbarer Ermittlungsansätze auch nicht weiterverfolgt. Außer dass Bernadette Lindner in die Vermisstendatei im Polizeicomputer aufgenommen worden war, war nichts Bemerkenswertes mehr passiert. Es schien ihnen egal gewesen zu sein.

Mehr als eine Woche später, am Morgen des 15. September, einem Sonntag, war Bernadette plötzlich wieder daheim aufgetaucht. Die Eltern hatten telefonisch die Polizei verständigt und einer der Kollegen hatte die Vermisstenmeldung widerrufen.

Als die zuständige Beamtin der Polizeiinspektion Gresten am Tag darauf zu Bernadette gefahren war, um sie wegen ihres Verschwindens einzuvernehmen, hatte das Mädchen verwirrt, geistesabwesend, verstört und verängstigt gewirkt. Auf die Frage, wo sie gewesen sei, hatte sie keine zufriedenstellende Auskunft gegeben, sondern erklärt, dass der Teufel sie geholt habe und sie bei ihm gewesen sei. Sie hatte sich aber geweigert, weitere Details zu erzählen. Der erbärmliche Zustand des Mädchens und ihr Beharren auf der Teufelsversion waren für die Kollegin ausschlaggebend gewesen, um einen satanistischen Hintergrund zu vermuten, und sie hatte das Landesamt für Verfassungsschutz eingeschaltet.

Die Leute vom LV fühlten sich zu Recht verarscht. Mit der süffisanten Bemerkung, dass sie nach Auflösung des Sektenreferats nicht mehr über die nötige Fachkenntnis verfügten, um den Sachverhalt qualifiziert beurteilen zu können, übermittelten sie den gesamten Akt zur weiteren Veranlassung ans LKA. Aus dem Anschreiben triefte der blanke Hohn.

Radek stöhnte. Das alles war purer Schwachsinn. Eine Jugendliche reißt von Zuhause aus, macht irgendwo Party, hängt mit irgendwelchen Typen ab, und als ihr die Kohle ausgeht, kommt sie zurück und faselt eine blöde Entschuldigung, damit ihr die Eltern vor Zorn nicht den Hals umdrehen. Und alle fallen auf dieses Gerede herein. Jetzt kommt das Landeskriminalamt und beginnt zu erheben. Das ist, als würde man einen Zeitungsdieb am Sonntag mit einem Einsatzkommando der »Cobra« festnehmen.

Was sollte Radek dort machen? Sich die Geschichte noch einmal anhören und dann feststellen, ob im Ort Satanisten am Werk waren? Mit dem, was er in der Hand hatte, würde er sich dabei nur lächerlich machen, sonst nichts. Jetzt war ihm auch klar, warum ihm Gierling diesen Job gegeben hatte. Kein alteingesessener Kriminalbeamter im LKA hätte sich freiwillig auf diese Scheiße eingelassen. Aber so war es. Auftrag ist Auftrag – wahrscheinlich würde er keine zwei Tage dafür brauchen.

Radek machte sich nichts vor. Seine Tätigkeit hier war nur ein Alibijob, um ihn ruhigzustellen. Den ganzen Sommer über saß er schon in seinem Büro und machte den Papierkram, vor dem sich die anderen drückten. Hätten sie keine Espressomaschine mit Kapseln gehabt, sondern eine Filtermaschine wie in früheren Tagen, hätten sie ihn wahrscheinlich auch zum Kaffeekochen eingeteilt, vermutete er. Eigentlich hätten sie eine Sekretärin gebraucht, keinen Kriminalbeamten.

Jedenfalls fühlte sich Radek hier wie lebendig begraben. »The pit and the pendulum« von Edgar Allan Poe fiel ihm häufig ein, wenn er am Schreibtisch saß – in seinem Fall in einer leichten Abwandlung: das Büro und das Pendel. Die immer niedriger werdende Decke der Gefängniszelle aus der Erzählung traf seine realen Empfindungen ziemlich genau.

Er brauchte etwas Sinnvolles zu tun.

Er hatte viel Zeit zum Nachdenken, deshalb war in ihm in den letzten Wochen der Entschluss gereift, neben dem

Job noch etwas ganz anderes zu machen und ein Studium zu beginnen. Es war zuerst nur ein kleiner Gedanke gewesen, der sich aber hartnäckig festgesetzt hatte, ein Samenkorn, das zu keimen begann, aus dem ein Pflänzchen wuchs. Früher, nach dem Gymnasium, war das für ihn nie eine Option gewesen, doch je mehr er darüber nachdachte, desto reizvoller erschien ihm dieser Gedanke.

Geschichte hatte ihn immer schon interessiert. Warum sollte er es nicht studieren? Er hatte sich informiert und schließlich war ihm klar geworden: Er würde es tun. Er hatte keine Ahnung, ob er das mit Studium und Job auf die Reihe kriegen würde. Aber er wollte es versuchen. Er könnte sich seinen Dienst so einteilen, dass es ihm möglich war, zweimal pro Woche nach Wien an die Uni zu fahren. Mit dem Zug war das keine große Sache. Eine halbe Stunde Fahrt. Er war schneller in Wien als zu Hause.

Vor einer Woche hatte er sich einen Tag freigenommen, war nach Wien gefahren und hatte inskribiert, bevor er es sich anders überlegte. Er war bereits aufgeregt, wenn er nur daran dachte.

Doch jetzt würde er hinausgehen und erheben. Der Anlass war ein wenig enttäuschend. Auch wenn er diesen Job nur deshalb bekommen hatte, weil ihn kein anderer haben wollte, war er froh, hier mal rauszukommen – wenn auch nur für ein paar Tage.

Es brauchte mehrere Versuche, bis er die zuständige Kollegin, Revierinspektorin Susanne Steiger, auf der Polizeiinspektion in Gresten telefonisch erreichte. Zunächst zeigte sie sich verwundert, dass das LKA sich wieder für die Angelegenheit der Bernadette Lindner interessierte. Nachdem Radek ihr aber erklärt hatte, warum, konnte sie sich eine bissige Bemerkung zum Zuständigkeitswirrwarr in der Landespolizeidirektion nicht verkneifen. Radek ging nicht näher darauf ein, sondern kam schnell zum eigentlichen Grund seines Anrufs: Er wollte wissen, warum sie der Meinung war, dass es einen Zusammenhang zwischen dem Verschwinden des Mädchens und Satanismus gebe.

»Es war nur so eine Vermutung«, antwortete Susanne Steiger, »weil Bernadette immer nur vom Teufel gesprochen hat. Sie wollte mir nicht sagen, wo sie in der Zeit ihrer Abgängigkeit gewesen ist und was sie getan hat. Aber sie machte einen ziemlich verwirrten Eindruck, war verstört und verängstigt und sprach eben ständig vom Teufel.«

»Haben Sie Hinweise gefunden, die auf Satanismus deuten?«

»Welche Hinweise meinen Sie?«

»Symbole, Zeichen, Tätowierungen, so etwas in der Art.«

»Nein … keine Ahnung … Ich weiß nicht, welche Symbole für Satanismus typisch sind.«

Radek verdrehte die Augen. Das hatte er vermutet, sonst hätte sie entweder keine Meldung weitergeschickt oder ihren Verdacht näher begründet. Er versuchte, noch mehr über die näheren Umstände zu erfahren, die die Kollegin in Gresten dazu veranlasst hatten, diesen Satanismusverdacht zu formulieren, aber außer dem bereits Genannten gab es keine Anzeichen. Schließlich teilte er ihr mit, dass er den Auftrag habe, sich die Angelegenheit näher anzusehen, und am Montag nach Gresten komme.

Sie sei im Dienst, antwortete sie.

Vielleicht könne sie es sich so einteilen, dass sie am Montag für ihn verfügbar sei. Dienstlich natürlich, fügte er hinzu, als er die Doppeldeutigkeit seines Verlangens bemerkte.

Sie lachte. Ja, das lasse sich einrichten, antwortete sie, dienstlich natürlich.

Dann beendeten sie das Gespräch. Zumindest hat sie Humor, dachte Radek.

Radek begann zu recherchieren. Auf der Homepage des Landeskriminalamts gab es eine 15 Jahre alte Broschüre zum Thema Satanismus. Das war alles, sonst nichts.

Aber er fand den Verfasser der Broschüre im internen Telefonbuch, ein Kollege vom Landesamt für Verfassungsschutz.

Radek rief ihn an und erwischte ihn sofort.

»Ja, früher haben wir uns auch mit Sekten und Satanisten beschäftigt«, erklärte der LV-Mann auf Radeks Frage. »In den letzten Jahren hat das niemanden mehr interessiert. Zu viel Aufwand.« Der Kollege schwieg. Vielleicht wartete er auf weitere Fragen. Doch nachdem Radek keine stellte, er wusste nicht, welche, fuhr er fort: »Außerdem glaube ich, dass es in Österreich keine Satanisten gibt. In diesem Bereich ist in den letzten Jahren nichts Nennenswertes passiert, keine spektakuläre Amtshandlung oder so. Möglicherweise laufen ein paar Jugendliche herum und machen sich einen Spaß daraus, die Erwachsenen mit ein bisschen Hokuspokus zu schockieren. Aber sonst? Eventuell einige Goths, die, statt Party zu machen, Schwarze Messe feiern – oder beides miteinander verbinden. Von einer kriminellen Satanistengruppe habe ich jedoch noch nie gehört. Ich kann mich auch nicht erinnern, dass wir in den letzten Jahren etwas hereinbekommen hätten. Friedhofsschändungen oder etwas in der Art.« Er dachte einige Augenblicke nach und bekräftigte dann: »Nein, nichts, überhaupt nichts.«

Das hatte Radek bereits vermutet. Auch er konnte sich nicht entsinnen, irgendwann in den letzten Jahren etwas über Satanisten gehört zu haben. Während seiner Gymnasiumzeit ging einige Monate lang das Gerücht herum, dass es in der Nähe von Krems einen Satanistenzirkel gebe, aber das wurde nie bestätigt. Darüber hinaus hatte er von diesem Thema nie wieder etwas gehört.

Nach dem Telefonat begann Radek im Internet zu suchen. Er hatte sehr schnell einige grundsätzliche Informationen zum Thema beisammen, druckte vieles davon aus und legte es in einem Aktenordner ab. Wirklich Brauchbares kam dabei nicht zutage. Und dieses Wenige war noch dazu widersprüchlich. Er fand Meinungen, dass alles übertrieben sei und es keine erwähnenswerten satanistischen Aktivitäten gebe, aber auch Expertenaussagen über extrem gefährliche satanistische Gruppen, die sogar vor sexuellem Missbrauch oder Ritualmorden nicht zurückschreckten. Das meiste bezog sich allerdings auf Deutschland. In Österreich war das letzte relevante satanistische Verbrechen im Jahr 2015 in den Medien aufgetaucht. Außerdem gab es einige Berichte von satanistischen Umtrieben im nördlichen Burgenland drei Jahre zuvor.

Also nicht gerade ein Gegenstand, der jede Woche mit mehreren Anlassfällen glänzte.

Als Nächstes suchte Radek im Netz nach Informationen zu Schandau. Aber auch das war nicht sehr aufschlussreich. Ein stinknormales Nest an der Ybbs im südwestlichsten Zipfel von Niederösterreich. Erreichbar über die B31, die Ybbstalstraße, zwischen Göstling und Hollenstein, wenn man aus Scheibbs anreiste. Die Gemeinde hatte 563 Einwohner. Nicht gerade eine Weltstadt, dachte Radek. Interessant erschien ihm lediglich, dass der Bürgermeister von der Bürgerliste »Die Schandauer« gestellt wurde. Und das mit einer überwältigenden Mehrheit. »Die Schandauer« verfügten über zehn von vierzehn Sitzen im Gemeinderat. Der

Rest verteilte sich auf die Sozialistische Union, die Christlich-Konservativen und die Nationale Partei.

Die Gemeinde wurde am Ende des 12. Jahrhunderts gegründet und 1208 das erste Mal urkundlich erwähnt. Das Gebiet gehörte damals zum Lehen der Peilsteiner, einem der mächtigsten Adelshäuser des Landes Salzburg. Die Peilsteiner verfügten auch über Besitzungen in Niederösterreich und Südtirol. Da der Ort im Ybbstal an einem Übergang von Niederösterreich in die Steiermark lag, wurde die Burg Rotenstein erbaut. Als das Geschlecht der Peilsteiner Ende des 14. Jahrhunderts ausstarb, fiel das niederösterreichische Lehen an die Familie der Lenksteins. Die machten Burg Rotenstein zu ihrer Stammburg. Sie befand sich bis zum heutigen Tag durchgehend im Besitz der Familie und war daher auch nicht für die Öffentlichkeit zugänglich. Schandau verlor ab dem 16. Jahrhundert zunehmend an Bedeutung, als andere Orte an neuen, strategisch wichtigeren Verkehrsverbindungen entstanden. Vom vergangenen mittelalterlichen Glanz zeugten, neben der Burg, die gotische Kirche aus dem 15. Jahrhundert, ein mittelalterlicher Pranger und ein steinerner Metzen, der auf das Jahr 1340 datierte. Neuzeitliche Sehenswürdigkeiten gab es keine. Heute teilte der Ort das Schicksal vieler ländlicher Gemeinden: zum Leben zu klein, zum Sterben zu groß.

Auf der dürftig ausgestatteten Webseite der Gemeinde fand Radek auch einige Fotos vom Ort. Ein idyllischer Flecken, so machte es den Eindruck. Während er an diesem Freitagnachmittag die Fotos betrachtete, reifte in ihm ein schneller Entschluss. Wenn er schon einen Job umgehängt bekam, bei dem nicht viel zu gewinnen war, warum sollte er nicht die Arbeit mit dem Vergnügen verbinden? Die Uni begann erst in zwei Wochen und bis dahin hatte er nichts vor. Weshalb sollte er sich nicht zwei Ferientage gönnen und einen Kurzurlaub in Schandau machen? Ein Buch, Laufschuhe, Wanderschuhe möglicherweise und zwei erholsame Tage am Ende der Welt würden ihm sicher guttun.

Er reservierte telefonisch im Gasthaus »Falk« ein Zimmer. Nun war er mit Gierling und der Situation, die er ihm mit dieser Satanismusgeschichte eingebrockt hatte, wieder versöhnt. Wenn schon keine vernünftige Amtshandlung, dann sollte wenigstens der Erholungswert stimmen, dachte er.

6.

Die beiden Männer warteten im hinteren Teil der Kirche, bis die alten Weiber im Beichtstuhl gewesen waren und sich ihre Absolution geholt hatten. Sie fragten sich, wofür wohl? Für unkeusche Gedanken? Dafür, dass sie gemeinsam mit der einen Nachbarin über eine andere Nachbarin hergezogen waren? Dafür, dass sie ihr Gift über ein junges Mädchen verspritzen, auf das sie neidisch waren?

Sie warteten, bis die Letzte der Alten vorne am Altar ihr Vaterunser heruntergebetet hatte und danach mit schlurfenden Schritten aus der Kirche verschwunden war.

Einer der beiden kniete sich in den Beichtstuhl. Es roch modrig und ein bisschen nach Weihrauch.

»Im Namen des Vaters, des Sohnes und des Heiligen Geistes«, hörte er den Pfaffen sagen und konnte durch das rautenförmige Holzgitter sehen, wie der Alte ein Kreuz schlug.

»Vater, ich habe gesündigt«, begann er unaufgefordert zu reden.

»Und worin bestehen deine Sünden, mein Sohn?«

»Ich habe eine verheiratete Frau gefickt«, sagte er. »Und es hat mir Spaß gemacht und ihr auch, und jetzt denke ich ständig darüber nach, wie ich ihren Alten kaltmachen kann. Dafür möchte ich Absolution.« Er konnte förmlich spüren, wie es dem Pfaffen die Sprache verschlug. Bevor sich der Alte wieder gefangen hatte, fuhr er fort: »Ihr seid doch an das Beichtgeheimnis gebunden, Vater, nicht wahr?«

»Ja«, stammelte der Priester und fügte hinzu: »Was du mir da erzählst, ist ungeheuerlich.«

Doch der Mann ließ ihn nicht mehr weiterreden. »Halt den Mund, Pfaffe! Und hör mir gut zu: Vor einigen Tagen ist mit der jungen Lindner etwas Komisches passiert.«

Jetzt blickte der Pfarrer das erste Mal hoch, er wollte sehen, wer ihm im Beichtstuhl gegenübersaß. Aber der Mann war maskiert. Der Pfarrer spürte Entrüstung und Zorn, die seinen ersten Schrecken verdrängten. »Was fällt dir ein«, empörte er sich, kam jedoch nicht weiter.

»Schnauze«, schnitt ihm der Besucher das Wort ab. »Ich hoffe, das, was du mit ihr gemacht hast und was du ihr gesagt hast, fällt unter das Beichtgeheimnis, so wie es sich gehört. Sonst könnte möglicherweise noch mehr passieren.«

»Das höre ich mir nicht länger an. Wenn du nichts zu beichten hast, dann verlass meine Kirche.«

»Einen Dreck werde ich tun. Hast du verstanden, was ich dir gesagt habe?«

»Aus – kein Wort mehr«, sagte der Priester und wollte den Beichtstuhl verlassen. Als er die schmale Holztür öffnete, stand ein anderer Mann vor ihm, ebenfalls mit einer schwarzen Sturmhaube maskiert. Dieser Mann drängte ihn zurück auf seinen Sitz.

»Was fällt euch ein? Ihr Teufelsbrut!«, protestierte der Pfarrer erneut.

»Halt dein Maul!«

Ein Messer kam zum Vorschein und die Klinge funkelte matt im düsteren Zwielicht der Kirche. Der Pfarrer hatte Angst. Eine kräftige Hand packte ihn am Hals, die Messerspitze war gefährlich nahe an seinem Auge.

»Wenn so etwas wie mit der Lindner noch einmal vorkommt, schneiden wir dir deine Ohren ab oder vielleicht was anderes«, drohte der Mann im Beichtstuhl. »Und wenn nur ein Wort von dem, was dir die Kleine erzählt hat, nach außen dringt, auch. Hast du kapiert?«

Der Pfarrer nickte mit bleichem Gesicht.

»Schön, dann war's das. Bete ein Vaterunser für mich und vergib mir meine Sünden – Amen!«

Die beiden Maskierten verschwanden wie ein böser Spuk.

7.

Mit dem Weg veränderte sich auch die Landschaft. Nach der Autobahn dominierten zunächst noch größere Städte mit Industrieanlagen, Einkaufparks und Autohändlern an den Stadträndern und langen Geschäftszeilen im Zentrum. Hohe Wohnhäuser prägten die Stadtbilder, die typischen Bauten der Genossenschaften, umrahmt von Wohnsiedlungen mit Einfamilienhäusern.

Seit Radek auf die Bundesstraße abgefahren war, verfolgten ihn großflächige Werbeplakate mit lachenden und vergnügten Menschen. Wanderer in grünen Bergwelten, einmal dynamisch über einen Bach setzend, ein andermal rastend und voller Ehrfurcht die Landschaft bewundernd und alles versehen mit dem in leuchtendem Gelb gehaltenen Titel »Wanderbares Niederösterreich«.

Dann wurden die Ortschaften kleiner, die Häuser niedriger. Die Berge rückten näher an die Straße, gewannen an Höhe und zeigten sich dicht bewaldet. Anstelle der Industrieanlagen waren nun holzverarbeitende Betriebe zu sehen. Sägewerke mit weit ausladenden Holzplätzen oder Zimmereien und Tischler. Die Lokale verloren ihren mondänen Charakter, waren nicht mehr Restaurants, sondern Gasthäuser, nicht mehr Cafés, sondern Konditoreien. Die Werbetafeln wurden spezifischer. Nicht mehr das ganze Bundesland wurde angepriesen. Die regionalen Ausflugsziele gewannen an Bedeutung. »Erlebniswelt Ötschergräben« konnte er auf einer Tafel lesen und wenige Kilometer weiter: »Ski- und Wanderparadies Hochkar«.

Die Straße zog sich in sanften und langen Kurven durch

das Tal, folgte dabei dem Lauf eines Flusses und querte ihn immer wieder, sodass er einmal zu Radeks Linken floss und wenig später zu seiner Rechten.

Der Altweibersommer zeigte sich von seiner schönsten Seite, schenkte den Menschen noch einige Tage sommerlicher Wärme und ließ die Wälder in zarten Rottönen, in Gelb und Ocker leuchten.

Als er die Hinweistafel mit der Aufschrift »Wanderarena Schandau« sah, wusste Radek, dass er am Ziel war. Aber das hätte er auch ohne diese Hilfe bemerkt, denn das Erste, was ihm auffiel, war eine Burg, die linker Hand auf einer felsigen Anhöhe über dem Ort thronte wie der düstere Wächter eines Feldlagers. Die Burg selbst schien nicht allzu groß, keine stattliche Festung. Die Anlage wurde von einem gedrungenen, jedoch mächtig wirkenden Bergfried dominiert, der ihr einen bedrohlichen Charakter verlieh, flankiert von schroffen, hoch aufragenden Mauern mit Wehrgängen, schnörkellos, ohne Türmchen oder Erker.

Am Fuße der Burg präsentierte sich Schandau wie erwartet als ein kleiner, überschaubarer Ort. Die Hauptstraße führte zum Zentrum. Der Hauptplatz war ein längliches Oval, mit einer Grünfläche und drei großen Laubbäumen in der Mitte. Darunter standen mehrere Sitzbänke. Am hinteren Ende beherrschte eine gotische Kirche den Platz, an der breitesten Seite stand ein massiges Rathaus.

Rundum fädelten sich Geschäfte auf, ein Wirtshaus, eine Bäckerei, eine Tabak-Trafik, eine Papier- und Schreibwarenhandlung, eine Konditorei, ein Friseur, ein Kaufhaus und ein weiteres Wirtshaus.

Einige der Häuser machten den Eindruck, als wären sie ebenfalls Überbleibsel aus der gotischen Hochblüte oder der frühen Neuzeit, jedenfalls schienen sie sorgsam restauriert worden zu sein und bildeten ein traditionelles Ensemble mit altmodischem Charme. Neuere Gebäude fügten sich perfekt in die Gebäudefront.

Radek gefiel die altmodische Bescheidenheit, die von diesem Hauptplatz ausging. Es kam ihm vor, als sei die Zeit stehen geblieben, sogar die Aufschrift »Kaufhaus« schien aus vergangenen Jahrzehnten in die Gegenwart gerettet worden zu sein. Es überraschte ihn, dass sich hier bisher keine Lebensmittelketten oder Drogeriemärkte angesiedelt hatten. Vielleicht war der mögliche Kundenkreis zu klein für die großen Konzerne.

Ein idyllisches Plätzchen am Ende der Welt, dachte Radek. Das war ein Ort für gestresste Manager, um ein paar Tage abzuschalten und zu verhindern, dass sie ins Burn-out kippten. Oder für Schriftsteller, die eine ruhige Ecke suchten, um ihren nächsten Roman zu schreiben. Aber sicher nicht, um hier zu leben. Und schon gar nicht, um hier als Jugendliche aufzuwachsen. Er verstand plötzlich, dass Bernadette abgehauen war, um in der Stadt einen draufzumachen.

Er bezweifelte, ob er hier überhaupt Empfang für sein Handy hatte.

Das Gasthaus »Falk«, in dem Radek ein Zimmer reserviert hatte, befand sich schräg gegenüber der Kirche. Er parkte neben dem Haus.

Vor dem Lokal befand sich eine große Terrasse mit Tischen, Stühlen und aufgespannten Sonnenschirmen. Drei junge Männer saßen an einem Tisch, unterbrachen ihr Gespräch, als Radek die Treppe hochstieg, und beobachteten ihn schweigend, als er in das Lokal ging. Dann stand er in einem Gang, an dessen Ende eine Treppe hochführte, links eine Tür mit der Aufschrift »Gaststube«, rechts eine zweite mit dem Schild »Speisesaal«.

Er ging in die Gaststube, ein langer Raum, der sich um die Ecke zog, im Stil der 80er-Jahre mit viel Holz an Decke und Wänden eingerichtet. Gleich rechts neben der Tür war ein großer Ausschank, der erste Teil als Rezeption gestaltet, mit einem Schlüsselboard und Postfächern sowie einer Art Schreibtisch mit Computer. Ein Mann saß davor, blickte kurz auf, als er Radek bemerkte, erhob sich und begrüßte ihn freundlich.

»Ich habe ein Zimmer reserviert«, sagte Radek und nannte seinen Namen.

Der Mann reichte ihm die Hand und stellte sich als Herr Falk, der Wirt, vor. Er war Anfang 40, untersetzt. Mit seiner Trachtenweste, der Lesebrille auf der Nase und dem schütteren Haar machte er den Eindruck eines gemütlichen und umgänglichen Landbewohners, der fernab von Stress und Hektik ein beschauliches Dasein fristete.

Wie ein Klischeebild aus dem Prospekt des örtlichen Tourismusverbands, dachte Radek.

Falk gab ihm einen Schlüssel. »Zimmer 105, im ersten Stock«, erklärte er. Dann reichte er ihm den Block mit dem Meldeformular über den Tresen. »Vielleicht können wir die Formalitäten gleich erledigen«, sagte er. »Wie lange wollen Sie bleiben?«

»Ich weiß noch nicht, aber ich denke, mindestens bis Dienstag. Möglicherweise auch noch ein paar Tage länger.«

Der Wirt zuckte mit den Schultern. »Kein Problem, lassen Sie das Feld für die Abreise frei und bleiben Sie, solange Sie wollen.«

»Nicht viel los in der Nachsaison?«, fragte Radek.

»Das ist unterschiedlich. Hängt vom Wetter ab. Momentan ist es ein bisschen ruhiger. Im Sommer allerdings waren wir gut belegt.«

Radek begann das Meldeformular auszufüllen. »Ich nehme an, Ihre Gäste sind Wanderer und Städter auf Sommerfrische?«

»Da nehmen Sie richtig an. Sie sind aus Wien?«

Der spöttisch-verächtliche Tonfall in der Stimme des Wirtes entging Radek nicht. »Aus Niederösterreich. Sankt Pölten«, erklärte er.

»Ja, nett«, sagte Falk. »Kenn ich. Da gehen viele von uns hin. Oder nach Wien. Es ist hier ein großes Problem, dass die Jungen lieber in die Stadt ziehen, weil es dort die besseren Jobs gibt. Den Jungen ist das Dorf nichts mehr wert.«

»Schade. Die Gegend ist wunderbar.«

»Zum Wandern schon«, sagte der Wirt bitter. »Aber nicht zum Arbeiten.«

Falk wirkte immer verdrießlicher, daher wollte Radek dieses Thema nicht länger strapazieren. »Haben Sie eine Empfehlung, welche Wanderungen lohnenswert sind?«, fragte er.

»Sicher.« Falk suchte aus einem Ständer unter dem Schlüsselboard eine Broschüre und schob sie Radek über das Pult. »Wenn Sie sich die Gegend ansehen wollen, finden Sie hier drinnen bestimmt die richtige Wandertour dafür.«

Radek blätterte in der Broschüre, auf deren Titelseite ein großes Logo des Tourismusvereins Schandau prangte und die eine Kombination von Fremden- und Wanderführer war. »Danke«, sagte er. »Ist die Burg Rotenstein eigentlich zu besichtigen?« Er fragte es beiläufig, obwohl er aus dem Internet wusste, dass es dort keinen Zutritt gab. Aber möglicherweise wurde es vor Ort anders gehandhabt, er wollte sich diesbezüglich noch einmal erkundigen.

Der Wirt wurde hellhörig und warf ihm einen misstrauischen Blick zu, als wäre es verboten, über die Burg zu sprechen. Schon einen Moment später entspannte sich seine Miene wieder, als schien es ihn nichts anzugehen, und er antwortete in gleichmütigem Ton: »Nein, eine Besichtigung ist nicht möglich. Die Burg ist bewohnt und der Herr Baron wünscht das nicht.«

Damit war für ihn die Sache erledigt. Er drehte sich um, begann den Spüler für die Gläser auszuräumen und nahm von Radek keine Notiz mehr, als hätte sich sein Gast in Luft aufgelöst.

Der Herr Baron wünscht das nicht, dachte Radek. Offensichtlich wollte er nicht gestört werden. Und offensichtlich funktionierten hier in der tiefsten Provinz die Untertänigkeit der vergangenen Jahrhunderte und die Autoritätshörigkeit des alten Österreichs noch immer problemlos, hatten sich vererbt und fortgesetzt bis ins digitale Zeitalter. Die Leute kommunizierten zwar mit ihren Smartphones rund um die Welt und buchten über das Internet Abenteuerurlaube in Kanada, aber wenn der Herr Baron seine Ruhe haben wollte, dann waren alle ganz artig und folgsam.

Radek füllte das Meldeformular fertig aus. Als er im Feld mit dem Beruf angelangt war, überlegte er einen Moment, ob er Polizist angeben sollte, entschied sich jedoch dagegen und schrieb »Beamter«.

Radek nahm den Schlüssel. »Im ersten Stock, sagten Sie, ist das Zimmer?«

»Ja, erster Stock links.« Der Wirt bestätigte das, ohne sich umzudrehen oder seine Tätigkeit zu unterbrechen. »Frühstück von 7.30 Uhr bis 11 Uhr im Speisesaal.«

Den hatte Radek beim Hereinkommen auf der anderen Seite des Gangs gesehen. Er holte seine Reisetasche aus dem Auto und ging hinauf in sein Zimmer. Das war so einfach, aber gemütlich, wie er es aus anderen Gasthäusern auf dem Land kannte. Ein kleiner Vorraum, Kasten, Bad und WC, Tisch mit zwei Stühlen, eine Ablage für die Reisetasche, ein Fernseher mit Museumsreife. Auf dem Balkon ein alter Gartensessel und ein kleiner Blechtisch mit einem Aschenbecher.

Radek richtete sich im Zimmer ein, räumte seine Tasche aus, und als er sein Gewand im Kasten verstaut hatte, ging er wieder nach unten. Er setzte sich auf die Terrasse vor dem Gasthaus und bestellte eine Tasse Kaffee. Die Gäste von vorhin waren mittlerweile gegangen. Er genoss den warmen Herbstnachmittag. Auf dem Hauptplatz waren keine Leute unterwegs. Es war kurz nach 14 Uhr und die Geschäfte hatten bereits geschlossen.

Nachdem er seinen Kaffee getrunken hatte, entschied er sich, spazieren zu gehen. Er zog im Zimmer seine Wanderschuhe an und machte sich auf den Weg. Wie magisch zog es ihn hinauf zur Burg Rotenstein. Lag es daran, dass er sich durch das geplante Studium beinahe als Historiker fühlte und die geschichtlichen Orte ganz automatisch seine Aufmerksamkeit erregten und einen unwiderstehlichen Reiz entwickelten?

Er stieg die Zufahrtsstraße hoch. Oben, hinter der Burg, vom Dorf aus nicht zu sehen, befand sich ein großer Parkplatz, von niedrigen Hecken umgeben und mit Bäumen bewachsen. Am Ende des Parkplatzes sah er eine Garage und ein Wirtschaftsgebäude. Auf dem Parkplatz standen mehrere Autos.

Hinter der Burg führte eine Wiese zunächst flach und dann etwas ansteigend hinauf zum Waldrand. Ein Teil der Wiese, nahe den Gebäuden, war als Koppel abgezäunt, Radek sah dort zwei Pferde grasen. Ein idyllisches Fleckchen.

Die Burg überragte die Landschaft, und der mächtige viereckige Bergfried, der Radek schon aufgefallen war, als er in die Ortschaft kam, klotzte vor ihm wie ein unüberwindbares Hindernis. Die Burg war auf einem Felsmassiv aus rötlichem Stein erbaut. Jetzt wusste er auch, woher sie ihren Namen hatte.

Bevor sich Radek weiter der Betrachtung des gewaltigen Bauwerks hingeben konnte, stand plötzlich ein Mann vor ihm. Schwarzes Hemd, Jeans, ein dunkles Sakko. Groß, kräftig gebaut, kurz geschorenes Haar. Er trug einen Ohrhörer, ein Spiralkabel führte unter sein Jackett.

»Kann ich Ihnen helfen?«, fragte der Mann bestimmt, aber nicht unhöflich. »Das hier ist ein Privatgrund.«

Radek war überrascht. Der Typ sah aus wie ein Bodyguard oder der Türsteher einer Diskothek in der Großstadt und passte überhaupt nicht in diese Gegend.

»Ich wollte mir die Burg ansehen«, sagte Radek wahrheitsgemäß, dennoch alarmiert. »Und ich dachte, es gibt einen Weg rundherum.« Er machte auf naiven Touristen, das konnte nie schaden.

»Nein, es gibt keinen Weg um die Burg. Die Burg ist bewohnt und Privatbesitz. Der Herr Baron wünscht nicht, dass sich Leute hier herumtreiben.«

Aha, wieder der Herr Baron, der was nicht wünscht, dachte Radek.

»Sie müssen zurück ins Dorf. Von dort haben Sie mehrere Möglichkeiten, um im Wald oder auf den umliegenden Bergen zu wandern«, erklärte ihm der Mann. Er sprach wie mit einem ungezogenen Kind und baute sich vor Radek auf.

Radek war klar, dass der Parkplatzwächter ihn ohne zu zögern mit Gewalt am Weitergehen hindern würde. »Danke für die Auskunft«, sagte er deshalb und warf noch einen Blick auf die Autos. Euer Hochwohlgeboren wünscht gewiss, mit seinen Gästen ungestört zu sein, lag ihm auf der Zunge. Aber er schluckte die Bemerkung hinunter, weil er den Großen nicht unnötig provozieren wollte. Er machte brav kehrt, ging die Straße zurück ins Dorf und suchte sich von dort einen Wanderweg in den Wald.

8.

Der herbstliche Wald lud nicht nur zum Wandern ein, sondern auch zum Fotografieren. Die Sonne in den Bäumen, die unterschiedlichsten Farbtöne der Blätter, die im sanften Gegenlicht aus jedem Blickwinkel anders wirkten, diese spätsommerliche Stimmung lockte nicht nur Spaziergänger in die Natur, sondern auch so manchen Hobbyfotografen.

Deshalb fiel der Mann nicht auf, der mit einer kleinen Fototasche durch den Wald schlich. Ja, es war ein Schleichen, kein Gehen. Er wollte nicht gesehen werden. Und leise zu sein war dafür die erste Voraussetzung. Aus diesem Grund hatte er nur das Nötigste dabei: das Gehäuse seiner Canon EOS 2000D, zwei Zoomobjektive, einen Telekonverter, ein Stativ. Und ein Nachtsichtgerät. Er durfte kein Licht verwenden. Er legte Wert auf wenig Ausrüstung, wollte nicht mit einer riesigen, schweren Fototasche herumlaufen, damit auffallen und von ihr behindert werden. Er musste beweglich bleiben. Er war nicht gekommen, um Bäume oder Blätter zu fotografieren.

Der Fotograf wusste genau, wohin er musste. Er war nicht zum ersten Mal hier. Alles war vorbereitet. Er hatte ihre Autos gesehen, als sie durch das Dorf fuhren, und hatte gewusst, es war wieder so weit. Er bemerkte nicht immer, wenn sie kamen. Sie trafen sich unregelmäßig, wahrscheinlich vereinbarten sie bei jedem Treffen bereits ihren nächsten Termin. Aber er sah sie häufig, das genügte ihm.

Er hatte sein Zeug geschnappt und war in den Wald hinaufgegangen. Seine Frau wunderte sich nicht mehr darüber. Er hatte erst vor wenigen Jahren mit dem Fotografieren begonnen, und sie war froh gewesen, dass er ein Hobby gefunden hatte, welches ihm Freude bereitete und ihn darüber hinaus noch dazu bewegte, in die Natur zu gehen. Und seine Kinder scherten sich sowieso nicht um das, was er machte, solange er sie nicht damit nervte oder es ihnen peinlich wurde.

Langsam und vorsichtig bewegte er sich durch den Wald. Niemand durfte ihn sehen oder bei dem, was er tat, erwischen. Er hatte keine Ahnung, was sie dann mit ihm tun würden, aber er wusste, dass es nichts Angenehmes sein würde.

Immer wieder verharrte er still und lauschte wie ein Jäger. Im Grunde war er das auch – ein Jäger. Aber ohne Gewehr und nicht hinter Tieren her.

Ohne Probleme fand er die Abzweigung vom Pfad, die nur er kannte. Hinein in den Wald, weg von den Wanderern und Spaziergängern, die sich selten um diese Zeit noch im Wald herumtrieben.

Immer tiefer drang er in das Dickicht vor, bis er an den Waldrand kam. Dahinter lagen eine leicht abfallende Futterwiese, die Burg und darunter das Dorf. Der Waldrand war dicht verwachsen mit wilden Hecken und Büschen, mit Brombeer-, Haselnuss- und Holundersträuchern. Er hätte auch über die Futterwiese zu seinem Platz gehen können, aber dabei lief er Gefahr, vom Dorf oder von der Burg oder von der Straße, die zum Friesenbichler-Bauern führte, gesehen zu werden, und das hätte alle seine Pläne zunichtegemacht.

Er war schon oft hier gewesen, sehr oft sogar, und hatte mit einer Heckenschere eine Nische in das beinahe undurchdringliche Dickicht geschnitten, sodass er nahe genug an den Wiesenrand kam, um einen freien Blick nach unten zu haben.

Eine perverse Neugier befiel ihn, als er die Fotoausrüstung auspackte. Er stellte das Stativ mit einem kräftigen

Ruck auf den Boden, schraubte das Kameragehäuse fest und drehte den Zweifach-Telekonverter mit dem 70-300er Zoomobjektiv auf den Fotoapparat. Er steckte den Fernauslöser an.

Dann spähte er durch den Sucher und aus dem Dickicht. Ja, das war gut, viel besser als beim letzten Mal. Er veränderte die Brennweite und machte die ersten Fotos von dem Pärchen, das eben mit dem Auto unter ihm die Straße hochfuhr und auf dem Parkplatz anhielt. Perfekt, es war perfekt! Eine unbestimmte Erregung ergriff ihn.

Während er fotografierte, überlegte er bereits, ob sein Versteck für die Bilder sicher war. Denn er musste sie verstecken, wie die anderen Fotos auch, die er von hier aus geschossen hatte. Niemand durfte sie finden. Daher vertraute er auch keinem. Weder seiner Frau noch seinen Kindern. Sie waren keine schlechten Menschen, im Gegenteil, aber sie waren genauso verführbar wie die anderen. Deshalb traute er ihnen nicht über den Weg. Und den Leuten im Dorf sowieso nicht.

Er bereute es, den Fotoapparat nicht mitgenommen zu haben. Der Herbst, der sich im Wald in strahlenden Farben präsentierte, hätte eine Menge schöner Fotomotive geboten. Radek hatte eine der Wanderrouten aus der Broschüre, die ihm Falk gegeben hatte, ausgewählt und war eine lange Runde im Wald gegangen, bei der er fast zwei Stunden unterwegs gewesen war.

Jetzt saß er auf der Terrasse vom Gasthaus »Falk«, hatte ein herrlich kühles Bier vor sich auf dem Tisch und blätterte in der Broschüre, um eine Wanderung für den nächsten Tag zu suchen.

Schräg gegenüber vor einer Fleischhauerei standen zwei ältere Frauen auf dem Gehsteig und tratschten. Offensichtlich hatten sie eine ganze Menge zu besprechen, denn als Radek das Bier halb ausgetrunken und für morgen eine Tour gefunden hatte, waren sie noch immer dort. Während er überlegte, was wohl so interessant sein könnte, dass es die beiden Frauen dazu brachte, ein zufälliges Treffen derart auszudehnen, kam ein etwa 20-jähriges Mädchen in einem langen dunklen Mantel den Gehsteig entlang. Bevor sie die beiden Frauen erreicht hatte, unterbrachen diese ihr Gespräch, wichen zur Seite, senkten in einer unterwürfigen Geste die Augen und ließen die Jüngere vorbeigehen. Danach setzten sie ihr Gespräch fort, allerdings steckten sie nun die Köpfe zusammen und tuschelten aufgeregt. Immer wieder blickten sie verstohlen der jungen Frau nach, als hätten sie Angst, dass das Mädchen sie hören und zurückkommen könnte. Radek wunderte sich, warum die beiden Klatschtanten sich vom Auftauchen der jungen Göre so einschüchtern ließen, einfach zur Seite traten, ohne ein Wort zu sagen, jetzt aber ihr Gift über die Jugendliche und das eben Geschehene verspritzten.

Immer das gleiche Spiel, dachte er, zuerst kuschen, sich nicht trauen, aufzustehen, und sich dann das Maul zerreißen. Er trank sein Bier aus. Die Sonne war hinter den Hügeln verschwunden und es wurde kühler. Zeit, hineinzugehen.

Zwei Stunden später saß er in der Gaststube, und während er aß, füllte sich das Lokal. Männer setzten sich an die Theke, tranken Bier oder Wein, gingen wieder, machten damit Platz für andere. An den Tischen sammelten sich einige Jugendliche. Es war Samstagabend und das Schandauer Nachtleben ziemlich bescheiden, vermutete Radek. Wer nicht mit dem Auto in eine der größeren Städte in der Umgebung fahren konnte, musste sich wohl oder übel mit den beiden Gasthäusern hier im Dorf zufriedengeben.

Das hier war also das Lokal, in dem Bernadette Lindner am Abend ihres Verschwindens gewesen war. Radek überlegte, ob er Falk gleich befragen sollte, entschied sich dann aber dagegen. Noch war er hier auf einem Wochenendurlaub und nicht im Dienst.

Radek hatte ein Buch mitgenommen, das ihn interessierte und das er sicherlich auch für die Uni gebrauchen konnte, sowie einen Schreibblock. Er wollte sich angewöhnen, seine Lektüre, die er in Zukunft zu lesen hatte, gewissenhaft zu exzerpieren, um sich damit später Zeit und Arbeit zu ersparen. Er las intensiv und konzentriert, obwohl er sich bemühte, keinen der Gäste, die kamen und gingen, zu übersehen. Er versuchte die Leute zu sondieren, ohne dabei aufdringlich zu wirken, sie einzuschätzen und sich ein Bild von den Bewohnern des Ortes zu machen.

Irgendwann im Laufe des Abends kam eine junge Frau ins Lokal und setzte sich an den Ausschank. Sie fiel ihm auf, weil sie hübsch und alleine war. Die Männer an der Bar begrüßten sie freundschaftlich, ebenso die Kellnerin, sie war also keine Unbekannte. Radek bemerkte sofort ihren dunklen Lidschatten, der ihr mit dem halblangen brünetten Haar und ihrer schwarzen Kleidung ein beinah mondänes Erscheinungsbild verlieh, das viel besser in ein Wiener Szene-Lokal als in dieses Dorfgasthaus gepasst hätte.

Sie bestellte ein Glas Rotwein, zündete sich eine Zigarette an, blickte sich im Lokal um und registrierte, dass Radek sie beobachtete. Es schien sie nicht zu stören. Im Gegenteil, Radek hatte den Eindruck, als würde sie ihre Wirkung auf ihn genießen. Sie wandte sich der Kellnerin zu, die gerade an der Espressomaschine hantierte. Schnell wechselten sie einige Sätze, sie erkundigte sich nach dem fremden Gast. Dann drehte sie sich wieder zu Radek, schlug die Beine übereinander und musterte ihn mit interessiertem Blick. Sie lächelte. Ihr Verhalten war nicht verführerisch, eher neugierig, als ob sie fragen wollte: Na, was bist denn du für einer? Radek wusste, dass er nicht hässlich war, und kannte seine Wirkung auf Frauen. Trotzdem war es ihm beinahe peinlich, so direkt in Augenschein genommen zu werden, vor allem, weil das Verhalten des Mädchens auch die Aufmerksamkeit der übrigen Männer an der Bar auf ihn lenkte und sie ihrem Blick folgten. Plötzlich starrten ihn vier weitere Augenpaare an. Sie beobachteten ihn allerdings nicht freundlich, sondern argwöhnisch. Aus Verlegenheit nahm Radek sein Bier und prostete den Leuten an der Bar jovial zu, aber die Männer ignorierten es. Das Mädchen allerdings hob das Glas und erwiderte seine Geste mit einem Kopfnicken und einem Lächeln.

Radek versteckte sich wieder hinter seinem Buch und las weiter.

Später am Abend leerte sich das Gasthaus langsam. Auch das Mädchen an der Bar verschwand bald, nachdem sie das Glas Wein ausgetrunken hatte. Als Radek bemerkte, dass er mittlerweile der letzte Gast war und die Kellnerin ihn gelangweilt beobachtete, ging er in sein Zimmer hinauf.

9.

Etwas stimmte nicht. Es war ihm nicht sofort klar und es dauerte eine Weile, bis er dahinterkam. Radek saß beim Frühstück am Fenster, so, dass er nach draußen auf den Hauptplatz blicken konnte. Er war der einzige Gast, zumindest war kein anderer Tisch gedeckt. Die Kellnerin brachte ihm ein üppiges Frühstück. Wurst, Käse, Butter, Marmelade, reichlich Gebäck und eine große Thermoskanne mit Kaffee. Er bestellte ein weiches Ei. Er liebte es, ausgiebig und lange zu frühstücken. Er hatte sich von der Theke einige Tageszeitungen geholt und blätterte sie mit mäßigem Interesse durch. Manchmal warf er einen Blick aus dem Fenster nach draußen.

Und während er aß und ab und zu auf den Hauptplatz hinaussah, begann ihn etwas an dem Bild zu stören.

Es war ein schöner Morgen. Er hatte hervorragend geschlafen und es war kurz nach 9 Uhr. Die Herbstsonne schien mild auf den menschenleeren Platz vor der Kirche.

Das war es: keine Menschen vor der Kirche. Das störte ihn.

Radek war nicht religiös. Ein Arbeiterkind, seine Familie war sozialdemokratisch aus tiefster Seele, da gab es keinen Platz für die Kirche. Seine religiöse Erziehung beschränkte sich auf die katholischen Pflichtübungen: Taufe, Erstkommunion, Firmung. Gerade so viel, dass ein Kind in der Provinz überleben konnte, ohne ins soziale Aus gedrängt zu werden, in einem Land, das von Kirche nur so triefte und in dem sogar die Sozialisten katholisch waren, wie es sein Vater verächtlich ausdrückte. Aber auch keinen Fingerzeig mehr. So war es nur eine logische Konsequenz, dass Radeks erste eigenständige politische Handlung – als solche sah er es – nach Erreichen der Volljährigkeit darin bestanden hatte, aus der Kirche auszutreten.

Deshalb hatte er keine Erfahrung mit der Kirchenpraxis und war ein wenig verunsichert. Möglicherweise täuschte er sich. Aber er wusste, dass die Leute am Sonntagvormittag in die Messe gingen, davor und danach vor der Kirche standen, tratschten. Anschließend marschierten die Männer ins Wirtshaus, während die Frauen sich auf den Weg nach Hause machten, um das Mittagessen zu kochen. Doch vielleicht war das nur ein Klischee, alles nicht mehr wahr, längst überholt. Trotzdem fand am Sonntagvormittag der Gottesdienst statt. Daran hatte sich noch nichts geändert.

Der Gedanke ließ ihm keine Ruhe, und je länger er darüber nachdachte, desto unruhiger wurde er. Er brauchte Gewissheit.

Er trank seine Tasse Kaffee aus und gab der Kellnerin Bescheid, dass er schnell etwas erledigen müsse, aber gleich wieder zurück sei und sie das Frühstück noch nicht abräumen solle. Dann eilte er über den Platz zur Kirche. Er trug nur einen Sweater, darunter ein T-Shirt, er hatte nicht vor, lange wegzubleiben, und in der milden Sonne war es ohnehin nicht kalt.

Neben dem Kirchenportal sah er eine Tafel mit der Aufschrift »Heilige Messe« und den Uhrzeiten, zu denen sie stattfand. Er blickte auf die Uhr. 9.30 Uhr, die Messe müsste vor 15 Minuten begonnen haben. Er hatte jedoch seit gut einer Stunde den Platz vor der Kirche im Blick. Möglicherweise gab es einen Seiteneingang, den er übersehen hatte.

Vorsichtig öffnete er die schwere Holztür, er wollte nicht stören. Er zog die Tür einen Spalt weit auf, schlüpfte hinein, schloss sie leise hinter sich und blickte sich überrascht um.

Die Kirche war – leer. Oder – beinahe leer. Über die ersten beiden Bankreihen verstreut saßen drei alte Frauen und ein Paar, ebenfalls weit im Rentenalter. Vorne beim Altar stand ein einsamer Pfarrer, kein Messner, keine Ministranten, niemand. Außer diesen sechs Personen war kein Mensch in der Kirche. Radek hatte noch nie in seinem Leben eine so leere Kirche gesehen, nicht einmal jene, die er im Urlaub als Sehenswürdigkeiten besucht hatte.

Der Priester bemerkte ihn, zögerte einen kurzen Augenblick und fuhr dann mit seiner Messe fort.

Radek blieb noch einige Minuten neben der Tür stehen, ließ die Liturgie und ihre Rituale, die ihm vor den wenigen Besuchern völlig sinnentleert erschienen, auf sich wirken. Anschließend verließ er die Kirche so leise, wie er gekommen war, und kehrte zurück ins Gasthaus »Falk«.

Eine leere Kirche, ein Gottesdienst ohne Menschen. Das war ihm nicht geheuer.

Radek hatte sich vorgenommen, eine Wanderung auf den Schneekogel zu machen. In der Broschüre, die ihm Falk am Vortag gegeben hatte, war eine einfache Rundtour mit einer Dauer von vier Stunden beschrieben, das erschien ihm ein überschaubarer Ausflug zu sein. Der Berg selbst wurde mit einer Höhe von etwas weniger als 1.400 Metern ausgewiesen. Er nahm nicht viel Ausrüstung mit. Einen kleinen Rucksack mit einem Regenschutz, Wasser und einen Apfel.

Dann machte er sich auf den Weg, verließ das Dorf am Nordende, fand hinter der Kirche den markierten Wanderweg, der durch den Wald auf den Schneekogel führte, und folgte ihm in gemächlichem Schritt. Er hatte es nicht eilig. Es war halb elf, er rechnete damit, spätestens um 15 Uhr zurück zu sein.

Er war etwa eine halbe Stunde unterwegs, als ihm ein Reiter in leichtem Trab entgegenkam. Das verwunderte Radek, da er nicht vermutet hätte, dass auf einem Wanderweg Reitausflüge unternommen wurden. Der Weg stieg sanft an, war nicht allzu breit und erschien ihm für einen Ausritt wenig geeignet.

Der Reiter trug hohe Stiefel, Breeches und einen kurzen Lodenmantel mit Halstuch. Auf dem Kopf hatte er eine Mütze fest in die Stirn gedrückt, unter der angegraute Haarlocken hervorlugten. Er hielt die Zügel in der rechten Hand, in seiner linken, die er auf die Hüfte stützte, trug er eine Reitgerte. Er verlangsamte sein Tempo nicht, machte auch keine Anstalten, das Pferd nur eine Handbreit auf die Seite zu führen. Radek musste in den Wald hinein flüchten, um den Reiter passieren zu lassen. Wäre er nicht ausgewichen, hätte der Typ ihn geradewegs umgeritten. Das Recht des Stärkeren, dachte der junge Polizist, und fragte sich, ob es nicht irgendeine Vorschrift gab, die das Reiten im Wald verbot.

»Aufpassen! Fußgänger!«, rief Radek dem Mann mit provokantem Ton hinterher, doch der schenkte ihm keinerlei Beachtung. Er saß gerade aufgerichtet, aber entspannt im Sattel und sein Oberkörper wippte im Takt der Schritte des Pferdes. Den Blick starr nach vorne gerichtet, ritt er wie in Trance an Radek vorbei. Er verhielt sich, als hätte er den Wanderer gar nicht gesehen oder als würde der Weg ihm gehören und jeder Besucher ein lästiger, bestenfalls geduldeter Gast sein.

Arrogantes Arschloch, dachte Radek, du meinst wohl, der Wald ist für dich alleine da. Er wollte dem Mann eine entsprechende Bemerkung nachrufen, doch der trieb das Pferd durch einem schnellen Schlag mit der Gerte an und entfernte sich in scharfem Trab. Er hätte Radeks Unmut nicht mehr mitbekommen, deshalb schluckte dieser ihn hinunter und versuchte, den Zwischenfall zu vergessen. Er wollte sich den schönen Tag nicht durch einen blasierten Kavalleristen vermiesen lassen.

10.

Als der Friesenbichler-Bauer aus dem Wirtshaus kam, hatte er ordentlich getankt. Einen Moment lang musste er nachdenken, wo sein Auto geparkt war, bis ihm einfiel, dass er es gegenüber dem Gasthof »Zur Linde« abgestellt hatte, weil vor dem Lokal kein Parkplatz frei gewesen war und er sich darüber geärgert hatte. Ohne darauf Acht zu geben, ob ein Auto unterwegs war, torkelte er über die Straße. Dabei versuchte er sich halbwegs zusammenzureißen, nicht, weil er Angst davor hatte, gesehen zu werden oder aufzufallen, sondern weil er sich selbst nicht eingestehen wollte, so betrunken zu sein, dass er seinen Gang nicht mehr unter Kontrolle hatte. Die Leute im Dorf scherten ihn einen Dreck, die sollten denken, was sie wollten, diese Feiglinge, er würde nicht vor ihnen kuschen, und schon gar nicht würde er sich so benehmen, dass sie nicht in ihrem Anstand gekränkt waren. Sollten sie sich ruhig das Maul zerreißen, ihm war das egal. Von 9.30 Uhr bis jetzt am Nachmittag war er beim Stadelmaier gesessen und hatte gut eineinhalb Liter Wein getrunken, aber er fühlte sich noch fahrtauglich. Außerdem waren die Polizisten am Sonntag sowieso mit anderen Dingen beschäftigt: Mittagessen, Kaffeetrinken und ähnliche Sachen. Um Schandau scherten sie sich kein bisschen, das hatten sie noch nie getan, ganz egal, was hier alles passiert war. Warum sollten sie gerade heute damit anfangen?

Der Friesenbichler hatte einige Schwierigkeiten, den Wagen aufzusperren, seinen dicken Bauch hinters Lenkrad zu quetschen, das Zündschloss zu finden und zu starten. Aber dann fuhr er im Retourgang aus dem Schrägparkplatz, ohne nach hinten zu schauen.

Um diese Zeit fährt sowieso niemand auf der Straße, auch sonst läuft keiner herum, die sitzen alle zu Hause vor dem Fernseher und trauen sich nicht heraus. Es könnte ja irgendwer sehen, dass sie was Verbotenes tun. Feiglinge, allesamt, miese Feiglinge.

Das Getriebe krachte undankbar, als er den ersten Gang hineinwürgte. Weil er die Kupplung zu schnell kommen ließ, schoss der Wagen mit einem Sprung nach vorne, bevor der Friesenbichler gemächlich aus dem Dorf hinausrollte.

Etwa einen Kilometer nach dem Ortsende zweigte die Straße ab, die zu seinem Hof führte. Seine Alte würde maulen, weil er nicht zum Mittagessen gekommen und schon wieder besoffen war. Aber das interessierte ihn genauso wenig wie das Gerede der Leute im Dorf. Er arbeitete die ganze Woche wie ein Ochse, zwölf, vierzehn Stunden am Tag, trotz seiner 58 Jahre. Da konnte er sich wohl ab und zu einen richtigen Rausch gönnen. Und dafür war der Sonntag genau recht.

Langsam schlängelte er sich den Weg höher. Er kam durch ein Waldstück und musste abrupt bremsen. Quer über der Straße lag ein Mountainbike. Er schaffte es gerade noch, den Wagen anzuhalten, wobei er dem Fahrrad gefährlich nahekam. Einen Moment lang überlegte er sogar, einfach drüberzufahren, mit seinem alten Nissan Terrano wäre das sicher kein Problem, aber er hatte Angst, sich den Tank oder den Auspuff zu beschädigen. Deshalb blieb er stehen und stieg laut fluchend aus.

»Was für eine Scheiße ist denn das? Jetzt lassen diese Arschlöcher ihre verfluchten Drahtesel schon mitten auf der Straße liegen, wenn sie im Wald pinkeln.«

Er war bei dem Fahrrad angekommen und bückte sich ächzend, um es hochzuwuchten und in den Straßengraben zu schmeißen. Doch bevor er danach greifen konnte, wurde er zur Seite gerissen und mit dem Rücken auf die Kühlerhaube seines Autos geschleudert.

Ein maskierter Mann drückte ihm den Unterarm unter dem Kinn auf den Hals, und die Spitze eines Jagdmessers zielte auf sein rechtes Auge. Überrascht und unfähig, einen Ton zu sagen, starrte er zunächst auf die Messerspitze und dann auf das mit einer Sturmhaube maskierte Gesicht vor ihm.

»Was willst du von mir, du blöder Saubub?«, presste Friesenbichler hervor, als er sich von seinem ersten Schrecken erholt hatte. »Lass mich in Ruh und schleich dich zu deinen beschissenen Kumpanen.« Der Druck des Unterarms an seinem Hals wurde stärker und sperrte ihm die Luft ab.

»Halt dein Maul«, sagte der Maskierte leise, aber bestimmt, »und spiel auf deine alten Tage nicht den Helden, sonst lass ich dir die Luft raus.«

Die Messerspitze befand sich plötzlich an Friesenbichlers Hals, er konnte sie deutlich unter seinem Kehlkopf spüren.

»Scheißhund«, würgte er heraus, »was willst du von mir?« Doch als der Druck der Messerspitze stärker wurde, entschied er, nichts mehr zu sagen.

»Friesenbichler, du bist ein alter sturer Bauernschädel. Es würde mir großen Spaß bereiten, ihn dir einzuhauen. Aber leider müssen wir noch ein bisschen miteinander im Geschäft bleiben. Deshalb bring ich dich nicht um.«

»Geh scheißen!«, fluchte der Bauer. »Mit uns gibt's kein Geschäft.«

Der Mann stieß dem Friesenbichler das Knie zwischen die Beine, und der Bauer winselte vor Schmerz, den er trotz seines Alkoholspiegels spürte.

»Halt einfach die Schnauze und hör mir zu. Du schneidest morgen am Geißkogel ein paar Bäume um?«

»Na und, was geht dich das an?«

Der Maskierte ignorierte die Frage. »Und du hast mit dem Kienberger verhandelt und willst ihm das Holz verkaufen?«

Woher wusste der Kerl das? Diese Abmachung war still und heimlich getroffen worden. Niemand sollte das mitbekommen. Friesenbichler würde das Schlagen der Bäume beaufsichtigen, und wenn es so weit war, würde er den Kienberger informieren, damit sie die Stämme wegbringen konnten. Der Kienberger zahlte weitaus besser als die anderen Sägewerke. Aber Friesenbichler wusste, dass das nicht ausreichte. »Na und? Das geht dich einen Scheißdreck an, du blöder Rotzbub!«, schimpfte der Bauer weiter.

Erneut ein Stoß mit dem Knie, Friesenbichler stöhnte.

»Sei froh, dass du so besoffen bist«, sagte der Maskierte. »Weil, wenn du nüchtern das Maul genauso aufreißen tätest, würd ich dir deine Zähne so weit hineinhauen, dass sie dir beim Arsch wieder rauskommen.«

Friesenbichler zweifelte keinen Moment daran, dass der Maskierte das ernst meinte, und wurde nun doch etwas kleinlauter. Sein Gesicht verlor trotz des vielen Weins die rote Farbe und bekam eine fahle Blässe. Ihn ergriff eine unbestimmte Angst, sie drängte sich durch die dicke Decke, mit der der Alkohol seine Gedanken dämpfte. Im selben Maße, mit dem sein Kopf klarer wurde, erkannte er die Gefahr, in der er schwebte.

»Hör mir zu, du versoffenes Schwein«, der Maskierte kam nun zur Sache. »Du kannst so viel Wald umholzen, wie du willst, aber verkauft wird das Holz im Ort und nirgendwo anders. Hast du verstanden?«

Der Bauer antwortete nicht. Der Maskierte wurde ungeduldig. Er richtete sich auf, ließ das Messer auf der Motorhaube liegen und schlug Friesenbichler mit einer Links-rechts-Kombination mehrmals in den dicken Bauch. Dem Bauer blieb die Luft weg, er sackte stöhnend auf die Knie, begann zu würgen und zu keuchen und kotzte vor sich auf die Straße. Als er fertig war, packte ihn der Maskierte am Hals und zog ihn hoch.

»Hast du das kapiert?«, wiederholte er. »Oder soll ich es dir noch einmal erklären?«

Mit tränenden Augen nickte der Friesenbichler-Bauer und würgte ein »Hab's verstanden« hervor.

»Gut so. Wenn wir dir draufkommen, dass du uns bescheißt, fackeln wir deinen Heustadel ab. Ist das klar?«

Wieder nickte Friesenbichler.

Zum Abschied gab der Maskierte dem Mann eine kräftige Ohrfeige. »Die war fürs Verarschen. Und jetzt: Komm gut heim.«

Damit schnappte der Maskierte sein Messer, war mit zwei Schritten bei seinem Mountainbike, hob es auf, schwang sich hinauf, radelte mit einigen schnellen Tritten in die Pedale die Straße hinunter und verschwand hinter der nächsten Kurve.

Der Friesenbichler-Bauer sackte leise wimmernd und weinend auf der Straße zusammen.

11.

Die Angaben in der Broschüre hatten genau gestimmt. Die letzte halbe Stunde, bevor er den Gipfel erreichte, war Radek aus dem Wald herausgekommen, und erst da hatte sich ihm ein wunderbarer Ausblick auf die Bergwelt der Umgebung geboten. Er war eine ganze Weile auf dem Gipfel geblieben und hatte die Sonne genossen, bevor er sich auf den Rückweg gemacht hatte.

Jetzt, am Nachmittag, saß er wieder mit einem kalten Bier auf der Terrasse des Gasthofs »Falk«. Er trank es mit dem Genuss des durstigen Wanderers.

Bis auf den Reiterrüpel hatte er niemanden getroffen, was ihn zunächst nicht gestört, dann auf dem Rückweg allerdings doch verwundert hatte. Eigentlich, dachte er, hätte er im Wald mehr Spaziergängern begegnen müssen.

Als er auf der Terrasse saß und über den leeren Hauptplatz blickte, wurde ihm bewusst, dass auch im Dorf niemand unterwegs war. Gut, mit 560 Einwohnern war Schandau keine Metropole, aber es gab eine funktionierende Infrastruktur, zwei Gasthäuser, eine Konditorei, einen idyllischen Hauptplatz, der zum Verweilen einlud, und trotzdem wirkte das Dorf wie ausgestorben.

Da sah er zwei Frauen, in ein Gespräch vertieft, auf dem gegenüberliegenden Gehsteig und über den kleinen Vorplatz der Kirche gehen. Zwei jugendliche Mädchen kamen ihnen entgegen und schienen sie nicht zu beachten. Sie blieben auf Kollisionskurs, die älteren Frauen traten zur Seite, obwohl auch die jungen hätten ausweichen können. Als Radek diese Szene beobachtete, fragte er sich, warum die Mädchen so frech waren und keine Anstalten gemacht hatten, aus dem Weg zu gehen. Ihm fiel die Szene vom Vortag ein, die ganz ähnlich gewesen war, und seine Begegnung mit dem Reiter im Wald, und er zog den Schluss, dass Höflichkeit und Rücksichtnahme offensichtlich nicht die am stärksten ausgeprägten Eigenschaften hier im Ort waren.

Nachdem sie die frechen Gören vorbeigehen lassen hatten, setzten die Frauen ihre unterbrochene Plauderei fort und blieben vor der Kirche stehen.

Karin und Gabi waren beste Freundinnen. Beide waren in Schandau aufgewachsen, gemeinsam in Göstling in die Volksschule und in die Hauptschule gegangen. Immer beste Freundinnen. Dann hatten sie eine Lehre als Verkäuferin absolviert. Karin im Bekleidungsgeschäft Klein, Gabi im Kaufhaus Kroner, beide auf dem Hauptplatz in Schandau. Und zwei von drei Mal waren sie gemeinsam in die Berufsschule nach Theresienfeld gekommen. Die eine in die Sparte Textil, die andere zu Lebensmittel.

Sie teilten sich zwar nicht dieselben Burschen, hatten allerdings immer ausreichend Gesprächsstoff, was dieses Thema betraf. Und weil sie in dieser Beziehung unterschiedliche Geschmäcker hatten, kamen sie sich nie in die Quere. Aber sie lernten voneinander, was die jungen Männer betraf. Wie man sie verführt, was man tun musste, um sie schnell ins Bett zu bekommen, wie man sie befriedigte und wie man sie dazu brachte, das zu tun, womit auch die Frauen auf ihre Kosten kamen. Es fing in der Berufsschule an, dann gingen sie in den benachbarten Dörfern auf Männerfang. Später, als sie selbst Führerschein und Auto besaßen, fuhren sie in die großen Orte, nach Amstetten, Linz oder nach Sankt Pölten und schließlich nach Wien. Immer beste Freundinnen. Eine frühe Krönung hatte ihre Freundschaft erlebt, als Gabi in einer Wiener Diskothek einen wirklich süßen Kerl aufgerissen und sie sich bei ihm in der Wohnung in einem flotten Dreier das halbe Wochenende die Seele aus dem Leib gevögelt hatten. Aber das war lange her.

Sie waren im Dorf geblieben. Später, nach diesen ausschweifenden Zeiten, hatten sie geheiratet, Häuser gebaut und Kinder bekommen. Ihren Männern verheimlichten sie die wilden Abenteuer ihrer Jugend. Sie wohnten nur wenige Gehminuten voneinander entfernt. Karin arbeitete mittlerweile im Personalbüro des Sägewerks, Gabi war immer noch im Kaufhaus Kroner beschäftigt und dort zur Leiterin der Feinkostabteilung aufgestiegen. Nun, Anfang 40, waren sie brave Mütter und Ehefrauen, aber nach wie vor beste Freundinnen. Gabis Tochter ging mit Karins jüngstem Sohn in die gleiche Klasse der Hauptschule in Göstling, wie es schon die Mütter getan hatten, und auch sie waren beste Freunde.

Karin und Gabi sprachen leise und gedämpft miteinander, vorsichtig, als tauschten sie Geheimnisse aus. Tatsächlich redeten sie nur über ihre Kinder. Das bot genug Gesprächsstoff. Doch selbst dabei waren sie achtsam. Man konnte nie wissen. Sie hatten es sich angewöhnt, ihre Angelegenheiten nicht hinauszuposaunen. Das war im Dorf nicht üblich. Nur nicht zu viel erzählen. Nur nicht auffallen. Nur nicht bei den anderen anecken.

Wenn man sich schön ruhig verhielt, gab es keine Probleme. Das wussten sie, das hatten sie gelernt, damit waren sie aufgewachsen. Das akzeptierten sie, und deshalb waren sie in ihren jungen Jahren immer wieder in die größeren Städte abgedampft, um sich dort zu vergnügen.

Sie sprachen zunächst nur über Belangloses. Aber dann musste Karin doch etwas loswerden, was nicht ihre Kinder oder ihre Arbeit betraf, etwas, das wichtiger war. Es gab

Gerüchte, schlimme Gerüchte, und darüber wollte sie mit ihrer Freundin reden.

»Hast du gehört, was mit dem Höger Klaus passiert ist?«, fragte sie kryptisch und blickte sich verstohlen um. Sie waren allein, weit und breit war niemand zu sehen, nur auf der Terrasse vom »Falk« saß der Fremde, wie schon gestern Nachmittag.

»Nein.« Die Freundin schenkte ihr sofort die volle Aufmerksamkeit.

»Er hat sich die Hand gebrochen«, erklärte Karin.

»Echt?« Gabi war erstaunt. »Schon wieder einer.«

»Ja«, bestätigte Karin. »Alle Finger und die Knöchel.« Sie zeigte an ihrer rechten Hand, von welchen Bereichen sie sprach.

»Der arme Kerl. Wie ist das passiert?« Gabis Bedauern war aufrichtig. Beide kannten Klaus Höger sehr gut. Er war einer von Gabis Verehrern gewesen, die ihr im Dorf den Hof gemacht hatten. Einmal war sie mit ihm im Bett gewesen, aber dann hatte sie sich für einen anderen entschieden. Klaus hatte ihr das nie nachgetragen und sie waren immer noch gute Freunde. Die Affäre war ihr Geheimnis geblieben, nicht einmal mit Karin hatte sie darüber gesprochen.

»Er hat nicht aufgepasst. Angeblich ist er auf der Terrasse gestürzt und ein großer Keramiktopf mit einer Hortensie ist ihm auf die Hand gefallen.«

»Angeblich.«

»Ja, angeblich.«

Beide wussten, dass etwas ganz anderes geschehen sein musste.

Gabi ahnte, was passiert war. Es war nicht das erste Mal. Die Leute im Dorf verletzten sich häufig, brachen sich den Arm oder die Hände oder die Finger. Es gab Gerüchte darüber. Das kam davon, dass sie unachtsam waren, sagte man, und es stimmte, im übertragenen Sinn. Es war nicht gut, im Dorf leichtsinnig zu sein.

»Man muss aufpassen hier im Ort«, sagte Gabi und blickte sich wachsam um.

»Nur nicht viel fragen«, bekräftigte Karin.

»Und sich nirgends einmischen.«

»Dann stolpert man nicht und bleibt gesund.«

»Ja, dann kann einem nicht so schnell etwas passieren.«

Karin beobachte den Fremden gegenüber auf der Terrasse des Gasthofs »Falk«. »Kennst du den dort?«, fragte sie ihre Freundin und deutete unmerklich mit dem Kopf in die Richtung des Gasthauses. Gabi folgte ihrem Blick. Dort saß der Unbekannte auf der Terrasse und beobachtete sie. Als er merkte, dass die Frauen zu ihm hinübersahen, wandte er sich ab und trank von seinem Bier.

»Nein, das ist wahrscheinlich ein Gast beim Falk.«

»Der ist gestern schon da gesessen«, stellte Karin mit leichtem Unbehagen in der Stimme fest.

»Der wird ein verspäteter Sommerfrischler sein.«

»Hoffentlich. Möglicherweise ist er auch aus einem anderen Grund hier.«

»Möglicherweise.«

»Ein komischer Typ, sitzt auf der Terrasse vorm ›Falk‹ und beobachtet die Leute.«

Jetzt fühlte sich auch Gabi zusehends unbehaglich und sie blickte sich misstrauisch um. »Hast du Lust, mit zu mir auf einen Kaffee zu kommen?«, lud sie ihre Freundin ein. »Karl ist nicht zu Hause«, fügte sie rasch hinzu, obwohl sie wusste, dass ihr Mann und Karin sich gut verstanden.

»Ja, gehen wir zu dir. Da sind wir ungestört.«

Sie bummelten betont gelassen davon. Sie hatten Zeit. Es waren nur wenige Minuten bis zu Gabis Haus.

12.

Als Radek sein Bier ausgetrunken hatte, ging er ins Zimmer hinauf, duschte, legte sich ins Bett und las in einem Roman, bis ihm die Augen zufielen. Auch wenn er es sich nicht eingestehen wollte, war er nach der fünfstündigen Wanderung rechtschaffen müde. Er schlief über eine Stunde und fühlte sich danach wieder einigermaßen frisch und unternehmungslustig. Es war halb sechs und er überlegte, was er an diesem Abend machen sollte. Er wollte nicht wieder in der Stube vom »Falk« sitzen und entschied, sich das zweite Lokal in Schandau anzusehen. Das Gasthaus »Zur Linde« am anderen Ende des Hauptplatzes.

Er zog sich um und ging hinaus, es war immer noch mild und angenehm. Trotz des lauen Abends war niemand auf der Straße unterwegs. Als Radek auffiel, dass er ganz allein auf dem leeren Hauptplatz stand, fühlte er sich mit einem Mal sehr unbehaglich und dieser Ort erschien ihm nicht mehr so idyllisch, so klein und beschaulich wie am Tag seiner Ankunft.

Unwillkürlich beschleunigte er seine Schritte. Als er auf der Höhe des Rathauses angekommen war, fiel ihm in der Mitte des Platzes, dort, wo eine Grünfläche mit Bäumen und Bänken zum Sitzen einlud, eine bescheiden wirkende Säule auf. Er überquerte die Straße und ging zu der Säule, die auf einem quadratischen Steinsockel in einem fünf Meter großen, gepflasterten Kreis stand. Sie war aus Stein, etwa dreieinhalb Meter hoch und hatte einen Eisenreifen und zwei große eiserne Ringe am oberen Ende. »Dieser original erhaltene Pranger wurde um das Jahr 1300 errichtet und diente bis Anfang des 19. Jahrhunderts zum Vollzug von Ehr- und Schandstrafen«, las Radek auf einer kleinen Tafel, die am Fuße des Prangers in die Pflastersteine eingelassen war. Der Historiker in ihm erwachte. Das also war die Sehenswürdigkeit, von der er gelesen hatte. Es war das erste Mal, dass Radek einen mittelalterlichen Pranger sah, zumindest bewusst. Er umrundete ihn, stellte fest, dass er ein sehr unspektakuläres, deshalb aber nicht weniger beeindruckendes Zeugnis der Vergangenheit darstellte, und setzte seinen Weg fort.

Das Gasthaus »Zur Linde« lag dem Gasthaus »Falk« genau gegenüber. Das Haus musste älter sein, es wirkte mittelalterlich. Der Eingang war gedrungen, eine massive Holztür schien die Gäste eher aussperren als einlassen zu wollen. Das Gastzimmer war ein alter niedriger Raum mit einem Kreuzgewölbe, wie Radek es nur aus sehr alten Häusern kannte. Die Einrichtung schien ihm ebenso antiquiert wie das gesamte Gasthaus.

Es saßen wenig Gäste an den Tischen, einige Männer standen an der Theke. Als Radek das Lokal betrat, verstummten die meisten Gespräche und die Blicke der Anwesenden wandten sich ihm zu. Eine Sekunde lang herrschte eisiges Schweigen, eine Stimmung, die Radek so intensiv empfand, dass er in der Tür stehen blieb und einen Augenblick lang überlegte, ob er nicht doch zurück ins Gasthaus »Falk« gehen sollte. Er überwand aber diesen Moment des Zögerns, verwarf ihn als lächerlich, sagte laut »Guten Tag«, als wollte er böse Geister vertreiben, und suchte sich einen leeren Tisch.

Niemand erwiderte seinen Gruß. Radek konnte regelrecht spüren, wie ihm die Blicke der Gäste folgten. Er wählte einen Patz, von dem aus er beinahe das ganze Lokal überblicken konnte. Als er nun seinerseits die Gäste betrachtete, sahen sie schnell weg und setzten ihre unterbrochenen Gespräche fort. Allerdings leiser und gedämpfter, und ihm entging nicht, dass sie ihn immer wieder misstrauisch beobachteten.

Radek hatte kein Buch dabei, da er nur etwas essen und dann zurückgehen wollte. Die Wanderung steckte ihm in den Knochen, er musste morgen arbeiten und hatte nicht vor, sich die halbe Nacht um die Ohren zu schlagen.

Ein Mann um die 50 mit weißer Schürze, Radek vermutete, dass es der Wirt war, brachte ihm eine Speisekarte. Radek bestellte zunächst ein Bier und, als der Wirt ihm das Glas brachte, ein deftiges Abendessen. Er hatte Hunger.

»Sind Sie auf der Durchreise?«, fragte der Wirt, während er Radeks Bestellung entgegennahm und für die Küche notierte.

»Nein, eigentlich nicht.«

Der Wirt nickte verstehend. »Das heißt, Sie bleiben länger?«

»Mindestens bis Dienstag, so ist es geplant.«

»Haben Sie ein Zimmer im Ort?«

»Ja, drüben im Gasthaus ›Falk‹«, antwortete Radek, und einen Augenblick lang glaubte er, alle Ohren wären nur auf sein Gespräch mit dem Wirt gerichtet.

»Ah, beim Falk. Gefällt es Ihnen dort?«

»Es geht. Ein nettes Landgasthaus.« Radek wurde vorsichtig. Er wusste nicht, welche Beziehung zwischen den beiden Gasthäusern bestand. Lobte er die Konkurrenz zu laut, mochte der Wirt beleidigt sein. Vielleicht aber waren die Wirtsleute Freunde, und wenn er sich herablassend äußerte, war es gut möglich, dass Falk von Radeks Kritik wusste, bevor er zurück war.

»Haben Sie versucht, woanders ein Zimmer zu bekommen?«

»Im Internet habe ich nur das Gasthaus ›Falk‹ gefunden«, erwiderte Radek, obwohl er nicht wusste, worauf der Wirt mit seiner Frage hinauswollte.

»Es gibt auch einige schöne kleine Pensionen hier im Ort«, bemerkte der Wirt.

»Gut zu wissen. Wo bekommt man dazu nähere Information?«

»Im Tourismusbüro wahrscheinlich.«

»Das ist wo?«

»Im Rathaus.«

»Gut, das muss ich mir fürs nächste Mal merken.« Radek wollte unverbindlich bleiben, obwohl er wusste, dass es kein nächstes Mal geben würde.

»Na dann«, beendete der Wirt unvermittelt das Gespräch. »Das Essen kommt gleich.«

»Danke für die Auskunft.« Radek wollte nicht unhöflich erscheinen.

»Keine Ursache.« Der Wirt drehte sich um und ging.

Während Radek seiner untersetzten Figur nachblickte, die im Durchgang zur Küche verschwand, beschlichen ihn Zweifel und Misstrauen. War das eines der üblichen Gespräche, wie sie zwischen Wirt und Gast geführt wurden? Oder wollte ihn der Wirt aushorchen? Steckte da Konkurrenzneid dahinter? Aber der Gasthof »Zur Linde« schien keine Zimmer anzubieten, also warum sollte der Wirt neidisch sein? Oder war es eine alte Rivalität, die auf ganz anderen Ursachen beruhte? Ein alter Familienstreit, der Generationen zurückreichte und von dem Radek nichts wusste. Oder ging ihm einfach die Fantasie durch und es war nichts weiter als Small Talk im Wirtshaus, damit der Gast sich beachtet und nicht nur als zahlender Konsument fühlte? Radek kam auf keine Lösung. Allerdings wurde er das Gefühl nicht los, dass die übrigen Gäste ihn immer noch verstohlen beobachteten. Auch das erschien ihm, bei näherem Überlegen, nicht ungewöhnlich. Immerhin war er ein Fremder in einer allen anderen vertrauen Umgebung. Ein bisschen fühlte er sich wie ein Eindringling.

Als der Wirt die Suppe brachte, verdrängte er alle diese Gedanken und bemühte sich, sein Abendessen zu genießen.

Sie wussten es. Als der Fremde zur Tür hereingekommen war, hatten ihn alle angestarrt. Das war dem Fotografen sofort aufgefallen, auch wenn er versuchte, uninteressiert zu wirken. Sofort schlugen bei ihm die Alarmglocken an. Was wollte der Fremde hier? Er hatte im Gasthaus »Falk« ein Zimmer. Das war ihm nicht entgangen. Er hatte ihn auf der Terrasse sitzen gesehen. Und eben war ihm das im Gespräch mit dem Stadelmaier bestätigt worden.

Also, was wollte er hier? Warum blieb er nicht im »Falk«? Jeder im Dorf wusste, dass man entweder zum »Falk« ging oder in die »Linde«, aber nicht in beide Wirtshäuser. Was machte der Fremde hier? Die Gäste ausspionieren?

Er hatte den Unbekannten im Auge behalten. Die ganze Zeit war er wie ziellos herumgestreunt, hatte offensichtlich keinen Plan. Er verhielt sich wie ein Wanderer, einer der üblichen Sommerurlauber. Aber er war kein Wanderer, das hatte er sofort gesehen. Der Fremde hatte nichts gemeinsam mit den Leuten, die im Sommer oder im Herbst kamen, um in die Berge zu gehen. Dieser Typ war aus einem anderen Grund im Dorf, und das machte ihn verdächtig.

Heimlich musterte er den Gast am Tisch. Der saß zufrieden da und aß seine Suppe. Dabei wirkte er ein bisschen müde, aber sonst ganz harmlos. Doch oft täuschte ein solcher Eindruck. Unauffällig behielt er den Fremden im Blick, während des Essens und so lange, bis er bezahlte und ging. Kurz dachte er darüber nach, ihm zu folgen, das erschien ihm jedoch unnötig. Wohin sollte er schon gehen? Es gab nur ein mögliches Ziel für den Fremden, das Gasthaus »Falk«.

Der Fotograf bestellte beim Stadelmaier noch ein Bier und nahm sich vor, wachsam zu sein.

13.

Die Polizeiinspektion Gresten war in einem neuen Gebäude unmittelbar neben dem Voralpenbad untergebracht. Ein älterer Polizist öffnete ihm die Tür, nachdem Radek ihm an der Sicherheitsschleuse seinen Dienstausweis gezeigt hatte, und ließ ihn in den Parteienraum. Radek fragte nach der Kollegin Revierinspektorin Susanne Steiger. Der Beamte schrie ein lautes »Susi, Besuch für dich!« nach hinten. Radek hörte eine weibliche Stimme ein gezogenes »Ja« antworten, und der Polizist sagte zu Radek: »Kommt gleich.«

Radek hatte gut geschlafen und ausgiebig gefrühstückt, bevor er nach Gresten gefahren war. Es war Montag, kurz vor 9 Uhr.

Susanne Steiger war Anfang 30 und steckte ziemlich füllig in ihrer Uniform. Mit ihrem runden Gesicht und den kurzen braunen Haaren machte sie viel eher den Eindruck einer biederen Hausfrau als einer strengen Polizistin. Sie war gut einen Kopf kleiner als Radek.

»Thomas Radek, LKA«, stellte er sich vor. »Wir haben vorige Woche miteinander telefoniert.«

Jetzt wusste sie, worum es ging, blickte zu ihm hoch und reichte ihm lächelnd die Hand. »Susanne Steiger. Ich mache hier den Kriminaldienst. Freut mich, dass Sie gekommen sind.«

Radek war überrascht, dass hier eine junge Kollegin für den kriminalpolizeilichen Bereich zuständig war, aber vielleicht lag es daran, dass dabei die meiste Arbeit anfiel und man es ihr deshalb umgehängt hatte.

Sie nahm ihn mit in den hinteren Teil des Gebäudes, wo sich die Büroräumlichkeiten befanden, und schleppte ihn in das Büro des PI-Kommandanten. »Abteilungsinspektor Franz Blaha«, las Radek auf dem Türschild. Hinter einem Schreibtisch saß ein fülliger Mittfünfziger und blickte ungehalten über die Störung zu seinen Besuchern auf.

»Hallo, Franz, das ist der Kollege vom LKA, von dem ich dir erzählt habe«, stellte Susanne Steiger ihren Besucher vor.

Blaha nahm seine Lesebrille ab, stand auf, wobei ihm sein ausladender Bauch etwas Mühe bereitete, streckte Radek die Hand hin und grüßte mit unverhohlenem Spott. »Meine Verehrung an die Hochdenkerzentrale in Sankt Pölten. Was ist so wichtig, dass sich das große LKA in den letzten Winkel der Provinz verirrt?«

»Wir müssen regelmäßig Kontakt zur Basis halten, dafür gibt es einen eigenen Dienstauftrag. Kennen Sie den Erlass dazu nicht?«, antwortete Radek trocken und konnte Blaha deutlich ansehen, dass der nicht wusste, ob das ernst gemeint oder ein Scherz war.

Er entschied sich für Scherz und begann zu lachen. »Der war gut. Der war echt gut. Hab gar nicht gewusst, dass ihr im LKA auch Humor habt.«

»Gruppeninspektor Radek hilft uns bei der Sache mit der Lindner in Schandau drüben.«

»Ah, die Abgängige, die den Teufel gesehen hat.« Der Abteilungsinspektor war auf dem Laufenden. »Seit wann interessiert sich das LKA für verrückte Jugendliche? Ist sie eine Gefährdung für die Sicherheit des Staates, eine terroristische Bedrohung womöglich?« Wieder war der Spott unüberhörbar.

»Nachdem sich im Bezirkspolizeikommando und im Landesamt für Verfassungsschutz niemand gefunden hat, der für diese Angelegenheit zuständig sein will, muss jetzt die Kavallerie anrücken«, erwiderte Radek. Die Sticheleien des Kommandanten gingen ihm auf die Nerven. »Also, wenn irgendwer im letzten Winkel der Provinz etwas arbeiten und sich nicht nur im Wald verstecken würde, bliebe uns das hier erspart.«

»Herr Kollege«, der Kommandant wurde eine Spur förmlicher und unfreundlicher, »wir haben hier genug zu tun.«

Radek hätte sofort ein Monatsgehalt dagegen gewettet.

»Und wenn uns das Landespolizeikommando alle Ressourcen streicht, darf es sich nicht wundern, wenn die Akten bis nach Sankt Pölten geschoben werden.«

»Aber nicht solche lächerlichen Geschichten.« Auch Radek spürte den Zorn in sich aufsteigen.

»Wir gehen rüber in mein Büro und schauen, was an der Lindner-Sache dran ist.« Steiger rettete die Situation mit der jahrelangen Erfahrung, die sie bei der Polizei im Schlichten von männlichen Hahnenkämpfen gewonnen hatte. »Kommen Sie, Herr Kollege.« Sie zog Radek am Sakkoärmel sanft aus dem Büro.

Blaha blickte ihm wütend nach.

Wieder ein möglicher Freund weniger, dachte Radek, dann folgte er der Steiger, die bereits einen tüchtigen Vorsprung hatte.

Ihr Büro war feinsäuberlich aufgeräumt, die Aktenordner sorgfältig beschriftet. Die noch zu bearbeitenden Fälle waren in verschiedenen Aktenkörben abgelegt. Unordnung schien in diesem Büro nicht die geringste Chance zu haben. Entweder hatte die Frau im Kriminaldienst nicht allzu viel zu tun oder eine Art hausfraulicher Ordnungswahn dominierte die Aktenverwaltung.

Steiger bot ihrem Besucher Platz an, nahm einen Aktenumschlag, der auf ihrem Schreibtisch bereitlag, und schlug ihn auf. »Womit fangen wir an?«, fragte sie mit erwartungsvollem Blick.

»Vielleicht mit einem Kaffee?« Radek lächelte.

Sie entschuldigte sich für ihre Unhöflichkeit, ihm nicht schon früher etwas angeboten zu haben, stand auf, wieselte in die Küche, wobei sie ihm zuvor den Akt über den Tisch schob, damit er ihn sich ansehen konnte, und kam wenig später mit einem Tablett und zwei Tassen Kaffee, Milch und Zucker zurück.

»Danke«, sagte Radek. »Nicht nur für den Kaffee, sondern auch dafür, dass Sie vorhin die Situation gerettet haben. Wie nennt man das? Deeskalierendes Verhalten?«

Sie lächelte geschmeichelt. »Ja, der Franz ist ein bisschen eigen«, versuchte sie ihren Chef in Schutz zu nehmen. »Vor allem, was die Sankt Pöltner und die Landespolizeidirektion angeht. Er mag euch nicht.«

»Das hat er aber gut verheimlicht«, scherzte Radek und sie lachte.

»Vielleicht können wir das Sie beiseitelassen«, schlug sie vor, »wir sind hier alle per Du.«

»Wir in Sankt Pölten auch«, antwortete Radek mit einer Brise Sarkasmus, »meistens wenigstens. Also, ich bin der Thomas.«

»Susanne, aber eigentlich sagen alle Susi zu mir.«

Sie tranken einen Schluck Kaffee.

»Hast du dir den Akt angeschaut?«

»Ja, das ist nicht mehr, als ich ohnehin bekommen habe.«

»Mehr gibt es auch nicht. Das sind die zusammengefassten Ergebnisse meiner Erhebungen. Ich kann dir die einzelnen Berichte von den Einvernahmen noch heraussuchen, wenn du willst. Doch die waren nicht sehr ergiebig.«

»Ja, gerne. Die schaue ich mir später an. Erzähl mir mal etwas über die Lindner. Aber bitte nur Sachen, die ich noch nicht weiß. Zum Beispiel, wie du auf die Idee gekommen bist, dass es einen satanistischen Hintergrund geben könnte.«

Susi Steiger überlegte kurz, wo sie beginnen sollte, dann erklärte sie: »Die Lindner ist ein ganz normales Mädchen gewesen. Eigentlich immer. Wir haben ja nicht viel Kontakt nach Schandau, weil dort drüben nie was Großartiges passiert. Ich kann mich nicht erinnern, wann ich im Dorf die letzte Amtshandlung hatte. Und nach dem, was ich erfragt habe, verlief bei der Lindner alles in geordneten Bahnen. Keine Vorstrafen, nie polizeilich aufgefallen. Sie arbeitet beim Friseur auf dem Hauptplatz. Eine problemlose Jugendliche. Und plötzlich war sie verschwunden. Sie ging aus dem Gasthaus »Falk« weg und kam nicht mehr nach Hause. Niemand wusste, wo sie war, die Eltern machten sich natürlich Sorgen, riefen alle Freundinnen und Freunde an, aber Bernadette blieb wie vom Erdboden verschluckt, einfach weg. Deshalb erstatteten sie eine Abgängigkeitsanzeige. Wir haben eine Suchaktion gestartet, mit der Feuerwehr und einer Klasse Polizeischüler aus Ybbs. Sogar zwei Spürhunde hatten wir im Einsatz. Doch vergeblich, keine Spur von dem Mädchen. Danach habe ich das LKA eingeschaltet und selbst zu erheben begonnen. Niemand wusste etwas oder konnte mir weiterhelfen. Das Handy war abgeschaltet, der letzte Einwahlknoten war auf dem Hauptplatz in Schandau. Und dann, über eine Woche später, tauchte sie wieder auf, genauso geheimnisvoll, wie sie verschwunden war. Die Eltern zogen die Abgängigkeitsanzeige zurück, und als ich dort hinfuhr, um die Lindner einzuvernehmen, erzählten sie mir eine an den Haaren herbeigezogene Geschichte. Dass Bernadette in Wien gewesen sei und dort mit einigen Freunden gefeiert habe. Auf meine Nachfragen gaben sie keine konkreten Antworten. Als ich das Mädchen selbst befragte, redete sie nur wirres Zeug, und ständig kam sie mir mit dem Teufel. Das hat für mich so ausgesehen, als stünde Bernadette unter Drogen oder hätte einen Schock oder was weiß ich. Jedenfalls reagierte sie nicht wie eine normal ansprechbare Person. Und da sie ständig vom Teufel gefaselt hat, habe ich an Satanismus gedacht.«

»Und was war dein persönlicher Eindruck?«, wollte Radek wissen.

»Na ja, sie war sehr abgemagert, sah beinahe krank aus. Sie war völlig verstört und verwirrt und nicht bereit, auch nur ein Wort über ihren Verbleib zu sagen. Ist ständig in der Ecke des Betts gesessen. Ich glaube, sie hat mir die halbe Zeit ohnehin nicht zugehört. Ich denke, sie hatte furchtbare Angst. Aber ich habe keine Ahnung, wovor. Meine persönliche Meinung ist, dass sie traumatisiert ist. Eigentlich wollte ich sie untersuchen lassen, weil ich den Verdacht hatte, sie könnte Opfer einer Vergewaltigung geworden sein, aber es gab dafür keine Veranlassung und die Eltern haben sich auch quergelegt.«

»Warum das?«

»Sie sagten, der Bernadette gehe es gut. Sie habe nur zu viel gefeiert und getrunken und zu wenig geschlafen. Aber das war gequirlte Scheiße, da stimmte kein Wort. Ich glaube, sie haben auch Angst. Vielleicht davor, was die Nachbarn sagen, wenn sie erfahren, was ihre Tochter getrieben hat, keine Ahnung.« Sie zuckte mit den Schultern. »Jedenfalls hatte ich den Eindruck, dass an der Sache mächtig was faul ist. Und ich wollte das nicht einfach zu den Akten legen. Ich wollte, dass sich das noch jemand anschaut. Dass deswegen gleich das LKA kommt, war nicht beabsichtigt. Eigentlich dachte ich eher an den Kriminalsachbearbeiter im Bezirkspolizeikommando, aber nicht daran, dass der KSB den Akt nach Sankt Pölten schickt.«

»Tja, so kann man sich täuschen. Jeder schaut, dass er so viel Arbeit wie möglich an andere weiterschieben kann.« Radek kannte dieses Prinzip des Beamtentums.

Während sie sprachen, hatte Radek aus seiner Umhängetasche einen Schreibblock genommen, ihn aufgeschlagen und sich Notizen gemacht.

»Hast du sonst noch irgendwelche Erhebungen geführt?«

Sie schlug etwas beschämt die Augen nieder. »Nein. Ich hab mir gedacht, ich warte, was vom Kriminalsachbearbeiter zurückkommt.«

Klar doch, dachte Radek: Mach den Akt zum Wanderer, dann bekommt ihn ein anderer …

»Hattet ihr in den letzten Monaten merkwürdige Amtshandlungen, die ihr nicht einordnen konntet?«

»Was meinst du damit konkret?«

»Friedhofschändungen zum Beispiel. Also Sachbeschädigungen an Gräbern, irgendwelche Schmierereien, Symbole wie Pentagramme oder so. Tote Tiere oder andere Vorfälle, die auf rituelle Handlungen schließen lassen. Etwas in der Art. Oder Amtshandlungen, die in keines der bisher bekannten Schemata passen.«

Steiger dachte nach, dann schüttelte sie langsam den Kopf. »Nein, da fällt mir momentan nichts ein. Also bei uns auf der Polizeiinspektion jedenfalls nicht. Ich weiß natürlich nicht alles, was im Bezirk läuft, aber wenn etwas Auffälliges in dieser Art vorgefallen wäre, hätte ich das sicher mitbekommen.«

»Was hat Bernadette Lindner über den Teufel gesagt?«

»Ich kann mich nicht mehr an alles erinnern, aber es waren so Aussagen wie: ›Ich bin beim Teufel gewesen. Ich habe den Teufel gesehen. Er ist unter uns. Wenn ich nicht gehorsam bin, wird er mich wieder holen. Passen Sie auf, sonst kommt er auch zu Ihnen.‹ Solche Dinge eben.«

»War das glaubhaft?«

Die Polizistin blickte ihn an und dachte nach, überlegte, ließ das Gespräch mit Bernadette Lindner noch einmal vor ihrem geistigen Auge ablaufen. Dann sagte sie: »Nein, es war nicht glaubhaft, aber einigermaßen gruselig.«

»Können wir mit dem Mädchen und ihren Eltern reden?«

»Der Vater wird sicher arbeiten. Die Mutter ist zu Hause. Möglicherweise ist Bernadette auch noch daheim. Sie war, glaube ich, im Krankenstand, als ich sie einvernommen habe.«

»Dann lass uns fahren.«

Susi Steiger war etwas überrascht wegen der Eile, mit der Radek zum Aufbruch drängte. »Ja, sofort, ich hole meine Sachen.«

14.

Während Steiger den Streifenwagen der Polizeiinspektion Gresten gemächlich nach Schandau lenkte, erzählte sie beinahe entschuldigend, dass hier in der Gegend nicht viel los sei. Keine großartigen Freizeitangebote oder sonstigen Möglichkeiten, der Langeweile zu entfliehen. Und natürlich gebe es auch kaum Kriminalität. Ab und zu einen Einbruch, manchmal eine Körperverletzung oder eine Sachbeschädigung. Meistens Wirtshausraufereien oder Vandalenakte von Jugendlichen. Sonst nichts. Einmal, das schien sie zu belustigen, hätten sie einen echten Wilderer gehabt, der in der Gegend sein Unwesen trieb. Da seien die Jäger völlig ausgerastet und hätten sich auf die Pirsch gelegt, ihn aber nicht erwischt. Der Wilderer habe innerhalb eines Jahres dreimal zugeschlagen und dann aufgehört. Die Jäger hätten jeden in Gresten und Umgebung verdächtigt und eigenständig versucht, den Wilderer auszuforschen. Aber der sei bis heute unentdeckt. Na ja, dachte Radek, diese Sorgen möchte man haben.

Das Haus, in dem die Lindners wohnten, mochte zehn oder fünfzehn Jahre alt sein und befand sich in einer Sackgasse, an der sich links und rechts Einfamilienhäuser auffädelten. Lediglich das erste Grundstück an der Ecke zur Hauptstraße war unbebaut.

»Ich würde gerne zuerst mit dem Mädchen sprechen«, erklärte Radek, als Steiger den Streifenwagen vor dem Haus parkte.

»In Ordnung, lass mich das mit der Mutter aushandeln.«

Sie läutete. Wenige Augenblicke später hörten sie ein

Summen und die Gartentür sprang auf. Die beiden Polizisten gingen durch einen gepflegten Vorgarten, die Haustür wurde von einer Frau Anfang 40 in Jeans und einem weiten Sweatshirt geöffnet.

»Guten Tag, Frau Lindner«, grüßte Susi Steiger. »Ich war vor zwei Wochen schon einmal wegen Bernadette hier.«

»Ich weiß.« Misstrauisch musterte Frau Lindner zuerst die Uniformierte und dann Radek, der mit Sakko und Jeans zwar nicht allzu amtlich aussah, aber allem Anschein nach auch Polizist war.

»Das ist Gruppeninspektor Radek«, stellte Steiger ihren Begleiter vor. »Er kommt aus Sankt Pölten.«

Das schien die Lindner nicht zu beeindrucken. »Was wollen Sie?«

»Wir würden gerne noch einmal mit Bernadette reden«, erklärte die Polizistin.

»Warum?«

»Wegen der Zeit, in der sie abgängig war.«

»Weshalb?«, fragte Frau Lindner. »Darüber haben Sie doch schon mit ihr gesprochen.«

»Frau Lindner«, mischte sich Radek ein. »Ihre Tochter ist minderjährig. Daher müssen wir im Falle einer Abgängigkeit überprüfen, wo sie sich in dieser Zeit aufgehalten und was sie getan hat. Häufig verüben abgängige Jugendliche unterschiedliche Delikte in Form von Beschaffungskriminalität. Das beginnt bei kleinen Diebstählen und reicht bis zu illegaler Prostitution oder Suchtgiftmissbrauch. Und nachdem Ihre Tochter gesagt hat, sie sei in Wien gewesen, müssen wir dem nachgehen.«

Radek gab sich einen amtlichen Anstrich. Außerdem wollte er damit erklären, warum er aus Sankt Pölten hierhergekommen war, denn er hatte nicht vor, der Mutter zu erzählen, was er beim LKA machte.

Das Misstrauen war noch nicht verschwunden, aber zumindest der Widerstand etwas aufgeweicht. Frau Lindner bat die beiden Polizisten ins Haus. »Muss das sein? Warum können Sie uns nicht einfach in Ruhe lassen?«

»Weil noch einige Fragen offen sind und wir dazu erheben müssen«, antwortete Radek ruhig.

»Welche Fragen?« Frau Lindner wurde ungeduldig.

»Zum Beispiel, wo Bernadette gewesen ist, wovon sie gelebt hat, mit wem sie unterwegs war und so weiter.«

Die Frau schüttelte unwillig den Kopf, führte die beiden Polizisten dennoch über eine Treppe in den ersten Stock und klopfte dort sanft an eine Tür. »Bernadette, zwei Leute von der Polizei sind da.« Die Mutter sprach leise, als hätte sie Angst, die Tochter zu wecken. Vorsichtig öffnete sie die Tür.

Bernadette Lindner saß auf ihrem Bett in der Ecke an die Wand gelehnt. Die Knie hielt sie mit ihren Armen fest umschlungen. Sie trug eine Jogginghose und ein Sweatshirt, die dunklen Haare hingen ihr in wirren Strähnen ins Gesicht. Es schien, als würde sie die Besucher an der Tür gar nicht bemerken, zumindest blickte sie nicht auf, sondern starrte vor sich hin.

»So sitzt sie den ganzen Tag da«, sagte die Mutter und musste gegen die aufsteigenden Tränen ankämpfen. »Und nachts lässt sie das Licht brennen. Wenn ich es abdrehe, beginnt sie zu schreien.«

Als sie in den Raum traten, erschrak das Mädchen. Mit panischem Blick huschten ihre Augen von einem zum anderen. Als sie die Mutter erkannte, schien sich ihre Furcht zu legen, und sie beruhigte sich wieder.

Radek setzte sich zu ihr aufs Bett, Steiger und die Mutter hielten sich im Hintergrund.

»Bernadette«, sagte Radek und fragte nach: »Ich darf doch Bernadette sagen?«

Sie nickte.

»Ich bin Thomas Radek von der Polizei in Sankt Pölten.« Er sprach ruhig und behutsam, als könnte sie davonlaufen, wenn er zu unwirsch mit ihr umging. »Ich bin hier, weil ich dir einige Fragen stellen muss.«

Bernadette sagte kein Wort. Sie wartete darauf, dass er weitersprach.

»Du bist eine Woche abgängig gewesen. Wir würden gerne wissen, wo du warst.«

Sie schaute ihn verwirrt an, als wäre sie erstaunt darüber, dass er es nicht wusste. Dann flüsterte sie: »Beim Teufel. Ich bin beim Teufel gewesen. Und wenn ich ihm nicht gehorche, wird er mich wieder holen. Und euch auch, euch auch. Alle wird er holen.«

Das kam so wahrhaftig und überzeugt, dass es Radek beinahe die Sprache verschlug. »Was meinst du damit?«

»Das, was ich gesagt habe.«

»Und wo ist dieser Teufel?«

»Nicht in der Hölle.« Sie lachte plötzlich. »Glauben Sie nicht alles, was Sie über den Teufel hören.«

»Bernadette, können wir die Sache jetzt ernsthaft angehen?« Radek wurde ungeduldig, er hatte keine Lust, sich von dem Mädchen verarschen zu lassen.

»Ich bin ernsthaft.«

»In Ordnung, dann sag mir bitte, wo du gewesen bist.«

»Unterwegs.«

»Und wo warst du unterwegs? In Amstetten, in Sankt Pölten, in Wien oder woanders?«

»In Wien.«

»In Wien?«

Sie nickte.

»Und wo in Wien?«

»Weiß ich nicht mehr.«

»Bist du die ganze Zeit über in Wien gewesen? Also die ganze Woche?«

Sie überlegte. »Nein, auch in Sankt Pölten.«

»Und wo in Sankt Pölten?«

»Weiß ich nicht mehr.«

»Bist du allein gewesen?«

»Nein.«

»Mit wem warst du zusammen?«

Bernadette warf ihm einen Blick zu, als hätte er eine unmögliche Frage gestellt. »Keine Ahnung«, antwortete sie, »ich habe die Leute nicht gekannt.«

»Was hast du die ganze Woche über gemacht?« Noch einmal versuchte Radek, eine brauchbare Erklärung aus ihr herauszubekommen.

Sie flüsterte: »Ich war beim Teufel. Weil, der Teufel ist unter uns, ich hab ihn gesehen. Geben Sie acht!«

Radek musste sich zusammenreißen, um seinen Ärger nicht zu zeigen. »Möchtest du mir etwas über den Teufel erzählen?«, fragte er und bemühte sich dabei um einen verständnisvollen Ton.

Sie schüttelte heftig den Kopf. »Nein, das darf ich nicht.«

»Erzählst du mir dann etwas über die Leute, mit denen du unterwegs warst?«

Wieder schüttelte sie den Kopf. »Ich weiß nichts über sie.«

»Was heißt, du weißt nichts? War es ein Mann oder eine Frau, einer oder mehrere?«

»Mehrere, einige Männer und einige Frauen.«

»Wie viel?«

»Das war unterschiedlich, manchmal zwei, manchmal drei.«

»In Sankt Pölten?«

»Ja.«

»Und in Wien?«

»Da auch.«

»Wann bist du in Wien gewesen und wann in Sankt Pölten?«

»Das weiß ich nicht mehr.«

»Warst du zuerst in Sankt Pölten und dann in Wien, oder umgekehrt?«

»Zuerst in Sankt Pölten.«

»Wie lange?«

»Weiß ich nicht mehr.«

Radek wurde klar, dass diese Befragung sinnlos war. Entweder wollte Bernadette nichts sagen oder sie war völlig von der Rolle und redete deshalb nur Scheiße. Oder sie hatte tatsächlich keine Ahnung, was in der Woche ihres Verschwindens mit ihr passiert war. Aber dann stellte sich die Frage, warum?

Radek hatte keine Ahnung, was er jetzt mit ihr machen sollte, deshalb versuchte er es noch einmal, diesmal auf die direkte Art. »Bernadette«, sagte er ruhig und vergewisserte sich, dass sie ihm zuhörte und ihn richtig verstand, »ich glaube dir nicht. Du belügst mich. Ich denke, dass nichts von dem, was du mir gerade erzählt hast, stimmt. Warum willst du mir nicht die Wahrheit sagen?«

Sie starrte ihn lange an, ihre Augen schienen durch ihn hindurchzusehen in eine andere, weit entfernte Welt. Dann sah sie zu der uniformierten Polizistin, danach zu ihrer Mutter, anschließend wieder zu Radek. Und plötzlich schrie sie: »Die Wahrheit geht euch nichts an! Das ist meine Wahrheit, nur meine! Verschwindet, lasst mich in Ruhe! Der Teufel soll euch holen!« Sie wurde von einer Sekunde auf die andere aggressiv und versuchte, Radek vom Bett zu stoßen. »Der Teufel wird auch euch holen, wenn ihr so weitermacht«, kreischte sie. »Verschwindet, schert euch zum Teufel!«

»Bitte, lassen Sie Bernadette in Ruhe«, mischte sich die Mutter ein.

Das Mädchen hatte aufgehört zu schreien, war noch weiter in die Ecke gerutscht.

Radek stand auf und sie gingen aus dem Zimmer. Das war völlig danebengegangen. Sie folgten der Mutter hinunter ins Vorzimmer.

»Hat Sie Ihnen erzählt, was passiert ist?«, fragte er die Mutter.

»Nein«, war die knappe Antwort.

Radek wartete vergeblich, dass sie noch etwas hinzufügte. »Hat sie gesagt, wo sie gewesen ist?«

»Nein.«

»Oder was sie in dieser Woche gemacht hat?«

»Nein, auch nicht.«

»Was hat Sie Ihnen eigentlich gesagt?« Radek wurde ungehalten. »Irgendetwas werden Sie ja gesprochen haben, nachdem Ihre Tochter heimgekommen ist.«

Die Mutter blickte ihn unverwandt an. Dann antwortete sie mit ruhiger Stimme: »Sie hat nichts gesagt. Nur das, was sie Ihnen eben erzählte, das hat sie auch uns erzählt, mehr nicht.«

»Und damit haben Sie sich zufriedengegeben?«

»Ja.«

Radek begriff, dass die Mutter nichts wusste oder es nicht sagen wollte und es sinnlos war, weiterzubohren. Er hätte zwar noch gut ein Dutzend Fragen gehabt, aber ihm wurde klar, dass es vergeblich war, Mutter oder Tochter weiter zu löchern.

»Eines würde ich gerne noch wissen«, sagte Radek, als er sich schon zum Gehen wandte. »Hat Bernadette einen Führerschein?«

»Nein«, antwortete sie. »Warum interessiert Sie das?«

Radek zuckte die Schultern. »Es erscheint mir hier in dieser Gegend praktisch, möglichst früh mobil zu sein.«

Die Mutter schüttelte den Kopf. »Nein, Bernadette hat das bis jetzt noch nicht interessiert.«

Die beiden Polizisten verabschiedeten sich an der Tür und gingen.

»Wie ist das gelaufen, als du bei ihr warst?«, wollte Radek von seiner Kollegin wissen, als sie im Funkwagen saßen.

»Ganz ähnlich«, antwortete Steiger. »Bernadette hat nur Scheiße gequatscht, und ihre Eltern haben gemauert.«

»Aber warum?«, dachte Radek laut nach. »Was haben sie zu verbergen? Hat das Mädchen etwas angestellt, als sie abgehauen war?«

»Gut möglich. Jedenfalls glaube ich, dass die Eltern Bescheid wissen«, mutmaßte Steiger.

»In Ordnung. Gehen wir einmal von folgender Überlegung aus: Das Mädchen ist abgehauen und hat irgendwo eine Straftat begangen. Etwas Gravierendes, das verschwiegen werden muss. Trotzdem beichtet sie es den Eltern? Das ergibt keinen Sinn.«

»Möglicherweise brauchte sie ihre Hilfe.«

»Das wäre eine Möglichkeit.«

»Gut. Bernadette beichtet ihren Eltern, was sie getan hat, und die stellen sich hinter sie und decken sie. Das wäre bis zu einem gewissen Grad verständlich.«

»Das heißt, sie haben sich abgesprochen und stecken unter einer Decke«, brachte es Steiger auf den Punkt.

»Das erscheint plausibel«, bestätigte Radek. »Allerdings bringt uns das nicht wirklich weiter.«

»Nein, tut es nicht. So weit war ich nämlich auch schon. Mir ist das genauso komisch vorgekommen wie dir. Das war der Grund, warum ich versucht habe, einen Kriminalsachbearbeiter oder jemand anderen hinzuzuziehen«, rechtfertigte sich Steiger.

»Zumindest hast du jetzt jemanden.«

»Ha ha – da kann ich aber nicht lachen.« Steiger meinte das durchaus ernst.

»Außerdem ist da die Sache mit dem Teufel. Was soll das? Hast du dich im Zimmer umgesehen? Da deutet überhaupt nichts in diese Richtung. Was will sie damit?«, fragte Radek.

»Ich habe keine Ahnung. Vielleicht ist es einfach eine Schutzbehauptung, um uns in die Irre zu führen. Vielleicht sollen wir nach einem satanistischen Hintergrund suchen, damit wir vom Kern der Sache abgelenkt werden.«

»Aber was ist der Kern der Sache?«

»Keine Ahnung. Wie machen wir jetzt weiter?«

»Ebenfalls keine Ahnung. Wir haben zu wenig Informationen. Wir sollten noch weiter im Leben der Lindner herumstochern. Vielleicht sollten wir mit ihrem Chef sprechen.«

Bevor Radek den letzten Satz beendet hatte, startete seine Kollegin den Wagen und fuhr los.

15.

Es war ein kleiner Frisiersalon auf dem Hauptplatz. Der Chef, Herr Doleschal, sah aus wie eine Tunte, aber er war keine. Selbst die stylisch gegelten blondierten Haare, das gekünstelte Gehabe, als wäre er einer der gefragtesten Stylisten im Land, und sein tänzelnder Gang, der den Eindruck vermittelte, eine seiner Friseurinnen würde ihn ständig begrapschen, konnten nicht darüber hinwegtäuschen, dass sich hinter den grauen Augen ein eiskaltes Wesen verbarg.

Als Doleschal die uniformierte Polizistin sah – Radek ignorierte er zunächst –, scharwenzelte er herbei und säuselte mit gezierter hoher Stimme: »Hallo, Frau Inspektor, womit darf ich Ihnen dienen? Ein Termin für die Haare?« Er warf einen prüfenden Blick auf Steigers brünetten Haarschopf. »Ein bisschen kürzer schneiden könnte sicher nicht schaden, und eine neue Fasson würde Sie deutlich besser aussehen lassen.«

»Ich habe einen Spiegel zu Hause und weiß, wie ich aussehe«, entgegnete Steiger mit einer amtlichen Strenge, die ihr Radek nicht zugetraut hätte. »Und meine Haare bleiben so, wie sie sind.«

Der Friseur zeigte kein Anzeichen von Überraschung, offensichtlich hatte er eine solche Reaktion erwartet. Als die Polizistin hinzufügte, warum sie hier waren, wurde er deutlich kühler. Er gab einige kurze Anweisungen an seine Angestellten und führte die Polizisten nach hinten ins Büro. Dort legte er sein tuntiges Gehabe endgültig ab und kehrte den leidenschaftslosen Geschäftsmann hervor. »Also, worum geht es?«

»Bernadette Lindner arbeitet bei Ihnen.« Das war eher eine Feststellung als eine Frage von Radek.

»Sie arbeitete bei mir«, korrigierte der Friseur. Seine Stimme hatte nun ihren natürlichen Ton wieder und klang nicht mehr, als ziehe ihn jemand an den Ohren.

»Was heißt, sie arbeitete bei Ihnen?«, fragte Radek nach.

»Ich habe ihr gekündigt.«

»Weshalb?«

»Weil sie unentschuldigt eine Woche nicht zur Arbeit erschienen ist. Das reicht wohl für eine fristlose Kündigung. Oder was denken Sie, was ich bin? Ein gemeinnütziger Verein, in dem jeder kommen und gehen kann, wie es ihm passt?«

»Haben Sie die Gründe, warum Bernadette nicht zur Arbeit erschienen ist, gar nicht interessiert?«

»Nein, überhaupt nicht. Sie ist nicht zur Arbeit gekommen, das genügt. Sie war nicht krank, sondern hat blaugemacht. Was immer sie treibt oder getrieben hat, es gibt da im Dorf ja die wildesten Gerüchte, ist mir egal, solange sie ihre Pflicht tut. Die Gründe sind ohne Belang. Sie hat ihre Pflicht versäumt. Und das ist ein Zeichen von Schwäche. Ich dulde keine Schwäche. Wir sind umgeben von schwachen Menschen, die nur auf die Gunst der Starken hoffen und durchgefüttert werden wollen. Aber nicht mit mir und nicht bei mir.«

Amen, lag Radek auf der Zunge, er schluckte die Bemerkung jedoch hinunter. Trotzdem fragte er sich, was dieser Doleschal für ein Chef und vor allem, was er für ein Mensch war. Abgesehen davon wollte er nicht über die moralischen Ansichten des Friseurs reden. »Ich würde Ihnen trotzdem gerne einige Fragen zu Frau Lindner stellen.«

»Dann tun Sie das.« Doleschals Unwillen war deutlich zu sehen.

»Können Sie sich erinnern, ob es in den Tagen, bevor Bernadette nicht mehr zur Arbeit erschienen ist, irgendwelche Anzeichen für eine Verhaltensänderung gegeben hat?«, fragte Radek.

»Nein«, antwortete Doleschal sofort und ohne nachzudenken. Wie konnte er sich da so sicher sein?

»Wissen Sie das genau?«

»Ja.«

»Hat sie Andeutungen gemacht, dass sie woanders hinwill oder dass sie nicht zur Arbeit kommen wird, etwas in der Art?«

»Nein.« Wieder kam die Antwort ohne Zögern.

»Überhaupt nichts?«

»Überhaupt nichts.«

»Was war Bernadette für ein Mädchen?«

Er zuckte mit den Schultern, doch diesmal überlegte er länger, bevor er sagte: »Ein ganz normaler Lehrling. Mäßig fleißig, aber nicht faul. Ausreichend begabt und arbeitswillig. Durchschnittlich, würde ich sagen, aber akzeptabel.«

Das klang für Radek wie die Bewertung einer Waschmaschine.

»Und welchen Eindruck hatten Sie sonst von ihr?«

»Wie ich schon sagte: Durchschnitt. Eine normale Jugendliche, keine Ecken und Kanten.«

»Ist sie früher schon einmal unentschuldigt von der Arbeit weggeblieben?«

»Nein, sonst hätte ich ihr damals schon gekündigt.«

Weil er keine Schwäche duldet – Radek verzichtete darauf, nach dem Warum zu fragen. »Wie war ihr Verhältnis zu den Kolleginnen?«

»Normal, soweit ich das beurteilen kann. Es gab keine Streitereien außer dem üblichen Herumgezicke. Wenn Sie es genauer wissen wollen, müssen Sie die Mädchen fragen.«

»Wissen Sie vielleicht, mit wem Bernadette in ihrer Freizeit Umgang pflegte?«

»Nein, da müssen Sie ihre Eltern fragen.«

»Wurde sie nach Geschäftsschluss abgeholt, von einem Freund möglicherweise? Am Freitag ihres Verschwindens vielleicht?«, mischte sich Steiger ins Gespräch ein.

»Nein. Ist mir nicht aufgefallen.«

»Können Sie uns sonst etwas sagen, was den Umstand des Verschwindens von Bernadette beleuchtet?«

»Nein.«

Das blumige Herumplappern, mit dem der Friseur sie empfangen hatte, war einem verschlossenen, ablehnenden Misstrauen gewichen. Doleschal wollte ihnen nichts sagen. Sie verabschiedeten sich und verließen den Friseurladen. Radek verzichtete darauf, die Arbeitskolleginnen von Bernadette Lindner zu befragen, da er glaubte, das Ergebnis zu kennen: Nein – weiß nicht – kann ich nicht sagen – keine Ahnung.

Renate Haring stand hinter der Auslage des Spielwarengeschäfts, in dem sie arbeitete, und blickte hinüber zu der uniformierten Polizistin und dem Mann in Zivil, die schräg gegenüber auf dem Gehsteig standen. Sie war hinter dem Vorhang, der die Auslage zum Geschäft hin abdeckte, nicht zu sehen. Das wusste sie. Das hatten sie getestet. Von ihrem Standort aus konnte sie beinahe den ganzen Hauptplatz überblicken, ohne dabei selbst gesehen zu werden.

Sie hatte die beiden schon beobachtet, als sie den Streifenwagen geparkt und den Hauptplatz überquert hatten und in das Geschäft von diesem Doleschal gegangen waren. Und sie hatte sich gefragt, was die beiden bei ihm wollten. Als sie Katharina Fenzl, ihrer Chefin und Besitzerin des Ladens, davon erzählte, war für die völlig klar, dass es nur um die kleine Lindner gehen konnte. Die hatte beim Doleschal gearbeitet, bevor sie abgehauen war, und man hörte einiges im Dorf darüber, was sie in dieser Zeit getrieben haben soll.

Renate vermutete, dass auch der Mann ein Polizist war. »Jetzt stehen die beiden vor dem Doleschal seinem Laden und beratschlagen«, berichtete sie.

»Was sind das überhaupt für Leute?«, fragte ihre Chefin.

»Keine Ahnung. Sie kenne ich. Die habe ich schon ein paarmal in Gresten gesehen, aber er ist mir unbekannt. Ob der aus Scheibbs kommt oder aus Sankt Pölten?«

Kathi Fenzl trat neben Renate und blickte ebenfalls vorsichtig auf den Hauptplatz.

»Nein, den kenne ich auch nicht«, sagte sie, fügte dann aber nach genauerem Hinsehen hinzu: »Ist der nicht am Wochenende beim Falk auf der Terrasse gesessen? Am Samstagnachmittag. Das hat ausgesehen, als wäre er dort Gast.«

»Beim Falk?«, fragte Renate. »Warum geht er zum Falk?«

»Keine Ahnung. Die kommen sicher wegen der Lindner.«

»Was will die Polizei vom Doleschal? Der hat doch mit der Lindner nichts zu tun.«

»Er ist ihr Chef.«

»Ich hab gehört, er hat ihr gekündigt.«

»Dann war er halt ihr Chef, bevor sie verschwunden ist.«

»Aber er hat mit ihrem Verschwinden nichts zu tun. Nehm ich zumindest an.«

»Vielleicht weiß er etwas Interessantes über die Lindner. Immerhin war sie zwei Jahre bei ihm.«

»Und jetzt hat er sie einfach rausgeschmissen. Das ist ziemlich gemein von ihm.«

»Ja, das hätte ich ihm nicht zugetraut. Aber ganz geheuer ist der mir sowieso nie gewesen.« Kathi tat geheimnisvoll.

»Glaubst du, dass die Polizisten länger bleiben?«, wechselte Renate das Thema.

»Ich weiß nicht.«

»Glaubst du, dass die auch zu uns kommen?«

Kathi bekam einen furchtsamen Ausdruck in den Augen und flüsterte: »Hoffentlich nicht.« Nur nicht auffallen, dachte sie.

»Mich würde interessieren, was der Bürgermeister dazu sagt.« Unwillkürlich sprach auch Renate leiser und blickte sich unauffällig im Geschäft um.

»Der weiß das vielleicht noch gar nicht«, vermutete ihre Chefin.

»Meinst du?«

»Ich bin mir nicht sicher.«

»Und der Baron? Denkst du, der Baron weiß bereits, dass die Polizisten hier herumlaufen?«

Kathi schüttelte unmerklich den Kopf. »Nein, ich glaub nicht«, wisperte sie kaum hörbar.

Dann gingen sie wieder an die Arbeit.

16.

Da sie momentan keine andere Idee hatten, wie sie weitermachen sollten, beschlossen Steiger und Radek, das Mittagessen vorzuziehen. Radek schlug vor, ins Gasthaus »Falk« zu gehen.

Als sie ins Lokal kamen, stand Falk hinter der Schank, blickte ihnen misstrauisch entgegen und erwiderte ihren Gruß mürrisch. Sie suchten sich einen Tisch im hinteren Bereich der Gaststube, Falk brachte die Speisekarten und nahm die Getränkebestellung auf. Der fragende Blick, den er zunächst Radek und dann seiner uniformierten Begleiterin zuwarf, war nicht zu übersehen.

Sie studierten das Essensangebot und überlegten gerade laut, ob sie sich für das Mittagsmenü oder die Karte entscheiden sollten, als der Wirt die Getränke brachte.

Nachdem Falk die Gläser auf den Tisch gestellt hatte, konnte er sich nicht mehr zurückhalten. »Sind Sie Polizist?«, fragte er Radek scharf und unvermittelt.

»Ja.«

»Warum haben Sie nicht schon am Wochenende gesagt, dass Sie bei der Polizei sind?« Falks Haltung wurde mit einem Schlag feindselig.

Radek hatte keine Ahnung, warum es beim Wirt zu dieser Ablehnung kam und wie er darauf reagieren sollte. »Hätte das etwas geändert?«, stellte er eine vorsichtige Gegenfrage.

»Na klar.«

»Hätte ich dann kein Zimmer bekommen?«

»Nein, das nicht.«

»Was dann?« Radek spürte eine wachsende Gereiztheit in sich aufsteigen.

»Wir hätten uns von Ihnen nicht bespitzeln lassen!« Falk wurde zornig.

»Wie kommen Sie darauf, dass ich Sie bespitzeln wollte?«

»Warum nehmen Sie sich sonst übers ganze Wochenende ein Zimmer hier, obwohl Sie Polizist sind?«

Radek verstand den Sinn der Frage nicht, trotzdem antwortete er: »Weil ich aus Sankt Pölten bin und mich zwei Tage erholen wollte.« Er sah keinen Grund, den Wirt anzulügen.

Der musterte ihn argwöhnisch, als könnte er dadurch feststellen, ob sein Gast die Wahrheit sagte oder nicht. Dann entschied er sich für eine versöhnlichere Tonart. »Wir mögen eine solche Geheimnistuerei gar nicht«, erklärte er und damit schien für ihn die Sache erledigt zu sein. Er nahm ihre Bestellung entgegen und verzog sich in die Küche.

Während des Essens sprachen Radek und Steiger zunächst über belanglose Dinge. Steiger erzählte vom Polizeidienst in Gresten, von ihrem Mann und ihren Kindern.

Radek hatte keine Frau und keine Kinder, von denen er stolz berichten konnte. Er hatte nicht einmal einen Job, der ihm so viel Spaß machte, um darüber zu reden. Das Einzige, das ihm für ein zwangloses Plaudern brauchbar erschien, war sein geplantes Studium, aber selbst das kam ihm großkotzig vor. So schwätzte er über Sankt Pölten, dessen Sehenswürdigkeiten und verschiedene Lokale, die ihm besuchenswert erschienen. Unverbindlicher Small Talk eben. Wenn Radek sich mit Steiger verglich, ihrem geregelten Leben in ordentlichen Bahnen, fühlte er sich wie ein Außerirdischer, der hier in der Idylle der Provinz nichts verloren hatte.

Trotzdem kamen sie dann auf das LKA, klar, das interessierte Steiger mehr als die Organisation der Studieneingangsphase für Geschichte. Als er erklärte, was er dort machte, wurde sie hellhörig und fragte nach, weshalb das LKA ihn geschickt habe und nicht einen anderen Kriminalbeamten, einen, der schon zuvor in diesem Fall ermittelt hatte. Einen Moment lang glaubte Radek, sie hätte »einen versierten Kriminalbeamten« sagen wollen, aber vielleicht bildete er sich das nur ein. Jedenfalls hatte er keine Lust, ihr etwas zu verheimlichen, und sagte ganz offen, dass er glaubte, nur deshalb geschickt worden zu sein, weil niemand anderer diesen Fall übernehmen wollte. Steiger lachte und kommentierte es mit: »Der mit der geringsten Widerstandskraft kriegt immer die beschissensten Jobs.«

Nachdem Falk, der nun etwas zuvorkommender wirkte, die leeren Teller abgeräumt und den bestellten Kaffee serviert hatte, brachte Radek das Gespräch auf den Grund ihres Hierseins. »Was hältst du von dem Friseur? Der macht einen ziemlich durchgeknallten Eindruck.«

»Ja, ein unangenehmer Zeitgenosse«, antwortete Steiger.

»Ich dachte, solche Typen gibt's nur in der Stadt.«

»Offensichtlich nicht.«

»Was weißt du über Schandau?« Radek wollte versuchen, sich ein genaueres Bild über das Dorf zu verschaffen.

»Im Grunde nicht viel. Ein ruhiges Nest, ich kann mich an keine bemerkenswerte Amtshandlung erinnern. Hier leben nicht viele Leute, 600, glaube ich. Also eine sehr überschaubare Gemeinschaft. Die Leute kennen sich und haben gelernt, miteinander auszukommen. Klar gibt es wahrscheinlich Rivalitäten und Neidgeschichten, aber die werden so ausgetragen wie auf dem Land eben üblich: Hinten herum wird böse getratscht und nach vorne wird gelächelt. Das kennst du ja.«

Radek dachte an seinen Wohnort Senftenberg im Waldviertel, eine 1.500-Seelen-Gemeinde, und nickte. Ja, das kannte er.

»Wenn du in Richtung Hollenstein weiterfährst, gibt es ein großes Sägewerk und einen Holzbaubetrieb, also eine Zimmerei und eine Tischlerei. Da habe ich vor ein paar Monaten einen Einbruch bearbeitet. Die Betriebe gehören Lenkstein. Das ist der Besitzer der Burg, ein verkappter Aristokrat mit einem Gehabe, als gebe es heute noch die Leibeigenschaft. Ich glaube, die Betriebe sind ein wichtiger Wirtschaftsfaktor für die Gemeinde, sonst gibt es in der Gegend nicht viele Arbeitsmöglichkeiten.«

»Aber die Infrastruktur ist gut.« Radek zeigte aus dem Fenster. »Mir scheint, dass es hier alles gibt, was man zum Leben braucht.«

Steiger blickte ihn skeptisch an. »Wenn man keine allzu großen Ansprüche stellt. Aber ja, die Nahversorgung scheint ganz gut zu funktionieren.«

Radek fiel noch etwas anderes ein. »Hat es mal mit dem Pfarrer Probleme gegeben?«

»Was meinst du damit?«

»Mir ist am Sonntag aufgefallen, dass kaum Leute in der Kirche waren. Das erscheint mir ungewöhnlich, und ich frage mich, ob der Pfarrer absichtlich gemieden wird, und wenn dem so wäre, warum?«

Sie zuckte mit den Schultern. »Nein, ich hab noch nie etwas Negatives über den Pfarrer gehört. Der übliche Mitgliederschwund bei der Kirche wahrscheinlich.«

Möglicherweise, dachte Radek. Aber eigentlich glaubte er das nicht. Ja, die Jungen blieben aus, das war plausibel, doch dass auch die Alten nicht mehr in die Kirche gingen, erschien ihm zumindest wert, hinterfragt zu werden.

»Was machen wir jetzt?«, wollte Steiger unternehmungslustig wissen.

Radek dachte einen Moment lang nach. »Wir befragen den Wirt. Die Lindner war zuletzt hier, bevor sie verschwunden ist. Möglicherweise ist dem Falk etwas aufgefallen.«

»Das wollte ich auch schon machen«, gestand Steiger, »hab's dann aber bleiben lassen, weil ich auf dich warten wollte.«

Sie winkten dem Wirt und verlangten die Rechnung. Nachdem er ihre Zeche kassiert hatte, sagte Radek: »Wir würden Ihnen gerne ein paar Fragen stellen.«

»Welche Fragen?« Der Wirt wurde wieder argwöhnisch.

»Zu Bernadette Lindner, sie war ja an dem Freitag, als sie verschwunden ist, hier bei Ihnen im Lokal.«

»Wer sagt das?«

»Das haben uns die Eltern erzählt«, erklärte Steiger. »Die haben noch am frühen Abend mit ihr telefoniert. Und da sagte Bernadette, sie sei hier im Gasthaus.«

Falk überlegte kurz, aber es machte auf Radek nicht den Eindruck, als müsse er sich erst den Abend in Erinnerung rufen, sondern als wäge er ab, was er den Polizisten erzählen durfte und was nicht.

»Ja, sie war hier und ist da drüben gesessen.« Er deutete auf einen der leeren Tische im hinteren Bereich der Gaststube.

»Alleine?«, fragte Radek nach.

»Nein, mit der Schächter.«

»Wer ist das?«

»Veronika Schächter, eine Freundin von der Lindner, aber ein paar Jahre älter.«

»Und die beiden waren die ganze Zeit über beisammen?«, wollte Radek wissen.

»Ja, bis Mitternacht ungefähr, dann ist die Lindner gegangen. Die Schächter ist noch ein bisschen geblieben, weil einer der Burschen an der Bar sie auf ein Glas Wein eingeladen hat. Die Lindner hat gesagt, dass sie morgen früh raus und arbeiten müsse, und ist abgehauen. Das war das letzte Mal, dass ich sie gesehen habe.«

»Was, glauben Sie, ist passiert?« Steiger war daran interessiert, was die Gerüchteküche zu bieten hatte. Der Wirt hatte sich aus dem Querschnitt der Gästemeinungen sicherlich sein eigenes Bild gemacht.

Aber Falk reagierte ablehnend. »Woher soll ich das wissen? Die Kleine wird irgendwo hingefahren sein und dort die Sau rausgelassen haben. Keine Ahnung. Interessiert mich auch nicht.«

»Wo können wir diese Schächter finden?«, mischte sich Radek wieder ein.

»Die arbeitet beim Lenkstein im Büro. Ich glaub, sie wohnt noch bei ihren Eltern in der Hinterau.«

»Hinterau ist eine Siedlung ein bisschen außerhalb, in Richtung Hollenstein«, erklärte Steiger dem ortsunkundigen Radek.

»War's das? Mehr weiß ich sowieso nicht.«

Radek hatte nichts anderes erwartet. Für den Wirt jedenfalls schien die Sache erledigt zu sein, denn ohne auf eine Antwort der Polizisten zu warten, drehte er sich um und ging zurück hinter die Theke.

»Und jetzt?«, fragte Steiger.

»Jetzt fahren wir zu Lenkstein und schauen uns diese Schächter an.«

Als die beiden Polizisten gegangen waren, schnappte sich Falk sein Handy und ging durch die Hintertür in den Hof hinaus. Vorsichtig blickte er sich um, ob ihn jemand beobachtete. Als er sicher war, allein zu sein, drückte er eine Kurzwahltaste und wartete, bis am anderen Ende abgehoben wurde.

Er knallte sein Telefon voller Zorn über den langen Tisch, der in der Mitte des Saales stand und für gesellschaftliche

Zusammenkünfte diente. Wäre Christian Steininger nicht rechtzeitig herbeigeeilt, um die rasante Fahrt des Geräts zu beenden, wäre das dünne Smartphone über die Tischkante hinweggeschossen und auf dem Steinboden zerschellt.

Steininger kannte seinen Arbeitgeber und dessen jähzorniges Wesen allzu gut. Dafür wurde er bezahlt, hervorragend bezahlt. Er hatte an der Wirtschaftsuniversität Wien studiert, seinen Bachelor in Betriebswirtschaft und einen Master in Management gemacht. Danach hatte er einige Zeit in der Zentrale von Möbel Haindl in Linz gearbeitet. Dort war er für das Wareneingangs- und Produktionsmanagement verantwortlich gewesen. Bei einer seiner Verhandlungen mit einer Zulieferfirma war er an Leopold Lenkstein geraten, der ihn nach drei Verhandlungsrunden abgeworben und seinen eigenen Key-Account-Manager in die Wüste geschickt hatte. Es komme ihn billiger, Steininger zu kaufen, als ihn weiterhin auf der anderen Seite des Verhandlungstisches sitzen zu haben, hatte Lenkstein seine Personalmaßnahme begründet. Das Gehalt, das er Steininger anbot, hatte jeden Zweifel über einen Jobwechsel zerstreut. Innerhalb eines halben Jahres war Steininger in Lenksteins Betrieb zum Verkaufsleiter aufgestiegen, und ein Jahr später hatte Lenkstein ihn zum persönlichen Counsellor gemacht. Seit vier Jahren war er nun bei Lenkstein und bereute keinen einzigen Tag davon. Er hatte nicht nur ein überdurchschnittlich hohes Gehalt, sondern auch andere Annehmlichkeiten, die ihm kein Großkonzern bieten konnte. Er war kein Assistent, kein Consultant, kein Unternehmensberater, sondern erfüllte Funktionen, die weit darüber hinausgingen. Steininger kümmerte sich etwa darum, dass der Baron seinen Geschäften nachgehen konnte, bereitete die wichtigsten Termine vor und legte gemeinsam mit ihm die Strategien dafür fest. Häufig führte er auch selbst die Verhandlungen.

Der Baron bevorzugte es, seine Geschäfte von der Burg aus zu lenken, anstatt in seinem Büro unten im Werk zu sitzen. Dort war Steininger Lenksteins rechte Hand und leitete die Firma, wenn der Baron Besseres zu tun hatte. Ein Prokurist ohne Prokura, obwohl er das seinem Chef gegenüber so nie ausdrücken würde.

Schon während des Telefonats war Lenkstein erregt aufgesprungen und mit langen Schritten im Rittersaal herumgelaufen. Jetzt stand er an einem der großen spitzbögigen Fenster und starrte zornig hinunter in das Dorf zu Füßen der Burg.

»Schlechte Nachrichten, Herr Baron?«, fragte Steininger mit gedämpfter Stimme.

»Unten im Dorf schnüffeln die Bullen herum«, fauchte Lenkstein, wirbelte herum und kam mit schnellen Schritten zu Steininger.

Zum Glück befindet sich der Tisch zwischen uns, dachte Steininger.

»Können Sie sich das vorstellen?« Lenkstein kochte vor Wut. »Die spionieren im Dorf!«, schrie er. »Ungefragt! In meinem Dorf! Die sollen sich nach Gresten scheren oder sonst wohin und sich dort um ihre Hühnerdiebe kümmern und ihren Arsch nur hierher bewegen, wenn wir sie holen!«

Er nahm seine Wanderung durch den Rittersaal wieder auf. Die Hände hinter dem Rücken, leicht nach vorne gebeugt und wütend vor sich hin stierend. Er trug eine knielange Trachtenlederhose, dunkelgrüne Wollsocken und halbhohe Schnürschuhe, ein weißes Hemd, darüber ein dunkelgraues Leinengilet mit Kragenrevers. Der Schal um den Hals war ihm zuvor wie das Tüpfelchen auf dem I vorgekommen, nun aber schien er ihn unerträglich zu beengen. Voller Zorn riss er ihn herunter und schleuderte ihn im Vorbeigehen in eine Ecke des Saals. Sein rundes Gesicht leuchtete vor Aufregung und bildete einen unangenehmen Kontrast zum halblangen dunklen Haar, von dem ihm einige Strähnen wirr in die Stirn hingen.

Lenkstein war Mitte 40, von kräftiger Statur und hatte einen kleinen Bierbauch, den er nicht zu verbergen versuchte. Er war ein Genussmensch, der Bauch das nach außen hin sichtbare Zeichen dafür.

»Wissen Sie auch, weswegen die Polizisten hier sind?« Steininger formulierte seine Frage vorsichtig. Im Gegensatz zu seinem Arbeitgeber war er beinahe schmächtig und in einen dezenten Trachtenanzug gekleidet.

»Wegen der kleinen Lindner!«, schrie Lenkstein. »Wegen dieser verfickten Schlampe. Wegen der laufen sie herum und stellen blöde Fragen. Ob irgendwer etwas darüber weiß, warum sie verschwunden ist und wo sie war. Solche Scheiße halt!«

Steininger zog es vor, den Mund zu halten. Sollte sein Chef erst einmal Dampf ablassen, dann würde man vernünftig mit ihm reden und geeignete Maßnahmen überlegen können. Das war ein bewährtes Vorgehen.

»Was geht die das an?«, begann Lenkstein wieder zu toben. »Das ist unser Problem. Die Lindner gehört zu uns ins Dorf und wir kümmern uns selbst um solche Sachen. Dafür brauchen wir keine beschissenen Bullen.«

Steininger betrachtete seinen Arbeitgeber mit der Achtsamkeit eines Dompteurs, der sich mit einem Tiger in der Manege befand, im Bewusstsein, die Situation im Griff zu haben, aber auch mit der Gewissheit, dass die Raubkatze ihn jederzeit zerfetzte, wenn er einen Fehler machte. Leopold Freiherr von Lenkstein zu Friedheim, so würde der volle Name seines Chefs lauten, wären die Adelstitel nicht nach dem Ersten Weltkrieg abgeschafft worden. Doch der

Titel allein macht keinen Feudalherren, dachte Steininger und fragte sich, mit welch harter Hand die Lenksteins wohl vor 100 oder 200 Jahren über ihre Ländereien geherrscht hatten.

»Am liebsten würde ich ins Dorf fahren und sie rausprügeln«, erboste sich Lenkstein abermals.

Steininger merkte jedoch, dass die Wut bereits am Verrauchen war. »Das wird leider nicht möglich sein, Herr Baron. Wir haben um 15 Uhr einen Termin mit dem Bürgermeister von Amstetten.«

»Ich weiß, ich weiß.« Unwirsch winkte Lenkstein mit den Händen. »Außerdem sind die Zeiten vorbei, wo man so etwas ungestraft tun durfte. Leider. Aber die Bullen haben sich hier nicht einzumischen. Das habe ich dem alten Hager schon oft gesagt.« Noch einmal ergriff die Erregung Besitz von ihm: »Ich bin doch nicht irgendein Arschloch, das gegen eine Wand redet. Ich bin Baron von Lenkstein. Man gehorcht mir, wenn ich etwas sage.« Er trat zum Tisch und schlug mit der Faust darauf, um seine Wut abzureagieren. »Und wenn sich jemand unaufgefordert in Angelegenheiten einmischt, die in meinem Dorf passieren, dann beleidigt er mich höchstpersönlich. Das werde ich mir nicht gefallen lassen.« Erneut lief er wie ein gereiztes Tier auf und ab.

»Vielleicht sollten wir feststellen, was die Polizisten tatsächlich wollen«, begann Steininger die Situation zu analysieren. »Vermutlich müssen die das tun. Möglicherweise ist es nur eine Routineuntersuchung, die schnell beendet ist, und wahrscheinlich sind sie in ein paar Tagen ohnehin wieder weg. Wie die Polizisten, die schon einmal das Verschwinden der Lindner untersucht haben. Die sind auch nach ein paar Tagen wieder abgehauen. Dann kehrt alles zur gewohnten Normalität zurück. Also, wenn wir jetzt schon beim Bezirkspolizeikommandanten anrufen, wirbeln wir voraussichtlich mehr Staub auf, als diese Sache wert ist.«

Lenkstein hielt inne und betrachtete Steininger mit einem Blick, den dieser nicht zu deuten wusste, doch dann entspannte er sich. »Ach, Steininger. Was täte ich ohne Sie. Natürlich haben Sie wieder einmal recht. Wer weiß, was diese uniformierten Idioten da unten im Dorf tatsächlich treiben. Sorgen Sie dafür, dass irgendwer diese Komiker zu mir heraufschickt. Und dann holen Sie den Wagen, wir fahren nach Amstetten.«

Lenkstein verließ den Rittersaal durch eine Tür an der Stirnseite, hinter der, wie Steininger wusste, eine breite Wendeltreppe in den Hof hinunterführte.

Nun konnte sich auch Steininger entspannen. Er zog sein Handy aus der Sakkotasche, führte einige Telefonate und war sich danach sicher, dass alle Schienen gelegt waren, um die Polizisten in die Burg und zum Baron zu führen. Er rief den Chauffeur an und ließ den Wagen vorfahren.

17.

Holzbau Lenkstein umfasste ein riesiges Areal am Ortsrand von Schandau. Im mittleren Bereich des Firmengeländes stand ein einstöckiges Büro- und Verwaltungsgebäude, rechts davon waren Garagen und die Werkstätten des Holzverarbeitungsbetriebs, im linken Teil befand sich das Sägewerk. Radek konnte die Holzplätze für Rund- und Schnittholz sehen, zwei große Sägehallen und mehrere Werkstätten.

»Das ist ja ein Riesending«, sagte Radek, als sie den Wagen auf dem Parkplatz abstellten. Seine Überraschung war echt. Bei der Fahrt nach Schandau war er an einigen ähnlichen Betrieben vorbeigekommen, aber keiner hatte über eine vergleichbare Größe verfügt.

»Ja, Lenkstein ist das größte Unternehmen hier in der Region. Ein Wirtschaftsmotor«, erklärte Steiger. »Ich glaub, das halbe Dorf ist bei ihm beschäftigt.«

Im Eingangsbereich war eine Art Empfangshalle eingerichtet, in der mehrere Bürokräfte arbeiteten. Eine der Sekretärinnen erhob sich und kam zu ihnen, mit einem Ausdruck in den Augen, als hätten sich die Ankömmlinge in der Tür geirrt. Vielleicht war es auch die Uniform von Steiger, die sie verwundert wirken ließ.

»Was kann ich für Sie tun?«, fragte sie freundlich.

»Wir hätten gerne Ihren Chef, Herrn Lenkstein, gesprochen.« Radek hielt es für ratsam, zunächst den Chef zu kontaktieren, bevor er mit Veronika Schächter sprach.

»Herr Lenkstein ist momentan bei einem Termin außer Haus«, entgegnete die Sekretärin. »In welcher Angelegenheit wollen Sie den Herrn Baron sprechen? Vielleicht kann Ihnen jemand anderer weiterhelfen.«

»Wir würden gerne mit Frau Veronika Schächter reden«, kam Radek zum eigentlichen Grund ihres Kommens.

»Ah, ich verstehe. Hat sie etwas angestellt?« Die Frage klang ironisch und die Sekretärin musterte Steiger misstrauisch.

»Nein, da kann ich Sie beruhigen«, antwortete Steiger. »Wir wollen ihr nur einige Fragen stellen. Als Zeugin.«

»Ich verstehe«, wiederholte die Sekretärin distanziert. »Da muss ich kurz nachfragen.«

Sie ging an ihren Arbeitsplatz zurück und telefonierte. Sie erklärte zunächst das Anliegen der beiden Polizisten und hörte dann ihrem Gesprächspartner aufmerksam zu. Radek konnte sich nicht erschließen, was tatsächlich gesprochen wurde, denn außer einigen Jas sagte die Sekretärin kein Wort. Allerdings musterte sie die Polizisten streng.

»Ja, kein Problem«, sagte sie anschließend zu Steiger und Radek. »Wenn Sie mit Frau Schächter sprechen wollen, können Sie das oben im Besprechungszimmer tun. Allerdings wünscht der Herr Baron, dass Sie ihn über die Gründe und den Verlauf des Gesprächs informieren. Er ersucht Sie, sich morgen bei ihm vorzustellen.«

Sie klickte an ihrem Computer herum. »Würde Ihnen 14 Uhr passen?«

Steiger blickte Radek fragend an. »Ich hab morgen frei, das wirst du alleine machen müssen.«

»Ja, das geht in Ordnung«, antwortete Radek.

»Der Herr Baron erwartet Sie dann auf seiner Burg.«

»Auf der Burg?«, fragte Radek ungläubig.

»Ja. Einfach hinauffahren und beim Tor läuten.« Die Sekretärin winkte einem jungen Mädchen, wahrscheinlich ein Lehrling. »Conny, kannst du die Herrschaften bitte ins Besprechungszimmer führen?« Und zu den Polizisten gewandt: »Ich schicke Ihnen Fräulein Schächter hinauf.« Schon griff sie zum Telefon und wählte eine Nummer.

Das Besprechungszimmer war unerwartet groß, in der Mitte standen mehrere zusammengeschobene Tische. Radek zählte 20 Stühle, die rundum aufgestellt waren. Er hätte nicht vermutet, dass Holzbau Lenkstein derart große Meetings durchführte.

Ihre Begleiterin ließ sie alleine zurück und sie warteten, bis Veronika Schächter auftauchte. Nach einer kurzen Begrüßung setzten sie sich an eine Ecke des Besprechungstisches.

Schächter trug das typische Outfit eines Goths. Schwarze Kleidung, schwarzes, kurz geschnittenes Haar, dunkler Lidschatten, mehrere Piercings im Gesicht und ein schwarzer Lippenstift. An den Ohren hingen zwei verkehrte Kreuze. Das bemerkte Radek, weil sie ihm als satanistische Symbole sofort ins Auge stachen. Trotzdem wirkte die Frau hübsch. Groß, schlank, Anfang 20. Sie trug Jeans und ein hautenges ärmelloses Top – beides in Schwarz.

Radek war überrascht, denn er hätte alles andere erwartet als eine junge Frau, die mit ihrem Aussehen so auffallend gegen die Konventionen ihrer ländlichen Umgebung verstieß. Dass sie dies tat, daran zweifelte er keinen Moment.

Auch Schächter musterte die Polizisten aufmerksam. Als sie bemerkte, wie die beiden ihr Erscheinungsbild betrachteten, nahm ihr Blick einen verächtlichen Ausdruck an. Spießer wie die im Dorf, dachte sie. Kaum läuft man nicht in Lederhose, Lodenjanker oder Dirndl herum, wird man schief angesehen. »Was wollen Sie von mir?«, fragte sie und machte sich keine Mühe, ihre Feindseligkeit zu verbergen.

»Wir würden gerne mit Ihnen über Bernadette Lindner reden.«

Ihre Miene wurde noch abweisender. »Und was wollen Sie wissen?«

»Sie sind mit Bernadette Lindner befreundet?«

»Ich nehme an, deswegen sind Sie hier.«

Radek überging ihren Sarkasmus. »An jenem Abend, an dem Bernadette verschwunden ist, waren Sie mit ihr im Gasthaus ›Falk‹. Können Sie mir erzählen, was an diesem Abend passiert ist?«

»Nichts Großartiges. Wir sind gegen 20 Uhr zum ›Falk‹ und haben dort einige Freunde getroffen. Die sind aber früher gegangen, weil sie nach Scheibbs fahren wollten. Wir sind etwa bis Mitternacht sitzen geblieben.«

»Haben Sie das Lokal gemeinsam verlassen?«, fragte Radek, obwohl er die Antwort kannte.

»Nein. Bernadette ist allein gegangen, weil ich an der Theke von einem Freund aufgehalten und auf ein Glas Wein eingeladen wurde.«

»Und da haben Sie sich getrennt.«

»Genau. Wir haben uns verabschiedet. Bernadette sagte, sie müsse am nächsten Tag arbeiten, und ist gegangen. Ich bin noch ungefähr eine halbe Stunde geblieben und dann ebenfalls nach Hause abgerauscht.«

»Hat Bernadette eine Andeutung gemacht, dass sie weglaufen wollte?«

»Nein.«

»Hat sie an diesem Abend komisch gewirkt, ist Ihnen etwas an ihrem Verhalten seltsam vorgekommen, etwas, das nicht zum gewohnten Bild passte?«

»Nein«, antwortete Schächter, ohne nachzudenken.

Warum ist sie sich dessen so sicher, fragte sich Radek. Warum nahm sie sich nicht einen Moment lang Zeit, den Abend in Gedanken durchzugehen, bevor sie antwortete? »Bernadettes Verschwinden war demnach auch für Sie überraschend?«

»Ja.«

»Wann haben Sie erfahren, dass sie weg ist?«

»Als mich ihre Mutter am nächsten Nachmittag angerufen hat.«

»Was haben Sie sich dann gedacht?«

»Nichts.« Schächter blickte ihr Gegenüber unverwandt an.

»Wie soll ich das verstehen?«

»Was hätte ich mir denken sollen? Sie ist abgehauen. Wahrscheinlich in die Stadt, um Party zu machen. Das ist nicht schlimm. Hab ich auch schon getan.« Sie zuckte mit den Schultern, als wäre es das Selbstverständlichste, dass ein junges Mädchen eine Woche lang spurlos verschwindet.

»Waren Sie nicht besorgt, als Sie tagelang nichts von ihr hörten?«

»Nein, natürlich nicht. Warum?«

»Sie ist Ihre Freundin«, mischte sich Steiger ins Gespräch, ihre Empörung war deutlich zu hören.

Schächter strafte sie mit einem abfälligen Blick. »Ja, klar ist sie das. Aber Bernadette ist kein kleines Kind mehr. Sie wird schon wissen, was sie tut.«

»Hatten Sie in der Zeit, in der Bernadette verschwunden war, Kontakt zu ihr? Telefonisch oder per SMS oder per E-Mail?«

»Nein.«

»Haben Sie sie angerufen?«

»Nein.«

Radek merkte den deutlichen Unwillen, mit dem die junge Frau seine Fragen beantwortete. Und einmal mehr wurde ihm klar, dass es keinen Sinn hatte, weiterzubohren. Ja, nein, weiß nicht – das waren keine brauchbaren Auskünfte.

»Haben Sie Bernadette gesehen, seit sie wieder da ist?«

»Ich habe sie ein Mal besucht.«

»Was hatten Sie für einen Eindruck?«

»Sie ist ein bisschen durch den Wind, aber sonst geht es ihr gut.«

Radek glaubte, sich verhört zu haben. Er bemerkte, dass auch Steiger durchatmete, doch bevor sie einen Kommentar abgeben konnte, fragte er Schächter: »Überrascht Sie das nicht? Also dass Ihre Freundin durch den Wind ist, meine ich.«

»Nein, vielleicht hat sie das falsche Zeug geraucht oder zu viel Ecstasy eingeworfen. Das gibt sich wieder.«

Die Kaltblütigkeit, mit der Schächter über ihre angebliche Freundin sprach, verblüffte Radek. Daher konnte er sich eine andere Frage nicht verkneifen: »Haben Sie schon öfters Drogen genommen?«

Veronika Schächter überlegte einen Augenblick, dann lächelte sie ihn an. »Natürlich nicht, was denken Sie. Das ist verboten. Und ich bin ein braves Mädchen.«

»Ich habe nichts anderes erwartet.« Radek lächelte ebenfalls, aber da steckte keine Freundlichkeit dahinter.

»Fällt Ihnen sonst noch etwas ein, das für uns interessant sein könnte?«, fragte er die junge Frau, und auch diesmal wusste er die Antwort bereits im Vorhinein.

»Nein«, sagte sie, ohne eine Sekunde zu zögern.

18.

Sie kannten sich seit über 40 Jahren, als Kinder hatten sie miteinander im Wald gespielt, als Jugendliche waren sie in den gleichen Wirtshäusern herumgehangen und hatten dort das eine oder andere Bier miteinander geleert. Hermann Schnitzer war Tischler geworden und arbeitete bei Lenkstein. Karl Darovec hatte das Francisco Josephinum, ein Lehr- und Forschungszentrum in Wieselburg, und dort die Sparte Landwirtschaft besucht. Jetzt arbeitete er in der Bezirkshauptmannschaft in Scheibbs und war im Fachgebiet Jagd, Fischerei und Agrarwesen für Landwirtschaftsangelegenheiten zuständig.

Sie waren immer im Dorf geblieben. Obwohl es schwierig war. Früher schon, als der alte Baron noch lebte, und jetzt beim jungen noch viel mehr. Der Alte hatte sich benommen, wie man es von einem Adeligen erwartete, der noch im Bewusstsein erzogen worden war, einer Elite anzugehören, von Gottes Gnaden über den anderen zu stehen und zur Führung der Untertanen bestimmt zu sein. Mit dieser Einstellung hatte er das Sägewerk übernommen, nachdem der alte Kernstock eines Tages tot auf dem Rundholzplatz gefunden worden war, von einem Fichtenstamm erschlagen. Zwei Wochen zuvor hatte der alte Baron dem Kernstock ein Übernahmeangebot gemacht, das dieser erbost abgelehnt hatte. Am Stammtisch in der »Linde« hatte er seinem Zorn über den lächerlichen Preis, den Lenkstein zahlen wollte, lautstark Ausdruck verliehen. Ja, er beabsichtigte, in Pension zu gehen und das Sägewerk zu verkaufen, aber er wollte es nicht verschenken. Zwei Wochen später war er tot. Die Gendarmen hatten die

Sache schnell als Unfall abgetan. Aber lange Zeit waren die Gerüchte nicht verstummt, dass bei dem Unfall nicht alles mit rechten Dingen zugegangen sei. Niemand hatte sich erklären können, was der alte Kernstock, entgegen seiner Gewohnheiten, mitten in der Nacht auf dem Holzplatz zu suchen gehabt hatte. Und keiner hatte sich erklären können, warum sich ausgerechnet in diesem Moment ein Baumstamm gelöst und ihn erwischt hatte. Kernstocks Erben hatten schnell verkauft und den Preis des alten Barons widerspruchslos akzeptiert.

Mittlerweile war Gras über die Sache gewachsen. Der alte Baron war vor 15 Jahren gestorben, angeblich hatte er sich zu Tode gesoffen. Danach hatte der junge Lenkstein den Betrieb übernommen und ihn ausgebaut, das Grundstück daneben gekauft und dort eine riesige Tischlerei und Zimmerei errichtet.

Der junge Lenkstein war ein windiger Kapitalist. Er behandelte seine Mitarbeiter als persönliches Eigentum. Hermann konnte davon ein Lied singen. Es gab keinen Betriebsrat, und Gehaltserhöhungen oder andere Privilegien wurden willkürlich verteilt. Wer dem Herrn Baron zu Gesicht stand, wurde bevorzugt, wer nicht, ging in einer rechtlosen Masse unter. Der Baron versuchte nicht einmal, seine Ungerechtigkeiten zu verbergen. Die Starken, so sagte er, werden gefördert, die Schwachen müssen sich ducken. Aber seine Kriterien für stark und schwach waren nicht nachvollziehbar, sondern wurden von ihm höchst eigenwillig festgelegt.

Jeder, dem etwas nicht passe, könne sich gerne einen anderen Dienstherrn suchen, sagte der Baron denen, die sich über diese Praxis erbosten. Dabei wusste Lenkstein, dass er den größten holzverarbeitenden Betrieb im Bezirk, wenn nicht gar im südwestlichen Niederösterreich hatte und es nur wenig Alternativen für seine Arbeiter gab. Das stärkte seine Position und seine Überheblichkeit. Die Arbeiter waren ihm ausgeliefert. Aus dieser Perspektive konnte er sie tatsächlich als sein Eigentum betrachten. Meist benahm er sich aber wie ein Feudalherr und weniger wie ein Unternehmer.

Weder Hermann noch Karl konnten sagen, wer besser war, der alte oder der junge Baron. Die beiden Freunde waren nur von wenigen Dingen unterrichtet, die im Dorf passierten. Das meiste wurde ihnen verheimlicht oder es interessierte sie ohnehin nicht. Sie waren kein Teil der Gemeinschaft. Aber sie wussten, wie die Dinge im Dorf liefen, sie kannten die ungeschriebenen Gesetze, die herrschten, und ihnen war klar, dass man gut daran tat, die Regeln zu befolgen.

Karls Sohn Martin hatte vor über einem Jahr Selbstmord begangen. Seither hatte sich Karl verändert, er war schweigsam geworden, lauernd, misstrauisch. Seine Frau Sabine ebenso. Karl sprach kaum noch mit den Menschen im Ort, ließ sich nicht mehr in der »Linde« blicken und behandelte die Leute, als trügen sie die Schuld am Tod seines Sohnes. Er war zum Außenseiter geworden. Die Veränderungen in Karls Wesen waren auch seinem Freund Hermann nicht verborgen geblieben, aber alle Versuche der Ablenkung waren vergeblich gewesen.

Jetzt standen sie auf dem Gehsteig vor dem Kaufhaus Kroner, in dem sie sich zufällig getroffen hatten. Es gab Neuigkeiten, die schnell im Dorf die Runde machten. Zwei Polizisten liefen herum und erkundigten sich, was mit der kleinen Lindner geschehen war. Karl und Hermann wussten dazu nichts, aber sie hatten ihre Vermutungen, wie die meisten anderen im Dorf. Besonders Karl glaubte zu wissen, was geschehen war. Doch sie behielten ihre Standpunkte für sich. In bestimmten Kreisen des Dorfes wurde es nicht gerne gesehen, wenn man seine Meinung allzu frei äußerte.

Jedenfalls zogen die Polizisten auch die Aufmerksamkeit der beiden Freunde auf sich.

»Glaubst du tatsächlich, dass der Zivilist ebenfalls ein Polizist ist?«, fragte Hermann, nachdem sie ihren Wissensstand abgeglichen hatten.

»Ich nehme es an. Weshalb läuft er sonst mit der Uniformierten herum?«

»Aber er schläft beim Falk, und er ist schon am Samstag angekommen.«

»Ich weiß. Das ist seltsam.«

»Angeblich ist er ein Polizist aus Sankt Pölten. Ein höheres Tier.«

»Vielleicht gerade deshalb.«

»Glaubst du?« Hermann blickte sich vorsichtig um, bevor er weitersprach. »Glaubst du, dass er geschmiert wird?«

»Keine Ahnung. Er verhält sich nicht so. Aber wenn er im ›Falk‹ schläft? Möglich wäre es.«

»Dann müssen wir aufpassen.«

»Ja«, bekräftigte Karl. »Und uns nicht zu weit aus dem Fenster lehnen.«

»Ich hab mir schon überlegt, mit ihm zu reden«, gestand Hermann, noch wachsamer als zuvor.

Karl blickte ihn erschrocken an. »Mit ihm reden? Wozu?«

»Na, über die Lindner und über das Dorf. Du weißt, was ich meine«, sagte Hermann Schnitzer bestimmt.

»Bist du verrückt!«, fuhr ihn sein Freund an, doch schnell wurde er leiser. »Du kannst nicht einfach mit dem Polizisten reden. Wenn das jemand erfährt! Der Bürgermeister oder der Baron. Nein, Hermann, das darfst du nicht tun. Außerdem weißt du nicht, ob das wirklich ein Polizist ist. Und du hast keine Ahnung, was er bei uns will und wo er steht. Vergiss nicht, er schläft beim Falk.«

»Vielleicht sollte man den Mann einfach fragen, weshalb er hier im Dorf ist«, schlug Hermann vor.

»Hermann!« Karl Darovec blickte seinen Freund an, als wollte er ihn hypnotisieren, um ihn von seinem Vorhaben abzubringen. »Pass auf, was du machst. Du weißt, was geschehen kann.« Er wollte noch etwas hinzufügen, aber ein schwarz gekleideter junger Bursche kam aus dem Kaufhaus wie ein dunkler Schatten. Sie verstummten sofort, traten zur Seite und ließen den Jungen vorbei.

Der Bursche blieb einige Schritte entfernt vor dem Gasthaus »Zur Linde« stehen. Er zündete sich eine Zigarette an, warf den beiden Männern einen feindseligen Blick zu und ging dann weiter.

Hatte der Junge sie belauscht? Hatte er etwas gehört? Jeder überlegte einen Moment lang, wog das Risiko ab, das bestand, wenn sie weitersprechen würden.

»Na ja, so ist das eben«, sagte Hermann.

»Ja, wie du meinst.«

»Dann geh ich mal wieder.«

»Servus, wir bleiben in Kontakt.«

Sie machten sich in unterschiedliche Richtungen davon.

19.

Auf der Fahrt zurück nach Gresten hingen sie eine Zeit lang schweigend ihren Gedanken nach. Die Enttäuschung war offensichtlich. Beide hatten mehr erwartet. Aber was eigentlich, fragte sich Radek. Eine minderjährige Abgängige war nach einer Woche wiederaufgetaucht. Das war an sich nichts Ungewöhnliches. Seltsam jedoch waren ihr Geisteszustand und die Tatsache, dass sie einen Monat nach ihrem Auftauchen immer noch völlig neben der Spur lief. Vielleicht sollte er mit dem Arzt reden, der sie krankgeschrieben hatte. Doch er konnte sich die Antwort vorstellen: »Leider kann ich Ihnen zu Frau Lindner keine Auskunft geben, weil ich an die ärztliche Schweigepflicht gebunden bin.«

Ebenso merkwürdig erschien ihm das Verhalten der befragten Personen und die mehr oder weniger offene Ablehnung ihnen gegenüber, die, nach Radeks Ansicht, durch die Sache allein nicht gerechtfertigt war. Bernadette Lindner hatte, soweit sie bisher wussten, nichts Verbotenes getan. Möglicherweise hatte sie Drogen konsumiert, aber das erschien ihm mittlerweile unerheblich. Warum also diese Feindseligkeit? Und warum mauerten alle, als ginge es darum, ein böses Geheimnis zu bewahren? Außerdem gab es viele Widersprüche, die noch ungeklärt waren.

Scheinbar gingen Steiger ähnliche Gedanken durch den Kopf, denn plötzlich und ohne Einleitung sagte sie: »Ich werde aus dieser Sache nicht schlau.«

»Ich auch nicht«, gestand Radek.

»Hey, wozu habe ich dich geholt, wenn du genauso ratlos bist wie ich?«, fragte Steiger mit vorwurfsvollem Ton, und nach einem Seitenblick auf das verwirrte Gesicht Radeks fügte sie hinzu: »War ein Scherz.«

»Schlechter Witz. Ich fühl mich ohnehin wie ein Versager, weil ich nicht sofort das große Rätsel gelöst habe«, antwortete Radek streng, ergänzte jedoch schnell: »War auch nicht ernst gemeint. Aber Spaß beiseite. Was hast du für einen Eindruck?«

»Das gilt nicht. Du bist der Gast. Also du zuerst«, forderte Steiger mit gespielter Empörung.

»Na gut. Ich sag dir mal, was für mich nicht zusammenpasst: Die Schächter und die Lindner sind gemeinsam zum ›Falk‹ gekommen und wollten gemeinsam gehen. Aber die Schächter ist geblieben. Daher gibt es niemanden, der über das, was die Lindner nach dem ›Falk‹ getan hat, etwas sagen kann. Die Lindner ist gegen Mitternacht gegangen, aber nicht mehr nach Hause gekommen. Das heißt, sie muss sich unterwegs spontan entschieden haben, nach Sankt Pölten oder nach Wien oder sonst wohin zu fahren. Wie ist sie aus Schandau weggekommen? Bis nach Göstling sind es acht Kilometer, bis nach Hollenstein zehn. Unwahrscheinlich, dass sie zu Fuß dort hingegangen ist. Abgesehen davon sind diese beiden Orte nicht gerade die großen Verkehrsknotenpunkte. Von dort wäre sie genauso wenig weitergekommen. Und Scheibbs ist 40 Kilometer entfernt. Ganz egal, wohin sie wollte, sie benötigte dazu ein Auto. Um diese Zeit fährt kein Bus mehr. Ich hab mir gestern die Fahrpläne angesehen. Also brauchte sie eine Mitfahrgelegenheit. Autostopp? Um diese Uhrzeit mehr als unzuverlässig. Sie hat keinen Führerschein, daher muss sie jemand mitgenommen haben. Aber wer? Und wohin? Und was ist danach passiert? Für mich gibt es zwei Möglichkeiten. Entweder war es tatsächlich so, wie alle sagen, und die kleine Bernadette hat einfach die Sau rauslassen wollen. Oder es steckt mehr dahinter. Ein Verbrechen, eine Entführung, möglicherweise Vergewaltigung. Wegen der Schande erzählt sie eine andere Geschichte und die Eltern halten deswegen auch die Schnauze. Doch warum mauern alle anderen genauso? Mit dem Teufelszeug kann ich sowieso nichts anfangen.«

»So weit war ich vor ein paar Wochen auch schon«, sagte Steiger. »Mit den gleichen Fragen und den gleichen Antworten. Was hältst du von der Schächter?«

Radek überlegte einen Moment. »Sie macht auf obercool. Aber ich kann mir schwer vorstellen, dass es sie tatsächlich so kaltgelassen hat, als sie erfuhr, dass ihre Freundin verschwunden ist.«

»Ich glaube, die Schächter hat uns von vorne bis hinten belogen«, empörte sich Steiger. »Die ist ein kaltblütiges Miststück.«

War das jetzt nur Zickenkrieg, fragte sich Radek, oder wusste Steiger mehr, als sie zugab? Bevor er nachbohren konnte, fuhren sie auf den Parkplatz der Polizeiinspektion Gresten. Nun war es wichtiger zu entscheiden, wie es weitergehen sollte. Steiger hatte morgen frei, ihr Chef ebenfalls. Allerdings war sein Stellvertreter eingeweiht und würde anwesend sein. Radek stellte klar, dass er einen PC-Arbeitsplatz benötigte, und wollte wissen, welchen Computer er benutzen konnte. Steiger bot ihm ihren Schreibtisch an. Damit war zumindest das geklärt.

In Steigers Büro telefonierte Radek mit seinem Boss, Chefinspektor Gierling, und unterrichtete ihn kurz über den aktuellen Stand der Dinge. Er habe noch keinen Überblick, sagte er, und müsse noch mehr Informationen einholen. Gierling schien nicht sonderlich interessiert, jedenfalls hielt er das Gespräch kurz, gab sich mit dem zufrieden, was Radek ihm erzählte, und fragte kein einziges Mal nach. Damit war auch Radeks Arbeitstag beendet.

»Guten Abend.« Der Mann war wie aus dem Nichts aufgetaucht, und wäre es nicht dunkel gewesen, hätte er mitbekommen, wie sehr Radek erschrak.

Steiger hatte ihn auf ein Bier in ein Wirtshaus in Gresten eingeladen. »Vergiss die Emanzipation, ich bezahle«, hatte sie gemeint, um seine Motivation anzuschieben, doch die zweite Runde war auf Radek gegangen. Nun hatte er seinen Wagen am anderen Ende des Hauptplatzes in Schandau abgestellt, weil vor dem Gasthaus »Falk« kein Parkplatz mehr frei war. Und plötzlich stand der Mann vor ihm und grüßte ihn freundlich. Ein unscheinbarer Typ mittleren Alters. Es sah so aus, als wäre er gerade zufällig vorbeigegangen, aber Radek konnte sich nicht erinnern, ihn während des Einparkens auf der Straße gesehen zu haben.

Radek erwiderte den Gruß und wollte weiter, als der Unbekannte ihn fragte: »Sind Sie hier auf Urlaub?«

»Nein, ich bin beruflich im Dorf«, antwortete Radek und blieb stehen.

»Aha, und in welchen Angelegenheiten?«

Radek wurde misstrauisch. Den ganzen Tag über war er auf Ablehnung und Missbilligung gestoßen. Und nun suchte einer der Einheimischen ein ungezwungenes Gespräch? »Ich bin Polizist«, sagte er, das war mittlerweile ohnehin im ganzen Ort bekannt.

Trotzdem schien der Mann von dieser Antwort überrascht zu sein. »Interessant«, meinte er. »Was verschlägt Sie hierher – beruflich, meine ich?«

»Ein Mädchen ist Anfang August eine Woche lang abgängig gewesen, und ich soll das untersuchen.«

»Die Sache mit der Lindner, nehme ich an.«

»Genau. Wissen Sie etwas darüber?« Radek versuchte einen Schuss ins Blaue, vielleicht war er ja erfolgreich.

Aber sofort wurde sein Gesprächspartner vorsichtig. »Nur das, was man sich so erzählt«, antwortete er.

»Und was erzählt man sich so?«

»Dass sie in Wien kräftig gefeiert haben soll und jetzt ein bisschen Erholung braucht.«

Was für ein Blödsinn, dachte Radek.

»Sie schlafen im Gasthaus ›Falk‹?«, wollte der Unbekannte wissen, bevor Radek eine weitere Frage zur Lindner stellen konnte.

»Ja, ist das ein Problem?« Radeks Unmut wuchs. Warum hatte er den Eindruck, dass der Mann ihn aushorchen wollte, und warum schien jeder überrascht zu sein, dass er im einzigen Gasthaus schlief, das Zimmer anbot?

»Nein, natürlich nicht.« Der Mann hob beruhigend die Hände. »Hat mich nur interessiert. Schönen Abend noch«, murmelte er und machte sich davon.

Radek ging in die andere Richtung zum Gasthaus »Falk«. Er wollte etwas essen.

Einige Schritte weiter blieb der Unbekannte stehen und blickte dem Polizisten nach, als hätte er vergessen, ihm etwas zu sagen. Dann beschloss er, vor dem Nachhausegehen noch ein schnelles Bier zu trinken.

Auf der anderen Seite des Platzes stand ein junger Mann im Schatten des tief zurückgebauten, von Auslagen umrahmten Eingangs des Spielwarengeschäfts Fenzl und verbarg die Glut seiner Zigarette in der hohlen Hand. Nachdem der Mann, den er beobachtet hatte, im Gasthaus »Zur Linde« verschwunden war, griff er zum Handy und wählte eine Nummer. »Ich glaube, wir haben ein Problem«, sagte er, als sich eine tiefe mürrische Stimme meldete.

Radek hatte keinen großen Hunger und bestellte nur eine Kleinigkeit. Viel mehr interessierte ihn, wer im Gasthaus war und ob möglicherweise seine Anwesenheit eine Resonanz fand, die ihm in der Sache mit der Lindner weiterhelfen konnte.

Er saß im hinteren Teil des Lokals und war gerade mit seiner Suppe beschäftigt, als die Tür zum Gastzimmer lautstark geöffnet wurde. Ein großer stämmiger Mann kam polternd herein und stellte sich an die Bar. Er trug Trachtenkleidung, eine Lederhose mit Lodenjanker. Radek erkannte in ihm sofort den ruppigen Reiter vom Sonntag, der ihn beinahe über den Haufen geritten hatte.

Ihm entging auch nicht, wie die Leute an der Theke zur Seite wichen und dem neuen Gast ehrerbietig Platz machten und wie der Wirt sofort zu ihm kam und den Tresen vor ihm sauberwischte.

Der Mann blickte sich aufmerksam in der Stube um, bis er Radek bemerkte und sein Blick an ihm hängen blieb. »Ist das der aus Sankt Pölten?«, fragte er den Wirt lautstark. Es war ihm offenbar egal, ob Radek ihn hörte oder nicht.

»Ja, Herr Baron.« Falk sprach leise und unterwürfig. Radek verstand ihn kaum. »Wollen Sie etwas trinken?«

»Nein, ich hab noch anderes zu tun«, entgegnete der Baron schroff. »Behalt den Sankt Pöltner im Auge und informier mich, wenn es etwas Wichtiges gibt.« Diesmal senkte er seine Stimme, sodass Radek nicht mitbekam, welchen Auftrag er erteilte. Dann verließ er das Lokal.

Das also ist der Herr Baron Lenkstein, dachte Radek und fragte sich, was er von dem Wirt gewollt hatte. Anscheinend war es ihm nur darum gegangen, sich wegen des neuen Gastes zu erkundigen. Möglicherweise wollte er sich auf Radeks morgen anstehenden Besuch vorbereiten. Jedenfalls schien er ein eiliger und vielbeschäftigter Mann zu sein.

Radek wollte nicht länger an seinem Tisch sitzen bleiben und sich von den übrigen Gästen blöd anstarren lassen, als wäre er eine Gestalt aus dem Kuriositätenkabinett, dem Hörner aus der Stirn wuchsen. Er nahm sein leeres Weinglas, ging nach vorne an die Theke und nahm den Platz in Beschlag, den die Gäste für den Herrn Baron freigemacht hatten. Vielleicht nahmen sie auch mit der Gesellschaft eines Herrn Gruppeninspektors vorlieb.

Radek bestellte ein Glas Wein, die drei neben ihm beobachteten ihn argwöhnisch, und es dauerte nicht lange, bis die Neugier über die Hemmungen siegte.

»Sind Sie nicht der Polizist, der wegen der Lindner hier ist?«, fragte ein etwa 30-jähriger Mann, der neben Radek auf einem Barhocker saß. Mit seinen großen schwieligen Arbeiterhänden hielt er sich am Bierglas fest.

Radek bejahte.

»Die ist von Zuhause abgehauen, sagen die Leute«, ergänzte der Zweite.

»Nach Wien«, präzisierte der Dritte. Die beiden waren etwas älter als der Typ neben Radek.

»Ja, sagt man?«, fragte Radek. »Und was glauben Sie, wo das Mädchen war?« Er hatte keine Lust, herumzuschwafeln und irgendwelchen Dorfklatsch zu hören. Ihn interessierte nur, was die drei wussten oder vermuteten.

»Keine Ahnung, wahrscheinlich hat sie einen Freund und ist mit ihm ein paar Tage irgendwo hingefahren«, spekulierte der mit den klobigen Händen. »Dort haben sie ein bisschen gefeiert und jetzt ist sie wieder zurück.«

»Oder sie hat ein paar Burschen kennengelernt und sich von denen ordentlich durchvögeln lassen«, mischte sich der Zweite ein. Er hatte bereits einen schweren Zungenschlag und war um einiges mehr betrunken als seine beiden Kumpane, die ebenfalls ordentlich geladen hatten.

»Ach, Sie wissen ja, wie die jungen Leute sind«, erklärte der Dritte altklug. »Die wollen nur Party machen. Nur Spaß und Party und nichts mehr arbeiten. Saufen, bumsen und ein bisschen Drogen. Hasch oder Koks oder Ecstasy oder was weiß ich, was es sonst noch für ne Scheiße gibt.«

Sie erklärten Radek mehrere Gläser lang ihre Annahmen und erläuterten sie in umständlichen Ausführungen. Je mehr sie tranken, desto gewagter wurden ihre Theorien, desto ausgefallener ihre Vermutungen und desto dreckiger ihre Fantasien. Radek war schnell klar, dass ihm die drei an der Theke nur die Zeit stahlen. Entweder wollten sie nichts Konkretes sagen – da stellte sich für ihn die Frage, warum sich alle dumm stellten, wenn es um die kleine Lindner ging. Oder, und das erschien Radek viel plausibler, die drei quatschten Scheiße und wussten in Wirklichkeit genau – nichts.

Er hörte ein Tackern, das wie das überlaute Knistern einer Hochspannungsleitung klang. Gleichzeitig spürte er einen heftigen Schmerz, der, von der Mitte seines Rückens aus, den gesamten Körper durchzuckte. Ihm wurde schwarz vor Augen, aber das dauerte nur wenige Sekunden. Als er wieder bei sich war, hielt der Unterarm eines Mannes seinen Hals so fest umschlungen, dass er glaubte, ersticken zu müssen. Es war, als würde ihn eine Stahlklammer umfassen. Außerdem wurden sein rechter Arm und sein Körper fixiert. Der Kerl, der ihn festhielt, verfügte über eine derartige Kraft, dass er sich kaum bewegen konnte. Vor ihm stand ein maskierter Mann mit einem Baseballschläger in der Hand.

Eine übermächtige Angst befiel ihn. Er wusste, was sie vorhatten.

»Du steckst deine Nase in die falschen Angelegenheiten und du sprichst mit den falschen Leuten«, sagte der Maskierte leise. »Du weißt, welche Strafe darauf steht.«

Ja, er wusste es, hatte es gehört, hatte die Leute gesehen, die bestraft worden waren. Jeder wusste es, aber alle schwiegen darüber wie über eine schreckliche Krankheit, die man glaubte, heilen zu können, wenn man sie ignorierte.

»Nein, tut es nicht«, würgte er hervor, so gut es der Arm an seinem Hals zuließ. Doch ihm war klar, dass sein Bitten nichts nützte. Sein Magen krampfte sich zusammen, sodass er befürchtete, sich übergeben zu müssen. Seine Knie wurden weich. Hätte der Mann ihn nicht so fest im Griff gehabt, er wäre mit Sicherheit hingefallen.

»Halt dein Maul«, sagte der Maskierte vor ihm, zog eine Rolle Klebeband aus seiner Jacke, riss einen langen Streifen ab und verschloss damit den Mund seines Opfers. Das Flehen erstickte und verkam zu einem undeutlichen Winseln.

»Streck deinen Arm aus«, forderte der Maskierte. Als er diesem Ansinnen nicht nachkam, fügte er hinzu: »Oder sollen wir dir dabei helfen? Dann tut es doppelt weh.«

Zögernd streckte er den Arm nach vorne. Er wurde so fest gehalten, dass er kaum atmen konnte. Er sah noch, wie seine Hand zitterte, dann kam völlig unerwartet der Schlag. Mit einem Geschick, das er dem Maskierten nicht zugetraut hätte, wirbelte der den Baseballschläger herum, das schwere Ende sauste aus dem Dunkeln hervor und krachte auf seinen Unterarm. Er brüllte vor Schmerz, aber durch das Klebeband war davon nur ein gedämpftes Geheule zu hören.

Der Mann, der ihn bisher festgehalten hatte, ließ ihn los, und er sackte zusammen, kniete auf dem Gehsteig und hielt den linken Arm umklammert. Die Schmerzen waren unerträglich und trieben ihm die Tränen in die Augen. Er wusste, dass der Arm gebrochen war. Zum Glück hatten sie den linken genommen, das erschien ihm beinahe gnädig.

»Das nächste Mal brechen wir dir den Arm ab wie einen trockenen Ast«, hörte er den Maskierten mit dem Baseballschläger sagen, als der an ihm vorbeiging und mit dem zweiten Unbekannten verschwand.

Als die Schmerzen etwas nachgelassen hatten, riss er sich das Klebeband vom Mund. Gierig sog er die kühle Nachtluft ein. Es dauerte eine ganze Weile, bis er sich so weit im Griff hatte, dass er aufstehen konnte.

Er torkelte nach Hause. Sein erster Gedanke war, dass er in ein Krankenhaus musste, sein zweiter galt der Frage, wie er seine Verletzung erklären sollte.

20.

Der Empfang in der Polizeiinspektion Gresten war um einiges entspannter als am Vortag. Der stellvertretende PI-Kommandant stellte sich als Sigi Gasser vor, bot dem LKA-Mann einen Kaffee und gleich das Du an – man konnte nie wissen, wofür der Kontakt gut sein würde – und gab sich, zumindest was Radeks Anwesenheit betraf, als informiert.

Radek nahm den angebotenen Kaffee, setzte sich an Steigers Schreibtisch, und während der Computer hochfuhr und sein Benutzerprofil geladen wurde, überlegte er, was er weiter tun sollte. Zum Glück war Steiger nicht hier, denn hätte sie ihn gefragt, was sein Plan für heute war, er hätte ihr keine Antwort geben können.

Im internen Netzwerk der Polizei konnte Radek mit seiner Kennung direkt auf seine Daten zugreifen. Er holte seine Notizen hervor, die er am Vortag gemacht hatte, und schrieb die Berichte über die Gespräche, die sie gestern geführt hatten.

Als er fertig war, durchstöberte er noch einmal die Unterlagen, die er über Satanismus gesammelt hatte. Sollte er diesen Ansatz weiterverfolgen? Konnte es sein, dass Bernadette Lindner Opfer einer satanistischen Sekte geworden war? Er hatte bisher kein typisches Merkmal und keinen Hinweis für Satanismus entdeckt. Das einzige Satanistische, das er gesehen hatte, waren die umgekehrten Kreuze, die Veronika Schächter als Schmuck getragen hatte. Eine kurze Recherche im Internet ergab allerdings, dass solche Ohrgehänge in mehreren Onlineshops als gängige Accessoires für die Gothic-Szene angeboten wurden. Also keine außergewöhnliche Entdeckung.

Aber vielleicht trieb eine kleine Gruppe von Psychopaten im Verborgenen ihre teuflischen Spielchen. Das war die einzige plausible Erklärung, die ihm einfiel. Und möglicherweise hatte es bereits in der Vergangenheit Anzeichen für Satanismus in Schandau gegeben. Solche Phänomene entstehen nicht von einem Tag auf den anderen, dachte Radek. Diese Dinge entwickelten sich langsam, steigerten sich in ihrer Intensität. Da gab es ein Eskalationsschema. Das mochte mit Grabschändungen auf dem Friedhof beginnen und mit schwarzen Messen weitergehen. Es gab Rituale. Man fing mit Tieropfern an und endete beim rituellen Missbrauch. Das alles konnte sich bis hin zum Menschenopfer steigern, wenn man den Gruselgeschichten aus dem Internet Glauben schenkte. Jedenfalls schien es plausibel, dass, sollte es eine satanistische Szene geben, schon früher entsprechende Delikte begangen, aber nicht in einen solchen Zusammenhang gestellt wurden. Wenn sich in der Vergangenheit eine solche Szene entwickelt hatte, war sicherlich mehr als nur eine Straftat begangen worden. Außerdem musste eine solche Szene nicht von Schandau ausgehen, sondern konnte auch an einem anderen Ort angesiedelt sein. Jedenfalls schien es sinnvoll, die nähere Umgebung mit einzubeziehen.

Er loggte sich in die »KrimDat« ein. Das war eine Kriminalpolizeiliche Datenbank, in der österreichweit alle strafrechtlichen Delikte erfasst wurden. Dort begann er mit seiner Suche. Aber in den vergangenen sechs Monaten hatte es in den Bezirken Amstetten und Scheibbs kein Delikt gegeben, bei dem man einen satanistischen Hintergrund vermuten könnte. Auch nicht im benachbarten steirischen Bezirk Liezen.

Anschließend versuchte Radek es in der Anwendung »Polizeiliche Anzeigenverwaltung«. Im PAV wurden zusätzlich Verwaltungsstrafsachen erfasst. Möglicherweise gab es andere Hinweise. Aber auch hier wurde er nicht fündig. Nach drei Stunden und vier Tassen Kaffee gab er auf. Er war enttäuscht, genervt und gereizt. Mittlerweile war es 11 Uhr geworden. Und er hatte noch immer keine Ahnung, was er jetzt tun sollte.

Gleichzeitig fragte er sich, warum er hier ermittelte. Niemand schien sonderlich daran interessiert zu sein, weshalb Bernadette Lindner eine Woche lang verschwunden und wo sie in dieser Zeit gewesen war. Sogar die Eltern hatten die Sache abgehakt, und die Gerüchte, die derzeit im Dorf kursierten, würden in ein paar Wochen von anderen, neuen und interessanteren Geschehnissen verdrängt werden.

Was Radek noch schlimmer erschien: Er hatte keinen Ermittlungsansatz. Es war nicht einmal eine strafbare Handlung erkennbar. Möglicherweise gab es einen vagen Verdacht auf Freiheitsentziehung, aber wenn niemand eine Anzeige erstattete, war es schwer, Erhebungen zu führen, auch wenn er grundsätzlich dazu befugt war.

Das Einzige, was er heute noch zu tun hatte, war der Termin bei Lenkstein am frühen Nachmittag. Eine Weile dachte er darüber nach, was er bis dahin machen sollte, bis ihm der Pfarrer einfiel. Wenn es im Dorf satanistische Zirkel gab oder Dinge geschahen, die mit dem Teufel in Zusammenhang standen, war der Pfarrer die richtige Ansprechstelle. Der war zwar kein Exorzist, aber verborgen bleiben würden ihm solche Dinge wohl nicht. Außerdem erinnerte sich Radek daran, dass er ohnehin mit ihm sprechen wollte, weil ihm die wenigen Kirchenbesucher seltsam erschienen waren.

Radek hatte noch genügend Zeit, um dem Pfarrer einen Besuch abzustatten, bevor er bei Lenkstein antanzte. Er verabschiedete sich vom Kollegen Gasser, sagte ihm, dass er heute nicht mehr ins Büro zurückkehren würde, und machte sich auf den Weg nach Schandau.

Kurz vor dem Ortsende von Gresten fuhr Radek an einem Supermarkt vorbei. Der Parkplatz war nur spärlich gefüllt, deshalb fiel ihm die Frau sofort auf, die mit zwei Männern neben ihrem Wagen stand und angeregt mit ihnen diskutierte. Sie kam ihm bekannt vor, aber es brauchte einige Kilometer Fahrt, bis er dahinterkam, woher er sie kannte: Sie war eine der beiden Frauen, die er am Samstag vor der Fleischhauerei beim Tratschen gesehen hatte. Damit war für ihn die Sache erledigt.

Die beiden Männer waren so schnell gekommen, als wären sie aus dem Nichts aufgetaucht. Sie wollte eben den Kofferraum des Wagens öffnen, um den Einkauf in die Taschen zu räumen, da standen sie neben ihr. Die Männer waren ihr nicht unbekannt, jeder im Dorf wusste, wer sie waren. Faules, lichtscheues Gesindel, nannte sie ihr Mann, aber das war nur der Zorn über ihr Gehabe. Sie waren nicht faul und sie waren nicht lichtscheu. Im Gegenteil. Allen war bekannt, was sie machten, für wen sie arbeiteten und was ihre Aufgabe war.

»Frau Winter«, sagte einer der Männer, »was müssen wir da sehen? Sie gehen fremd. Sie kaufen bei der Konkurrenz.«

Marianne Winter konnte spüren, wie die Furcht langsam in ihr hochkroch, obwohl ihr die Männer noch nichts getan hatten. Es waren das Auftreten und ihr Ruf, die ihr Angst machten. Zwei große, kräftige Kerle, in Schwarz gekleidet, was ihnen ein düsteres Aussehen verlieh, mit kurzen Lederjacken, Jeans und Schnürstiefeln.

Sie versuchte, sich den Schrecken, der sie erfasste, nicht anmerken zu lassen und resolut zu wirken. Sie war 53 und wollte sich nicht von diesen beiden Kerlen wie ein frecher Teenager behandeln lassen. »Was soll ich machen? Ich brauche bestimmte Dinge, die ich im Ort nicht bekomme«, antwortete sie bestimmt.

»Milch, Brot, Wurst.« Der zweite Mann nahm diese Dinge aus dem Einkaufswagen und schmiss sie auf den Boden. »Das bekommen Sie nicht bei uns?«

»Hören Sie auf! Was machen Sie da?«, erboste sich Marianne Winter und wollte den Mann davon abhalten, ihren Einkauf auf dem Parkplatz zu verteilen. Doch als sie den Einkaufswagen etwas beiseiteschob, packte der Mann zu und riss ihn ihr aus der Hand. Gleichzeitig nahm der andere sie am Kragen der Jacke und stoppte ihre Bewegung.

»Ruhig bleiben, Frau Winter«, sagte er leise.

Augenblicklich verharrte sie, und ihre Furcht wuchs so schnell, dass es unmöglich wurde, sie zu verbergen.

»Frau Winter«, meldete sich der Typ an ihrem Einkaufswagen wieder zu Wort und gab dem Brotwecken einen Tritt, dass er quer über den Parkplatz schlitterte und unter einem Auto zu liegen kam. »Wir müssen zusammenhalten.« Er trat auf die Milchtüte, die zerplatzte. Die Milch floss unter ihren Wagen. »In jeder Hinsicht.« Er trampelte auf die Wurstpackung, als würde er einen Zigarettenstummel austreten. »Wir meinen es nur gut mit Ihnen.«

Plötzlich hielt er ein Messer in der Hand und ließ die Klinge herausspringen. Sie erschrak und befürchtete einen Augenblick lang voller Entsetzen, dass die beiden ihr etwas antaten. Aber dann dachte sie sich, dass die Männer es nicht wagten, sie hier auf dem Kaufhausparkplatz anzugreifen.

»Schauen Sie sich um.« Er machte eine ausholende Handbewegung.

Unwillkürlich ließ sie ihren Blick über den Parkplatz schweifen. Es herrschte nur wenig Betrieb. Einige Leute schoben ihren Einkaufswagen Richtung Auto, andere packten ihre Einkäufe in die Fahrzeuge, doch niemand beachtete, was hier, mitten unter ihnen, geschah. Draußen auf der Hauptstraße fuhr ein roter SUV vorbei. Das war das Auto von diesem Kerl beim Falk. Ob der auch zu ihnen gehörte?

»So viele Autos, so viele Menschen, da kann schnell etwas passieren«, fuhr der Mann vor ihr fort. »Zum Beispiel kann jemand Ihr Auto beschädigen, wenn er daran vorbeigeht.« Während er das sagte, setzte er sein Messer an der hinteren Seitenwand an und ging die ganze Länge des Autos nach vorn bis zum Kotflügel.

Das quietschende Kratzen der Messerspitze auf dem Blech der Karosserie durchfuhr Frau Winter wie ein Stromschlag. Hunderte Gedanken stürzten gleichzeig über sie herein, von der Empörung über diese Tat bis hin zur vagen

Ahnung, was ihr Mann dazu sagen würde. Sie wollte den Kerl mit dem Messer davon abhalten, aber als sie versuchte, zu ihm zu gelangen, wurde sie vom anderen mit festem Griff am Oberarm gepackt. Erschrocken blickte sie zu dem Mann neben ihr.

Der bedeutete ihr, ruhig zu bleiben. »Pst«, zischte er an ihrer Seite, »mach keinen Stress, sonst wird's noch schlimmer.«

»Das zahlt sich doch nicht aus, so weit weg zu fahren, nur um ein paar Sachen zu kaufen, die es auch zu Hause gibt«, sagte der Mann mit dem Messer, ließ die Klinge einschnappen und steckte es zurück in seine Jackentasche. »Wer weiß, was das nächste Mal passiert in dieser gefährlichen Welt. Also, wie heißt es so schön: Fördern Sie die regionale Wirtschaft.«

»Hoffentlich haben Sie verstanden«, flüsterte der andere und gab ihren Arm frei. Sie ließen die Frau stehen und verschwanden.

21.

Eine rundliche Frau in einem Schürzenkleid aus Perlon öffnete ihm. Es war nicht zu übersehen, dass sie gerne aß und gut kochte. Radek stellte sich als Polizeibeamter vor, was sie ein bisschen erschreckte. Wer hatte schon gerne mit der Polizei zu tun? Auf seine Frage, ob er den Pfarrer sprechen könne, reagierte sie erleichtert. Es ging also nicht um sie. Pater Georg sei in der Kirche, antwortete sie. Da das Pfarramt, vor dem er stand, gleich nebenan war, drehte sich Radek um und ging zurück zum Hauptportal.

Die zierliche, hochgereckte spätgotische Kirche war um das Jahr 1500 errichtet worden, wenn sich Radek richtig an das erinnerte, was er im Internet und in der Broschüre des Tourismusvereins gelesen hatte. Sie war nicht allzu groß, dennoch dreischiffig mit einem hohen Kreuzgewölbe. Er gehörte nicht zu den Menschen, die gerne Kirchen besichtigten.

Radek ging durch das Hauptschiff nach vorne zum Altar und blickte sich suchend nach dem Priester um. Weil er ihn nirgends sah, versuchte er, sich mit einem zaghaften »Hallo« bemerkbar zu machen.

Schließlich stand er bei der Apsis zwischen der Kanzel zu seiner Linken und vor dem Altar. Ein Eisenring fiel ihm auf, der unmittelbar vor ihm in eine der Steinfliesen eingelassen war, so versenkt, dass man nicht darüberstolperte. Am Ende der Kirche befand sich ein dreiteiliges Tafelbild, das in der Mitte die Kreuzigung von Jesus zeigte, im linken Flügel wurde das Abendmahl, im rechten die Auferstehung dargestellt. Radek schätzte die Entstehungszeit des Bildes seinem Stil nach auf das Spätmittelalter.

»Hallo«, rief er noch einmal, diesmal etwas lauter. Links von der Apsis führte eine schwere Holztür vermutlich in die Sakristei. Die Tür stand einen Spalt breit offen. Bevor sich Radek entscheiden musste, ob er weitergehen oder kehrtmachen sollte, trat ein etwa 60-jähriger Mann aus der Sakristei in die Kirche. Radek erkannte ihn sofort als den Priester vom Sonntag. Er trug ein schwarzes Kollarhemd, an dessen Vorderseite ein Stück des weißen Priesterkragens hervorblitzte, und eine dunkle Hose. Er war von untersetzter Figur und etwas kleiner als Radek. Trotz seines Alters wirkte er trainiert und kräftig.

Als er Radek sah, straffte er seine Figur und strich sich eine lästige Strähne seines schütteren Haars zurück. Mit aufmerksamen Augen musterte er Radek. »Ja?«, fragte er. »Womit kann ich Ihnen helfen?«

Bevor Radek antworten konnte, erkannte der Priester seinen Gast. Sein Blick wurde misstrauisch und er sah sich ängstlich um. »Sie waren schon am Sonntag hier, oder?«

»Ja«, antwortete Radek, etwas überrascht über diese Frage.

»Sie sind der Mann, der beim Falk schläft.« Wieder schaute er sich vorsichtig um, als fürchtete er, beobachtet zu werden, oder als glaubte er, sein Besucher sei nicht alleine gekommen.

Radek bestätigte die Feststellung des Priesters.

»Weshalb kommen Sie zu mir?«

»Ich würde gerne mit Ihnen reden.« Sofort wurde Radek bewusst, wie missverständlich das klingen musste. Als wäre er zur Beichte gekommen.

Der Pfarrer sah Radek prüfend an, als wollte er abschätzen, mit wem er es zu tun hatte und was auf ihn zukommen würde. Dann sagte er: »Kommen Sie mit hinüber ins Pfarramt.«

Er ging durch die Sakristei und verließ die Kirche durch einen Seitenausgang. Radek folgte mit einigen Schritten

Abstand und es entging ihm nicht, dass sich der Priester auf den wenigen Metern zwischen Kirche und Pfarramt unauffällig suchend auf dem Hauptplatz umsah. Schließlich führte er ihn in ein Büro im Erdgeschoss des Pfarramtes. Die runde Frau, die Radek zuvor empfangen und in die Kirche geschickt hatte, erschien im Flur und der Pfarrer ersuchte sie, ihnen Kaffee zu bringen.

»Sie trinken doch Kaffee, oder?«

»Ja, gerne.«

Sie setzten sich an einen runden Tisch, der wahrscheinlich für derartige Gespräche diente.

»Ich bin Pater Georg.« Er reichte Radek förmlich die Hand.

Radek ergriff sie und stellte sich ebenfalls vor. Die Haushälterin brachte den Kaffee.

»Worüber wollen Sie mit mir reden?«, fragte Pater Georg, während er bedächtig in der Tasse rührte.

»Über Bernadette Lindner«, antwortete Radek. »Ich nehme an, Sie haben gehört, was mit ihr passiert ist.« Radek glaubte, beim Pfarrer ein Zusammenschrecken zu bemerken, doch der Priester hatte sich schnell wieder im Griff.

»Nein«, sagte er sofort, erkannte jedoch, dass diese Antwort nicht glaubwürdig war, und fügte schnell hinzu: »Gehört habe ich natürlich davon. Aber sonst weiß ich nichts Näheres.«

Danach hatte Radek gar nicht gefragt. Deshalb holte er es nun nach: »Was spricht man denn in der Gemeinde über die Sache mit der Lindner?«

»Dass sie von zu Hause ausgerissen sei und sich in Wien ein paar schöne Tage gemacht habe.«

Einen Moment war Radek versucht, nach weiteren Einzelheiten zu fragen, doch er sparte es sich. Mit ziemlicher Sicherheit vermutete er, dass sich die Antworten nicht sonderlich von dem unterscheiden würden, was er bisher im Dorf erfahren hatte. Und eigentlich wollte er ohnehin etwas anderes wissen. »Als ich mit Bernadette Lindner gesprochen habe, erwähnte sie ständig den Teufel.«

Der Pfarrer blickte ihn unbeteiligt an. »Interessant. Was erzählte sie vom Teufel?«

Radek zuckte die Schultern. »Nichts Bestimmtes. Dass sie bei ihm gewesen sei und ihn gesehen habe.«

»Und was erwarten Sie jetzt? Doch nicht etwa, dass ich eine Teufelsaustreibung vornehme?« Pater Georg sprach ruhig, bedacht und leise.

Radek wusste nicht, ob es sarkastisch gemeint oder ob es eine ernsthafte Frage war. Jedenfalls machte Pater Georg nicht den Eindruck eines Zynikers, sondern viel eher den eines an der Welt leidenden Menschen. »Mich würde Ihre Meinung interessieren.«

»Meine Meinung«, der Pfarrer wurde nachdenklich. »Der Teufel ist der Inbegriff des Bösen. Ein gefallener Engel, der sich gegen Gott auflehnte und verstoßen wurde. Ein Versucher und Verführer, die Schlange, die Eva in die Irre leitete und die Menschen damit in die Erbsünde trieb. Er brachte den Hass und die Lüge und die Niedertracht und alles Schlechte in diese Welt. Er wollte Jesus dazu verführen, seine göttliche Macht zu missbrauchen, aber das ist ihm nicht gelungen. Der Glaube war stärker als die Versuchung. ›Hinweg mit dir, Satan!‹, sagte ihm Gottes Sohn, denn es steht geschrieben: ›Vor dem Herrn, deinem Gott, sollst du dich niederwerfen und ihm allein dienen.‹ Matthäus-Evangelium, viertes Kapitel.«

Radek brauchte keine Bibelstunde, doch der Priester sprach unbeirrt weiter, mit verhaltener Stimme, als würde er die Anwesenheit Radeks gar nicht wahrnehmen, als wäre er in Trance verfallen. »Der Teufel herrscht über böse Dämonen und Geister. Das sind ebenfalls gefallene Engel, die sich von Gott abwandten, und nun wollen sie die Menschen zur Sünde verleiten, wollen, dass sie Gottes Weg verlassen und damit ihn selbst. Im Mittelalter und zur Zeit der Hexenverfolgung gab es genaue Vorstellungen vom Teufel. Aber dieser Teufelsglaube war von orientalischen Bildern und vom Volksglauben geprägt. Wussten Sie, dass sich der Name ›Hölle‹ vom nordischen ›Hel‹ ableitet? Das ist in der germanischen Mythologie die Unterwelt, die Totenwelt«, dozierte er weiter. »Heute sehen wir den Teufel nicht mehr als ein bocksbeiniges Ungeheuer, sondern als eine Personifizierung des Bösen. Er tritt uns überall entgegen, doch wir erkennen ihn nicht gleich. Erst Schritt für Schritt offenbart er sein böses Wesen.« Der Pfarrer blickte Radek an, ohne ihn zu sehen. »Und oft ist das Gewand des Jägers die Verkleidung des Teufels«, fügte er hinzu, als würde er an eine bestimmte Person denken.

»Glauben Sie an den Teufel?«, fragte Radek.

»Selbstverständlich!« Der Priester erwachte aus seiner Versunkenheit. »Ja, der Teufel ist unter uns. Aber nicht als Gehörnter, sondern als das menschgewordene Böse. In der katholischen Kirche gibt es kein Dogma vom Teufel. Trotzdem existiert er in unserer Welt. Als Antichrist, als Widersacher Gottes. Als Mensch wie Sie und ich.«

»Es gibt die Vermutung, dass eine Gruppe von Satanisten mit dem Verschwinden von Bernadette Lindner zu tun haben könnte.« Radek kehrte zu der Frage zurück, die er eigentlich beantwortet haben wollte.

»Blödsinn«, kam sofort die Entgegnung. »Es gibt keine Satanisten in Schandau.« Aber da war ein ängstlicher Ausdruck in seinen Augen, den der Pfarrer nicht verbergen konnte, und eine Unsicherheit, die ihn befiel. Nach kurzem Nachdenken relativierte er seine Meinung. »Na ja, es gibt einige Jugendliche, die sich seltsam kleiden. Ganz in Schwarz, mit langen Mänteln und gefärbten Haaren. Sie haben wilde Piercings und die Mädchen sind dunkel geschminkt. Aber ich glaube, das ist vielmehr Zeichen einer Jugendkultur, ein Protest gegen die Erwachsenen, und hat nichts mit Teufelsanbetung zu tun.«

Auch Radek waren diese Goths aufgefallen. »Könnte es sein, dass sie satanistische Riten praktizieren?«

»Nein, nein, bestimmt nicht.« Wieder antwortete der Priester, ohne eine Sekunde nachzudenken.

Wie konnte er so sicher sein?

»Ich kenne die meisten von ihnen schon aus der Volksschule. Das sind gute Kinder gewesen, und mögen sie jetzt auch in ihren Ansichten ein bisschen irregeleitet sein, sie sind trotzdem keine bösen Menschen.«

»Ihnen ist in den letzten Monaten nie etwas aufgefallen oder zu Ohren gekommen, was in eine okkulte Richtung weist?«, bohrte Radek nach.

»Nein, nichts«, antwortete der Pfarrer überzeugt. Diesmal hielt er es nicht mehr für notwendig, sich näher zu erklären.

»Mich würde noch etwas anderes interessieren«, sprach Radek vorsichtig sein zweites Thema an.

»Bitte, fragen Sie.«

»Mir ist am Sonntag aufgefallen, dass nur sehr wenige Leute in der heiligen Messe waren.«

Der Pfarrer nickte betrübt und murmelte ein undeutliches »Ja«.

»Ist das häufig so oder war das eine Ausnahme?«

Pater Georg dachte lange nach, bevor er antwortete.

Radek fragte sich, was es da zu überlegen gab. Möglicherweise beabsichtigte der Priester, ihn anzulügen, und rechnete sich aus, wie groß die Chance war, dabei erwischt zu werden. Aber Lügen war eine Sünde, und Radek saß einem Pfarrer gegenüber.

»Es war keine Ausnahme. Es kommen nur noch wenige Leute am Sonntag in die Messe.«

»Warum ist das so?«

»Weil es nicht gewünscht wird«, antwortete der Priester wütend, doch kaum hatte er das gesagt, schien er es zu bedauern und schwieg.

Radek konnte seine Überraschung nicht verbergen. »Von wem?«, fragte er ungläubig.

»Das werde ich Ihnen nicht sagen.«

»Und warum helfen Ihnen keine Ministranten?«

»Aus den gleichen Gründen, und weil niemand Interesse daran hat. Offensichtlich ist es Gottes Wille, dass ich allein und ohne Unterstützung hier ausharre.« Der Priester verfiel in Schweigen, doch als ihm die Stille unerträglich wurde, beugte er sich über den Tisch und begann wieder zu sprechen. Leise, kaum hörbar, aber mit einem Ausdruck von verzweifeltem Zorn in seiner Stimme, den Radek dem Gottesmann nicht zugetraut hätte. »Gott hat diesem Dorf und seinen Menschen den Rücken zugekehrt, wie einst Sodom und Gomorrha. Und weil die Menschen Gott nicht in sich spüren, meiden sie auch die Kirche.«

Radek hatte keine Lust auf eine theologische Diskussion. Er war Atheist und konnte mit Gott, Glauben, Religion und Kirche nichts anfangen. Trotzdem wollte er wissen: »Warum denken Sie, dass Gott dieses Dorf verlassen hat?« Die Frage kam ihm reichlich lächerlich vor und er verschluckte sich beinahe daran, als er sie stellte.

»Weil sich die Menschen von ihm abgewandt haben. Und weil sie böse geworden sind. Sie haben die Boshaftigkeit zur neuen Religion erkoren. Aber damit können die Menschen nicht glücklich werden. Deshalb hat Gott dieses Dorf verlassen und seine Bewohner«, stieß er hervor und fügte leise hinzu: »Und mich.«

»Heißt das, Sie haben den Glauben an Gott verloren?«

Pater Georg sah ihn empört an. »Nein, ich habe den Glauben an Gott nicht verloren«, entgegnete er erbost. »Aber Gott prüft mich. Er hat mich hierhergestellt und alleingelassen. In einer gottlosen Umgebung. Damit will er meinen Glauben prüfen und meine Stärke. Ich werde mich dieser Prüfung stellen. Ich werde nicht weichen. Ich werde hier so lange bleiben, bis das Böse verschwunden und Gott ins Dorf zurückgekehrt ist. Oder ich werde vorher sterben. Dann wird jemand anderer meine Aufgabe fortführen und diese Herausforderung, diese Prüfung des Herrn, annehmen. Wir werden uns nicht vertreiben lassen, weder vom Bösen noch vom Teufel noch, weil niemand in die Kirche kommt.«

Er machte eine Pause und blitzte Radek wütend an, als wäre der Schuld daran, dass Pater Georgs Kirchenbänke leer blieben.

»Und irgendwann werden die Leute dafür bestraft, dass sie Gott vergessen und dafür das Böse ins Dorf gelassen haben. Es ist eine Erbsünde, mit der sich das Dorf schuldig macht. Manchmal predige ich es den wenigen, die noch zu mir in die Kirche kommen. In Feuer und Schwefel gingen Sodom und Gomorrha unter, und das Feuer der ewigen Verdammnis wartet auf die Ungläubigen hier, wie auf alle anderen Ketzer auch. Dem kann niemand entkommen. Vielleicht im irdischen Dasein, da mag das noch angehen, aber am Tag des Jüngsten Gerichts werden wir alle für unsere Sünden bezahlen. Die Menschen im Dorf und ich ebenso.«

Das klang wie eine Predigt. Die Strafpredigt eines enttäuschten Priesters.

»Mehr gibt es dazu nicht zu sagen.«

Für Pater Georg schien das Gespräch beendet zu sein. Er sah Radek stumm an, als wartete er darauf, dass sein Gast ging und ihm damit die Unhöflichkeit ersparte, ihn rauszuwerfen.

Radek tat ihm diesen Gefallen.

Hinter dem Pfarrhaus führte ein Wanderweg hinauf zur Burg, und Radek entschied sich, auf das Auto zu verzichten. Während er den schmalen Pfad hochstieg, dachte er über das Gespräch mit dem Priester nach und wunderte sich dabei immer weniger darüber, dass es die Leute nicht mehr in die Kirche zog, wenn dort ein verschrobener Pfarrer mit seinen krausen theologischen Vorstellungen das ganze Dorf zum kollektiven Sünder erklärte und von der »Erbsünde des Dorfes« predigte. Was für ein Schwachsinn! Aber waren das ausreichende Gründe, um die Kirche zu meiden? Weil der Pfarrer ein verbohrter Narr war? Weil er wirres Zeug von der ewigen Verdammnis redete? Oder wussten die Leute etwas anderes über ihn, was sie daran hinderte? Etwas, das Radek bisher verborgen geblieben war? Außerdem, was sollte das heißen: Es wird nicht gewünscht. Von wem? Von den Leuten im Dorf? Vom Bürgermeister? Von der Diözese? Soweit Radek wusste, war Kirchengemeinschaft nicht nur auf einen Pfarrer reduziert. Was war mit dem Rest?

Wilde Gedanken und Hunderte Bilder dazu tauchten in Radeks Kopf auf, von Inquisition, von verfolgten Hexen und von Pfaffen, die sich an Kindern vergriffen. Doch all das brachte keine zufriedenstellende Antwort auf die Frage: Warum ging niemand zu Pater Georg in die Kirche?

Das Erste, was ihm auffiel, war der massige Bergfried, der so versetzt war, dass die eine Ecke direkt aus der Front der Burg herausragte wie ein mächtiger Schiffsbug. Das schien eine raffinierte Anlage zu sein, denn damit bot der Turm kaum eine direkte Angriffsfläche, wenn die Gegner, so wie Radek jetzt, an der am einfachsten zu erreichenden Stelle gegen die Burg stürmten. Und bei einem Beschuss trafen die meisten Geschosse auf schräge Mauerflächen und prallten daran ab.

Weil heute im Gegensatz zum Samstag niemand die Zufahrt kontrollierte, gelangte Radek ungehindert bis vor die Burg. Links neben dem mächtigen Bau befand sich ein Parkplatz, im hinteren Bereich sah er mehrere niedrige Häuser und vermutete, dass es sich dabei um Wirtschaftsgebäude handelte. Neben dem Bergfried führte eine Zugbrücke über einen in den Fels gehauenen Graben zu einem großen zweiflügeligen Tor, in dessen linken Teil eine kleine Pforte eingelassen war. Darüber sah er die großen, eisernen Spitzen eines Fallgitters bedrohlich nach unten ragen. Das Tor war verschlossen. Radek hätte einen Klopfer oder etwas ähnlich Altertümliches erwartet, um sich bemerkbar zu machen, und einen Burgknecht mit Speer und Schwert, der fragte, wer Einlass begehre. Stattdessen fand er in der breiten Mauer eine Gegensprechanlage mit dezentem Klingelknopf und einem Videoauge. Wenige Sekunden, nachdem Radek die Klingel gedrückt hatte, meldete sich eine Frauenstimme. Radek erklärte ihr, dass er einen Termin bei Herrn Lenkstein habe. Sie bat ihn um einen Moment Geduld.

Es dauerte eine Weile, bis das Portal geöffnet wurde. Trotz seiner Größe schien es sehr leichtgängig zu sein. Ein Mann stand in der Tür, groß, kräftig gebaut, aber ohne Rüstung und Schwert, sondern in Sakko und Jeans. Obwohl er einen sportlich legeren Eindruck machte, war nicht zu übersehen, dass er seinen muskulösen Körper langjährigem Krafttraining verdankte. Der Mann ließ Radek eintreten, schloss und verriegelte das Portal und ging voran durch die Burg. Dafür, dass er so groß und massig war, bewegte er sich erstaunlich geschmeidig.

Radek folgte ihm durch die Toranlage und einen kleinen Hof in das Innere der Burg. Er hatte keine Zeit, um die architektonische Anlage der Burg zu betrachten, sondern musste sich bemühen, mit dem Mann Schritt zu halten, der ihn über eine breite Wendeltreppe und einen finsteren Gang in ein Büro brachte, in dem eine Frau, Anfang 30, an einem Schreibtisch saß. Radek stellte sich vor, und sie bat ihn mitzukommen, der Herr Baron erwarte ihn bereits. Sie geleitete ihn in einen großen Raum mit einem breiten massiven Tisch in der Mitte.

Der mittelalterliche Charakter des Raums vermittelte einen archaischen Charme. Die große Tafel dominierte den Saal, in der Mitte der Längswand stand ein schlanker hochgebauter, offenbar von der Rückseite beheizbarer Kachelofen. Daneben hingen an den freien, weiß ausgemalten Wandflächen zwei riesige Gobelins mit Jagdszenen. Dazwischen waren die Wände mit einigen Schwertern und Rapieren dekoriert. Die Seitenwände waren mit dunklem Holz vertäfelt, und über sich sah Radek eine wuchtige Kassettendecke. Hohe Bogenfenster mit bunten Bleiglasscheiben ließen ausreichend Licht in den Saal, um ihm die mittelalterliche Düsterkeit zu nehmen.

An der Stirnseite des großen Tisches saß Lenkstein. Radek erkannte in ihm sofort den Reiter wieder und den schnellen Gast bei Falk am Montag. Ein großer, massiger Mann in einem weißen Hemd mit weiten Ärmeln. Er saß auf einem breiten hölzernen Stuhl, mit hohem Rückenteil und massiven Seitenlehnen, der beinahe wie ein Thron aussah. Flankiert wurde er von zwei langhaarigen, ausgesprochen hübschen Frauen mit mittelalterlich anmutenden Kleidern, deren weicher Stoff ihre weiblichen Formen betonte. Eine hatte eine blonde Mähne, die in sanften Locken über ihre Schultern kullerte, trug ein hellblaues Kleid und zeigte in einem tiefen Dekolleté ihre ausladenden Brüste. Die andere hatte pechschwarzes, gerade fallendes Haar, war dunkel gekleidet und verhüllte ihren Busen zwar etwas züchtiger, wirkte deshalb aber um nichts weniger sinnlich. Radek schätzte die beiden Frauen auf Ende 20.

Sie hatten eine Karaffe Rotwein und drei halb gefüllte Gläser vor sich, in der Mitte der Tafel stand eine große Schüssel mit Obst.

»Ihr Besuch, Herr Baron«, kündigte die Sekretärin Radek an.

Lenkstein unterbrach sein Gespräch mit den beiden Schönen, die an seiner Seite standen. Alle drei wandten sich dem Besucher zu und musterten ihn aufmerksam. Radek fühlte sich wie ein kleiner Bauer im Mittelalter, der es wagte, seinen Lehnsherrn mit einer lästigen Bitte zu stören.

»Ah, der Herr Polizist aus Sankt Pölten. Kommen Sie näher, Herr Inspektor, und nehmen Sie Platz.« Lenkstein winkte Radek heran und deutete auf die Stühle am Tisch. »Ich darf doch Herr Inspektor sagen, oder?«

»Na ja, entweder Herr Gruppeninspektor oder Herr Radek.«

Lenkstein sah ihn scharf an und einen Augenblick lang war seine gute Laune wie weggeblasen. Schnell kam sie aber wieder. »Ach, geschenkt, Radek. Kommen S' her.«

Radek gab Lenkstein eine Visitenkarte, setzte sich auf einen der freien Stühle und legte seine Schreibmappe ab.

»Radek«, las Lenkstein laut, »das klingt tschechisch.«

»Mag sein.« Sein Urgroßvater war im 19. Jahrhundert aus Böhmen zugewandert, aber Radek hatte keine Lust, mit Lenkstein seinen Stammbaum zu erörtern.

Lenkstein hielt es nicht für notwendig, sich vorzustellen. Scheinbar setzte er voraus, dass man ihn kannte. »Also, Radek, was wollen Sie hier?«

Radek wusste nicht, ob Lenkstein seine Anwesenheit in der Burg meinte oder seinen Aufenthalt im Dorf. Doch bevor er auf die Frage antwortete, musste er ohnehin noch etwas anderes klarstellen: »Würde es Sie sehr stören, mich *Herr* Radek zu nennen? Ich mach mir zwar nichts aus Amtstiteln, aber eine höfliche Anrede erscheint mir zumindest als Zeichen der Wertschätzung.«

Dafür erntete er einen bösen Blick. »Radek, seien Sie nicht so kleinlich. Sie können mich auch Baron nennen.«

Die beiden Frauen kicherten.

Einen Dreck werde ich tun, Herr Baron, dachte Radek, fehlt nur noch, dass er mit mir in der dritten Person spricht: Warum stört Er, Radek …

»Sie haben recht, Lenkstein, warum soll man sich mit solchen Kleinigkeiten herumschlagen, zumal die Adelstitel abgeschafft wurden. 1919, wenn ich mich recht entsinne.«

Einen Moment blitze es erneut zornig in Lenksteins Augen, das entging dem Polizisten nicht, doch sofort hatte er sich wieder im Griff und setzte ein leutseliges Lächeln auf. »Ach, Radek, Titel, Titel, Titel. Sie wissen ja, wie das in Österreich ist. Sie wurden zwar abgeschafft, aber in den Köpfen existieren sie weiter. Das bringt man nicht durch ein Gesetz aus den Leuten raus. Und heute verwendet jeder seine neuen Titel. Die Frau Magistra, der Herr Doktor. Warum soll man das nicht auch mit den alten tun?«

Radek entschloss sich, nicht auf Lenksteins Frage zu antworten.

Als der das merkte, wechselte er das Thema. »Trinken Sie ein Glas Wein mit mir?«, fragte er versöhnlich. »Ich hab hier einen herrlichen Cabernet Sauvignon aus dem Carmignano. Jahrgang 2012. Ein fantastischer Tropfen. Wunderbares Bukett und ein Geschmack – traumhaft, sag ich Ihnen. Samtig, fruchtig, mit einem langen zarten Abgang.«

Während er das erklärte, schwenkte er das Glas, hielt es gegen das Licht, um Farbe und Schlierenbildung zu studieren, roch dann mit geschlossenen Augen intensiv an dem Wein, nahm einen Schluck und ließ ihn einige Momente im Mund rollen, bevor er ihn schluckte.

»Ah, köstlich«, schwärmte er. »Ich liebe italienische Rotweine. Ich überlege schon die ganze Zeit, mir ein Weingut in Südtirol zu kaufen. Was halten Sie davon?«

Lenkstein sprach mit einem näselnden Tonfall. Das war kein Schönbrunner Deutsch, wie es Radek aus der versnobbten Wiener Schickeria kannte, wo es als Zeichen der Standeszugehörigkeit diente, über Generationen hinweg vererbt. Der Ton der geadelten Herrschaft, mit all seiner Überheblichkeit und dem Gönnerhaften des Aristokraten gegenüber seinen Untertanen.

»Ich kenne mich bei Wein nicht aus«, antwortete Radek, ohne die Begeisterung Lenksteins zu teilen. »Ich bin Biertrinker.« Das stimmte zwar nicht ganz, aber Lenksteins herablassende Art reizte den jungen Polizisten zum Widerspruch.

»Bier? Schrecklich!« Lenksteins Blick nahm einen Ausdruck von Enttäuschung und Entsetzen an, als wollte er sagen: Wie fürchterlich, ein Prolet. »Der wahre Genuss, Radek, liegt im Wein. Das müssen Sie sich merken. Kommen S', trinken S' ein Glaserl mit mir.«

»Danke, aber ich bin im Dienst«, wehrte der Polizist ab.

»Ach, drauf geschissen. Genuss kennt keine Dienstzeiten, Radek. Sie müssen sich ihm öffnen, wann immer sich dazu Gelegenheit bietet. Nicht wahr, meine Lieben?«

Er wendete sich zu seinen beiden Begleiterinnen, die wie

Statuen neben seinem Stuhl standen und ihn nun zustimmend anlächelten.

»Erlesener Wein, schöne Frauen und gutes Essen, Radek, das ist der Kern allen Genusses.« Er grub sein Gesicht in den Busen der Blonden und sie gurrte wie ein geiler Teenager. »Mhm, das ist doch herrlich.«

Lenkstein blickte Radek mit einer Mischung aus Geringschätzung und Herausforderung an und lächelte freudlos. »Habe ich Ihnen schon meine Musen vorgestellt? Das ist Gerlin«, er küsste noch einmal den Busen der Blonden, »und das ist Fronica.«

Die Schwarzhaarige streichelte Lenkstein zärtlich durchs Haar.

»Sie sind meine Inspiration. Meine Gefährtinnen in der Welt des Genusses. Sehen Sie die Frauen an. Wie Tag und Nacht. Wie Yin und Yang. Sinnlichkeit und Erotik, Wildheit und Sanftmut.«

Gerlin und Fronica – was sind das für Namen, dachte Radek, das klang für ihn wie bei den Huren im Puff, vielleicht waren sie das auch.

Gerlin beugte sich zu Lenkstein und flüsterte ihm etwas ins Ohr.

»Sie gefallen ihr«, erklärte der und lachte. »Und sie möchte wissen, ob sie Ihnen auch gefällt.«

Was bezweckte Lenkstein mit dieser Frage, und vor allem: Was sollte Radek darauf antworten? Klar war sie eine tolle Frau.

»Ja, Sie sind ausgesprochen attraktiv«, sagte er zu der Blondine.

Die lächelte und flüsterte Lenkstein neuerlich etwas ins Ohr. Warum sprach sie nicht gleich mit Radek?

»Gerlin findet Sie süß und will sich mit Ihnen in ihr Gemach zurückziehen.«

Da mischte sich auch Fronica ein: »Ich würde die beiden gerne begleiten«, sagte sie zu Lenkstein.

Radek glaubte, nicht recht zu hören. Er kam sich vor wie ein zum Verkauf stehender Lustsklave auf dem Basar. Das verschlug ihm beinahe die Sprache und, noch schlimmer, einen Moment lang befürchtete er, wegen des sehr direkten Angebots rot zu werden.

»Sehen Sie, Radek. Sie haben zwei Fans. Also, was ist? Ich spendiere Ihnen eine Flasche Rotwein und Sie vergessen zwei Stunden lang, dass Sie im Dienst sind, und machen mit den beiden Schönen hier, was Sie schon immer tun wollten. Ich verspreche Ihnen: Sie werden es nicht bereuen.«

Daran zweifelte Radek keinen Augenblick. »Danke für das Angebot«, antwortete er etwas unbeholfen. »Aber ich muss das leider ablehnen.«

»Schade. Für Sie und meine Musen. Die hätten gerne mal einen jungen Herrn im Bett gehabt, nicht nur so einen alten Sack wie mich.« Er lachte über seinen eigenen Scherz, griff zum Glas, trank einen Schluck, zelebrierte das in gleicher Weise wie zuvor und fuhr dann fort: »Wissen Sie, Radek, was am Ende zählt, ist, wie viele Frauen man gevögelt hat. Alles andere ist unwichtig.«

Radek nervte die herablassende Art seines Gesprächspartners zusehends. »Was am Ende zählt, Lenkstein, ist, welchen Beitrag wir geleistet haben, um diese Welt einen Schritt weiterzubringen.«

Lenkstein lachte lauthals. »Ein Moralist. Mädchen, schaut ihn euch an. Ein Polizist als Moralist. Ein Gutmensch.«

Auch die beiden Frauen lachten, und Radek spürte nun tatsächlich, wie ihm die Röte ins Gesicht stieg. Nicht vor Scham, sondern vor Ärger. Radek war ein jähzorniger Mensch, aber in seinem Job hatte er gelernt, seine Wut zu zügeln.

Bevor er jetzt etwas erwidern konnte, wandte sich Lenkstein wieder an den Polizisten: »Geschenkt, Radek, geschenkt. Kein Mensch ist an einer guten Welt interessiert. Daran kann man nichts verdienen. Was uns vorwärts bringt, ist das Böse. Denn das Böse ist immer in uns und um uns. Wir können uns ihm nicht verwehren, auch wenn wir wollen, wir entkommen ihm nicht. Deshalb investiere ich mein Geld lieber in Huren als in hungernde Kinder. Der Spaß, den ich mit den Huren habe, bleibt mir, das gute Spendergewissen trocknet schnell aus.«

»In 100 Jahren wird niemand mehr wissen, wie Hitlers Geliebte hieß oder mit wem er es sonst noch getrieben hat«, entgegnete Radek. »Aber die Menschheit wird sich erinnern, dass er Millionen Juden ins Gas geschickt hat. Und klar, Eichmann wurde eine Berühmtheit, während Wallenberg unbeachtet blieb, nachdem er in einem sowjetischen Gefängnis elendiglich verreckt ist. Trotzdem wird man am Denkmal von Wallenberg noch Blumen niederlegen, wenn der Name Eichmann schon lange aus dem kollektiven Gedächtnis verschwunden ist.« Nun hatte Radek endgültig der Zorn überwältigt. »Denn, was wirklich zählt, Lenkstein, ist, wie vielen Leuten wir in diesem System *nicht* in den Arsch gekrochen sind und wie viele Leute wir *nicht* zu Arschkriechern gemacht haben.«

Verflucht, warum ließ er sich von Lenkstein provozieren und zu einer Diskussion über Moral hinreißen, obwohl das eigentlich gar nicht sein Ding war? Er war kein Moralist, dennoch stellte er sich sofort auf die Seite des Guten. Warum? Weil er Polizist und es Teil seines Jobs war, an das Gute zu glauben und gegen das Böse aufzutreten?

»Ach, Radek«, sagte Lenkstein ungerührt. »Dieses moralische Blabla ist doch langweilig.« Er wechselte unvermittelt das Thema. »Wenn Sie keinen Spaß haben wollen, dann kommen wir zum Geschäft. Also, warum sind Sie hier?«

»Weil Sie mich gestern über Ihre Sekretärin baten, hierherzukommen. Warum?«

Lenkstein überlegte einen Augenblick. Als er antwortete, hatte seine Stimme ihren gnädigen Tonfall von vorhin verloren, sie klang hart und nüchtern. »Eines vorweg: Ich habe Sie nicht gebeten, mich zu besuchen. Sie sollten hierherkommen, damit ich Sie kennenlerne. Das war keine Bitte.«

Was bildete sich dieser aufgeblasene Gockel eigentlich ein? Radek schluckte seien Ärger hinunter. »Und weshalb wollen Sie mich kennenlernen?«

»Weil ich wissen möchte, wer in meinem Betrieb und in meinem Dorf herumschnüffelt.«

Jetzt reichte es Radek. »Erstens: Ich bin weder als Bittsteller noch als Ihr Untertan hier, sondern es ist ein Entgegenkommen *von mir,* dass ich Ihrer Aufforderung folge. Und zweitens: Ich schnüffle nicht herum. Wir führen polizeiliche Erhebungen durch.«

»Ah, so heißt das.« Lenkstein war sichtlich amüsiert. »Und was erheben Sie?«

»Wir untersuchen das Verschwinden von Bernadette Lindner.«

»Die Lindner. Die ist doch schon wieder zurück, oder täusche ich mich da?«

»Jetzt ist sie wieder bei ihren Eltern, aber Ende August war sie eine Woche lang wie vom Erdboden verschwunden.«

»Ja, das hab ich gehört.« Lenkstein gab sich nachdenklich. »Sie soll abgehauen sein, erzählt man sich. Soll sich eine Woche in Sankt Pölten oder in Wien herumgetrieben und dort ordentlich Party gemacht haben. Jetzt sei sie ein wenig von der Rolle. Schwach, kann ich da nur sagen. Ein richtig schwaches Stück Fleisch.«

»Wie meinen Sie das?« Radek konnte mit dieser Aussage nichts anfangen.

»Sie wissen doch, was die einfachen Leute sagen: Wer saufen kann, kann auch arbeiten. Die Lindner geht saufen und macht danach schlapp. Das nenne ich schwach.«

Das war für Radek eine recht seltsame Ansicht.

»Was haben Sie herausgefunden bei Ihren Erhebungen?«, fragte Lenkstein.

»Bisher nichts Besonderes. Wir stehen noch am Anfang«, antwortete Radek ausweichend.

»Was hat Ihnen Frau Schächter erzählt?«, bohrte Lenkstein weiter.

Radek überlegte, was er seinem Gesprächspartner darüber sagen durfte, aber nachdem Schächter bei ihrer Befragung sehr zurückhaltend gewesen war, gab es ohnehin keine wichtigen Informationen, die er Lenkstein verschweigen musste. In wenigen Sätzen fasste er zusammen, was die junge Frau ihm erzählt hatte.

Lenkstein folgte Radeks Ausführungen ohne besonderes Interesse. »Ich habe gehört, dass Sie nach – wie sagt man? – nach verborgenen satanischen Zirkeln suchen«, warf er wie beiläufig hin.

Aber Radek entging nicht, dass Lenkstein ihn dabei aufmerksam beobachtete. Er konnte seine Überraschung kaum verbergen. Woher hatte Lenkstein diese Information? Außerhalb der Polizei war dieser Umstand unbekannt.

»Ja, es gibt Überlegungen in diese Richtung.«

Lenkstein beugte sich vor und musterte den Polizisten eindringlich, dann lehnte er sich in seinem Stuhl zurück und verfiel wieder in sein gönnerhaftes Gehabe. »Aber Radek, was glauben Sie, was hier in diesem Ort passiert? Dass wir herumlaufen mit Kapuzen über dem Kopf und schwarze Messen feiern und Jungfrauen schlachten?« Er fuchtelte mit den Händen wie ein Guru und machte ein gruseliges »Buuuh«, dann lachte er schallend. »Glauben Sie nicht, dass Ihnen da ein wenig die Fantasie durchgeht? Sie machen doch einen intelligenten Eindruck, Radek.« Plötzlich verflog sein Humor. Lenkstein wirkte ungehalten und gereizt. Zornig sagte er: »Das ist ein normales Dorf mit normalen Leuten, die versuchen, hier am Arsch der Welt irgendwie durchzukommen, und ich unterstütze sie dabei. Das mache ich auf meine Art und Weise. Wenn es in meinem Dorf ein Problem gibt, lösen wir das unter uns. Auch das mit der Lindner. Da brauchen wir keinen dahergelaufenen Polizisten aus Sankt Pölten.«

»Ich glaube, jetzt verlieren Sie den Überblick über die Fakten.« Radek wurde wieder wütend. Er hatte keine Lust, sich von Lenkstein beschimpfen zu lassen. »Ich mache hier meine Arbeit, und solange die nicht erledigt ist, werde ich weiterhin Ihr Dorf in Unruhe versetzen. Damit wir uns richtig verstehen: Ich werde mir in meinen Job genauso wenig reinreden lassen, wie Sie es nicht dulden, dass jemand in Ihre Firma reinpfuscht. Da können Sie hundertmal einen auf Aristokrat machen und den Baron raushängen lassen.«

»Ich *bin* Aristokrat«, zischte Lenkstein beherrscht ruhig. »Auch wenn ich als exzentrisch gelte. Na gut, das bin ich eben. Soll ich Ihnen beweisen, wie exzentrisch?« Ohne eine Antwort abzuwarten, gab er den Frauen, die ihn flankierten, leise ein paar Anweisungen, die Radek nicht verstehen konnte.

Die beiden verließen ihren Meister und den Saal.

»Ein Gutmensch als Polizist versetzt mein Dorf in Unruhe. Hüten Sie sich, Radek. Ich verdiene hier mein Geld und ich brauche keinen Wirbel im Dorf. Also treiben Sie es nicht zu weit. Auch ich habe meine Verbindungen, und wenn ich merke, dass Sie mir schaden, werde ich Ihnen ebenso Schaden zufügen.«

»Wollen Sie mir drohen?« Radeks Stimme wurde leise. Mag sein, dass das Dorf von Lenkstein abhängig war und kuschte, aber Radek hatte dazu nicht den geringsten Anlass.

Einige Sekunden lang maßen sie sich mit ihren Blicken, und Radek konnte deutlich sehen, wie beherrscht Lenkstein war, als er zu seiner umgänglichen Art zurückkehrte.

»Natürlich nicht, Radek, was denken Sie. Ich würde mir nie erlauben, einen Ordnungshüter zu bedrohen. Das ist doch strafbar, oder?«

Lenksteins Hohn und Spott ärgerten Radek. Bevor er etwas entgegnen konnte, fühlte er, wie sich eine Hand auf seinen Nacken legte. Vor Schreck zuckte er zusammen. Er hatte nicht bemerkt, wie sie gekommen waren. Sanft strich Fronica über seinen Haaransatz, dann spürte er ihre Wange an der seinen und roch den herben Duft ihres Parfüms.

Mit ihren Lippen an seinem Ohr flüsterte sie: »Du bist ja ein ganz Harter. Bist du im Bett auch so scharf? Wir stehen auf so was. Vielleicht können wir ein bisschen mit deinen Handschellen spielen. Und wenn wir mit dir fertig sind, wirst du wissen, dass es bereits auf Erden ein Paradies gibt.«

Nun spürte er ihre Lippen an seinem Hals und kurz darauf über seinen Nacken gleiten. Ihre Hände hatten bereits zwei Knöpfe seines Hemdes geöffnet und streichelten seine Brust.

Und plötzlich, er wusste nicht, wie es geschehen war, saß Gerlin ihm zugewandt auf seinem Schoß, das weiche Kleid hochgerafft. Mit weit gespreizten Beinen offenbarte sie ihm ihre schlanken Schenkel. Sie trug kein Höschen. Mit wenigen Griffen hatte sie das Kleid unter ihrem Busen geöffnet, nahm sein Gesicht und schob ihm ihre Brust in den Mund, als wollte sie damit ein Baby stillen. Er spürte eine Hand zwischen seinen Beinen, die ihn entschlossen drückte, und bemerkte, wie seine Hose zu eng wurde. Dann öffnete jemand seinen Gürtel.

»Wenn du uns willst, kannst du uns haben. Sofort, hier und jetzt. Oder wir gehen in unser Gemach. Dort kannst du alles mit uns tun, was du willst. Alles, wovon du immer geträumt hast. Keine Tabus. Wir gehören nur dir, und wenn du wiederkommen willst, kommst du wieder, wann und sooft du möchtest«, flüsterte die dunkle Stimme in sein Ohr.

Es schien ihm unendlich lange zu dauern, bis er seine Gefühle in den Griff bekam, sein Schwanken zwischen Lust und Pflicht. Die eifrige Hand hatte ihren Weg zu seinem Schwanz gefunden und er musste sich zusammenreißen, um nicht zu stöhnen. Sollte er die Mädchen gewähren und sich fallen lassen, sich dem verlockenden Angebot der beiden Sirenen hingeben? Auf seine Aufgabe pfeifen, damit alles so bleiben konnte, wie es war? Niemand würde es ihm danken, wenn er eine korrekte Amtshandlung führte. Warum sich also nicht einfach mit diesen zwei Frauen vergnügen? Er brauchte keine große Vorstellungsgabe, um zu erkennen, dass es ein Vergnügen werden würde. Aber aus seinem tiefsten Inneren erweckte ihn eine Stimme: Wenn du jetzt kapitulierst, gehörst du Lenkstein.

Radeks Reaktion auf diese Erkenntnis kam so unvermittelt, als wäre er von einem Moment auf den anderen von einer Lähmung befreit. Er hob die halbnackte Blondine an den Hüften hoch und drängte sie von seinem Schoß, gleichzeitig stand er auf und entwand sich den Zärtlichkeiten der zweiten Verführerin. Radek trat mehrere Schritte beiseite, und als die Mädchen ihm folgten, hob er abwehrend die Hand und herrschte sie an: »Bleibt mir vom Leib, bevor ich grob werde!«

Er ordnete seine Kleidung und hörte währenddessen Lenkstein schallend lachen. Der bog sich auf seinem Stuhl, als hätte er eben den Witz des Jahres gehört. Am liebsten wäre Radek zu diesem Arschloch hingegangen und hätte ihm das Lachen in sein Maul zurückgeprügelt.

»Radek, entschuldigen Sie«, japste Lenkstein, »aber das war doch ein köstlicher Spaß, oder nicht?«

Auch die Mädchen strahlten ihn an wie zwei unschuldige Klosterschülerinnen, die sich mit der Oberin einen Scherz erlaubt hatten. Doch Radek wusste, dass es kein Spaß gewesen war. Die beiden hätten ohne zu zögern mit ihm gebumst, auch hier in der Halle vor den Augen Lenksteins.

»Ich denke, unser Gespräch ist beendet«, sagte Radek und kam sich in diesem Moment ziemlich lächerlich vor. Er schnappte sich seine Mappe, drehte sich um und hastete aus dem Saal.

»Radek, kommen Sie zurück«, hörte er Lenkstein hinter sich. »Radek, verstehen Sie keinen Spaß?«

Das Lachen begleitete ihn noch, als er die Treppen nach unten stürmte.

Kaum war Radek verschwunden, verfinsterte sich die Miene Lenksteins. Als Fronica sich hinter ihn stellte und ihm durch die Haare streichelte, verscheuchte er ihre Hand mit einer verärgerten Kopfbewegung wie eine lästige Fliege.

»Lasst mich in Ruhe«, herrschte er die beiden an. »Verschwindet und schickt mir den Steininger.«

Kurz nachdem sie den Saal verlassen hatten, stand sein Counsellor neben ihm. Lenkstein gab ihm die Visitenkarte des Polizisten und Steininger steckte sie ein.

»Ist dieser Scheißkerl gegen weibliche Huldigungen immun?«, fragte Lenkstein ohne Einleitung. »Oder hätten sich die Mädchen mehr bemühen sollen?«

Steininger hatte die Szene in einem Nebenraum an den Videomonitoren verfolgt, aus vier Perspektiven. Seiner Ansicht nach war die Performance der Mädchen perfekt gewesen. Es waren geile Luder. Die Blonde konnte unwiderstehlich sein, wenn sie wollte, und einem Mann nicht nur den Himmel auf Erden runterholen. Das hatte er selbst erleben dürfen, sozusagen als Bonus für sein besonderes Engagement. Eine unbeschreibliche Nacht, die ihm lange nicht aus dem Kopf gegangen war.

»Das hätte nichts genutzt«, nahm Steininger die Mädchen in Schutz. »Dieser Radek ist ein Polizist im Dienst. Was erwarten Sie? Dass er hier auf dem Tisch einen flotten Dreier macht und Sie zugucken lässt?«

Lenkstein lachte. »Ach, Steininger, Sie sind köstlich. Ja, Sie haben recht. Das war wohl ein untauglicher Versuch. Aber zumindest war es ein herrlicher Spaß.«

»Vielleicht sollten wir das Setting ändern«, schlug Steininger vor, ohne sich ablenken zu lassen. »Und die Spielerinnen austauschen. Wenn wir ihm das Gefühl lassen, derjenige zu sein, der einen Aufriss macht, dann ist er weiblichen Reizen vielleicht weniger abgeneigt.«

»Sehr gut«, stimmte Lenkstein seinem Berater zu. »Leiten Sie das in die Wege und rufen Sie den Falk an, er soll die Videoüberwachung vorbereiten.«

22.

Während er aus der Festung stürmte, als wären die leibhaftigen Burggeister hinter ihm her, fühlte er sich wie ein Blindgänger. Was war da passiert? Er hatte sich überrumpeln lassen, war den beiden Frauen und Lenkstein in die Falle getappt wie ein Anfänger und hatte reagiert wie ein schüchterner Jugendlicher, den die notgeile Mutter eines Schulfreundes bedrängte.

Je länger er darüber nachdachte, desto mehr ärgerte er sich über sich selbst. Er hatte sich zum Gespött gemacht. Eine lächerliche Figur, die vor zwei Frauen flüchtete. Jemand, der sich von einer raffinierten Anmache aus dem Konzept bringen ließ wie ein Stümper und sich nicht dagegen zu wehren wusste.

Als er aus der Burg draußen war, zündete er sich eine Zigarette an und eilte zurück ins Dorf. Mit jedem Schritt wuchs sein Zorn auf Lenkstein, die Mädchen und sich selbst. Aber was hätte er dagegen tun können? Alles war so schnell gegangen, dass er kaum begriffen hatte, was geschah, geschweige denn, dass er rechtzeitig etwas dagegen hatte unternehmen können. Sie hatten ihn überrascht, übertölpelt wie einen dummen Jungen. In Zukunft, wenn er Lenkstein oder einer seiner angeblichen Musen begegnete, würde eine Andeutung genügen, um ihn zu verspotten. Er hatte sich lächerlich gemacht, blamiert bis auf die Knochen. Das würde ihm nachhängen, solange er im Dorf war.

Und wer weiß, vielleicht hatten sie alles aufgenommen. Radek musste an das Videoauge am Eingangstor denken. Er traute es Lenkstein zu, dass der auch in seinem Rittersaal

Videokameras installiert hatte. Bestimmt veranstaltete der Herr Baron wilde Orgien mit seinen Schönen und zeichnete alles auf, um sich später daran aufzugeilen. Vielleicht lief er morgen schon herum und zeigte seinen Freunden ein Video, auf dem seine Mädchen über einen Polizisten herfielen und ihn erotisch in die Flucht trieben. – Was für ein köstlicher Spaß das gewesen ist, das könnt ihr euch nicht vorstellen. Was ich gelacht habe. – Je länger Radek darüber nachdachte, desto größer wurde seine Wut.

Möglicherweise war dieses Vorgehen beabsichtigt gewesen. Schon geplant, als Lenksteins Sekretärin den Termin mit Radek vereinbart hatte. Vielleicht sollte er gezielt in die Burg und in eine Falle gelockt werden, um ihn zu kompromittieren, ihn bloßzustellen und so seine Ermittlungen zu behindern. Aber warum sollte Lenkstein so etwas tun? Nein, das waren alles nur Hirngespinste.

Langsam beruhigte er sich. Vielleicht war es wirklich der blöde Scherz eines degenerierten Adeligen gewesen, dem unendlich langweilig war und der einen dekadenten Lebensstil zelebrierte.

Als Radek ins Dorf kam, hatte er keine Lust mehr, heute noch etwas zu tun, was mit dieser Angelegenheit zusammenhing. Er wollte ein Bier oder mehrere trinken und damit seine Frustration hinunterspülen. Aber er hatte kein Verlangen, sich beim »Falk« oder in der »Linde« blöd angaffen zu lassen. Er wollte seine Ruhe haben. Deshalb steuerte er auf die Café-Konditorei Wieser zu und hoffte, dass er dort auch ein Bier bekommen würde, nicht nur Schokotörtchen.

Er betrat die Konditorei und blickte sich kurz um. Die linke Seite des Lokals war mit runden Bänken und Tischen verbaut. Denen gegenüber befanden sich eine kleine Theke, ein Verkaufspult und eine lange Vitrine mit Mehlspeisen. Der hintere Teil des Raums war fast leer. Radek setzte sich dort an einen der freien Tische. Zwei Männer mittleren Alters an einem der Tische nahmen nur kurz Notiz von ihm, bevor sie weiterplauderten.

Die Kellnerin kam und nahm freundlich lächelnd seine Bestellung auf. Zunächst wunderte sich Radek über ihre Herzlichkeit. Es dauerte eine Weile, bis er in ihr jene junge Frau erkannte, die er am Samstagabend im Gasthaus »Falk« an der Theke sitzen gesehen hatte. Nun trug sie einen knielangen dunklen Rock, der ihre schlanke Figur betonte, und eine helle kurzärmelige Bluse. Auf ihrem linken Oberarm guckte unter dem Ärmel ein Tattoo in Form eines auf der Spitze stehenden, dreieckigen keltischen Knotenmusters hervor. In diesem konventionellen Outfit und nicht mehr so auffällig geschminkt wirkte sie beinahe bieder. Offensichtlich hatte auch sie Radek erkannt und begegnete ihm deshalb mit einem freundschaftlichen Ton.

Nachdem sie das Bier serviert und Radek ein paar kräftige Schlucke getrunken hatte, klang seine Wut langsam ab und er überlegte, wie er weitermachen sollte. Das Erste, was er tun musste, war, Gierling anzurufen und einen kurzen Bericht abzuliefern. Aber was sollte er ihm sagen?

Er erreichte seinen Vorgesetzten auf dem Handy. Der gemahnte zur Eile, weil er gerade in einer Besprechung war.

Mit gedämpfter Stimme – die beiden anderen Gäste brauchten nicht zu hören, was er erzählte – erklärte Radek, dass er bisher weder ein klares Bild noch Anhaltspunkte für Satanismus gefunden habe. Allerdings scheine hier im Dorf etwas nicht zu stimmen. Beispielsweise mauern alle Leute, die er zu Bernadette Lindner befrage. Deshalb wolle er gerne noch weitergraben. Vielleicht entdecke er unter der Oberfläche etwas Verwertbares.

Gierling hörte ihm aufmerksam zu. Dann meinte er, dass dies kein Problem sei, der Reiseauftrag gelte für die gesamte

Woche. Also solle Radek bis Donnerstag bleiben und am Freitag zu ihm kommen und Bericht erstatten. Er merke für 13 Uhr einen Termin vor. Damit beendete Gierling das Gespräch.

Jetzt hab ich noch zwei Tage Zeit, dachte Radek. Wenn nichts dabei rauskommt, hatte ich wenigstens eine schöne Woche, die fast wie Urlaub war.

Zum Glück hatte Gierling nicht nachgefragt, was Radek damit meinte, als er sagte, im Dorf stimme etwas nicht. Denn das war nur ein Gefühl, das sich gestern festgesetzt hatte und seither immer stärker wurde. Konkrete Anhaltspunkte dafür hatte er keine. Von außen besehen war alles in Ordnung, aber Radek hätte ein Monatsgehalt darauf gewettet, dass in diesem Dorf etwas faul war. Es erschien ihm wie ein Fehlersuchbild, bei dem man die Unterschiede in den einzelnen Bildern nicht findet, obwohl man weiß, dass etwas nicht passt.

Er überlegte, was sich nicht ins gewohnte Bild fügte, packte seinen Schreibblock aus und begann sich Notizen zu machen.

»Baron«, schrieb er hin und »Pfarrer«. Denn diese beiden Personen waren ihm am lebhaftesten als Beleg für die Absonderlichkeiten in diesem Dorf in Erinnerung. Ein versteinerter Pfarrer und ein durchgeknallter Adeliger. Beide glaubten, die Zeit sei stehen geblieben. Beide waren erstarrt, der eine in seiner Lebensform, der andere in seinem Glauben. Aber trotzdem verkörperten sie Gegensätze wie Tag und Nacht.

Zu Radeks Überlegungen gehörte auch die Frage, warum niemand in die Kirche ging. Und was hatte die Bemerkung des Pfarrers zu bedeuten, dass jemand im Dorf den Leuten den Kirchgang verbot? Hing das mit der Gothic-Szene zusammen, für die es deutlich Hinweise gab? Außerdem war offensichtlich, dass alle versuchten, das Thema Bernadette Lindner abzuwiegeln, dass sich niemand an etwas erinnern wollte und dass alle die offizielle Version, die im Dorf kursierte, bereitwillig glaubten und nachplapperten.

Während Radek diese Punkte aufschrieb, fiel ihm ein weiterer ein, dem er bisher keine Beachtung geschenkt hatte: die intakte dörfliche Intrastruktur im Ort. Wie war es möglich, dass die Betriebe hier wirtschaftlich überleben konnten, während überall sonst auf dem Land die Kleinunternehmer zugrunde gingen? Soweit Radek gesehen hatte, gab es weder eine große Kaufhauskette noch einen anderen Diskonter im Ort. Warum kauften die Leute nicht in den Supermärkten der benachbarten größeren Ortschaften? Dort waren die Waren sicher billiger und die Auswahl größer. Nutzten die Dorfbewohner die Nahversorger hier so intensiv, dass die Geschäfte ausreichend Gewinn machten?

Fragen über Fragen, denen er nachgehen musste. Aber jetzt hatte er keine Lust mehr, sich darüber den Kopf zu zerbrechen. Dreimal hatte ihm die Kellnerin mit ihrem aufreizenden Lächeln ein neues Glas Bier gebracht, Radek spürte bereits die Wirkung, außerdem hatte er Hunger und war müde. Er beschloss zu zahlen, zum »Falk« zu gehen, ein ausgiebiges Abendessen zu genießen und sich dann im Zimmer vor den Fernseher zu legen und langsam ins Land der Träume hinüberzudämmern.

»Das ist er gewesen«, sagte Sperl und deutete mit dem Kopf in die Richtung, in die der junge Mann eben verschwunden war.

»Er ist Polizist«, erklärte sein Freund Steinhammer.

»Das hab ich auch schon gehört«, bestätigte Sperl. »Aber er war in der Burg. Warum? Was wollte er dort oben?«

»Weiß ich nicht, vielleicht steckt er mit dem Baron unter einer Decke«, mutmaßte Steinhammer.

»Glaubst du, er wird von ihm bezahlt?« Sperl senkte seine Stimme, obwohl niemand anderer im rückwärtigen Teil der Konditorei saß. Unwillkürlich rückten sie näher an den Tisch und steckten die Köpfe zusammen wie zwei alte anarchistische Verschwörer.

»Warum nicht? Er wäre nicht der Erste, den der Baron schmiert.« Auch Steinhammer sprach leiser. »Außerdem schläft er beim Falk. Deshalb sollten wir aufpassen.«

»Auf jeden Fall«, bestätigte Sperl, und nach einer kurzen Pause des Überlegens fügte er hinzu: »Aber möglicherweise hat es auch andere Gründe.«

»Welche?«

»Na ja, angeblich ist er wegen der Sache mit der Lindner hier. Vielleicht stattete er deshalb dem Baron einen Besuch ab?«

»Das erscheint mir unwahrscheinlich.« Steinhammer war skeptisch. »Außerdem wird er dort nichts erfahren.«

»Nein, wird er nicht.«

Da waren sie sich einig. Sie verfielen in ein bedrücktes Schweigen und jeder hing seinen Gedanken nach.

Sperl und Steinhammer waren seit einigen Jahren befreundet. Sie hatten sich beim Tennisverein in Göstling kennengelernt. Schnell hatten sie entdeckt, dass beide das Dorf mieden, ohne sich über die Gründe auszutauschen. Das hatte ihre Freundschaft begünstigt. Als das mit Steinhammers Tochter Marie passierte, hatte er aufgehört, in den Tennisverein zu kommen. Aber ihre Freundschaft war bestehen geblieben. Sie standen auf der gleichen Seite. Auch wenn keiner von ihnen es aussprach, wussten es beide. Und das verband sie stärker als die Mitgliedschaft beim Tennisverein.

Alfons Steinhammer arbeitete bei Holzbau Lenkstein. Er hatte dort als Tischler-Lehrling begonnen, als der alte Baron noch die Firma führte, und hatte sich mittlerweile hochgearbeitet bis zum Teamleiter in der Produktion.

Emil Sperl hatte die HTL für Elektrotechnik in Waidhofen an der Ybbs besucht und war nach einigen Jahren bei Panasonic und Siemens als Lehrer in die Landesberufsschule nach Amstetten gegangen. Dort unterrichtete er im Fachbereich Elektromaschinentechnik die Fächer Elektrotechnik und angewandte Mathematik. Es war anstrengend, jeden Tag nach Amstetten zu pendeln. Sicherlich hätte er auch bei Lenkstein einen Job bekommen. Er war gut gewesen in seinem Bereich, und die Elektronik eines holzverarbeitenden Betriebs wurde immer komplizierter. Und Lenkstein zahlte gut. Aber er wollte nicht vom Baron abhängig sein. Dafür nahm er in Kauf, jeden Tag eine Stunde mit dem Auto zur Arbeit zu fahren.

Sperl sah bei seinem Freund, wohin ihn diese Untertänigkeit trieb. Kein Spielraum und keine Freiheiten. Steinhammer war der Leibeigene von Lenkstein, auch wenn er sich das nicht eingestand und immer davon redete, die Freiheit zu haben, jederzeit gehen und etwas anderes tun zu können. In Wirklichkeit hatte er einen Job, bei dem er überdurchschnittlich gut verdiente, und konnte mit dem Fahrrad zur Arbeit fahren. Er brauchte das Geld. Vor allem seit das mit Marie geschehen war.

Sperl ging die Sache mit der Lindner nicht aus dem Kopf. Er dachte daran, dass etwas Ähnliches geschehen sein musste wie damals bei Steinhammers Tochter. Eines Tages war Marie verschwunden und einige Tage später als gebrochener Mensch wiederaufgetaucht. Das war vor beinahe drei Jahren gewesen. Seither hatte sie kaum mehr gesprochen, redete nur wirres Zeug, vom Teufel und dass er sie holen würde und von der Hölle und den Strafen, die sie alle dort erwarteten. Sie war 22 Jahre alt und ein Pflegefall.

Manchmal ging es Marie besser, dann durfte sie in Schandau bei ihren Eltern sein. Aber wenn sich ihr Zustand verschlechterte, musste sie zurück in die psychiatrische Abteilung der Nervenheilanstalt in Amstetten.

Die Ärzte sprachen von einer dissoziativen Amnesie, verbunden mit temporären Trancezuständen und Depressionen, ausgelöst durch ein traumatisches Erlebnis. Steinhammer hatte versucht, seinem Freund die Diagnose zu übersetzen, doch Sperl verweigerte sich diesen Erklärungen. Denn er hatte Angst, dass es auch seine Kinder treffen könnte. Er hatte zwei Töchter und machte sich Sorgen um sie. Nicht jene Sorgen, die man sich üblicherweise als Vater von pubertierenden Jugendlichen machte. Er hatte Angst, dass sie in die falschen Kreise kamen und es ihnen genauso erging wie Marie.

Sperl hatte zwar keine Ahnung, was tatsächlich geschehen war, aber er konnte es sich vorstellen. Er wusste, dass er darüber nicht reden durfte. Gleichzeitig packte ihn der Zorn. Er wollte Genugtuung für das, was der Tochter seines Freundes angetan worden war. Doch die würde es nicht geben.

Wieder einmal wurde ihm bewusst, dass sie aus dem Dorf hätten wegziehen sollen. Früher, als es noch möglich gewesen war. Seine Frau wollte immer weg, aber er hatte gezögert. Es war immer alles gut gegangen. Sie waren immer in Ruhe gelassen worden. Er und seine Frau hatten Arbeit und sie konnten ruhig im Dorf leben. Bis jetzt.

Nun war es zu spät zum Weggehen. Das Haus, die Kredite. Für alles zu spät, zum Wegziehen und um darüber zu reden. Er wagte auch nicht, mit seinem Freund darüber zu sprechen, was damals mit Marie geschehen war.

»Vielleicht sollten wir ihm helfen«, brach Sperl das Schweigen.

»Wem?«

»Dem Polizisten.«

»Helfen wobei?« Steinhammer schien nicht zu verstehen.

»Na, bei der Sache mit der Lindner.«

»Bist du verrückt?« Steinhammer klang verunsichert und furchtsam. »Du weißt, was passiert ist. Es war genauso wie bei Marie. Was, denkst du, geschieht, wenn herauskommt, dass du mit dem Polizisten darüber geredet hast?«

»Aber wenn nie jemand etwas sagt, wird es ewig so weitergehen«, gab Sperl zu bedenken.

»Trotzdem bist du völlig alleine. Oder glaubst du, dass jemand im Dorf hinter dir stehen wird? Du weißt, wie die Leute sind. Feige und erbärmlich«, sagte Steinhammer und blickte sich panisch um. »Kein Mensch wird dir helfen. Im Gegenteil. Sie werden dich vernichten. Weißt du, was mit Hermann passiert ist? Er hat sich den Arm gebrochen. Vier Wochen Gips.«

»Wie ist das geschehen?« Das war eine Neuigkeit, die Sperls Interesse weckte, denn Knochenbrüche waren immer alarmierende Verletzungen.

»In der Garage, das Moped ist umgekippt und auf seinen Unterarm gefallen.«

»Sagt er.«

»Ja, sagt er.«

»Wahrscheinlich hat er irgendeinen Blödsinn gemacht.«

»Oder mit den falschen Leuten geredet.«

»Mit dem Polizisten vielleicht.«

Sie wussten, was das bedeutete, und Angst packte die beiden Männer. Sie verstummten wie auf Verabredung. Vielleicht war es doch besser, den Mund zu halten.

23.

Sein Auto war vor der Kirche geparkt. Als er den Hauptplatz überquerte, um einige Sachen aus dem Wagen zu holen, lief er einem Jugendlichen über den Weg, der unverkennbar zur Gothic-Szene gehörte. Sein offener, knöchellanger Ledermantel wallte wie der Umhang eines Vampirs. Seine schwarzen Jeans hatte er in die Schnürstiefel gestopft, um seine Hüften schlenkerte ein dicker Nietengürtel. Er trug ein schwarzes Shirt, auf dem die Aufschrift »Dead Man Walking« prangte. In seinem Gesicht steckten mehrere Piercings, und die schwarz gefärbten Haare waren so in die Stirn gekämmt, dass sie beinahe sein linkes Auge überdeckten.

»Hallo.« Radek sprach ihn an, weil er dieser Sache mit den Goths auf den Grund gehen wollte. »Tolles Outfit. Wie kommst du zu diesen Klamotten?«

Der Jugendliche blickte ihn überrascht an und wusste nicht genau, was er davon halten sollte, dass Radek ihn auf der Straße anquatschte. Radek wiederum fragte sich, ob der Typ wusste, dass er Polizist war, denn das schien schon im ganzen Dorf bekannt zu sein. Doch offensichtlich fühlte der Junge sich durch die unterwartete Aufmerksamkeit, die er bekam, geschmeichelt – er verhielt sich nicht abweisend.

»Ist unterschiedlich«, antwortete er knapp. »Internet oder diverse Shops.«

»Ich seh ständig Kids in schwarzen Klamotten herumlaufen. Gibt es bei euch eine Gothic-Szene?«, wollte Radek wissen.

»Na ja, Szene ist etwas übertrieben. Sagen wir mal: Gleichgesinnte.«

»Gleichgesinnte? Inwiefern?«

»Was willst du in diesem Kaff machen? Entweder du gehst zur freiwilligen Feuerwehr oder zur Blasmusik. Feuerwehr interessiert mich nicht und blasen ist was für die Weiber. Daher die Goths. Sonst gibt's nur Establishment. Entweder eine verfickte Lederhose mit Lodenjanker oder Jeans und T-Shirt.«

»Mit dieser Einstellung habt ihr keine Probleme bei den Alten?«

»Nein. Außerdem wär's mir egal«, antwortete der Jugendliche trotzig.

»Auch früher nie gehabt?«

»Nein, nur einmal, als das mit dem Daro passiert ist.«

»Wer ist das?«

»Na, der Martin Darovec«, kam eine ungeduldige Erklärung.

»Was ist da passiert?«

»He, Alter, warum willst du das wissen?« Der Jugendliche wurde misstrauisch.

Radek merkte, dass der Goth gleich begriff, was hier ablief, und er mitten in einer Befragung steckte. Dann würde er nichts mehr sagen. Aber noch hatte Radek das Überraschungsmoment auf seiner Seite. »Du weißt, dass ich bei der Polizei bin und wegen der Sache mit Bernadette Lindner ermittle. Du kannst mir also ruhig sagen, was geschehen ist, ich find es sowieso heraus.« Radek merkte, wie es in dem Jungen arbeitete.

Dem wurde klar, dass er sich hatte überrumpeln lassen, und er überlegte, wie er aus dieser Situation möglichst ohne Schwierigkeiten herauskommen konnte. »Der Darovec Martin ist in Scheibbs ins Gymnasium gegangen und hat voriges Jahr Selbstmord begangen. Das ist alles.«

»War er auch in der Szene?«

»Ja.« Der Jugendliche wurde immer feindseliger und einsilbiger.

»Was ist damals geschehen? Was könnten die Gründe für den Selbstmord gewesen sein?«

»Keine Ahnung, hab den Daro nicht gut gekannt.«

Radek glaubte ihm kein Wort, aber bevor er nachhaken konnte, ergänzte der Junge: »Frag mal den Pfaffen. Vielleicht kann der dir was sagen.«

»Was zum Beispiel?«

»Weiß nicht. Alle Jungen laufen in die Kirche, wenn sie Probleme haben. Hat der Daro vielleicht auch gemacht. Pater Georg kümmert sich sehr liebevoll um seine jungen Schäfchen.«

»Und jetzt?«, fragte Radek weiter. »Gab es in den letzten Monaten irgendwelche komischen Vorfälle in der Szene?« Er fischte im Trüben, aber er wollte zumindest versuchen, die eine oder andere Information zu bekommen, bevor der Junge völlig zumachte.

»Was meinst du damit?«

»Leute, die sich absonderlich verhalten, die Dinge sagen, die nicht in die Szene passen, die möglicherweise immer radikaler werden, die davon reden, Sachen zu machen, mit denen Goths nichts zu tun haben.«

»Weiß nicht, was du meinst. Seit sich der Daro umgebracht hat, hat es keine Probleme mehr gegeben.« Der Jugendliche blickte ihn ungeduldig an. »Gibt's sonst noch was? Muss nämlich weiter.«

»Nein, ist schon in Ordnung. Hast du auch einen Namen?«

»Muss ich den sagen?«

Radek blickte ihn streng an. Eigentlich war der Goth nicht anders als die meisten Jugendlichen, die Radek kannte. Ein braver Junge, der mit seinem Outfit gegen die Eltern protestierte und einen auf harten Kerl machte, im Grunde seines Herzens aber vermutlich ein netter Bursche.

»Na klar.« Radek bemühte sich um einen amtlichen Ton. »Das ist eine polizeiliche Ermittlung.«

»Pauer«, sagte der Junge. »Mein Name ist Daniel Pauer.« Dann ging er grußlos weiter.

Sie wagte es nicht, ihrem Mann das Geschehene zu gestehen. Doch sie konnte es ihm nicht ewig verheimlichen. Schließlich, nach dem Abendessen, erzählte sie, was passiert war. Er hörte zunächst schweigend zu, aber sie merkte, dass alle Farbe aus seinem Gesicht wich und er mühsam um Beherrschung kämpfte.

Er fragte, ob sie die beiden Männer kenne, und sie nannte ihm die Namen. Es waren keine Unbekannten, alle im Dorf wussten, wohin die beiden gehörten. Jeder kannte ihre Stellung und ihre Rolle. Er machte ihr keine Vorwürfe. Sie hätte es nicht verhindern können. Allein gegen zwei Männer. Er fragte auch nicht, weshalb sie nach Gresten zum Einkaufen gefahren war. Sind wir schon so weit, dass bestimmt wird, wo wir einkaufen dürfen, dachte er bekümmert. Ihn packte die Wut.

»Jetzt reicht es mir«, schimpfte er. »Ich werde diese Saukerle anzeigen. Ich lass mir nicht alles kaputt machen, und ich lass mir nicht vorschreiben, wie wir zu leben haben.«

Seine Frau versuchte ihn zu beschwichtigen: »Albert, überleg dir das mit der Anzeige. Wir sollten das nicht überhasten. Du weißt, wie diese Dinge enden. Ich habe Angst, dass noch mehr passiert. Es ist nur ein Auto, mehr nicht.«

Aber das beruhigte ihn nicht. »Nein«, tobte er, »ich lass mir diese Sauereien nicht länger gefallen!« Er stürmte voller Wut ins Vorzimmer, zog sich Schuhe und Jacke an, nahm den Autoschlüssel und sagte: »Ich fahr nach Gresten zur Polizei und mach eine Anzeige.«

»Nein, Albert«, flehte sie eindringlich. »Mach das nicht. Das bringt doch nichts. Das macht alles nur noch schlimmer.«

Er hörte nicht auf sie, stürmte aus dem Haus und in eiligen Schritten zur Garage. Er hatte die Schnauze voll. Vom Baron und vom Dorf und der ganzen Brut. Er wollte sich nicht mehr bevormunden und wie ein Leibeigener behandeln lassen. Aber eine Anzeige zu erstatten würde eine Menge Schwierigkeiten mit sich bringen. Seine Frau würde vor Gericht aussagen müssen. Alle würden wissen, dass sie der Gemeinschaft in den Rücken gefallen waren. Sie würden zu Ausgestoßenen werden, wie andere auch. Und das bedeutete, dass sie im Dorf keine Chance mehr hatten. Dann wäre es besser, den Ort zu verlassen und wegzuziehen. Wie oft hatte er das schon überlegt in den letzten Jahren? Am liebsten hätte er es sofort getan. Doch das war nicht so einfach. Da waren die Kinder und das Haus und die Schulden. Selbst wenn er das Haus verkaufte, würde er so schlecht aussteigen, dass sie sich woanders bestenfalls eine Mietwohnung leisten konnten. In ihrem Alter konnten sie auch keinen großen Kredit mehr aufnehmen. Ein Neuanfang war eine Katastrophe. Also hierbleiben, still sein, sich ducken, nichts sagen.

Er stand in der Garage und betrachtete das Auto, den tiefen Kratzer von der hinteren Seitenwand über beide Türen bis vor zum Kotflügel. Seine Finger strichen über die raue Linie auf dem dunklen Lack des BMW. Er musste die ganze Seite neu lackieren lassen. Die Versicherung würde das nicht übernehmen. Das kostete ihn mindestens 2.000 Euro. Ein Urlaub war das, ein ganzer Sommerurlaub, nur wegen dieser Schweine. Der Zorn befiel ihn wieder, Bitterkeit, Hass und

Enttäuschung. Tränen stiegen ihm in die Augen, wegen des Autos, wegen des Geldes und wegen seiner Hilflosigkeit.

Später verließ er die Garage. Es war schon lange dunkel, eine klare Vollmondnacht. Niemand sah, wie er geduckt und gedemütigt ins Haus zurückschlich.

24.

»In nomine dei nostri satanas luciferi excelsi.« Der Priester hatte die Hände beschwörend erhoben.

»Ave Satanas«, antworteten die Umstehenden in dumpfem Chor.

»Wir sind heute hier zusammengekommen, um dem Herrn eine neue Braut zu schenken.« Er wandte sich um und ging vom Altar hinüber zu den Anwesenden, die in einem großen Halbkreis in der Halle standen. »Wo ist die Novizin?«, rief er in den Saal.

Zwei Männer traten aus der Dunkelheit im rückwärtigen Teil des Saals. Sie führten eine schlanke Frau in den Raum. Die Frau trug ein knielanges schwarzes Kleid mit weiten Ärmeln und flache Schuhe. Das halblange brünette Haar wurde von einer schwarzen Augenbinde zusammengehalten. Die hatte man ihr bereits angelegt, als sie abgeholt worden war. Behutsam war sie dann bis hierher geleitet worden.

Obwohl die Frau versuchte, sich zu beherrschen, entging dem Priester nicht, wie aufgeregt sie war. Sie atmete kurz und stoßweise, als würde sie kaum Luft bekommen.

»Wie ist dein Name?«, fragte der Priester.

»Carina«, antwortete sie mit unerwartet fester Stimme.

»Was begehrst du?«

»Lust und Leben«, sagte sie nach kurzem Zögern.

»Was wünschst du?«

»Aufnahme und Schutz.«

»Du kennst die Regeln?«

»Ja.«

»Du bist bereit, sie zu befolgen?«

»Ja.«

»Wirst du dich fügen?«

»Ja.«

»Dann entkleide dich und tritt deinem Herrn gegenüber, wie du geschaffen wurdest.«

Die Frau war einen Moment lang unschlüssig. Schließlich stieg sie energisch aus ihren Schuhen, aber die Hände zitterten, als sie nach hinten fasste und den Reißverschluss des Kleides öffnete. Sie zog es mit zwei schnellen Handbewegungen aus und ließ es achtlos zu Boden fallen.

Ein bewunderndes Raunen ging durch die Menge. In ihrer schwarzen Unterwäsche mit Strapsen und Strümpfen sah sie wie die fleischgewordene Sünde aus. Während sie langsam die Strümpfe abstreifte, den Strumpfgürtel ablegte, den BH aufhakte, ihn über die Schultern gleiten ließ und den Slip auszog, konnte sie die Erregung spüren, von der die Umstehenden ergriffen wurden, auch wenn niemand einen Laut von sich gab.

Als sie völlig nackt dastand, wurde sie von einem der beiden Männer in die Mitte des Raumes geführt.

»Carina«, sagte der Priester, »ich frage dich: Hast du dir diesen Schritt gut überlegt und bist bereit?«

»Ja, ich bin bereit«, antwortete sie laut und mit einem aufgeregten Keuchen.

Nach einer kurzen Pause verkündete er feierlich die Schwurformel: »Ich, Carina, verspreche Satanas und seinem Meister: Ich werde ihnen und der Gemeinschaft hinfort dienen und entgelten, was immer für mich getan wird. Ich trete in den Kreis und erhalte Schutz und Beistand bei allem, was ich mache, und ich gewähre meine Dienste jedem, der darüber verfügen will. Ich nehme und werde genommen. Mein Schweigen dient der Gemeinschaft wie die Regeln, die ich gelobe zu befolgen. Wenn ich die Regeln breche, bin ich bereit, meine Strafe zu empfangen. Carina, schwöre deine Treue.«

Kurz herrschte eine unheimliche Stille.

»Spondeo«, sagte sie laut und ohne das geringste Zittern in der Stimme.

»Carina, wir nehmen dich auf in unsere Gemeinschaft und gewähren dir Schutz und Beistand. Wir nehmen deine Dienste und gewähren dir unsere.«

»Spondemus«, dröhnte es dumpf aus vielen Kehlen.

Ein Mann nahm ihr die Augenbinde ab. Sie blickte sich vorsichtig um. Was sie sah, war beeindruckend. Sie vergaß, dass sie nackt war. Sie befand sich in einer Halle, so groß wie eine Kirche. Die Wände und die Säulen des Kreuzgewölbes waren aus grobem Stein. Fackeln und schwarze Kerzen verbreiteten ein düsteres Licht. Sie stand in einem Kreis, der das Zentrum eines Pentagramms bildete, das feinsäuberlich mit Kreide auf die Steinplatten des Bodens aufgezeichnet war. Seltsame Symbole waren in die Zacken des

Sterns gemalt. An ihren Spitzen standen Fackeln in gusseisernen Ständern. In einem Halbkreis um sie herum sah sie Leute. Frauen in bordeauxroten, Männer in schwarzen Kutten. Es mochten 30 oder 40 sein, vielleicht auch mehr, denn im Hintergrund verschwammen sie mit der Dunkelheit des Gewölbes. Viele Gesichter kannte sie. Es war also kein dummes Gerücht, sondern Wirklichkeit. Und sie war hier, hatte es vollendet, wurde in den Kreis der Gemeinschaft aufgenommen.

Vor ihr stand ihr Herr. Bewundernd maß er ihren nackten Körper. Sie wusste, dass sie hübsch war und eine ansprechende Figur hatte. Nicht zu dünn, aber auch nicht zu rundlich. Die Jungs im Dorf hätten wer weiß was gegeben, um sie flachzulegen. Im Blick des Meisters nahm sie neben Bewunderung auch einen Anflug von Spott wegen ihrer Unsicherheit wahr. Unter seinen Augen wurde ihr ihre Nacktheit wieder bewusst und dass alle Umstehenden sie anstarrten. Das Licht der Fackeln tauchte ihren schlanken Körper in ein sanftes Gelb. Seltsamerweise war ihre anfängliche Scham verschwunden. Die gierigen Blicke der Leute erregten sie in einer Art, wie sie es noch nie empfunden hatte. Sie fühlte, wie sie zwischen den Beinen feucht wurde, und musste sich zusammenreißen, um nicht zu stöhnen. Vergeblich versuchte sie, ihre Erregung zu verbergen. Ihre Brüste hoben und senkten sich unter ihren raschen, verhaltenen Atemzügen. Gleichzeitig fragte sie sich, was er jetzt mit ihr tun würde.

Der Meister trat auf sie zu und sagte: »Wir werden dir nun unser Zeichen schenken.« Er führte sie zu einem Steintisch, ihrem Altar, der einige Meter hinter dem Pentagramm stand. Mit unerwarteter Kraft hob er sie an den Hüften hoch und setzte sie auf den Altar. »Leg dich hin.«

Sie folgte ohne Zögern und lag auf dem kalten Stein wie zum Opfer aufgebahrt.

»Schmerz und Lust werden dich auf deinem Weg zu uns begleiten«, erklärte er und winkte einigen Leuten aus der Menge der Anwesenden.

Sie konnte nicht sehen, was geschah, wusste aber, was kommen würde. Plötzlich spürte sie weiche Hände, die ihren Körper streichelten. Sofort war wieder die Erregung da. Sie schloss die Augen. Die Hände drehten sie auf die rechte Seite und hoben ihren linken Arm. Sie hörte ein hohes Surren, wie von einem Bohrer beim Zahnarzt. Dann spürte sie die ersten Stiche unter ihrer Achsel. Gleichzeitig fühlte sie eine Hand an ihrem Geschlecht und einen weichen Finger, der sich bestimmt in sie drängte. Als sie unwillkürlich zusammenzuckte und sich bewegen wollte, hielten die Hände sie fest. Sie hörte eine leise weibliche Stimme, als wollte die ein ängstliches Fohlen besänftigen. »Ruhig, lass es einfach geschehen.« Sanft wurde ihr Kopf gestreichelt. Carina entspannte sich und ließ genussvoll über sich ergehen, was für sie vorgesehen war. Hände streichelten ihre Brüste, ihren Körper und ihre Schenkel, und die Hand zwischen ihren Beinen schien sich im selben Rhythmus zu bewegen wie die Nadel des Tätowierers an ihrer Achsel. Sie konnte ihr Stöhnen nicht mehr zurückhalten. Es war schön. Schmerz und Lust, wie er es versprochen hatte.

Doch schon nach wenigen Minuten war es vorbei. Die Hände zogen sich zurück und auch das Stechen an ihrer Seite hörte auf. Sie spürte eine kalte Flüssigkeit, der scharfe Geruch eines Desinfektionsmittels stieg ihr in die Nase. Das Tattoo wurde mit einem kleinen Verband abgedeckt und die fremden Hände drehten sie auf den Rücken. Sie behielt die Augen geschlossen, während ihre Erregung langsam abklang. Einmal nur öffnete sie kurz die Lider und sah den Meister über sich stehen. Seine Hände legten sich sanft auf ihren Körper. Sie fühlte, dass er mit den Fingern eine Figur auf ihren Oberkörper zeichnete, sanft, doch bestimmt. Und sofort durchlief sie wieder ein angenehm wohliger Schauer.

»Domine Satanas exaudi meam orationem!«, rief er, und seine Worte wurden aus den Tiefen der Halle wie das Echo aus einer anderen Welt zurückgeworfen. »Veni, omnipotens aeterna diabolus! Satanas – venire!«

»Satanas – venire!«, wiederholte der Chor der Anwesenden.

»Oh, Herr«, betete der Priester. »Nimm diese Braut in deinen Kreis. Sie ist unser heiliger Altar. Sie ist der Quell des Lebens. Sie ist die Hüterin der Sippe. Sie ist die Reinheit. Sie ist die Natur. Sie ist die Fruchtbarkeit. Sie ist die Wurzel in der Mutter Erde. Sie gibt uns Stärke. Sie gibt uns Lust und empfängt dafür unsere Gunst. Satanas – venire! Tui sunt caeli! Tua est terra! Ave Satanas!«

»Ave Satanas«, folgte ihm der Chor.

»Steh auf«, sagte der Priester und zog sie behutsam in die Höhe. Sie stieg vom Altar und bemerkte, dass er zuvor mit einer dunklen Flüssigkeit ein Pentagramm auf ihren Oberkörper gezeichnet hatte. Sie vermutete, dass es Blut war, aber sie empfand keinen Ekel. Die junge Frau fühlte sich, als hätte sie Drogen genommen, wie in Trance, hin und her gerissen zwischen ihren Gefühlen. Sie konnte nicht sagen, ob das, was sie gerade erlebte, Wirklichkeit war oder Trugbild.

Zwei Frauen traten neben sie und halfen ihr, eine Kutte in dunklem Rot anzuziehen. Sie war aus feinem Baumwollstoff mit Kapuze, einem tiefen Ausschnitt und einer roten Kordel, die sie um ihre Hüfte banden.

»Wir haben eine neue Braut in unseren Reihen. Willkommen, Carina. Von nun an bist du Teil unserer Gemeinschaft«, sagte der Priester zu ihr. Dann wandte er sich an die Umstehenden. »Wir werden damit stärker. Aber es droht Gefahr von außen. Wie ihr wisst, gibt es einen Polizisten, der im

Dorf herumschnüffelt. Seid achtsam. Ich möchte, dass ihr ihn nicht beachtet, dass ihr nicht mit ihm sprecht und seine Fragen nicht beantwortet. Das Schweigen ist unser Gebot und unsere Stärke. Wer das Schweigen bricht, sei verflucht. Bleibt stumm, was unsere Gemeinschaft betrifft, aber haltet die Augen offen und beobachtet sein Tun. Und berichtet mir, was geschieht und was er macht.«

»Ita, dominus«, antworteten die Umstehenden im Chor.

»Lasst uns erneut unseren Herrn anrufen.« Der Priester wusste, dass seine Mahnung ausreichend war, um das Geheimnis der Gemeinschaft zu wahren. Er wusste, dass sein Gefolge gehorchte, und begann zu beten. »Satan, der du bist in der Hölle. Geheiligt werde dein Name.«

Schon nach dem ersten Satz schlossen sich die Anwesenden mit monotonem Gemurmel dem Gebet an. »Dein Königreich ist gekommen. Dein Wille ist geschehen. Auf der Erde wie in der Hölle. Wir nehmen in dieser Nacht das uns rechtmäßig Zustehende. Führe uns in Versuchung. Erlöse uns von dem falschen Gott. Denn dein ist das Reich und die Kraft und die Herrlichkeit in Ewigkeit.«

Danach herrschte einige Augenblicke lang unheimliche Stille.

»Und nun, meine Jünger, lasst uns seine Gebote vollziehen.«

Langsam kam Bewegung in die Menge und sie zerstreute sich in der weiten Halle. Die Novizin stand zunächst etwas verloren da und wusste nicht, was sie machen sollte, als der Meister auf sie zutrat. Er war ganz nahe bei ihr und blickte ihr mit einer Kraft in die Augen, die sie kurz schwindeln ließ.

»Du möchtest mir zu Willen sein?« Seine Stimme hatte einen rauchigen, dunklen und verführerischen Klang angenommen.

»Ja, das ist es, was ich mir wünsche«, stammelte sie etwas unbeholfen.

Seine Hand glitt in den Ausschnitt ihrer Kutte, umfasste ihre Brust und begann sie sanft zu streicheln. Sie schloss die Augen und stöhnte. Wilde und erregende Bilder über das, was nun kommen würde, tauchten in ihrem Kopf auf. Sie nahm seine Hand und drückte sie fester auf ihre Brust.

»Ja, nimm mich«, sagte sie mit geschlossenen Augen.

»Das werde ich. Und danach habe ich eine Aufgabe für dich.«

25.

Eine fette Ratte klatschte ihm ins Gesicht, als er das Zimmer verlassen und hinunter zum Frühstück gehen wollte. Das tote Vieh hing an einem Bindfaden, der mit einem Reißnagel am Türstock befestigt war, und stank, als wäre es direkt aus einem riesigen Haufen Scheiße herausgezogen worden. Sofort packte Radek eine Riesenwut, und sein erster Gedanke war, das Vieh herunterzureißen und in die nächste Ecke auf den Flur zu schmeißen. Aber bevor er diesem Impuls nachgab und die Ratte anfasste, siegte sein polizeilicher Instinkt über den Zorn, und mehr als ein halbes Dutzend Fragen ratterten beinahe gleichzeitig durch seinen Kopf. Warum hing dieses Ding an seiner Tür? Was hatte das zu bedeuten? Das war kein Zufall. Sollte es eine Warnung sein? Wenn ja, wovor? Weil er im Dorf wegen der Lindner ermittelte? Und wer hatte dieses stinkende Vieh hier aufgehängt? Wer hatte überhaupt Zugang zum Gasthof?

Er ging zurück ins Bad und wusch sich das Gesicht, damit brachte er zumindest den Gestank aus der Nase, holte seine Digitalkamera und machte einige Fotos von der toten Ratte. Sie war am Hals aufgehängt, die Beine seltsam weggestreckt, als wollte sie Radek umarmen.

Anschließend ging er hinunter in die Gaststube. Falk saß an seinem Computer hinter der Theke und klickte im Internet herum.

»Passiert das bei Ihnen öfter, dass man den Gästen tote, stinkende Ratten an die Tür hängt?«, begann Radek grußlos, die Wut in seiner Stimme war nicht zu überhören.

Wenn Falk überrascht war, konnte er es gut verbergen. Er blickte auf. »Was meinen Sie?«, fragte er unschuldig wie ein kleines Kind.

»Kommen Sie mit, ich muss Ihnen etwas zeigen«, verlangte Radek schroff, wandte sich um und ging in den ersten Stock zu seinem Zimmer. Dort wartete er ungeduldig, bis Falk die Treppe heraufkam.

»Was hat das zu bedeuten?« Ungehalten zeigte Radek auf die tote Ratte, die immer noch wie ein frecher Selbstmörder vor seiner Tür hing.

Falk fluchte leise. »So eine Scheiße, was bilden sich diese Bengel ein! Welches Arschloch macht so etwas?«

»Das würde ich auch gerne wissen.«

Der Wirt beachtete Radek nicht, sondern versuchte, den Reisnagel aus dem Holz zu ziehen. »Versauen mir den ganzen Türstock«, murmelte er dabei. »Stechen mir da Löcher rein. Das geht zu weit. So eine Schweinerei.«

»Können Sie mir das erklären?«, fragte Radek noch einmal, als es Falk gelungen war, den Reisnagel herauszuziehen, und er die Ratte an der Schnur in der Hand hielt. Möglicherweise schenkte er Radek jetzt mehr Aufmerksamkeit.

»Nein, kann ich nicht. Ein blöder Scherz vielleicht«, antwortete Falk. Er blickte Radek feindselig an. »Oder Sie sind hier im Dorf nicht erwünscht, Herr Inspektor.«

Damit drehte er sich um und ging. Kein Wort des Bedauerns, keine Entschuldigung. Wer ist jetzt das größere Arschloch, dachte Radek und folgte ihm langsam.

Als er beim Frühstück saß, war das Verhältnis zu Falk deutlich abgekühlt. Selbst die Kellnerin behandelte ihn mit einer unangenehmen Zurückhaltung, als hätte er eine ansteckende Krankheit. Radek überlegte, ob er das Quartier wechseln sollte. Er würde sicher auch in Gresten ein Zimmer finden. Aber er entschied sich dagegen, denn damit hätten die Scherzbolde genau das erreicht, was sie beabsichtigten. Er hätte klein beigegeben – und das war überhaupt nicht seine Sache. Er merkte, dass die Empörung über die Frechheit, mit der man ihm begegnete, wieder wuchs.

Plötzlich ließ sich ein dicker Mann keuchend auf die Bank fallen, ohne zu fragen, ob am Tisch noch ein Platz frei war. Radek blickte den Dicken überrascht an, doch bevor er etwas sagen konnte, streckte der ihm die Hand über den Tisch entgegen und sagte: »Guten Morgen, mein Name ist Kopetzky. Ich bin der Bürgermeister hier im Dorf. Lisa«, er winkte der Kellnerin, »einen großen Braunen.«

Höflichkeit ist nicht deine Stärke, dachte Radek. Immerhin hätte sich der Herr Bürgermeister bekannt machen können, bevor er wie ein nasser Sack auf die Bank klatschte. Trotzdem ergriff er die Hand und wollte sich vorstellen, doch der Bürgermeister sprach schon weiter.

»Sie sind also der Polizist aus Sankt Pölten?«

»Das hat sich ja mittlerweile herumgesprochen«, bestätigte Radek.

»Sie kommen wegen der Lindner?«

»Das ist auch bekannt.«

»Und was genau vermuten Sie?«

»Warum interessiert Sie das?«

»Sie laufen im Dorf herum und löchern alle mit Ihren Fragen nach der kleinen Lindner. Da werden wir natürlich auch neugierig und wollen wissen, was Sie damit bezwecken. Weil, soweit ich weiß, ist bisher nichts passiert, was die Polizei erfordert.«

»Eine junge Frau verschwindet und ist acht Tage lang weg. Dann kommt sie völlig verstört nach Hause, ist kaum ansprechbar, wirkt, als stehe sie unter Drogen, und erzählt kein einziges Wort darüber, was passiert ist. Finden Sie das normal?«

Kopetzky zuckte mit den Schultern. »Sie ist kein kleines Kind mehr. Wer weiß, wo sie gesteckt hat. Vielleicht war sie mit ein paar Burschen in Wien. Keine Ahnung. Liegt eigentlich eine Anzeige vor?«

»Es gibt Delikte, die auch ohne Anzeige verfolgt werden. Zum Beispiel Entführung.«

»Lächerlich.« Der Bürgermeister winkte abwehrend mit der Hand. »Wie kommen Sie darauf, dass die Lindner entführt worden ist?«

»Es ist möglich, und solange sie selbst nichts darüber sagt, müssen wir das in Betracht ziehen. Oder können Sie mir etwas erzählen, was diesen Verdacht entkräftet?« Radek drehte den Spieß um. Er saß hier beim Frühstück, es war halb acht am Morgen und er hatte keine Lust, dem Bürgermeister die Auskünfte zu erteilen, die dieser wollte.

Die Kellnerin brachte den bestellten Kaffee.

»Nein, nichts«, antwortete Kopetzky.

Radek hatte nichts anderes erwartet.

»Nur was die Leute so erzählen.«

»Das kenne ich«, unterbrach ihn Radek. Er hatte kein Verlangen, sich das nochmals anzuhören.

»Weshalb sind Sie gekommen? Um mir zu sagen, dass Sie nichts wissen?«

Der Bürgermeister lachte. »Sie haben Humor. Nein. Mir ist aufgefallen, dass das ganze Dorf in Unruhe ist.«

»Was meinen Sie damit?«

»Ihr Besuch ist Gesprächsthema Nummer eins im Ort.«

»Haben die Leute ein schlechtes Gewissen?«, fragte Radek beiläufig, griff betont gelassen nach einer Semmel, schnitt sie auf, strich Butter und Marmelade darauf und biss herzhaft hinein.

»Nein, nein, natürlich nicht«, antwortete Kopetzky und erklärte: »Sie wissen ja, wie das ist. Wenn die Polizei auftaucht, entstehen sofort Gerüchte und die Leute werden misstrauisch. Außerdem war in den letzten Wochen immer wieder diese Polizistin aus Gresten hier und hat Fragen gestellt. Und jetzt kommt einer aus Sankt Pölten. Da machen sich die Leute ihre Gedanken.«

»Gedanken worüber? Stimmt vielleicht etwas nicht mit den Geschichten, die sie erzählen?« Radek wollte den Bürgermeister aus der Reserve locken, doch der war wachsam.

Kopetzky überlegte kurz. »Das kann ich Ihnen nicht sagen. Ich muss mich mit anderen Angelegenheiten beschäftigen. Aber ich hoffe, dass diese Sache mit der Lindner bald erledigt ist, dass Ruhe einkehrt und die Dinge wieder ihren gewohnten Gang nehmen.«

»Und der gewohnte Gang ist, dass nicht zu viele Fragen gestellt werden?« Radek provozierte noch ein bisschen weiter.

Kopetzky überhörte seine Frage. »Wie lange wollen Sie noch hierbleiben?«

»Solange es nötig ist.«

»Was erhoffen Sie sich davon, wenn Sie herumlaufen und die gleichen Fragen stellen wie Ihre Kollegin?« Der Bürgermeister blickte ihn unverwandt an.

Dafür, dass er sich an der Sache nicht sehr interessiert zeigt, ist er ausgezeichnet informiert, dachte Radek. »Aufklärung.«

»Aufklärung wovon? Ich habe gedacht, es ist alles aufgeklärt.«

»Einiges am Verschwinden von Frau Lindner ist noch offen und ungewöhnlich«, sagte Radek unbestimmt.

»Schauen Sie, Herr Inspektor«, der Bürgermeister beugte sich weit über den Tisch, »wir sind hier eine kleine Dorfgemeinschaft. Es passiert immer wieder mal etwas Ungewöhnliches. Hier ist nicht die Großstadt. Hier ist nichts los. Was denken Sie, wie oft die jungen Leute für ein paar Tage abhauen? Meistens kommen Sie wieder, bekommen eine gehörige Schelte von ihren Eltern, möglicherweise Hausarrest oder vielleicht ein paar Ohrfeigen. Aber damit sind solche Sachen erledigt. Kein Mensch braucht dafür die Polizei. Das machen wir unter uns aus. Das war schon immer so und daran wird sich auch nichts ändern. Also packen Sie Ihre Sachen und kümmern Sie sich um wichtigere Dinge. Die wird es doch sicher geben, oder?«

Da Radek nicht antwortete, fuhr der Bürgermeister fort: »Es ist nichts passiert. Die kleine Lindner war eine Woche weg, jetzt ist sie wieder da, unverletzt und guter Dinge. Warum wollen Sie die Sache unnötig aufbauschen? Haben Sie Ergebnisse oder einen konkreten Verdacht?«

Radek reichte es, vom Bürgermeister ausgefragt und wie ein Idiot behandelt zu werden. »Hören Sie mir zu, Herr Bürgermeister«, sagte er und seine Missstimmung war nicht zu überhören. »Es besteht der dringende Verdacht, dass das Verschwinden von Frau Lindner anders war, als es hier im Dorf gesehen wird. Nicht abhauen und Party machen. Möglicherweise steckt dahinter eine kriminelle Handlung. Und solange wir nicht alle Verdachtsmomente zerstreut haben, werde ich oder ein anderer Polizist in dieser Sache weiterermitteln.«

Das war zwar dick aufgetragen, aber es konnte nicht schaden, Öl ins Feuer zu gießen. Mal sehen, was dabei herauskam.

»Wenn Sie glauben, unsere Steuergelder unnötig verschwenden zu müssen. Vielleicht sollte ich mich beim Polizeikommandanten erkundigen, wie die Sache steht.«

»Tun Sie das, und richten Sie ihm schöne Grüße aus.«

»Unvernünftig, sehr unvernünftig von Ihnen«, grunzte Kopetzky, bevor er den Kaffee in einem Zug austrank, aufstand und sich zum Gehen fertig machte.

»Eine Frage hab ich noch, Herr Bürgermeister.«

Kopetzky blieb stehen und wartete.

»Mir ist aufgefallen, dass es keine Kaufhausketten im Ort gibt und die Geschäfte eher traditionell sind. Woher kommt das?«

»Weil sich hier keine großen Ketten niederlassen. Bei uns ist kein Geschäft zu machen«, antwortete der Bürgermeister knapp. »Schönen Tag noch«, murmelte er und verschwand, wie er gekommen war.

Arschloch, dachte Radek und angelte sich eine zweite Semmel aus dem Brotkörbchen.

Er sah ihn aus dem Gasthaus kommen und zu seinem Wagen gehen. Der Fremde war also Polizist. Er hatte gewusst, dass der nicht zum Wandern ins Dorf gekommen war. Und er fragte überall wegen der kleinen Lindner herum. So wie diese Polizistin aus Gresten. Da würde er nichts herausfinden. Das war klar. Die Geschichte, die die Lindners erzählten, war gelogen. Das wusste jeder im Dorf, aber niemand hatte den Mut, es laut zu sagen. Denn dann hätten sie erklären müssen, was tatsächlich geschehen war beziehungsweise was sie vermuteten. Und davor hatten alle Angst. Vor der wirklichen Geschichte und davor, was passieren würde, wenn sie ans Licht käme. Es ist leichter, mit der Lüge zu leben, als die Wahrheit zu ertragen.

Oder war der Polizist auf etwas ganz anderes aus? Er traute der Polizei nicht. Es könnte sein, dass der Mann gekauft war, beauftragt, nach Dingen zu suchen, die nichts mit der Lindner zu tun hatten. Womöglich war das Mädchen nur ein Vorwand.

Seine Fotos fielen ihm ein, die er seit Langem machte. Ob der Polizist sich dafür interessierte? Möglich, aber unwahrscheinlich. Niemand wusste davon, nicht einmal seine eigene Familie. Er war immer vorsichtig gewesen, war nie ein Risiko eingegangen. Hatte niemals mit jemandem darüber gesprochen. Vielleicht war es nun an der Zeit, jemandem davon zu erzählen. Einem Vertrauten, einem Gleichgesinnten. Er wusste, dass es einige Leute gab, die genauso dachten wie er. Bisher hatte er den Kontakt zu ihnen vermieden. Aus Vorsicht und aus Angst, verraten zu werden. Doch vielleicht war jetzt der richtige Zeitpunkt, um zu handeln. Wenn der Polizist nicht nur wegen der Lindner hier war, könnte es sinnvoll sein, sich Verbündete zu suchen und gemeinsam etwas zu unternehmen.

Er wusste, dass er nicht allein war. Aber konnte er es wagen, sich jemand anderem anzuvertrauen? Was, wenn es missglückte, wenn etwas schiefging? Dann würden sie ihn fertigmachen. Ihn und seine Familie. Dann hatte er keine Chance. Durfte er das riskieren?

Nein. Er musste zuvor ganz sicher sein.

Er musste nachdenken.

Der Fotograf startete den Wagen und verließ das Dorf. Er war spät dran.

26.

Polizeiinspektionskommandant Blaha begrüßte ihn mit kühler Distanz und winkte ihn weiter ins Büro von Steiger. Die saß am Schreibtisch und tippte am Computer. Als sie Radek sah, sprang sie auf, kam zu ihm, streckte ihm freundlich die Hand entgegen und fragte, ob er Kaffee wolle.

Sie setzten sich an einen kleinen Besprechungstisch und Radek erzählte Steiger von der toten Ratte. Sie war überrascht und ein wenig belustigt und meinte, es habe sich dabei wohl um einen blöden Scherz gehandelt. Damit war die Angelegenheit für sie offensichtlich erledigt. Radek ging die Sache jedoch nicht aus dem Kopf, allerdings mehr aus Ärger und weniger aus Besorgnis. Er zwang sich, die wesentlichen

Dinge im Auge zu behalten, erzählte vom Selbstmord des Martin Darovec und fragte, ob Steiger davon etwas wisse.

»Ja, an die Sache kann ich mich erinnern«, sagte sie. »Das war vor ungefähr einem Jahr. Soweit ich weiß, war das eindeutig. Wenn du willst, kann ich dir den Akt aus dem Archiv suchen.«

Radek bejahte und berichtete anschließend in kurzen Worten über seine Gespräche mit dem Pfarrer und Lenkstein – die Annäherungsversuche von dessen Gespielinnen verschwieg er – und was er am Vortag sonst noch erfahren hatte.

Steiger zeigte sich nicht verwundert darüber, dass die Befragungen zu keinen brauchbaren Ergebnissen geführt hatten. »Bei mir war es genauso«, erinnerte sie sich. »Zuerst, also nachdem die Lindner verschwunden war, hatte keiner eine Erklärung dafür. Und nachher, als sie wieder zurück war, erzählte mir jeder die Geschichte von der Jugendlichen, die durchgebrannt sei, um Spaß zu haben. Als hätten sie sich abgesprochen.«

»Oder als hätten die Eltern diese Geschichte vorgegeben und die anderen waren gerne bereit, sie zu glauben und auszuschmücken.«

»Auch möglich.«

»Aber wenn wir davon ausgehen, dass diese Ich-will-Spaß-Geschichte falsch ist, stellen sich zwei Fragen …«

»Warum erzählen die Lindners diesen Schwachsinn, und wer weiß die Wahrheit?«, unterbrach ihn Steiger. »So weit war ich auch schon.«

»Fein, dann sag mir die Antworten.« Radek grinste sie spitzbübisch an.

»Ad eins: Ich habe keine Ahnung. Wahrscheinlich, weil sie etwas vertuschen wollen. Daraus ergibt sich die nächste Frage: Was könnte das sein? Antwort: keine Ahnung. Ad zwei: Zumindest die kleine Lindner und vielleicht auch ihre Eltern. Wer darüber hinaus die wirkliche Geschichte hinter ihrem Verschwinden kennt? Keine Ahnung.«

»So weit war ich auch schon«, ätzte Radek.

Jetzt grinste sie.

»Was weißt du eigentlich über den Lenkstein?«

Steiger zuckte mit den Schultern. »Nicht mehr, als ich dir am Montag gesagt habe. Gibt sich gerne als exzentrischer Aristokrat, aber offensichtlich ist er ein guter Unternehmer, denn seine Betriebe laufen gut. Die Wirtschaftskrise der letzten Jahre hat ihn nicht getroffen. Er gibt ab und zu große Jagden und gesellschaftliche Empfänge für die lokale Prominenz.«

»›Anfüttern‹ nennt das die Korruptionsstaatsanwaltschaft«, kommentierte Radek.

»›Netzwerken‹ sagt der Herr Baron dazu. Jedenfalls hat er gute Kontakte bis hinauf in die Landespolitik. Davon profitiert er wahrscheinlich auch als Geschäftsmann.«

»Er benimmt sich, als würden das Dorf und seine Bewohner ihm gehören.«

Steiger nickte. »Bis zu einem gewissen Grad stimmt das auch. Die Gemeinde lebt gut von seinen Abgaben, und die meisten Leute arbeiten in einem seiner Betriebe. Das verleiht ihm ein entsprechendes Gewicht im Dorf.«

»Übrigens hatte ich heute beim Frühstück ein Gespräch mit dem Bürgermeister. Er will, dass ich mich nach Sankt Pölten heimschere.«

»Wieso das?«

»Weil ich angeblich zu viel Unruhe ins Dorf bringe. Außerdem, sagt er, sei überhaupt nichts Schlimmes passiert.«

»Das sieht dem dicken Kopetzky ähnlich. Nur keine Wellen schlagen. Seit wann traut sich der aus seinem Gemeindeloch heraus?« Steiger schüttelte belustigt den Kopf.

»Wie meinst du das?«

»Der Kopetzky ist in Wirklichkeit ein Adlatus vom Lenkstein. Kein Mensch weiß, wie er es geschafft hat, eine Bürgerliste aufzustellen und als deren Spitzenkandidat Bürgermeister zu werden. Ich glaube, da hat Lenkstein einiges an Kapital zugeschossen. Jedenfalls arbeitet Kopetzky in Lenksteins Firma, im Management, wenn man das so bezeichnen kann. Und nebenbei ist er Bürgermeister und kümmert sich darum, dass der Wille des Herrn Baron vollzogen wird. Vor allem, was seine Funktion als Bau- und Gewerbebehörde betrifft. Um es auf den Punkt zu bringen: Er ist eine korrupte Sau. Verzeih mir den Ausdruck, aber genau so ist es. Zu Weihnachten tanzt er regelmäßig hier in der Polizeiinspektion mit ein paar Kisten Wein an und glaubt, dass er sich damit seinen Frieden kaufen kann.«

»Und, funktioniert es?«

Steiger wiegte nachdenklich den Kopf. »Eigentlich schon. Aber Schandau ist ohnehin nicht das kriminelle Ziel-Eins-Gebiet. Dort ist nichts los, was die Polizei beschäftigt. Ein paar Feste im Sommer, ein paar Bälle im Winter, ein- oder zweimal im Jahr ein Einbruch und vielleicht mal eine Sachbeschädigung oder ein Verkehrsunfall. Sonst nichts. Wir machen dort nicht einmal Verkehrskontrollen, weil es im Gemeindegebiet keinen Straßenabschnitt gibt, der zum Schnellfahren einlädt. Und wenn die Leute sich beim Wirt besaufen, fahren sie zweimal um die Ecke und sind zu Hause. Warum sollten wir dort unsere Zeit vergeuden, während woanders die Jungen sternhagelvoll Wettrennen veranstalten?«

Sie hatten ihren Kaffee ausgetrunken und Steiger brachte die Tassen weg.

»Was machst du jetzt?«, fragte sie danach. »Ich habe dir meine Unterlagen zur Lindner herausgesucht.« Sie brachte ihm einen schmalen Aktenordner. »Alles, was ich während ihrer Abgängigkeit und danach herausgefunden habe. Ist nicht viel. Da sind alle Aussagen der Personen drinnen, mit denen ich gesprochen habe. Wenn du sie noch mal abklappern willst, viel Spaß. Ich hab von ihnen genau die gleichen Informationen bekommen wie du jetzt. Ich glaube, diese Mühe kannst du dir sparen. Nur weil du aus Sankt Pölten kommst, werden sie dir nicht mehr sagen als mir.«

»Danke. Ich werde meine Erhebungsberichte schreiben und dann sehe ich mir deine Unterlagen durch.«

»Du kannst meinen Computer benutzen, ich such dir inzwischen den Darovec-Akt.«

Nachdem er seine bisherigen Erhebungen in schriftliche Berichte gefasst hatte, suchte Radek im Internet die Adresse von Burg Rotenstein und machte im elektronischen Melderegister eine Abfrage. Dabei fand er heraus, dass nicht nur der Burgherr selbst, sondern auch eine 43-jährige Dr. Christine Lenkstein und ihre Kinder Leopold und Agnes an dieser Adresse gemeldet waren, außerdem drei Männer, alle Anfang 30. Was waren das für Kerle, eine Art Burgwache? Oder das Personal für die Pflege der Anlage? Immerhin war die Burg ein großes Gebäude, bei dem sicherlich viel Arbeit anfiel. Das erschien Radek einleuchtend.

Was ihn aber überraschte, war der Umstand, dass der Baron verheiratet war und Kinder hatte. Radek vermutete, dass die drei nicht in der Burg wohnten, ansonsten würde Lenkstein nicht offen mit seinen beiden Musen herummachen. Oder vielleicht doch? Nein. Das Meldesystem spuckte für die restlichen Lenksteins die Adresse eines Zweitwohnsitzes in Sankt Pölten aus. Das war interessant. Warum wohnte die Frau mit den Kindern dort, während sich der Herr Baron in der tiefsten Provinz vergnügte? Und das im wahrsten Sinn des Wortes.

Gerade als Radek die Meldedaten ausdruckte, kam Steiger zurück und legte ihm einen Aktenordner auf den Tisch. »Die Darovec-Sache.«

»Danke, ich schau mir das gleich an.«

»In Ordnung. Ich hab noch ein paar andere Dinge zu erledigen. Brauchst du mich noch in Schandau oder kommst du alleine zurecht?«

»Ich glaub, momentan schaff ich es allein.«

Steiger lächelte zufrieden, überließ ihm den Computer und machte sich davon.

Radek recherchierte die Hintergründe Lenksteins. Er suchte einige Zeit auf mehreren Internetseiten, bis er einen einigermaßen brauchbaren Überblick über die bewegte Familiengeschichte des Burgherrn gewonnen hatte. Die Lenksteins waren ein altes böhmisch-österreichisches Adelsgeschlecht. Die Stammreihe begründete Heinricus von Lennkhstein zu Weitenfurth, der 1278 in den Ritterstand erhoben worden war. Möglicherweise hing die Erhebung in den Adelsstand mit dem Sieg der Habsburger über den König von Böhmen, Ottokar von Přemysl, zusammen. Vielleicht hatte sich Heinricus rechtzeitig für die Siegerseite entschieden, was vermutlich den Verrat an seinem böhmischen Landesherrn voraussetzte. Jedenfalls besaßen die Lenksteins bald umfangreiche Güter in Südböhmen und Oberösterreich. Am Ende des 14. Jahrhunderts gelangte das Lehen um die Burg Rotenstein in den Besitz der Lenksteins, nachdem die Vorbesitzer, die Peilsteiner, ausgestorben waren.

Im 16. Jahrhundert erfolgte eine Standeserhebung der Lenksteins zu Reichsfreiherren wegen ihrer Verdienste und ihrer Kaisertreue im Schmalkaldischen Krieg. Gegen Ende des Jahrhunderts teilte sich die Familie in eine österreichische und eine böhmische Linie. Der österreichische Zweig wählte Burg Rotenstein zu seinem Stammsitz und war seither dort ansässig.

Nach dem Dreißigjährigen Krieg tauchten die böhmischen Lenksteins im Freistädter Hexenprozess auf. Der hatte zunächst als Nachbarschaftsstreit begonnen. Ein gewisser Jacob Wenzel beschuldigte seine Nachbarin, durch einen Viehzauber verursacht zu haben, dass seine Kühe keine Milch mehr gaben. Unter Folter gestand die Nachbarin, allerlei wilde Dinge mit dem Teufel getrieben zu haben, und beschuldigte noch vier weitere Personen, ihr bei ihren bösen Zaubereien geholfen zu haben. Insgesamt wurden 26 Personen angeklagt, eine Teufelsbuhlschaft eingegangen zu sein, die meisten von ihnen wurden hingerichtet. Eine Angeklagte namens Christine Speyrer zeigte Ernst Friedrich von Lennkhstein an und behauptete, auf dessen Burg an einem Hexensabbat teilgenommen zu haben. Der 62-jährige Baron konnte das Gericht nicht völlig von seiner Unschuld überzeugen, wurde aber nicht hingerichtet. Vielleicht war er mit anderen Adeligen und der Krone in Streit geraten und bei ihnen in Ungnade gefallen, denn die Anklage wegen Hexerei bot einen willkommenen Anlass, ihn aus dem Weg zu räumen. Möglicherweise war diese Anklage auch gezielt erhoben worden, und einige bestochene Richter hatten der Speyrer die richtigen Worte in den Mund gelegt, bevor sie die Arme auf die Streckbank spannten.

Jedenfalls wurden die Lenksteins aus Böhmen verbannt und verloren ihre tschechischen Besitztümer. Die beiden Linien vereinten sich auf Burg Rotenstein.

Danach wurde es ruhig um die Familie. Einige der Lenksteins schlugen eine militärische Karriere ein, Lenksteins tauchten in den Kämpfen gegen Friedrich von Preußen, in den Befreiungskriegen gegen Napoleon und später an der Dolomitenfront gegen die Italiener auf.

Für die Zeit nach dem Ersten Weltkrieg fand Radek nur noch einen dünnen Stammbaum, der beim gegenwärtigen Lenkstein endete und an dem er sehen konnte, dass der Herr Baron eine Freifrau Christine von Hohenburg geheiratet hatte und es zwei Kinder gab. Aber das wusste er ohnehin schon.

Der Vollständigkeit halber suchte er die Homepage von Holzbau Lenkstein. Auch hier erlebte Radek eine Überraschung, vor allem was die Größe des Betriebs anlangte. Das Unternehmen unterteilte sich in die Bereiche Holzhandel und Holzbau. Auf dem Betriebsgelände in der Größe von über zwei Hektar waren die Sparten Sägewerk, Zimmerei und Tischlerei untergebracht, in denen mehr als 100 Personen beschäftigt waren. Für jeden dieser Unternehmensteile gab es ein eigenständig agierendes Management. Die Gesamtleitung oblag Lenkstein, einem Prokuristen und einem Berater, wobei Radek keinen Schimmer hatte, was hier beraten werden sollte. In der Belegschaft der Tischlerei fand er als Leiter von Marketing und Vertrieb den Bürgermeister von Schandau.

Die Referenzliste wies eine Menge von größeren und kleineren Projekten aus. Dabei spannte sich der Bogen von Gasthauseinrichtungen bis hin zur Gestaltung und Ausstattung von Veranstaltungszentren und der Betreuung von Großbaustellen in ganz Österreich.

Steiger hatte recht gehabt. Ganz egal wie exzentrisch Lenkstein sein mochte, er war ein erfolgreicher Großunternehmer und konnte sich seine Marotten zumindest finanziell leisten. Und er war der größte Arbeitgeber in der Region. Die Leute im Dorf gehörten ihm vielleicht nicht mehr als Untertanen wie noch bei seinen Vorfahren, aber die meisten von ihnen zumindest als Mitarbeiter.

Beim Tod von Martin Darovec handelte es sich zweifelsohne um Selbstmord, das war Radek schon klar, nachdem er nur wenige Seiten des Aktes gelesen hatte. Martin Darovec hatte an einem Mittwoch im März des Vorjahres nach der Schule in seinem Zimmer eine halbe Flasche Whisky getrunken, sich dann ins Badezimmer zurückgezogen und die Tür von innen versperrt. Anschließend hatte er sich ein Bad eingelassen, sich in der Wanne mit einer Rasierklinge beide Pulsadern geöffnet und war langsam verblutet.

Seine Mutter war zu diesem Zeitpunkt zu Hause gewesen, hatte aber erst später bemerkt, dass die Badezimmertür von innen versperrt war. Mit einem Schraubenzieher hatte sie das Schloss entriegelt und die Leiche ihres Sohnes gefunden.

Obwohl Selbstmord außer Zweifel stand, war eine Tatortmappe angefertigt worden, die nicht nur Fotos des Toten enthielt, sondern auch von seinem Zimmer. Es war in dunklen Farben gehalten, voll mit Postern, die Gothic-Motive abbildeten, und anderen Devotionalien aus der Szene. Unter den vielen Fotos, die der Kriminalsachbearbeiter gemacht hatte, fanden sich auch zwei von Amuletten, die ein Pentagramm zeigten. Außerdem klebten an den Wänden mehrere Bilder, die ebenfalls Pentagramme und die Zahlen 666 zum zentralen Inhalt hatten. Und dann waren da noch einige Fotos, auf denen eine Figur dargestellt war, der Radek bereits im Zuge seiner Internetrecherchen in Wien begegnet war. Sie wurde Baphomet genannt, eine im Mittelalter angeblich von den Templern in Südfrankreich verehrte Götzenfigur. Außer diesen drei Symbolen fand Radek in der Fotomappe keine Hinweise, die mit dem Teufel in Zusammenhang standen.

Auch der Obduktionsbefund war eindeutig: Darovec hatte 2,3 Promille Alkohol im Blut, er war also langsam und sternhagelvoll ins Reich der Toten hinübergegangen.

Außer den Schnittwunden an den Handgelenken und einer kleinen, älteren Narbe am Zeigefinger der linken Hand gab es keine sichtbaren Verletzungen oder Hinweise auf einen Kampf oder eine Misshandlung.

Allerdings wurde kein Abschiedsbrief gefunden, und auch aus den Einvernahmen der Eltern, Freunde und Mitschüler ließ sich kein wirkliches Motiv für Martins Tat ableiten. Warum Martin Darovec seinem Leben ein Ende gesetzt hatte, blieb im Dunkeln. Ebenso wie seine Zugehörigkeit zur Gothic-Szene. Jeder im Dorf wusste zwar, dass er ein Faible für diese Subkultur hatte, Details dazu hatte er aber verschwiegen.

Der Selbstmord von Darovec brachte Radek nicht weiter. Was konnte er damit anfangen? Zu den Eltern von Darovec fahren und sie befragen? Oder in die Schule gehen und dort recherchieren? Weshalb? Soweit er sehen konnte, war im Akt alles sehr gründlich hinterfragt und die Ergebnisse ausreichend dokumentiert worden. Der Selbstmord galt als hundertprozentig gewiss. Auch wenn über das Warum Unklarheit herrschte, war an der Todesursache selbst nicht zu zweifeln. Außer der Tatsache, dass ein Selbstmord an sich eine Besonderheit darstellte, konnte Radek am Tod des Martin Darovec nichts Ungewöhnliches feststellen. Also Sackgasse.

Auch die Berichte, die Steiger über die Erhebungen zur vermissten Lindner und nach ihrer Rückkehr erstellt hatte, gaben nichts her, was Radek weitergeholfen hätte oder was er nicht ohnehin bereits wusste. Es waren immer dieselben Geschichten, die erzählt wurden. Steiger hatte recht. Es machte keinen Sinn, die Leute mit den gleichen Fragen noch einmal zu belästigen und wieder nichtssagende Antworten darauf zu erhalten.

Als er im Internet nach Informationen über den Teufel recherchierte und dabei im Wesentlichen das fand, was ihm auch Pfarrer Georg am Vortag gesagt hatte, nur detaillierter ausgeführt, kam er sich reichlich bescheuert vor. Er saß da und zog sich Webseiten über den Teufel rein. Ihm wurde bewusst, dass er keine Ahnung hatte, was er in diesem Fall noch tun konnte.

Er ging vor die Polizeiinspektion, um eine Zigarette zu rauchen. Sollte er die Zelte hier abbrechen? Die tote Ratte fiel ihm ein. War das eine Warnung? Wollte man ihm damit sagen, er solle verschwinden? Aber warum? Weil jemand Angst hatte, dass Radek etwas finden könnte, was er nicht sehen sollte? Bisher war da ohnehin nichts. Wo könnte er noch suchen, und was könnte er an Unerwünschtem entdecken? Es gab keinen Grund, ihn loszuwerden. Radek war geneigt, auch an einen blöden Scherz zu glauben, den man sich mit dem Sankt Pöltner gemacht hatte.

Dann dachte er an die Andeutung des jungen Mannes am Vortag über den Pfarrer. Hatte der Priester mit dem Selbstmord von Martin Darovec und dem Verschwinden von Bernadette Lindner zu tun? Das war absurd. Gab es überhaupt einen Zusammenhang zwischen der Lindner und dem Darovec? Welche Rolle sollte der Pfarrer dabei spielen? Und warum sollten alle Jugendlichen mit ihren Problemen zum Pfarrer laufen? Das hatte eigentlich sehr boshaft und zynisch geklungen, aber möglicherweise war es gar nicht so gemeint. Vielleicht suchten die Jugendlichen tatsächlich den Pfarrer, den Seelsorger, auf, wenn sie etwas belastete. Oder sie gingen zur Beichte, auch wenn Radek das nicht sehr wahrscheinlich erschien. Jedenfalls machte er sich eine Notiz. Er würde noch einmal mit Pater Georg sprechen.

Während Radek ins Büro von Steiger zurückging, drängten sich Lenkstein und dessen Extravaganzen in seinem Gedankenknäuel nach vorne. Radek war immer noch von dem Umstand überrascht, dass Lenkstein verheiratet war und zwei Kinder hatte. Lenkstein vermittelte einen völlig anderen Eindruck. Ein Lebemann, der in allen Bereichen des Lebens dem hemmungslosen Genuss frönte und sich nicht durch Ehe und Familie einschränken ließ. Warum wohnte seine Familie nicht auf der Burg? Wegen der beiden Frauen? Oder waren die zwei Musen bei Lenkstein, weil seine Familie sich von ihm fernhielt?

Vielleicht sollte er auch da nachhaken. Und damit fiel ein schneller Entschluss. Er würde der Frau Baronin einen Besuch abstatten. Unangemeldet, auf gut Glück. Er wollte nicht schon am Telefon abgewimmelt werden, nur weil es offiziell keinen Anlass gab, mit ihr zu reden.

27.

Die Parkstraße in Sankt Pölten lag außerhalb des Zentrums, in einer teuren Wohngegend mit viel Grün, ungefähr zehn Autominuten von der Autobahnausfahrt entfernt. An der Adresse von Frau Lenkstein befand sich ein Mehrfamilienhaus, dem Aussehen nach eine Ende des 19. Jahrhunderts erbaute Villa.

Er läutete unter dem Namensschild »Lenkstein« neben dem massiven Gittertor der Einfahrt. Es dauerte eine Weile, bis er ein höfliches »Ja, bitte?« hörte.

»Polizei«, meldete er sich. »Ich hätte gerne mit Frau Lenkstein gesprochen.«

Er vertraute auf das Überraschungsmoment und die Kraft der Autorität, die sich aus der Nennung des Wortes »Polizei« ergab. Tatsächlich wurde sofort der elektrische Türöffner betätigt.

Radek ging über die Auffahrt durch einen großen parkähnlichen Garten mit ausladenden Bäumen zum Haupteingang. Die Eingangstür war nicht verschlossen, eine breite halbrunde Treppe führte in den ersten Stock, dort läutete er an der Tür Nummer vier.

Eine ausgenommen attraktive Frau, Anfang 40, öffnete ihm. Sie machte einen asketischen Eindruck, die brünetten Haare waren zu einem strengen Knoten hochgesteckt. Sie trug einen knielangen dunkelblauen Rock und einen kurzen Blazer über einer weißen Bluse.

»Was führt Sie zu mir?«, fragte sie, nachdem Radek ihr seine Kokarde gezeigt hatte, die ihn als Kriminalbeamten auswies.

Als Radek ihr antwortete, dass er einige Fragen zum Dorf Schandau und ihrem Ehemann hatte, wurde ihr Blick misstrauisch, trotzdem führte sie ihn ins Wohnzimmer.

»Ich bin etwas in Eile«, drängte sie. »Ich habe um 14 Uhr einen Termin und muss zuvor noch in die Kanzlei.« Christine Freifrau von Lenkstein zu Friedheim, geborene von Hohenburg, stand kerzengerade aufgerichtet, die Hände vor dem Körper gefaltet, vor Radek. Obwohl sie beinahe einen Kopf kleiner war als er, schien sie auf ihn herabzublicken und musterte ihn mit einem abschätzenden Blick, als spräche er um eine Stelle als Gärtner vor.

»Sie sind Rechtsanwältin?«, fragte Radek auf gut Glück.

Sie bestätigte diese Vermutung, ohne sich näher darüber auszulassen.

»Ich untersuche in Schandau das Verschwinden einer Jugendlichen«, begann Radek, »und den damit verbundenen Verdacht, dass eine okkulte Gruppe dahinterstecken könnte.«

»Verdächtigen Sie meinen Mann, einer solchen – wie sagten Sie – ›okkulten Gruppe‹ anzugehören?«

»Nein, natürlich nicht«, beeilte sich Radek zu versichern.

»Was hat das dann mit mir zu tun?« Diese Frage hatte Radek erwartet.

»Im Zuge meiner Recherchen habe ich entdeckt, dass Sie zwar in Schandau gemeldet sind, aber nicht dort wohnen.« Auch das war pure Spekulation.

»Ja, und? Ist das strafbar?«

Radek entging nicht die feine Ironie in ihrer Stimme. »Nein, nein«, beschwichtigte er, obwohl das Meldegesetz eigentlich etwas anderes sagte. Aber deshalb war er nicht hier. »Ich habe in den letzten Tagen mit einigen Leuten im Ort gesprochen und hatte dabei den Eindruck, dass mir alle die gleiche Geschichte erzählten. Deshalb interessiert mich die Meinung von jemandem, der das Dorf und die Leute kennt, sie aber eher als Außenstehender sieht.«

»Und dafür sind Sie extra den weiten Weg zu mir gekommen?« Ihre Ironie wurde stärker.

»Ja. Vielleicht können Sie mir Ihre persönliche Einschätzung über das Dorf sagen.«

Sie blickte ihn fragend an, und einen Moment befürchtete Radek, sie käme dahinter, dass er aus einem ganz anderen Grund hier war. Er wollte sie kennenlernen, um abzuschätzen, mit welcher Frau dieser Lenkstein verheiratet war und warum sie getrennt lebten. Denn dass sie das taten, daran bestand für ihn kein Zweifel.

Das Wohnzimmer sah nicht so aus, als würde es sich hier nur um einen Zweitwohnsitz handeln. Die Jugendstileinrichtung vermittelte den Eindruck teurer Eleganz, wenn auch nicht alles original war, wie Radek vermutete. Eine prall gefüllte Bücherwand am Ende des Raumes, ein großer Esstisch und eine lederne Sitzgarnitur vor dem Fernseher. Die Einrichtung war nicht bei Ikea im Vorbeigehen gekauft worden. Und das Wohnzimmer hatte mindestens 50 Quadratmeter. Wenn Radek daran dachte, dass seine eigene Wohnung kaum größer war als dieser Raum, musste er sich bemühen, den aufkommenden Neid hinunterzuwürgen.

»Ich verstehe nicht, worauf Sie hinauswollen, Herr Inspektor.« Sie riss Radek aus seinen Überlegungen. Sie hatte sich ans Fenster gestellt, wandte ihm den Rücken zu und blickte hinunter in den großen Garten. »Schandau ist ein normales Dorf. Abgesehen davon, dass die meisten Leute im Betrieb meines Mannes beschäftigt sind. Damit ist er der größte Arbeitgeber im Ort. Daraus ergeben sich besondere Verantwortungen und Verpflichtungen der Lenksteins gegenüber den Einwohnern. Und natürlich auch umgekehrt. Ein gegenseitiges Geben und Nehmen, wenn Sie so wollen.«

»Können Sie mir etwas über die Leute erzählen?«

Sie drehte sich um und lächelte ihn spöttisch an. »Wollen Sie ein paar Klatschgeschichten hören? Wer mit wem und so?«

Radek schluckte den aufkommenden Ärger hinunter. Er war nicht hierhergekommen, um sich verarschen zu lassen. »Das wäre vielleicht interessant. Aber nein, danke. Mich interessieren vielmehr allgemeine Dinge, Zusammenhänge, die Verhältnisse im Dorf, solche Sachen.«

Daraufhin speiste sie ihn mit Oberflächlichkeiten ab, von denen er viele schon kannte. Sie erzählte ihm von den Geschäften auf dem Hauptplatz und etwas über die Hintergründe ihrer Inhaber, dann über einzelne Bewohner, die sie kannte. Damit untermauerte Frau Lenkstein genau jenes Bild, das sie vorher gezeichnet hatte: Schandau, ein normales kleines Dorf am Ende der Welt.

»Warum haben Sie Schandau verlassen?«, fragte Radek und merkte deutlich, wie sie diese Frage überraschte.

»Das hatte pragmatische Gründe«, antwortete sie. »Ich bin Anwältin. Es gibt in Schandau für mich keine Arbeit. Außerdem war es nicht möglich, die Kinder nach der Volksschule auf ein angemessenes Gymnasium zu schicken.«

Sie wandte sich um und blickte wieder in den Garten hinaus. Das war eine Lüge, aber sie würde dem Polizisten nicht erzählen, dass es ganz andere Gründe waren, die sie aus der Burg und der Gegenwart ihres Mannes nach Sankt Pölten getrieben hatten. Seine sexuellen Eskapaden, seine ewigen Seitensprünge, sein Jähzorn, all das war mit der Zeit unerträglich geworden. Und sie wollte ihre Kinder dem Zugriff des Vaters entziehen. Daher schickte sie ihren ältesten Sohn in das Internat eines Sportgymnasiums in Saalfelden. Er kam regelmäßig an den Wochenenden zu ihr nach Hause und manchmal besuchten sie seinen Vater. Ganz selten blieb er einige Tage auf der Burg, meist in den Ferien. Gleiches galt für die jüngere Tochter. Sie ging zwar in Sankt Pölten ins Gymnasium, aber auch sie, vor allem sie, wollte die Mutter vor dem Vater schützen. Deshalb bevorzugte sie es, dass die Kinder gemeinsam auf der Burg waren. Jedenfalls wollte sie die Tochter nie alleine bei ihrem Vater lassen.

Lange hatte sie über Scheidung nachgedacht, doch in ihren Kreisen war das immer noch ein selten gebrochenes Tabu. Dann hatten sie eine andere Lösung gefunden, und nun lebten sie ohnehin wie ein geschiedenes Paar. In einer offenen Ehe, jeder machte diskret, was er wollte, ohne den anderen damit in der Öffentlichkeit bloßzustellen. Sie wusste, dass er ständig mit irgendwelchen Weibern herummachte. Solange die großzügigen finanziellen Zuwendungen nicht ausblieben und er die Hände von den Kindern ließ, tolerierte sie es. Sollte er machen, was immer er wollte. Aber jetzt stand ein Polizist in ihrem Wohnzimmer und stellte dumme Fragen zu Schandau und Leopold Lenkstein. Das ging eindeutig einen Schritt zu weit.

»Gab es noch andere Dinge, die Sie beunruhigten und veranlassten, nach Sankt Pölten zu ziehen?«

Sie schaute stumm aus dem Fenster, als würden ihre Gedanken in weite Ferne entfliehen. Dann gab sie sich einen Ruck, drehte sich um, blickte Radek fest in die Augen und sagte: »Nein, sonst gab es nichts.« Nach einem Moment des Schweigens fuhr sie fort: »War es das jetzt? Ich möchte nicht unhöflich erscheinen, aber ich bin wirklich in Eile.«

Warum wurde er das Gefühl nicht los, dass sie ihm etwas verheimlichte? Radek beendete das Gespräch.

Frau Lenkstein brachte den Polizisten an die Tür und verabschiedete ihn mit einem Blick, der so herablassend war, als würde sie auf den Mauern ihres Märchenschlosses einen unwillkommenen Freier zurückweisen. Ganz Aristokratin im alten Stil.

Als Radek weg war, griff sie im Wohnzimmer zu ihrem Handy, drückte eine Kurzwahlnummer und wartete ungeduldig, bis am anderen Ende abgehoben wurde.

»Was treibst du mit deinen ehrlosen Huren in eurem von allen Göttern verlassenen Drecksnest?«, fauchte sie grußlos und voller Zorn. »Seid ihr schon so verkommen, dass die Polizei bei mir in Sankt Pölten auftauchen muss und sich nach dir und deiner Teufelsbrut erkundigt?«

Er stieß einen langgezogenen Schrei aus. »Was fällt diesem Kretin ein!«, tobte er.

Die Sekretärin eilte mit besorgtem Gesicht herbei, um nachzusehen, was los war, und wurde von Steininger sanft aus der Halle geschoben. Der Baron war wütend und verlor die Kontrolle über sich, Steininger kannte das. »Alles in Ordnung«, flüsterte er der Sekretärin zu. »Er ist nur wütend.«

Auch für sie waren die Zornausbrüche ihres Chefs nichts Neues.

Lenkstein schleuderte das Handy in hohem Bogen quer durch die Halle, bis es auf dem Steinboden in mehrere Einzelteile zerbarst. Diesmal konnte Steininger es nicht retten, doch das machte nichts. Es war nicht das erste Mal, dass dem Baron ein Handy zu Bruch ging. Sie hatten für solche Fälle mehrere Reservehandys verfügbar. Er brauchte nur die SIM-Karte zu bergen und auszutauschen.

Mit großen Schritten lief Lenkstein durch die Halle, hin und zurück. »Was fällt diesem Scheißkerl ein, bei meiner Frau aufzutauchen und in meinem Privatleben herumzuschnüffeln!«, schrie er, riss einen der Sessel am Tisch zur Seite und schleuderte ihn weit von sich.

Er stürmte zur Wand, wo die Schwerter hingen, riss eines davon herunter und schlug mit kräftigen Hieben, die Steininger ihm nicht zugetraut hätte, auf den umgekippten Stuhl ein, als hätte er Radek, seinen Gegner in einem mittelalterlichen Zweikampf, bereits zu Boden gezwungen und beinahe besiegt.

»Ich bring ihn um!«, brüllte Lenkstein zwischen den Schlägen. »Ich bring diese verfluchte Sau um! Das wird er mir bezahlen!«

Wie verrückt drosch er auf den Stuhl ein. Das Holz splitterte, obwohl die Waffe stumpf war. Plötzlich zerbarst der Stuhl und das Schwert knallte mit voller Wucht auf den Steinboden. Mit einem hellen Knall brach die Klinge. Lenkstein brüllte noch einmal laut auf und warf den Schwertstummel wild durch die Halle, an deren Ende er scheppernd zu Boden krachte und liegen blieb.

Kein großer Schaden, dachte Steininger, ein Dekorschwert, die Nachbildung einer englischen Waffe aus dem 12. Jahrhundert, im Internet für 150 Euro gekauft, zwar für Schaukämpfe geeignet, aber trotzdem nicht scharf geschliffen, man konnte nie wissen. Die echten Blankwaffen hingen in der Waffenkammer im Turm. Herrliche Objekte waren dort zu sehen. Schwerter von der Zeit der Normannen bis ins Spätmittelalter, Säbel, Stichwaffen, Pistolen, Musketen. Wunderbare und wertvolle Stücke, fein säuberlich gepflegt von einem eigens dafür beschäftigten Kustos. Häufig wurden einzelne Waffen gegen eine entsprechende Gebühr an Ausstellungen verliehen.

Auch der zerstörte Stuhl stellte kein Problem dar. Sie hatten mehrere zur Reserve in den Kellern stehen. In der eigenen Werkstätte gefertigt, waren sie schnell wieder zu besorgen.

Nachdem Lenkstein nun ohne Schwert dastand wie ein glückloser Ritter, den zertrümmerten Holzstuhl zu seinen Füßen, beruhigte er sich langsam, ging zurück zu seinem großen Lehnstuhl, ließ sich hineinfallen und rang keuchend nach Atem. »Dieses verfickte Schwein. Das wird er mir büßen!«

Steininger wusste, dass sie bereits Vorsorge getroffen hatten, doch das reichte jetzt nicht mehr aus. »Wir haben in diese Richtung überlegt«, erinnerte er den Baron vorsichtig an ihre Planungen.

»Das weiß ich!«, schrie Lenkstein seinen Counsellor an. »Aber so billig kommt er mir nicht davon! Scheiß drauf. Geben Sie mir Ihr Handy, Steininger«, verlangte er schroff, »und die Visitenkarte von diesem Mistkerl.«

Steininger suchte in seiner Brieftasche nach der Visitenkarte des Polizisten und reichte sie Lenkstein gemeinsam mit seinem Handy.

Lenkstein wählte die Telefonnummer und wartete, bis sich jemand meldete.

»Radek!«, brüllte er ins Telefon. »Was fällt Ihnen ein! Was glauben Sie, wer Sie sind, dass Sie einfach zu meiner Frau gehen und sich dort wichtigmachen? Ich bin Baron Lenkstein und nicht eines der Arschlöcher, mit denen Sie sonst zu tun haben. Jetzt sind Sie zu weit gegangen. Das sind meine privaten Angelegenheiten, die gehen Sie einen Scheißdreck an, Radek! Dafür mache ich Sie fertig!« Lenkstein beendete das Gespräch, ohne eine Antwort zuzulassen.

Einen Moment lang fürchtete Steininger, dass der Baron auch noch dieses Handy auf den Boden donnerte. Der warf es auf den Tisch, heftig zwar, aber das Telefon blieb unbeschädigt. Die Visitenkarte allerdings zerriss Lenkstein in kleine Stücke und fegte sie vom Tisch.

»Dafür wird er brennen, dieser verfluchte Hund«, grunzte er mit bösem Blick. Steininger kannte diesen Ausdruck im Gesicht des Barons – er verhieß nichts Gutes.

28.

Das kurze Telefonat und der Wutausbruch Lenksteins überraschten Radek. Das war ein Volltreffer, mitten ins Schwarze, war sein erster Gedanke. Wenigstens schien jetzt Bewegung in die Sache zu kommen. Doch je länger er darüber nachdachte, desto mehr fragte er sich, ob er nicht übers Ziel hinausgeschossen war. Denn Lenkstein hatte recht. Radek mischte sich in die Privatsphäre von Personen ein, die mit dem, was er eigentlich untersuchen sollte, nichts zu tun hatten. Es gab keinen einzigen Hinweis auf eine Verbindung zwischen Bernadette Lindner und Lenkstein und keinen Anlass, zu dessen Frau zu fahren. Es war ihm nur darum gegangen, zu sehen, wie sich vereinbaren ließ, dass Lenkstein verheiratet war und trotzdem ungeniert mit zwei anderen Frauen herumhurte. Dass seine Musen ihm nicht nur in geschäftlichen Dingen zur Hand gingen, war für Radek klar. Ihm wurde bewusst, dass er sich durch seine Abneigung gegen Lenkstein immer mehr von seiner Aufgabe ablenken ließ. Zumindest hatte er, was diesen Punkt betraf, seine Neugierde befriedigt. Nun konnte er sich wieder den wesentlichen Dingen zuwenden, dem Hinweis nachgehen, den ihm der Junge gestern wegen des Pfarrers gegeben hatte.

Er parkte den Wagen auf dem Hauptplatz, ging ins Kaufhaus Kroner und kaufte sich eine Wurstsemmel. Weniger, weil er hungrig war, sondern weil ihn interessierte, wie das Geschäft aussah. Er stellte überrascht fest, dass sich das Kaufhaus kaum von der Filiale einer Supermarktkette unterschied, mit der einzigen Ausnahme, dass das Warenangebot etwas anders gestaltet war. Das Sortiment erinnerte Radek an eine Gemischtwarenhandlung, wie er sie aus seiner Kindheit auf dem Land kannte. Aber die Lebensmittel waren kaum teurer als in einem anderen Supermarkt.

Während er zur Kirche ging, betrachtete er die Schaukästen vor dem Gemeindeamt und die Auslagen der Geschäfte, die auf seinem Weg lagen.

»Entschuldigen Sie, haben Sie vielleicht eine Zigarette für mich?«

Vor Radek stand ein grauhaariger Mann in abgetragener Kleidung. Seine Jacke war zerschlissen und mindestens eine Nummer zu groß, die Hose war am Knie geflickt und die Schuhe sahen aus, als wären sie seit einem Jahr nicht mehr geputzt worden. Seine ungepflegten Haare, die ihm wirr in die Stirn hingen, und die grauen Bartstoppeln an seinen Backen ließen ihn nicht gerade vertrauenerweckend aussehen. Er hatte die Hände tief in seine Jackentasche vergraben und trat ungeduldig von einem Bein auf das andere.

Radek unterdrückte den ersten Impuls, ihn davonzujagen, und holte die Zigarettenpackung aus der Sakkotasche. Er reichte dem Mann eine und bediente sich auch selber.

»Danke«, murmelte der Mann, »das ist nett von Ihnen.« Er blieb bei Radek stehen, als auch dieser sich eine Zigarette anzündete. »Sie sind der Polizist, oder?«, fragt er unsicher.

Radek nickte.

»Wegen der Lindner sind Sie da, oder?«

Wieder bejahte Radek.

Der Mann blickte sich vorsichtig um. »Waren Sie schon beim Pfarrer?«

Radek konnte seine Verblüffung nur schwer verbergen. »Dorthin bin ich gerade unterwegs.«

»Ah, wegen der kleinen Lindner, oder?«

Radek hatte den Eindruck, als wollte ihm der Mann etwas sagen. »Ja, wieso interessiert Sie das?«

Der Mann schaute sich erneut vorsichtig um, dann senkte er die Stimme. Mit dem Kopf deutete er unmerklich zur Kirche. »Ich hab gesehen, wie sie zum Pfarrer gegangen ist. An dem Tag, an dem sie verschwunden ist. An dem Abend war sie beim Pfarrer.«

Radek konnte sein Flüstern kaum verstehen. »Die Lindner?«

»Ja.«

»Das haben Sie gesehen?«, vergewisserte sich Radek.

»Mit eigenen Augen.«

»Ist Ihnen sonst noch was aufgefallen?«

»Nein, sonst nichts«, stammelte er hektisch. »Passen Sie auf, unterschätzen Sie die Leute im Dorf nicht. Die sind nach außen hin freundlich, aber unter der Oberfläche sind sie böse. Danke für die Zigarette.« Schnell ging er weiter, bevor Radek eine weitere Frage stellen konnte.

Was war das für ein seltsamer Vogel? Scheinbar wusste er mehr, als er sich traute zu sagen. Radek nahm sich vor, mit diesem Typen noch einmal zu reden. Interessant, dass die Lindner beim Pfarrer war. Was hatte sie dort gewollt? Das würde er gleich herausfinden.

Er überquerte den Vorplatz der Kirche und stieg die Treppen zum Pfarramt hinauf. Die Frau, die ihm die Tür öffnete, trug dieselbe Kleiderschürze wie beim letzten Mal, aber zumindest erkannte sie Radek sofort.

»Sie wollen zum Herrn Pfarrer?«

Radek bestätigte ihre Vermutung und sie führte ihn durch den Gang ins Arbeitszimmer, bot ihm einen Sitzplatz an, fragte, ob er Kaffee wolle, was er bejahte, und bat ihn um etwas Geduld, sie müsse Pater Georg erst holen. Artig nahm Radek am Besprechungstisch Platz und blickte sich im Arbeitszimmer um. Es war sehr einfach eingerichtet. Schreibtisch, Bücherregal, Wandschrank – das war alles.

Wenige Minuten später kam die Haushälterin mit dem Pfarrer im Schlepptau und einem Tablett, auf dem zwei Kaffeetassen standen, zurück ins Arbeitszimmer.

Pater Georg begrüßte ihn reserviert und setzte sich an den Tisch. »Haben wir beim letzten Mal nicht alle Fragen erörtert?«, wollte er wissen.

Auch Radek hatte keine Lust auf Small Talk und kam sofort zur Sache: »Haben Sie Martin Darovec gekannt?«

»Selbstverständlich«, antwortete der Pfarrer langsam, aber ohne zu zögern. »Eine tragische Sache.«

»Können Sie mir etwas darüber erzählen?«

Der Pfarrer blickte ihn argwöhnisch an. »Weshalb interessieren Sie sich für diesen Selbstmord? Ich dachte, Sie wären wegen Bernadette Lindner hier?«

»Ich frage mich, ob es möglicherweise eine Verbindung gibt. Können Sie mir etwas über den Selbstmord sagen?«

»Nein, das kann ich nicht. Ich weiß genauso viel wie alle anderen im Dorf. Martin hat sich daheim in der Badewanne die Pulsadern aufgeschnitten.«

»Können Sie sich vorstellen, weshalb er das getan hat?«

»Nein.«

»War er vorher bei Ihnen?«

»Wie kommen Sie darauf?« Nun war Pater Georgs Misstrauen unübersehbar.

»Ich habe einen Hinweis erhalten, dass Martin Darovec vor seinem Selbstmord bei Ihnen gewesen ist.«

Der Priester dachte nach, möglicherweise fragte er sich, von wem dieser Hinweis gekommen war. »Ja, das stimmt«, antwortete er zaghaft.

»Was wollte er bei Ihnen?«

»Das fällt unter das Beichtgeheimnis.«

Radek hatte nichts anderes erwartet. »War Bernadette Lindner auch bei Ihnen, bevor sie verschwunden ist?«

Diesmal dachte der Priester noch länger nach und Radek wollte seine Frage schon wiederholen.

»Ja, sie war bei mir zur Beichte. Doch darüber kann ich nichts sagen.«

Radek beugte sich vor: »Herr Pfarrer, ich weiß nicht, was passiert ist. Aber ich habe Bernadette Lindner gesehen, und man braucht keine ausgeprägten medizinischen Kenntnisse, um zu wissen, dass das Mädchen schwer traumatisiert ist. Also, was denken Sie, wie sehr das Mädchen gelitten hat?«

Pater Georgs Blick wurde abweisend. »Das mag sein. Ich kann Ihnen trotzdem nicht weiterhelfen. Manchmal ist es eine Prüfung für den Priester, um die Geheimnisse seiner Gemeinde zu wissen und sie nicht teilen zu dürfen. Nicht nur Fräulein Lindner ist eine Leidende. Im Grunde ist jeder, der eine Wahrheit kennt, ein Leidender.«

Amen, dachte Radek und ärgerte sich über diese selbstmitleidige Art und darüber, dass er erneut gegen eine Wand rannte. »Kommen noch andere Jugendliche zur Beichte?«

»Hin und wieder.«

»Verschwinden die anschließend auch für einige Tage?«

Kurz wirkte es, als würde Pater Georg um seine Beherrschung ringen, dann antwortete er höflich, aber kühl: »Herr Inspektor, ich glaube, jetzt werden Sie unverschämt. Wenn Sie keine anderen Fragen mehr haben als jene, die unter das Beichtgeheimnis fallen, bitte ich Sie, meine Zeit nicht länger in Anspruch zu nehmen.«

Während sich Radek verabschiedete und ging, fragte er sich, warum die Lindner und der Darovec zum Pfarrer gegangen waren. Nur um zu beichten? Das erschien ihm unwahrscheinlich.

Da war er wieder. Renate beobachtete ihn, seit er aus dem Kaufhaus Kroner gekommen war. Zuerst hatte er mit dem

Sepp gesprochen. Der hatte ihn um eine Zigarette angeschnorrt und wahrscheinlich irgendeinen Blödsinn geredet, wie meistens. Dann war er zum Pfarrer gegangen. Das zweite Mal. Warum?

Er ermittelte wegen der kleinen Lindner. Deshalb war vor ein paar Wochen schon die Polizistin im Ort herumgelaufen und hatte eine Menge Fragen gestellt. Sie hatte keine Antworten darauf bekommen. Glaubte der Polizist aus Sankt Pölten, ihm gelänge es? Das war eine vergebliche Hoffnung. Niemand konnte sagen, was tatsächlich geschehen war, aber die Leute hatten eine Ahnung. Alle wussten, dass die Geschichte, die die Lindners erzählten, Blödsinn war. Der junge Polizist schien hartnäckig zu sein. Vielleicht fand er mehr heraus. Und dann? Was würde danach geschehen?

Möglicherweise sollte man mit ihm reden, ihm einen Tipp geben. Möglicherweise hatte das der alte Benesch getan. Nein, das war unwahrscheinlich. Was sollte der Sepp schon wissen. Der war meistens so betrunken, dass er nicht einmal bemerkte, wenn ihm jemand sein Weinglas wegnahm.

Was würde geschehen, wenn sie jetzt hinausging zum Polizisten und ihm sagte, was sie vermutete? Würde er ihr glauben? Allein der Gedanke machte ihr Angst.

Vielleicht gehörte er sogar zu ihnen, man konnte nie wissen. Man durfte niemandem trauen. Dann hätte sie sich verraten. Sie wusste, was dann passieren würde. Dem Hermann Schnitzer haben sie den Arm gebrochen. Er erzählte zwar überall, es sei ein Unfall gewesen, aber jeder wusste, dass das eine Lüge war.

Renate war im Dorf aufgewachsen, sie wusste, was im Ort lief. Alle wussten es. Solange man sich an die Regeln hielt, gab es keine Probleme. Erst wenn jemand die Regeln verletzte, wurde es schwierig. Der Schnitzer hatte die Regeln verletzt.

Nein, sie würde nicht mit dem Polizisten reden. Nur nicht einmischen. Immer schön ruhig verhalten. So waren die Regeln. So war sie in der Vergangenheit gut über die Runden gekommen und so würde sie es auch in Zukunft tun.

29.

Er hatte nur ein leichtes Abendessen zu sich genommen. Jetzt saß er in der Gaststube und las in einem Buch über den Nationalsozialismus. Nach dem Gespräch mit dem Pfarrer war er ziemlich enttäuscht ins Gasthaus »Falk« gegangen, hatte ein Bier getrunken und sich dann im Zimmer hingelegt. Er wollte über die Lindner-Sache nachdenken, aber er war eingenickt.

Nach den Abendnachrichten war er noch einmal hinuntergegangen und hatte eine Kleinigkeit gegessen. Er hatte sich in den hinteren Teil der Gaststube gesetzt, weil Falk ihn immer wieder mit feindseligen Blicken musterte. Radek fühlte sich hier im Gasthaus zunehmend ungewollt.

Seit einiger Zeit saß die Kellnerin aus der Konditorei an der Theke, jenes Mädchen, das am Samstag hier gewesen war und mit ihm geflirtet hatte. Sie beobachtete ihn unverhohlen. Plötzlich stand sie auf und kam auf ihn zu.

»Hallo, darf ich mich zu dir setzen?« Sie wartete keine Antwort ab, sondern nahm einfach Platz. »Ich bin die Carina«, stellte sie sich vor.

»Hi, ich heiße Tom.«

»Du sitzt immer ganz alleine da.« Es klang mitleidig.

»Das Schicksal des Auswärtigen.« Radek lächelte.

»Was liest du?« Sie deutete auf das Buch.

Radek schob es ihr über den Tisch.

»›Die Grundlagen der Nationalsozialistischen Herrschaft. Machtstrukturen und Unterdrückungsmechanismen im Dritten Reich‹. Wow, und das interessiert dich?«

»Ein bisschen zumindest.«

»Und was interessiert dich daran?«

Er zuckte die Schultern. »In dem Buch geht es darum, wie die Nationalsozialisten es schafften, innerhalb so kurzer Zeit eine Demokratie in eine Diktatur umzuwandeln, und was dafür nötig war.«

Sie sah ihn träge an, und da sie nichts sagte, nahm er das als Aufforderung, um fortzufahren.

»Dafür waren mehrere Faktoren entscheidend. Zum Beispiel eine totalitäre politische Ideologie, die die Ungleichheit der Menschen in den Mittelpunkt stellte«, erklärte er. »Und ein beinahe allmächtiger Führer, der diese Ideologie geschickt in die Tat umsetzte. Natürlich nicht allein, es gab Helfer und Unterstützer. Opportunisten, die sich Profit versprachen, und ideologische Eiferer, die ihm bedingungslos folgten. Es gab ein perfides System, das alle Lebensbereiche durchdrang und jeden Menschen als Teil der nationalsozialistischen Gemeinschaft erfasste. Eine ideologische und soziale Gleichschaltung in allen Bereichen des Staates und über alle Ebenen hinweg. Es gab einen rigiden Polizeiapparat, der Widerstand beseitigte, oppositionelle Stimmen verhinderte und ein umfassendes Instrument der Unterdrückung darstellte. Es gab jede Menge Mitläufer, die sich Vorteile erhofften, und eine schweigende Mehrheit, die sich mit dem System arrangierte und versuchte, in Ruhe gelassen zu werden. Eines der wichtigsten Elemente war die Disziplinierung der Gesellschaft, ihre Gleichschaltung. Das alles waren sozusagen die Zutaten, aus denen Hitler seine Diktatur zusammenbauen konnte. Und das hat hervorragend funktioniert, wie wir wissen. Ab dem Zeitpunkt, wo dieses Terrorregime einmal eingerichtet war, konnte es von innen nicht mehr zerstört werden. Da bedurfte es eben des Zweiten Weltkrieges und der geballten militärischen Einmischung von außen, um dieses System der Unterdrückung zu überwinden. Findest du das nicht faszinierend?«

Carina hatte ihm aufmerksamer zugehört, als er erwartet hatte. Doch jetzt zuckte sie mit den Schultern, als wollte sie sagen: Wen interessiert's. »Das ist heute nicht viel anders. Da brauche ich kein Buch über die Nazis zu lesen. Das seh ich da draußen jeden Tag.« Sie machte eine unbestimmte Handbewegung hinaus zum Hauptplatz und warf Radek einen gelangweilten Blick zu, als wäre das alles für sie nichts Neues, sondern eine alltägliche Angelegenheit. Dann schob sie ihm das Buch zurück. »Wenn du so was liest, ist es kein Wunder, dass du alleine hier herumsitzt.« Sie lachte.

»Was wäre deiner Meinung nach eine Literatur, mit der man Leute anlocken kann? Fifty Shades of Grey?«

Sie blickte ihm in die Augen. »Kennst du das?«

Er wusste nicht, warum er gerade dieses Buch genannt hatte. Vielleicht weil er ständig über dieses Thema stolperte. In Buchhandlungen, als Film oder in den Medien. Er hatte das Buch noch nie in der Hand gehabt, es interessierte ihn auch nicht. Er hatte Schlagworte dazu aufgeschnappt: Erotische Sadomaso-Geschichte und Hausfrauenporno waren ihm im Gedächtnis haften geblieben, das reichte. »Nein, ich hab's nicht gelesen. Und du?«

»Ich auch nicht. Ich mach solche Sachen lieber selber, anstatt darüber zu lesen«, antwortete sie trocken. »Und wie ist das bei dir?« Ihre dunkel geschminkten Augen ließen ihn keinen Moment los.

Unwillkürlich musste er schlucken. Das klang wie ein eindeutiges Angebot. »Eigentlich genauso.« Nach einer kurzen Pause bot er an: »Möchtest du was trinken?«

»Klar.«

Er winkte der Kellnerin und bestellte zwei Gläser Rotwein.

»Also, warum liest du das Zeug wirklich?«, wollte sie dann wissen.

»Ich möchte im Herbst anfangen zu studieren.«

»Geschichte?«, fragte sie.

»Das war nicht schwer zu erraten.«

»In Wien?«

»Ja.«

»Und du lebst in Sankt Pölten?«

»Nein. Ich wohne in Senftenberg. Das ist im südlichen Waldviertel.«

Sie nickte. »Kennst du dich in Wien aus?«

»Ein bisschen.«

»Ist schön dort. Wir fahren manchmal hin, meine Freundin und ich, wenn's hier zu fad wird.«

»Verstehe. Du arbeitest fix in der Konditorei oder als Aushilfe?«

»Ich bin dort angestellt. Ein beschissener Job in einem beschissenen Nest.«

»Na, so schlimm wird's wohl nicht sein.«

»Ich weiß, was ein guter und was ein schlechter Job ist.«

Sie war einen Moment lang ungehalten. »Also, komm mir nicht mit der Gönnermasche.«

»Okay, tut mir leid«, beschwichtigte er.

»Macht nichts.« Sie lächelte ihn wieder an. »Aber hier kannst du es dir nicht aussuchen. Entweder du nimmst, was du kriegst, oder du haust ab und ziehst woanders hin. Erzähl mir lieber was von dir. Ich hab nicht viel Gelegenheit, mit Fremden zu reden.«

»Das klingt, als wäre ich vom Mars gekommen.«

»Na ja, ein bisschen vielleicht.« Sie lachte.

Dann driftete das Gespräch in seichte Gefilde ab. Sie fragte ihn über Sankt Pölten und Wien aus, und er erzählte ihr einige Geschichten und Anekdoten, harmlose Dinge von seinem spärlichen Nachtleben. Sie plauderte über die Tristesse im Dorf, die Langeweile und wie die Jugendlichen versuchten, sich ihren Alltag so angenehm wie möglich zu machen.

So verging die Zeit sehr schnell. Als Radek auf die Uhr schaute, war es bereits nach zehn. Carina bemerkte seinen verstohlenen Blick auf die Armbanduhr.

Plötzlich spürte er ihren Fuß, nur in Strümpfen, an seinem Knöchel. Der erste Schreck und die Überraschung mussten ihm deutlich anzusehen sein, denn sofort fragte sie mit schelmischem Blick: »Ist dir das unangenehm?«

Radek verneinte.

»Ich hab gehört, du bist bei der Polizei.«

»Ja, auch.«

»Und Student an der Uni.«

»Noch nicht.«

»Und das lässt sich vereinen?«

»Ich hoffe es.«

»Was machst du bei der Polizei?«

»Ich arbeite im Bereich Kapitalverbrechen.«

»Bist du deswegen hier?«

Er lächelte. »Ich bin wegen Bernadette Lindner hier.«

»Ach, die Bernadette, die nach Wien abgehauen ist und dort Party gemacht hat.«

»Woher weißt du, dass sie das getan hat?«

Sie zuckte mit den Schultern. »Ich weiß es nicht, aber das erzählt man sich.«

»Und was erzählt man sich sonst noch?«

Wieder ein Achselzucken. »Nichts Besonderes. Dass sie momentan etwas durch den Wind ist. Vielleicht hat sie den falschen Stoff geraucht. Ist mir aber egal, was die kleine Lindner treibt. Wichtiger ist, was wir treiben könnten.« Sie blickte ihm in die Augen und ließ keine Zweifel darüber offen, was sie meinte.

»Hast du irgendwelche Ideen?«, fragte Radek und gab sich naiv.

»Ja, sicher. Wenn du Polizist bist, hast du bestimmt Handschellen?«

Er nickte, obwohl er weder die Handfesseln noch seine Waffe mit nach Schandau genommen hatte. Wozu auch?

»Was hältst du davon, wenn wir in dein Zimmer gehen, du deine Handschellen auspackst und ich ein böses Mädchen bin? Du darfst mich auch fesseln. Dann zeig ich dir, dass man nicht unbedingt die Hände braucht, um einen Mann glücklich zu machen.« Dabei leckte sie mit der Zungenspitze über ihre dunkelroten, fast schwarzen Lippen, um klarzumachen, was sie meinte.

»Das klingt nach einem verlockenden Angebot«, musste Radek zugeben. Gleichzeitig begann die Fantasie mit ihm durchzugehen.

Immer noch spürte er ihren Fuß an seinem Unterschenkel, warm und zärtlich. Doch nun glitt er langsam höher und befand sich schließlich zwischen seinen Beinen.

Sanft drückte und massierte sie mit dem Fußballen. Radek reagierte schnell darauf und eine hitzige Erregung stieg in ihm hoch. Sein Mund war trocken, als hätte er den ganzen Tag nichts getrunken. Er nahm einen Schluck von seinem Wein, um Zeit zu gewinnen. Sie musterte ihn gespannt und beobachtete seine Reaktion, der Druck ihres Fußballens verstärkte sich. Sie lächelte so verführerisch, dass er glaubte, er müsse ihr gleich hier im Gastzimmer an die Wäsche gehen.

Dann begannen die Alarmglocken zu läuten. Hör auf, mit dem Schwanz zu denken. Wie wahrscheinlich ist es, dass man als Fremder in ein kleines Nest kommt und dort von einem gut aussehenden Mädchen verführt wird. Ein One-Night-Stand, wie er im Buche steht. Das passiert nur im Film, aber sicher nicht in Schandau. Da steckt was anderes dahinter.

Seine Gedanken rotierten. Die Szene in der Burg fiel ihm ein. Lenksteins Frauen, die sich ihm so bereitwillig angeboten hatten. Lief das hier mit der gleichen Absicht, nur mit einer anderen Spielerin?

Eine rasche Verführung und dann? Bloßgestellt mit falschen Anschuldigungen. Der hat mich ins Zimmer gezerrt, zu wilden Sexspielen gezwungen, mich gefesselt und vergewaltigt. Oder: Zuerst ermittelt der Polizist in einer angeblichen Strafsache und dann lässt er sich von einer möglichen Zeugin abschleppen. Wie glaubwürdig wären da die Ermittlungsergebnisse?

Du denkst Scheiße. Du hast zu viele schlechte Filme gesehen. Verfolgungswahn, Opfer deiner Einbildung, ratterte es in Radeks Kopf. Vielleicht ist es einfach so, wie es ist. Die Männer im Dorf sind vergeben und allzu bekannt. Frisches Fleisch ist selten. Vielleicht geht es der Kleinen genau darum. Wer zuerst kommt, mahlt zuerst, die Fremden sind bald wieder weg, man muss sich ranhalten, wenn man jemanden aufreißen will, man darf nicht warten, bis die Touristen einen anbaggern. Unkomplizierter Sex, ohne dass es nachher im Dorf blöde Eifersüchteleien gibt, weil einer zum Zug gekommen ist und ein anderer nicht. Vielleicht geht es ihr um nichts anderes als ein bisschen Spaß. Also bleib locker und mach dir einen schönen Abend mit ihr.

Aber er brachte die alarmierende Stimme im Hinterkopf nicht zum Schweigen. Und er musste an Lenkstein denken. Was hatte er gesagt? Das Böse sei allgegenwärtig und niemand könne sich ihm verwehren. War diese Carina das Böse, das ihn verführen wollte, damit er erpressbar wurde und damit seine dienstlichen Bemühungen zum Scheitern verurteilt waren?

Sie bemerkte sein Zögern und erregte noch einmal mit dem Fuß seine Aufmerksamkeit. »Was ist jetzt? Gehen wir ein bisschen spielen? Wenn du willst, kann ich auch dich fesseln. Du wirst es nicht bereuen, wenn du mir ausgeliefert bist.«

Daran zweifelte Radek keine Sekunde. Trotzdem musste er schnell eine Entscheidung treffen. Was soll's, dachte er und sagte: »Du bist ein schlimmes Mädchen.« Er griff nach unten, streichelte ihren Fuß und schob ihn sanft zur Seite. »Mit einer sehr direkten Art. Ich bin mir sicher, dass viele Männer das zu schätzen wissen. Aber ich bin hier nicht als Tourist oder um mich aufreißen zu lassen, sondern als Polizist mit einer konkreten Aufgabe. Da gehört das, was du machen möchtest, leider nicht dazu.«

»Ach, vergiss den Dienst«, gurrte sie und ihr Fuß kehrte dorthin zurück, von wo er ihn vertrieben hatte. »Jetzt bist du privat. Morgen kannst du wieder der brave Bulle sein. Und dazwischen können wir eine Menge Spaß haben.«

»Sorry, ein andermal vielleicht. Heute gibt's für uns keinen Spaß.« Er drückte noch einmal ihren Fuß weg und rückte mit dem Sessel ein Stück zurück und außer Reichweite.

Carina beugte sich über den Tisch, machte einen Schmollmund und flüsterte mit rauchiger Stimme, die ihm eine wohlige Gänsehaut über den Rücken jagte: »Tom, du weißt nicht, was dir entgeht. Du wirst mit mir Sachen erleben, die du so schnell nicht vergessen wirst. Du kannst mit mir machen, was immer du willst. Ich werde nur dir gehören. Komm, sei kein Feigling. Morgen ist wieder ein beschissen normaler Arbeitstag, aber ich verspreche dir: Heute Nacht kannst du den Fick deines Lebens haben.«

Er musste weg, bevor er ihrem Drängen nachgab. »Wie gesagt, tut mir leid. Nicht heute Nacht. Vielleicht ein andermal.«

»Es gibt keine zweite Chance, Großer.« Wieder klang ihre Stimme wie die leibhaftige Sünde. »Entweder jetzt oder nie. Vielleicht wirst du ewig dem nachweinen, was du heute versäumt hast. Entspann dich, nimm das, was du kriegst, und denk nicht lange darüber nach.«

In ihren dunklen Augen schimmerte die blanke Lust. Sie griff mit beiden Händen an ihren Busen, wissend, dass Radek ihr seinen Blick nicht entziehen konnte. »Komm, greif zu, heute gehöre ich dir.«

»Es geht nicht. So schwer es mir fällt. Du bist eine schöne und sinnliche Frau, und ich bin mir sicher, dass ich es lange bereuen werde, wenn ich jetzt gehe. Aber ich mach es trotzdem.« Die Erregung, die Radek erfasst hatte, machte ihm das Reden fast unmöglich. Er brauchte noch einen Schluck Wein, um seine Kehle zu befeuchten und nicht wie ein schüchterner Teenager herumzubrabbeln. Anschließend stand er auf und ließ sie sitzen. Einen Moment fürchtete er, dass sie ihm nacheilte, aber das tat sie nicht.

Falk und die Gäste an der Theke blickten ihn mit einem seltsamen Ausdruck in den Augen an, den er nicht deuten konnte. Wahrscheinlich hatten sie die Szene beobachtet und waren nun gespannt, was geschehen würde.

Im Vorbeigehen sagte er Falk, er solle seine Zeche aufs

Zimmer schreiben, dann war er aus der Gaststube, lief hastig in den ersten Stock und in sein Zimmer.

Er ging auf den Balkon, die Nachtluft brachte angenehme Abkühlung. Er rauchte zwei Zigaretten hintereinander und fragte sich, ob das gerade tatsächlich passiert war oder ob er es geträumt hatte. Es war Wirklichkeit, er hatte eine umwerfende Frau abblitzen lassen. Verdammt, was war los mit ihm? Was geschah in diesem Dorf? Was geschah hier mit ihm? Hatte er sich so verrückt machen lassen, dass er es nicht einmal mehr wagte, ein Mädchen aufzureißen?

30.

Die Reue kam schon am nächsten Morgen. Er war ein Vollidiot gewesen, eine solche Chance auszulassen!

Während er im Bett lag, vor sich hindöste und langsam wach wurde, spielte ihm seine Fantasie grausame Streiche. Er dachte darüber nach, was gewesen wäre, wenn er Carina mit ins Zimmer genommen hätte. Und was sie getan hätten oder tun hätten können, sie mit ihm und umgekehrt.

Wäre es so schlimm gewesen, wenn er mit der Kellnerin aus der Konditorei in Schandau eine leidenschaftliche Nacht verbracht hätte? Sie war weder verdächtig noch in das Verschwinden von Bernadette Lindner verstrickt. Außerdem liefen seine Erhebungen ohnehin ins Leere. Morgen würde er abhauen, einen negativen Bericht schreiben und damit die Sache abhaken. Kein Mensch hätte sich also daran gestoßen, wenn er mit ihr geschlafen hätte.

Verflucht, warum hatte er sie abblitzen lassen? Aus moralischen Gründen? Weil es sich nicht gehörte? Scheiß auf die Moral. Er war doch sonst nicht prüde, wenn es um Frauen ging. Oder war es das Gefühl gewesen, dass etwas nicht stimmte? Dass es zu glatt lief, zu unkompliziert, dass ihm alles inszeniert erschien? Warum hatte ihn dieses Gefühl beschlichen? Es gab keinen Anlass dafür. Oder doch? Scheiße, dieses Dorf machte ihn verrückt. Das Misstrauen, das ihm entgegengebracht wurde, die Mauern, gegen die er ständig rannte. Eigentlich wollte ihn hier niemand haben, den Sankt Pöltner, den Bullen. Und dann dieser Auftritt der Kleinen. Er wusste nicht mehr, was er denken sollte.

Aus – vorbei ist vorbei. Er zwang sich, nicht mehr an das Mädchen und den gestrigen Abend zu denken, stand auf und stellte sich unter die Dusche.

Als Radek beim Frühstück saß, wurde er das Gefühl nicht los, dass ihn alle Leute, die er sah, beobachteten. Mit einem schadenfrohen Blick, der sagte: Seht euch diesen Idioten an. Da schmeißt sich ihm die Carina an den Hals, die jeder im Ort bumsen möchte, der noch einen hochkriegt, und er lässt sie abblitzen.

Radek hatte die Schnauze voll von diesem Nest. Er schlang sein Frühstück hinunter und machte sich auf den Weg in die Polizeiinspektion Gresten.

Steiger hatte frei, was ihm nicht unangenehm war, wenigstens hatte er so seine Ruhe. Er wollte seinen Bericht schreiben und morgen abhauen. Scheiß auf Schandau, die Grufties und die Satanisten, die es sowieso nicht gab. Es reichte ihm.

Den ganzen Tag über spielten ihm erotische Gedanken wilde Streiche. Er brachte diese leidenschaftlich funkelnden dunklen Augen nicht aus dem Kopf mit ihrem verwegenen Smokey-Eyes-Make-up, die ihn so verführerisch angesehen hatten. Und ihre Lippen, mit der Zunge verheißungsvoll angefeuchtet. Er konnte sich nicht dagegen wehren, sich vorzustellen, was sie gemacht hätte, wenn sie in seinem Zimmer gewesen wäre.

Radek war unkonzentriert, unruhig, gereizt und zornig auf sich selbst. Seine Gemütslage pendelte zwischen Selbstmitleid wegen dem, was er versäumt hatte, und einer unbeschreiblichen Wut, weil er zu dämlich gewesen war, diese Gelegenheit zu ergreifen.

Immer wieder unterbrach er seine Arbeit, ging vor die Polizeiinspektion und rauchte eine Zigarette. Die uniformierten Kollegen beobachteten ihn dabei misstrauisch. Er ertappte sich bei dem Gedanken, ob sie davon wussten, was letzte Nacht geschehen oder besser, was nicht geschehen war.

Ihm fehlte jeder Ansporn, seine Berichte zu schreiben, dementsprechend schlampig und unpräzise wurden sie, was eigentlich seiner Art widersprach. Aber er wollte so schnell wie möglich fertig werden und von hier weg.

Gegen Mittag, als seine Lustlosigkeit den Höhepunkt erreichte, nahm er sich den Aktenordner mit den Einvernahmen, die Steiger zum Verschwinden der Lindner gemacht hatte, und blätterte ihn durch. Wie erwartet fand er nichts Neues, sondern nur die bereits bekannten Stichwörter: Abgehauen, in der Stadt gefeiert und jetzt in Katerstimmung, lautete die einhellige Meinung. Und: nichts gesehen, keine Auffälligkeiten, keine Erklärungen. Es war frustrierend.

Er verzichtete aufs Mittagessen, machte dafür aber bereits am frühen Nachmittag Feierabend. Wer hätte ihn deshalb zurechtweisen sollen? Er hatte hier nichts mehr zu tun, wusste nicht, wen er noch befragen sollte. Eigentlich könnte er zurück nach Sankt Pölten fahren, doch es erschien ihm als ein Gebot der Höflichkeit, sich zumindest von Steiger persönlich zu verabschieden. Außerdem fehlte ihm der Antrieb, sich auf den Weg zu machen.

Am liebsten wäre er in die Konditorei gegangen und hätte sich mit Carina für heute Abend verabredet. Aber er wusste, wie lächerlich das wäre. Gestern war die Gelegenheit gewesen, die er ungenutzt hatte verstreichen lassen. Sie hatte es gesagt: Es gibt keine zweite Chance, Großer. Gestern, ja, gestern – da hätte er ihr beweisen können, was für ein Mann er war. Jetzt würde er nur eine Witzfigur abgeben.

»Herr Oberstleutnant.« Lenkstein war sehr ungehalten und hatte keine Lust auf Small Talk. »Was geht da in Ihrem Bezirk vor?«

Gregor Hager, Bezirkspolizeikommandant von Scheibbs, wusste nicht, worauf der Anrufer hinauswollte. »Herr Baron«, begann er vorsichtig. »Ich weiß nicht genau, was Sie meinen.«

»In Schandau läuft ein Polizist aus Sankt Pölten mit einer Kollegin aus der Polizeiinspektion Gresten herum, und die befragen alle möglichen Leute.« Lenkstein konnte seinen Zorn nur schwer verbergen. Als er auf die Sache mit seiner Frau zu sprechen kam, verlor er beinahe die Beherrschung. »Und dann fährt dieser Kretin nach Sankt Pölten zu meiner Frau, um sie zu verhören. Was ist das für eine Sauerei? Verdammt noch einmal!«

»Ich … Ich habe keine Ahnung, Herr Baron«, stammelte Hager unterwürfig.

»Das sollten Sie aber!« Nun wurde Lenkstein laut. »Es ist Ihr Bezirk, Ihre Zuständigkeit. Wollen Sie mir erklären, dass da die Polizisten machen, was sie wollen, und Sie nichts davon wissen? Was sind Sie für ein Arschloch, Hager?«

Der Bezirkspolizeikommandant kannte Lenkstein und seinen unbändigen Jähzorn genauso wie alle anderen, die mit ihm zu tun hatten. Deshalb sah er ihm die Beleidigung nach.

»Was glauben Sie, warum Sie regelmäßig Ihre Zuwendungen bekommen? Ich meine nicht nur die Weihnachtsgeschenke für die Polizeiinspektionen«, schnauzte Lenkstein. »Was glauben Sie, warum Sie zu mir zur Jagd eingeladen werden? Was glauben Sie, warum Sie bei mir billiges Bauholz gekauft haben? Von den anderen Dingen ganz zu schweigen. Was denken Sie, warum das alles? Damit Sie keine Ahnung haben?« Jetzt explodierte er. »Hager, Sie haben eine Ahnung zu haben! In welchem Sauhaufen arbeiten Sie eigentlich, wenn alle machen, was sie wollen, und der Chef von nichts eine Ahnung hat?«

»Aber, Herr Baron«, Hager versuchte sich zu wehren, »so können Sie das nicht sehen. Es ist ein weitläufiger Bezirk, ich kann nicht überall sein. Wenn Sie mir erklären, was vorgefallen ist, werde ich sofort die erforderlichen Auskünfte einholen und Sie informieren.«

»Ich habe Ihnen schon gesagt, was passiert ist: Ein Polizist dringt in meine Privatsphäre ein. Ich möchte, dass Sie das abstellen. Und zwar sofort. Dieser Kretin soll sich nach Hause scheren.«

»Wie gesagt«, Hager ignorierte den Befehlston, »ich werde mich darum kümmern und melde mich in Kürze bei Ihnen.«

»Gut, machen Sie das. Ich erwarte Ihren Anruf.« Damit beendete Lenkstein das Telefonat.

Hagers Hände zitterten, als er den Hörer auflegte. So aufgebracht hatte er den Baron noch nie erlebt. Ja, er war einige Male bei den Jagdgesellschaften des Barons eingeladen gewesen und manchmal zeigte sich der Baron für kleine Gefälligkeiten erkenntlich. Immer sehr großzügig, obwohl es nur Kleinigkeiten waren, die Hager für ihn erledigte. Eine Anzeige, die nicht weitergeleitet wurde, oder Aktivitäten des Finanzamtes im Hinblick auf Schwarzarbeiter, über die er dem Unternehmer einen kleinen Tipp zukommen ließ, keine großen Sachen eben. Und die Kollegen in den Polizeiinspektionen im Bezirk mischten sich nicht in das ein, was in Schandau passierte. Außer wenn es einen gröberen, strafrechtlichen Verstoß gab. Alle wussten, dass der Baron im Dorf seine Ruhe haben wollte, und alle bemühten sich, das zu gewährleisten.

Als er wieder einigermaßen gefasst war, drückte der Bezirkspolizeikommandant eine Kurzwahltaste auf seinem Telefon und rief Blaha, den Leiter der Polizeiinspektion Gresten, an. Schnell hatte er die Informationen, die er wollte. Ein Polizist vom LKA aus Sankt Pölten untersuchte das Verschwinden von dieser Bernadette Lindner auf einen satanistischen Hintergrund. Er konnte sich vage an die Geschichte mit diesem Mädchen erinnern und hatte geglaubt, dass sie abgeschlossen sei. Satanisten in Schandau, so ein Schwachsinn. Wie kam der Kollege auf diese Vermutung?

Zu seinem Bedauern wurde ihm mitgeteilt, dass Gruppeninspektor Radek sich nicht mehr in der Polizeiinspektion befinde, man habe auch keine Telefonnummer, unter der man ihn erreichen könne. Hager schnauzte Blaha an, weil dieser offensichtlich keine Möglichkeit sah, mit Radek Kontakt aufzunehmen. Das sei eine unerhörte Schlamperei.

Kleinlaut rief Hager anschließend Lenkstein an und gestand ihm, dass es derzeit keine Möglichkeit gab, den Kollegen aus Sankt Pölten zu kontaktieren und sich Bericht erstatten zu lassen. Die Schimpftirade des Barons ertrug er geduldig, versprach aber, gleich am nächsten Tag die erforderlichen Schritte einzuleiten. Wie die aussehen sollten, wusste er selbst nicht. Zum Glück fragte der Baron nicht nach.

Er sah die beiden Jugendlichen schon von Weitem. Sie kamen ihm entgegen und betrachteten uninteressiert die Auslagen der Geschäfte, an denen sie vorbeigingen. Ein Pärchen, er hatte den Arm um ihre Schulter gelegt, sie den ihren um seine Hüfte.

Radek war unterwegs zum Gasthaus »Falk«. Zu seinem Verdruss hatte es nur am anderen Ende des Hauptplatzes einen freien Parkplatz gegeben. Jetzt marschierte er gereizt und mit großen Schritten zurück in sein Quartier. Er wollte niemanden mehr sehen.

Vor dem Friseurladen von Doleschal, wo der Gehsteig etwas enger wurde, trafen die zwei Jugendlichen auf ihn. Radek schätzte sie auf etwa 20 Jahre, beide trugen schwarze Kleidung, als gingen sie im Partnerlook. Das Mädchen hatte mehrere Piercings im Gesicht und schwarz gefärbtes kurzes Haar. Sie blieben vor ihm stehen und der Junge motzte: »Willst nicht ausweichen?«

Radek war so überrascht von dieser Art, dass ihm keine passende Antwort einfiel. Deshalb maulte er zurück: »Warum sollte ich?«

»Weil wir hier gehen.«

»Und – ich flieg, oder was?«

»Das ist uns wurscht, scher dich zur Seite.«

Jetzt packte Radek der Zorn über diese unverhohlene Frechheit der Jugendlichen. Rechts neben ihm war die Hauswand, wohin hätte er ausweichen sollen? »Schert ihr euch auf die Seite«, antwortete er barsch.

Der Junge löste sich aus der Umarmung mit dem Mädchen. »Werd nicht frech, Bester.« Seine Stimme nahm einen drohenden Klang an.

»Muss ich jetzt Angst kriegen?«

»Schleich dich heim in dein scheiß Sankt Pölten, da kannst du's Maul aufreißen, so viel du willst, aber bei uns heißt es: kusch!«

Woher wusste der Junge, dass Radek aus Sankt Pölten war? Anscheinend kannte ihn mittlerweile wirklich das ganze Dorf.

Die Situation wurde zum Hahnenkampf. Wer gibt zuerst nach? Wer bremst, verliert. Radek hatte nicht vor, zurückzustecken. Er fühlte sich im Recht, deshalb stieg er aufs Gas. »Was willst du machen? Mir eine reinhauen?«

»Warum nicht?«

Radek veränderte seine Position so, dass er einen möglichen Angriff leichter abwehren konnte, und war auf der Hut. Er hob die Arme ein wenig, um bereit zu sein. »Weil ich dann zurückschlagen könnte. Und vielleicht bekommt dir das gar nicht.«

»Du verfickter Sankt Pöltner, mach dich hier nicht wichtig«, fuhr ihn nun auch das Mädchen an. »Schieb deinen Kadaver auf die Seite, bevor wir mit dir den Boden aufwischen!«

Eigentlich hätte Radek von ihr erwartet, dass sie beruhigend auf ihren Begleiter einwirkte, aber nicht, dass auch sie ihn attackierte.

»Mädel, halt deinen Mund und lass das die Männer ausmachen.« Radek kam ihr absichtlich auf unterstem Niveau. Sie trat einen Schritt näher. »Und bleib stehen, wo du bist, sonst fängst du gleich eine«, drohte er ihr.

Es war verrückt. Er wollte sich hier nicht mit den einheimischen Jugendlichen prügeln, sondern nur in Ruhe in sein Zimmer gehen.

»Also, ich sag euch was«, versuchte er zu deeskalieren. »Ihr habt einen halben Gehsteig und ich hab die andere Hälfte, da kommen wir schön aneinander vorbei. Wenn ihr glaubt, dass ich mich an die Hauswand schmiere, damit ihr in Ruhe herumflanieren könnt, habt ihr euch getäuscht.« Er wandte sich direkt an den Jungen: »Und wenn du deswegen eine Schlägerei anfangen willst, nur zu, oder glaubst du etwa, dass ich mir wegen dir in die Hosen scheiße?«

Früher, in seiner Kindheit und als Jugendlicher, hatte er lange Zeit Taekwondo gemacht. Vieles davon war hängen geblieben. Er hatte vor den beiden keine Angst. Radek blickte dem Jungen in die Augen, und seine Entschlossenheit ließ keinen Zweifel daran aufkommen, dass er bereit war, eine Auseinandersetzung in Kauf zu nehmen. Um das Maß voll zu machen, sagte Radek zu dem Mädchen: »Das gilt auch für dich. Glaub ja nicht, dass ich Skrupel hab, dir ein paar Ohrfeigen zu verpassen, wenn du frech wirst. Ihr könnt es ausprobieren, dann werden wir sehen, wer mit wem den Boden aufwischt.«

Radek ging auf den Jungen zu, der vor ihm stand, gab ihm mit beiden Händen einen kräftigen Schubs, dass dieser zwei Schritte zurücktaumelte, und fuhr ihn an: »Und jetzt verzieh dich, ich hab nicht vor, den ganzen Tag blöd herumzudiskutieren.«

Radek ging entschlossen weiter und war mit wenigen Schritten aus der Reichweite des Jungen. Wenn der eine Rauferei anfangen wollte, musste er ihm nach, und das hätte Radek gehört. Deshalb drehte er sich nicht um. Der Kerl sollte nicht glauben, dass Radek vor ihm Angst hatte.

Der Junge schimpfte hinter ihm her: »Du verficktes Arschloch, mach dich nur wichtig, wir kriegen dich schon noch!«

Aber darauf ging Radek nicht mehr ein. Er lief weiter und zündete sich eine Zigarette an. Immerhin hatte er gewonnen.

Radek lag auf dem Bett und versuchte die Gedanken an Carina zu verdrängen, indem er sich zwang, über die vergangene Woche und das Dorf nachzudenken. Er ließ seine Erlebnisse Revue passieren und ordnete und analysierte die damit verbundenen Eindrücke und Informationen.

Es gab mehrere Punkte, die ihm sonderbar erschienen. Zunächst der Umstand, dass das ganze Dorf einen riesigen Mantel des Schweigens über die Angelegenheit Bernadette Lindner breitete.

Auffällig war auch, dass das Dorf als kleiner, eigenständiger Mikrokosmos existierte. Nach außen hin abgeschottet und frei von fremden Einflüssen. Eine eigene kleine Welt, die noch wie in vergangenen Jahrzehnten funktionierte. Die Mehrzahl der Einwohner kaufte und arbeitete im Ort, eine eingeschworene Gemeinschaft. Ließ sich damit erklären, dass die Geschichte von Lindners Verschwinden wie abgesprochen klang? Was hielt diese Dorfgemeinschaft zusammen? In vielen ländlichen Gegenden lösen sich die alten Strukturen auf, die jungen Leute siedeln ab, suchen sich in der Stadt eine Zukunft, die Dörfer überaltern, die kleinen Geschäfte können nicht mehr überleben und schließen. Warum war das hier nicht so? Weshalb verhielten sich die Leute, als wären sie einander durch Inzucht auf ewig verwandtschaftlich verbunden? Was passierte mit den Leuten, die sich nicht in die Dorfgemeinschaft einfügten? Wurden jene ausgeschlossen, die nicht dazu passten? Bei den Goths war das offensichtlich nicht der Fall. Sie galten vielleicht als

Außenseiter, schienen im Ort aber keine Probleme zu haben. Im Gegenteil, wenn er sich den Auftritt des Pärchens am Nachmittag vergegenwärtigte, traten sie mit einem Selbstbewusstsein auf, als gehöre das Dorf ihnen.

Das brachte Radek zu Lenkstein. Er war der größte Arbeitgeber im Ort und alles schien von ihm abhängig zu sein. Doch rechtfertigte das sein feudales Gehabe? War er einfach großkotzig oder steckte mehr dahinter?

Außerdem gab es noch den Pfarrer ohne Gläubige und den Falk und den Wirt von der »Linde« und den Friseur und den Bürgermeister – Radek wurde das Gefühl nicht los, dass sie alle etwas zu verbergen hatten.

Aber Gefühl allein war zu wenig. Er hatte keinen einzigen Beweis dafür, und noch weniger konnte er erklären, wie das alles mit dem Verschwinden von Bernadette Lindner zusammenhängen sollte. Und am allerwenigsten hatte es etwas mit Satanisten zu tun. Deshalb war er eigentlich hier. Er sollte klären, ob es bei der Lindner-Sache einen satanistischen und strafrechtlichen Hintergrund gab, aber nach allem, was er bisher erfahren hatte, musste er sagen: nein.

Das war's. Aus – Ende – Schluss.

Das Dorf und seine Bewohner mochten komisch sein, doch er sah keinen Grund für weitere polizeiliche Erhebungen und schon gar nicht für das Landeskriminalamt. Er würde morgen nach Sankt Pölten fahren, einen negativen Abschlussbericht abliefern und ab Montag wieder seinen Papierkram machen.

31.

Sie hatten etwas unter vier Augen zu besprechen, und das konnten sie nur an einem Ort tun, der sicher war. Ihre Frauen waren nach Amstetten zum Einkaufen gefahren. Sie nutzten diese Gelegenheit und saßen jetzt in Steinhammers Wohnzimmer in Hinterau, bei zugezogenen Vorhängen, man konnte nie wissen. Sperl hatte am Telefon nur vage Andeutungen gemacht, warum er sich mit seinem Freund treffen wollte.

»Wir sollten die Chance nutzen und mit dem Polizisten reden«, kam Sperl auf den Grund seines Besuchs zu sprechen.

Steinhammer antwortete nicht, er dachte lange nach, und sein Freund beobachtete ihn aufmerksam. Steinhammer dachte an seine Tochter, was sie ihr angetan hatten und was sie tun würden, wenn sie erfuhren, dass er sich gegen sie auflehnte. Es war nicht einfach für ihn, aber Sperl war in einer ähnlichen Situation.

»Wie stellst du dir das vor? Und wie soll es dann weitergehen?«

»Ich möchte, dass endlich etwas gegen sie unternommen wird. Ich möchte nicht immer mit der Angst um meine Kinder leben. Ich möchte nicht, dass es ihnen so geht wie Marie.«

»Das versteh ich. Aber was glaubst du, wie es weitergehen wird?«, wiederholte Steinhammer seine Frage. »Was wird der Polizist unternehmen? Wenn das, was herauskommt, nicht ausreicht, sind wir erledigt, das weißt du. Und du weißt, wie mächtig sie sind. Möglicherweise wird der Polizist zurückgepfiffen und wir stehen wieder alleine da.«

»Wir könnten erst dann mit dem Polizisten reden, wenn wir sicher sind, dass er etwas gegen sie unternehmen wird.«

»Woher sollen wir das wissen? Das können wir nicht beeinflussen.«

»Vielleicht, indem wir ihm genug Material liefern«, sagte Sperl nachdenklich. »Wir sollten uns Verbündete suchen. Je mehr Leute wir sind, die dem Polizisten Informationen liefern, desto größer sind unsere Chancen. Vielleicht sollten wir mit dem Lindner sprechen.«

»Denkst du, dass er mitmacht?«

»Ich weiß es nicht, aber was seiner Tochter passiert ist, erinnert an Marie. Und wir sollten auch mit dem Hermann reden.«

»Er hat sich verletzt, weil das Moped auf ihn gestürzt ist.«

»Das ist doch Blödsinn, du weißt das so gut wie ich. Er war an dem Abend in der ›Linde‹ und ist gegen halb elf gegangen. Was machte er so spät noch in der Garage bei seinem Moped? Blödsinn.«

»Was glaubst du dann, was geschehen ist?«

»Sie haben ihm den Arm gebrochen.«

»Warum?«, fragte Steinhammer und langsam stieg Furcht in ihm auf.

»Weil er einen Fehler gemacht hat.« Sperl wusste nicht, was passiert war, aber es konnte nur so gewesen sein. »Das Maul zu weit aufgerissen. Mit den falschen Leuten geredet, vielleicht sogar mit dem Polizisten.«

Steinhammer überlegte. »Was, wenn es ein Trick ist?«

»Was soll das für ein Trick sein?« Sperl wusste nicht, worauf sein Freund hinauswollte.

»Na ja, vielleicht wollen sie durch den Polizisten Aufsässige hervorlocken.« Steinhammer traute niemandem im Dorf.

»Glaubst du?« Sperl war skeptisch.

»Du weißt, wie sie sind. Unberechenbar und zu allem fähig.«

Ja, Sperl wusste es und er hatte das Risiko abgewogen. Als die Polizistin aus Gresten wegen der Lindner herumgelaufen war, hatte er sich noch ruhig verhalten. Die Polizeiinspektion in Gresten war zu nahe. Niemand konnte sagen, ob dort nicht jemand geschmiert wurde und mit ihnen gemeinsame Sache machte. Aber der Polizist, der jetzt ermittelte, kam aus Sankt Pölten, das war etwas anderes. Die Wahrscheinlichkeit war geringer, dass auch er gekauft war. Sie mussten die Chance nutzen, wer weiß, wann sich wieder so eine Möglichkeit ergab. »Was machen wir jetzt mit dem Polizisten?«, fragte er.

»Ich würde mich zurückhalten«, riet ihm Steinhammer. »Der Polizist ist in ein paar Tagen weg, aber alle werden wissen, dass wir mit ihm geredet haben, und dann sitzen wir voll in der Scheiße.«

»Gut, warten wir noch ein paar Tage«, schlug Sperl vor. »Wenn er am Montag immer noch da ist, werde ich mit ihm sprechen.«

Steinhammer wusste, was passieren würde, wenn es schiefging. Aber er wusste auch, dass sein Freund recht hatte. Der Polizist aus Sankt Pölten war eine einmalige Chance, die sie ergreifen mussten. Sonst würde es ewig so weitergehen. Keiner würde etwas unternehmen, alle würden sich ducken und hoffen, dass sie verschont blieben. Sie waren feige. Auch er war nicht mutig, aber er war zornig. Wegen dem, was sie seiner Tochter angetan hatten. Er wollte, dass sie dafür bezahlten. »In Ordnung, warten wir bis Montag und schauen wir, was dann passiert.«

32.

Das Essen im Gasthaus »Zur Linde« war besser als im »Falk«, stellte Radek fest, aber er hatte keinen großen Appetit. Er war absichtlich nicht im »Falk« geblieben, weil er die blöden und schadenfrohen Blicke der Gäste vermeiden wollte.

Deshalb saß er jetzt im hintersten Winkel der »Linde«, las sein Buch über die nationalsozialistische Machtpolitik, dachte an Carina und wie diese Lektüre den Einstieg zu einer mittleren Katastrophe gebildet hatte.

An der Theke saß ein Mann, sein linker Arm war eingegipst und er trug ihn in einer Schlinge. Erst auf den zweiten Blick erkannte Radek in ihm jenen Mann, der ihn vor ein paar Tagen auf dem Hauptplatz angesprochen hatte, als er aus Gresten zurückgekommen war. Damals hatte der Typ aber, soweit sich Radek entsinnen konnte, noch keine Verletzung gehabt.

Die Diktatur der Nazis lenkte ihn ab. Er vergaß den gestrigen Abend und Carina und seine Blamage und die Zeit. Als er irgendwann aufblickte, stellte er fest, dass er der letzte Gast war. Der Wirt lehnte gelangweilt hinter der Theke und blätterte in einer Zeitschrift. Radek winkte ihn zu sich und bezahlte.

Als er das Gasthaus verließ, war es halb zwölf. Eine kühle Nacht empfing ihn. Er vermutete, dass das Wetter bald umschlug. Der Altweibersommer war vorbei. Er ging quer über den Hauptplatz und steuerte den Gasthof »Falk« an. Das Erdgeschoss war bereits dunkel, also auch dort keine Gäste mehr. Die Fenster der anderen Häuser auf dem Hauptplatz waren ebenfalls finster. Selbst die Straßenbeleuchtung erschien ihm so spärlich, als würde sie um diese Zeit niemand mehr benötigen.

Dann geschah alles so schnell, dass er keine Möglichkeit hatte, etwas dagegen zu unternehmen. Vielleicht lag es auch am Bier, das seine Aufmerksamkeit dämpfte, jedenfalls ließen sie ihm keine Chance.

Da war noch das Gefühl, dass sich ihm jemand von hinten näherte, doch bevor er sich umwenden konnte, hörte er ein seltsames Tackern, und gleichzeitig durchzuckte ein fast unerträglicher Schmerz, von seinem Rücken ausgehend, den ganzen Körper. Er schrie, konnte seine Muskeln nicht mehr kontrollieren, seine Beine versagten, er fiel zu Boden. Er war benommen, unfähig, sich zu bewegen. Steh auf, kämpfe, hämmerte es in seinem Kopf, aber er war nicht dazu in der Lage. Jemand, der neben seinem Kopf kniete, verschloss seinen Mund mit einem Klebeband, stülpte ihm einen dunklen, nach Benzin stinkenden Stoffsack über den Kopf und zog ihn um seinen Hals zusammen.

Er geriet in Panik, sie wollten ihn erwürgen, sie würden ihn töten. Er versuchte sich zu bewegen, aber seine Muskeln waren völlig kraftlos. Er schaffte es nicht einmal, den Kopf zu heben. Er wurde auf den Bauch gedreht, seine Arme wurden zurückgerissen und mit zwei Kabelbindern gefesselt, seine Beine an den Fußgelenken zusammengeschnürt. Jemand bog die Finger seiner linken Hand auseinander und er spürte einen kurzen, stechenden Schmerz im Zeigefinger.

Er wollte treten und sich wehren, aber immer noch war es ihm unmöglich, sich zu bewegen. Radek hörte ein Auto heranfahren, er wurde hochgehoben, und wenige Momente später knallte er schwer auf eine Ladefläche. Dann wurde eine Schiebetür geschlossen und der Wagen fuhr an.

Radek war außerstande, klar zu denken, er hatte das Gefühl, ohnmächtig zu werden, als wäre sein Gehirn ein einziger matschiger Brei, der im Inneren seines Schädels herumgluckerte wie in einem Plastikbecher.

Er wusste nicht, wie lange dieser Zustand anhielt, er hatte kein Zeitgefühl mehr, aber nach einer Weile wich seine Benommenheit und seine Gedanken überschlugen sich trotz der Furcht, die ihn erfasste. Eine Entführung, schoss es ihm durch den Kopf, ich werde entführt. Sie haben einen Elektroschocker verwendet, um mich wehrlos zu machen. Das war eine Erkenntnis, die er nur schwer begreifen konnte, aber es war so. Er schaffte es nicht, zu überlegen, wer die Entführer sein könnten und was sie damit bezweckten, weil die Angst immer wieder in heftigen Wellen hereinbrach und sein Denken zerriss. Er lag auf dem Rücken und spürte, wie er auf dem Boden des Lieferwagens herumgeschüttelt wurde, wenn der Wagen in eine Kurve fuhr. Irgendwann wurde ihm klar, dass es mindestens drei Entführer sein mussten. Zwei, die ihn in den Wagen gehoben hatten, und einer, der fuhr. Er hatte also keine Chance.

Allerdings spürte Radek, dass er die Herrschaft über seine Muskeln wiedergewann. Nach und nach konnte er die Beine und die Hände und die Finger wieder bewegen.

Plötzlich hielt der Wagen. Radek konnte nicht sagen, ob die Fahrt eine oder fünf Stunden gedauert hatte. Die Schiebetür wurde geöffnet. Hände packten ihn und zerrten ihn aus dem Auto. Er spürte die kalte Nachtluft. Er wollte sich wehren. Die Konsequenzen waren ihm egal, er wollte nicht widerstandslos hinnehmen, was mit ihm geschah. Als er an den Beinen hochgehoben wurde, begann er zu treten und entwand sich dem Griff. Seine Beine klatschten auf den Boden und einen Augenblick später erhielt er einen Schlag in den Magen, der ihm den Atem raubte. Er schrie vor Schmerz, das Klebeband ließ jedoch nur ein Grunzen daraus werden. Er sackte zusammen, wurde wieder hochgehoben und weggetragen. Nach wenigen Metern stellten ihn die Entführer hin. Sein Magen schmerzte und er konnte kaum stehen. Jemand hielt ihn an den Armen, dann hörte er eine leise Stimme an seinem Ohr.

»Hör zu, Bulle. Du bist hier am falschen Platz und steckst deine Nase in Dinge, die dich nichts angehen. Dafür bezahlst du jetzt. Und wenn du nicht verschwindest, passiert noch was Schlimmeres.«

Er hörte, wie sich Schritte entfernten, die Schiebetür des Autos geschlossen wurde und der Wagen wegfuhr.

Radek war alleine. Er stand im Freien. Es war kühl und ihn fröstelte.

Er bekam nur wenig Luft durch die Nase und den Sack über seinem Kopf. Der Schnitt am Zeigefinger fiel ihm ein. Der hatte aufgehört zu schmerzen. Aber er konnte das Blut fühlen.

Radek hatte immer noch Angst, aber er lebte und war unverletzt. Trotzdem – sie hatten ihn aus dem Wagen ausgeladen und waren weggefahren. Er hatte nicht gehört, dass seine Entführer weiter weg angehalten hatten. Unter den Rädern des Lieferwagens hatte es nicht geknirscht, also waren sie auf asphaltiertem Boden. Deshalb vermutete er, dass er auf einer Straße oder einem freien Platz stand. Möglicherweise hatten sie ihn mitten auf eine Landstraße gestellt, vielleicht in einer unübersichtlichen Kurve, und der nächste Autofahrer, der kam, fuhr ihn über den Haufen.

Er überlegte, ob er auf die Seite springen sollte. Aber auch das machte ihm Angst. Was, wenn er auf einem Sockel stand und von dort hinunterfallen konnte?

Eine Kirchenglocke läutete in seiner Nähe. Zuerst erschrak er, war irritiert. Später hörte er sie wieder, und als sie ein weiteres Mal anschlug, zählte er mit. Es war 2 Uhr. Wenigstens das wusste er nun, und auch, dass er sich in der

Nähe einer Kirche befand. Vielleicht auf dem Hauptplatz in Schandau? Sicher war er sich nicht. Genauso gut konnte er an jeder anderen Stelle im Dorf oder irgendwo anders in der Nähe einer Kirche stehen.

Langsam ließ die Angst nach.

Jedenfalls nahm er an, dass er nicht mehr festgehalten wurde. Der Versuch, seine Hände zu befreien, scheiterte schnell. Er gab auf und wusste, dass es unmöglich war, die Kabelbinder alleine loszuwerden.

2.30 Uhr.

Mindestens eine Stunde war er schon hier.

Die Beine schmerzten, weil er sie nicht bewegen konnte. Er musste versuchen, sich hinzusetzen. Langsam ging er in die Hocke und kniete sich behutsam hin. Was, wenn er doch auf einem Sockel stand und hinunterfiel? Aber er stürzte nicht, sondern spürte harten Boden unter sich.

2.45 Uhr.

Vorsichtig ertastete er mit den Händen hinten und auf der Seite den Boden. Es gelang ihm nicht, er schaffte es nicht, ohne umzufallen. Seine Handgelenke waren mit den Handflächen nach außen gefesselt, damit konnte er die Arme nicht über sein Gesäß nach vorne ziehen. Die Kerle hatten gewusst, was sie taten. Doch er konnte sich auf den Knien bewegen. Nachdem er so einen Kreis beschrieben hatte, war er fast sicher, dass er sich nicht auf einem Sockel befand.

Wenn er seine Lage richtig einschätzte, wäre es möglich, sich umkippen zu lassen und sich hinzusetzen. Er kauerte sich zusammen, damit er so klein wie möglich wurde. Die Angst packte ihn wieder, er konnte sich nicht dagegen wehren. Scheiß drauf, dachte er, hielt unwillkürlich die Luft an, presste die Augen zusammen und kippte nach rechts.

3 Uhr.

Nichts war geschehen. Er lag auf der Seite, entspannte sich, atmete mehrere Male durch, so tief er konnte, und setzte sich hin. Nun war es ihm auch möglich, mit den Händen den Boden zu ertasten. Eindeutig ein Steinboden. Das bedeutete, er befand sich auf keiner Straße. Erleichterung machte sich in ihm breit, er wurde beinahe übermütig. Die Angst wich endgültig.

3.15 Uhr.

Er erkundete die unmittelbare Umgebung, indem er auf dem Hintern herumrutschte. Er stellte fest, dass im Umkreis von ungefähr ein bis zwei Metern keine Kante zu spüren war. Das beruhigte ihn zusätzlich.

Einen Moment lang überlegte er, ob er seinen Standort verlassen sollte, aber das erschien ihm nicht sinnvoll. Hier war er sicher, wer weiß, wohin er kam, wenn er sich allzu eifrig herumbewegte.

3.30 Uhr.

Das Sitzen entspannte ihn, aber seine Hände wurden gefühllos. Deshalb bewegte er seine Finger. Die Angst war einem unbestimmten Ohnmachtsgefühl gewichen und das wiederum wurde jetzt von Zorn verdrängt. Wut auf seine Entführer überkam ihn, aber auch Wut auf sich selbst, weil er so tollpatschig in ihre Falle getappt war.

3.45 Uhr.

Die Kirchturmuhr erschien ihm beinahe wie ein freundlicher Gefährte, ein Besucher, der in regelmäßigen Abständen vorbeikam und sich nach seinem Wohl erkundigte.

Wenn er wirklich auf dem Hauptplatz in Schandau war, konnte es noch einige Zeit dauern, bis er entdeckt wurde. Er ging die Geschäfte im Geiste durch. In der Bäckerei wurde wahrscheinlich bereits gearbeitet, aber das nutzte ihm wenig. In den anderen Läden tat sich vermutlich vor 6 Uhr nichts.

4 Uhr.

Nun saß er schon über zwei Stunden unbehelligt im Freien und hatte mindestens noch zwei Stunden vor sich. Seine Entführer waren längst über alle Berge. Seine Angst war verschwunden, der Zorn auch. Die nüchterne Rationalität, die ihn in seinem polizeilichen Denken begleitete, gewann die Oberhand.

Er fror. Jetzt, wo die Aufregung weg war, spürte er die Kälte der Nacht und des aufkommenden Morgens.

Er überlegte, ob er versuchen sollte, sich zu befreien, entschied sich aber dagegen. Nicht, weil er unsicher war, ob es gelingen würde. Möglicherweise hätte er es sogar geschafft, einen Stein zu finden, an dem er die Kabelbinder durchscheuern konnte. Oder er benutzte die Kante, die er entdeckt hatte. Aber wenn er sich tatsächlich in Schandau befand, wollte er so gefunden werden, wie er jetzt dasaß. Gefesselt und wehrlos. Denn damit hätte er einen Zeugen und einen sicheren Beweis seiner Entführung. Noch besser war, wenn jemand die Polizei rief.

4.15 Uhr.

Er hörte, wie ein Auto in der Nähe gestartet wurde. Doch das Auto parkte aus und fuhr weg, ohne dass ihn jemand bemerkte. Ein Frühaufsteher, auf dem Weg zur Arbeit? Hoffnung machte sich in ihm breit.

Bald würde man ihn finden, bald.

4.30 Uhr.

Müde und erschöpft dämmerte er vor sich hin. Seine Gedanken sprangen hin und her zwischen polizeilichen Überlegungen – Delikten, Anzeigen, Ermittlungsschritten – und Emotionen wie Wut und Ohnmacht und der Frage, wie lange er noch aushalten musste. Ihm war kalt, er begann zu zittern, ein schlechtes Zeichen.

Es schlug 4.45 Uhr und 5 Uhr.

Er hörte Schritte, und wieder erfasste ihn eine unbestimmte Aufregung, eine Mischung aus Hoffnung und Angst. Waren es die Entführer oder die Retter?

»Hallo?«, hörte er eine Stimme. »Was ist denn mit Ihnen?«

Er grunzte und versuchte zu schreien, so gut es das Klebeband um seinen Mund zuließ, stampfte mit den Füßen auf, um sich bemerkbar zu machen.

Dann war jemand neben ihm, zog ihm den Sack vom Kopf und sah ihn überrascht an. Es dämmerte bereits.

Vor Radek stand ein junger Mann, Mitte 20, und starrte ungläubig auf den Gefesselten. Als Radek wieder grunzte, griff er nach dem Klebeband.

»Achtung, ich zieh das jetzt runter«, warnte er, wohl wissend, dass es wehtun würde. Er löste das Klebeband vorsichtig von Radeks Mund.

Radek sog gierig die Luft ein. »Danke«, murmelte er. »Danke für die Hilfe. Bitte rufen Sie die Polizei an. Sofort. Sagen Sie, ein Kollege braucht Unterstützung.«

Seine Vermutung war richtig gewesen, er saß auf dem Hauptplatz von Schandau, auf dem kleinen Platz vor dem mittelalterlichen Pranger.

Radek beobachtete, wie der junge Mann den Notruf wählte und in kurzen Sätzen erklärte, worum ihn Radek gebeten hatte. Anschließend kam er wieder zu ihm.

»Was ist passiert?«

»Ich bin entführt und hier ausgesetzt worden«, antwortete Radek. Doch sofort bemerkte er, wie unglaubwürdig diese Geschichte klang. Sein polizeilicher Instinkt alarmierte ihn. »Darf ich Sie noch um etwas bitten?«

»Klar.« Der junge Mann klang freundlich, ein Verhalten, das Radek zunächst irritierte.

»Können Sie ein paar Fotos mit Ihrem Handy machen

und mich dann befreien?« Erklärend fügte er hinzu: »Ich bin Polizist und die Fotos sollen zur Beweissicherung dienen.«

Der Mann zückte erneut sein Handy und machte unter Radeks Anleitung ein paar Fotos.

»Außerdem wäre es wichtig, dass Sie hierbleiben, bis die Kollegen kommen, damit wir Ihre Daten als Zeuge aufnehmen können.«

»Zeuge wofür?« Der Junge wurde misstrauisch.

»Dafür, dass Sie mich befreit und vor allem, wie Sie mich gefunden haben.«

Der junge Mann blickte auf die Uhr und überlegte. »Ich hab nicht viel Zeit«, warf er ein.

»Wenn Sie mir helfen, die Fesseln loszuwerden, können wir das Ganze beschleunigen«, sagte Radek.

Der Mann beugte sich über Radek und begutachtete die Fesseln. »Kabelbinder«, stellte er fest. »Da muss ich was zum Durchschneiden holen.«

Er ging weg, und Radek befürchtete, dass er abhauen könnte. Aber schon nach wenigen Minuten kam der Mann mit einem Seitenschneider zurück und zwickte die Kabelbinder an Radeks Hand- und Fußgelenken durch.

Radek stand auf, zunächst etwas unsicher auf den Beinen, und bedankte sich bei seinem Retter, schüttelte ihm die Hand und stellte sich vor. Der Name seines Befreiers war Norbert Jäger.

Radek überprüfte seine Sachen. Seine Entführer hatten ihm nichts gestohlen. Nur das Buch war weg. Radek hatte es verloren, vielleicht lag es sogar noch am Ort seiner Entführung.

Er zeigte Jäger seinen Polizeiausweis und kontrollierte anschließend, ob sein Handy in Ordnung war. Mittels Bluetooth überspielten sie die Fotos, die Jäger zuvor gemacht hatte, auf Radeks Telefon.

Jäger fragte noch einmal, was passiert sei, und Radek erklärte ihm das Geschehene in wenigen Sätzen. Jäger wurde unruhig und blickte sich ungeduldig um. Radek bat ihn, mit zu seinem Auto zu kommen, damit er seine Personaldaten aufnehmen konnte. Artig folgte ihm Jäger, Radek suchte aus seinem Wagen einen Notizblock und einen Kugelschreiber und notierte, was er benötigte.

Dann kehrten sie zum Pranger zurück und warteten, bis die Polizei eintraf.

Die Kollegen kamen mit Blaulicht in rasender Fahrt und blieben vor dem Pranger stehen, als sie dort die beiden Männer sahen.

Der stellvertretende Kommandant der Polizeiinspektion Gresten saß auf der Beifahrerseite, der Fahrer war ein junger Beamter, den Radek noch nie gesehen hatte.

»Ah, der Herr Kollege aus Sankt Pölten«, stellte Gasser trocken fest. »Was ist denn los?«

Während Radek erzählte, wurde Gassers Miene immer ungläubiger.

»Das ist ein Scherz, oder?«, fragt er. »Du willst mich verarschen. Wir sind hier nicht in Hollywood.« Aber ein Blick auf Radek und den Mann neben ihm sagte Gasser, dass die Geschichte nicht erfunden war.

»Nein, kein Scherz«, erwiderte Radek, und Norbert Jäger bestätigte das.

»Was sollen wir jetzt machen?«

Radek wusste nicht, ob Gasser diese Frage ernst meinte. Jedenfalls war für ihn klar, was geschehen musste. »Ich erstatte eine Anzeige wegen Freiheitsentziehung und Körperverletzung.« Er wies auf seinen Zeigefinger. »Auch wenn es nur eine kleine Schnittwunde ist. Ich schlage vor, dass ihr eine normale Amtshandlung daraus macht.«

33.

Mit der Digitalkamera, die sich im Funkwagen befand, dokumentierten sie alles. Den Ort der Auffindung, die durchgeschnittenen Kabelbinder, Radeks verletzten Finger. Am Schauplatz der Entführung fanden sie sogar Radeks Buch, es war unter ein Auto gerutscht.

Zuerst war Radek aufgeregt und schilderte detailgetreu, was am Vorabend passiert war. Dann beruhigte er sich langsam. Er war unverletzt bis auf die Schnittwunde am Finger. Seine Kleidung war zwar versaut und das Buch hatte auch etwas abbekommen, aber sonst war alles in Ordnung.

Er ging im Gasthaus »Falk« in sein Zimmer und zog sich um. Die Oberbekleidung, die er bei seiner Entführung getragen hatte, sein Sakko und seine Jeans, deponierte er in einer Papiertüte und legte sie beiseite. Möglicherweise benötigte er diese Kleidungsstücke noch als Beweismittel. Danach checkte er aus. Der Wirt war sichtlich erleichtert, dass er seinen Gast loswurde. Die fragenden Blicke und die beiläufig hingeworfene Bemerkung, dass Radek es wohl sehr eilig haben müsse, wenn er sogar auf das Frühstück verzichtete, und die Frage, ob etwas passiert sei, überging er.

Radek fuhr in die Polizeiinspektion Gresten, um eine Aussage zu machen. Gasser und der zweite Kollege waren bereits da, auch die anderen in der Polizeiinspektion wussten schon Bescheid.

Blaha begrüßte ihn mit unverhohlener Schadenfreude, sagte etwas von einem derben Scherz, war dann aber doch zu feige, um sich mit seinen spöttischen Bemerkungen allzu weit aus dem Fenster zu lehnen. Steiger hingegen reagierte mit ehrlicher Betroffenheit. Einen Polizisten zu attackieren, auch wenn es einer aus Sankt Pölten war, stellte einen eindeutigen Tabubruch dar. Außerdem hätte es jeden anderen treffen können.

Gasser und Radek setzten sich an Steigers Computer und schrieben eine Darstellung der Ereignisse. Radek versuchte, sich an so viele Details wie möglich zu erinnern, aber es waren nur wenige Hinweise, die er geben konnte. Seine Entführer waren mit ihm in der Gegend herumgefahren und hatten ihn anschließend zurückgebracht. Sie hatten einen Elektroschocker verwendet, das Auto war vermutlich ein Kastenwagen mit Dieselmotor, es waren mindestens drei Täter, der Sprecher eindeutig ein Österreicher.

Sie hatten ihn nicht zufällig vor dem Pranger abgestellt wie ein Stück Sperrmüll. Das war eine Warnung gewesen, eine deutliche, aber die Entführer hatten nicht die Absicht gehabt, ihm etwas anzutun. Lediglich der Schnitt am Zeigefinger war ein Hinweis darauf, dass sie es ernst gemeint hatten. Und der Schlag in den Magen, als sich Radek gewehrt hatte. Ein faustgroßer blauer Fleck zeugte davon.

Doch Gasser war sich nicht sicher. Für ihn sah alles wie ein Scherz aus, ein böser zwar, mit einer entsprechenden strafrechtlichen Konsequenz, aber er glaubte nicht an eine Warnung oder gar an einen Vergeltungsakt. Steiger brachte die tote Ratte ins Spiel und stellte einen Zusammenhang her. Möglicherweise war die Ratte schon eine Warnung gewesen, die Entführung die nächste Stufe. Ihre Gedanken über das, was als Nächstes kommen könnte, behielt sie für sich.

Radek dachte wieder wie ein Polizist, nicht mehr wie ein Opfer. Er wusste nicht, wer ein ausreichendes Motiv hatte, um ihn zu entführen. Er dachte an den Streit mit den beiden Jugendlichen am Vortag und daran, wie ihn der Baron am

Telefon beschimpft hatte. Aber waren das Gründe, um eine solche Tat zu begehen? Denn auch wenn es keinen nachhaltigen Schaden gab – die Delikte der Freiheitsentziehung und Körperverletzung waren eindeutig, ganz gleich, wer dahintersteckte und aus welchen Gründen.

Während er die Ereignisse des vergangenen Abends immer wieder durchging, wurde ihm klar, dass seine Entführer Profis gewesen waren. Sie hatten die ganze Zeit über kein Wort miteinander geredet, was bedeutete, dass sie zuvor alles perfekt abgesprochen haben mussten und gut organisiert waren. Sie hatten genau gewusst, was sie taten, jeder Handgriff war perfekt geplant und durchgeführt, wie der Zugriff einer Spezialeinheit. Sie hatten sich keinen einzigen Fehler geleistet und nichts an brauchbaren Hinweisen hinterlassen. So etwas machte man nicht einfach im Vorbeigehen, dafür brauchte man Übung und Erfahrung. Er vermutete daher, dass sie so etwas schon öfter getan hatten. Allerdings kosteten Profis Geld. Und es gab im Dorf nur einen, der Geld hatte.

Doch diese Theorie war zu dünn, um eine riesige Polizeiaktion zu starten. Radek brauchte Beweise, Fakten, er musste weiterermitteln. Die Warnung des Entführers fiel ihm ein. Nein, er ließ sich nicht abschrecken.

Er brauchte einen weiteren Ermittlungsauftrag.

Radek unterschrieb das Protokoll seiner Einvernahme und gemeinsam stellten sie den Bericht fertig.

Gasser telefonierte mit einem Amtsarzt und vereinbarte für Radek einen Termin um die Mittagszeit. Sie brauchten eine ärztliche Bestätigung wegen der Körperverletzung.

Radek packte seine Unterlagen zusammen und verabschiedete sich. Als er die Polizeiinspektion verließ, hätte er gerne etwas Launiges gesagt, etwa »I'll be back«, wie Schwarzenegger als Terminator. Aber er ließ es bleiben. Er fuhr zum Amtsarzt, ließ sich dort untersuchen und machte sich anschließend auf den Weg nach Sankt Pölten.

Es war ein schnelles und sehr zielgerichtetes Gespräch. Radek berichtete so kurz wie möglich über seine Recherchen der vergangenen Woche und fasste die Ergebnisse zusammen.

Gierling teilte Radeks Einschätzung, dass es keinen Hinweis auf eine satanistische Gruppe gab. In diesem Punkt schienen weitere Erhebungen nicht sinnvoll zu sein. In der Frage der Entführung glaubte er genauso wenig an einen Scherz wie der Entführte selbst. »Denn«, so sagte er mit einer Bestimmtheit, die Radek ihm nicht zugetraut hätte, »wir werden es nicht akzeptieren, dass man Polizisten auf offener Straße kidnappt. Das ist untragbar. Dagegen werden wir entschieden vorgehen.«

Er überflog die Berichte, die Radek ihm vorgelegt hatte, las denjenigen über die Entführung mit besonderer Sorgfalt und traf anschließend seine Verfügungen. »Du bleibst an der Sache dran. Offiziell verfolgen wir den Entführungsverdacht bei der Lindner weiter. Inoffiziell schaust du den Kollegen, die deine Sache bearbeiten, auf die Finger. Ich traue ihnen nicht, das sind alte Gendarmen, die scheren sich einen Dreck um einen Kollegen aus Sankt Pölten und haben kein großes Interesse daran, solche Sachen aufzuklären. Da kommt einer vom LKA daher, schnüffelt herum und die Einheimischen haben ihm eine Lektion erteilt. Hoffentlich merkt er sich das. Außerdem ist eh nichts passiert. So denken die.« Er gab Radek die Unterlagen zurück. »Da wird nicht viel passieren, wenn wir nicht ein bisschen Druck machen. Und wie gesagt: Ich akzeptiere es nicht, wenn Kollegen angegriffen werden. Du bleibst vor Ort und hältst mich auf dem Laufenden. Erledige die Formalitäten dafür und lass dir ein Dienstauto geben. Ich werde den Chef informieren. Hast du noch Fragen?«

Radek verneinte und damit war die Besprechung zu Ende.

Er ging in sein Büro. Dully versuchte ihn auszufragen, aber Radek antwortete gar nicht oder so ausweichend, dass er die Lust verlor und sich mit einem giftigen Seitenblick auf seine ursprüngliche Tätigkeit konzentrierte.

Der junge Polizist fuhr den Computer hoch, checkte seine E-Mails und sah den Posteingang durch. Aus den Augenwinkeln bemerkte er, wie ihn Dully verstohlen beobachtete.

Während er sich seinen Akteneingang ansah, jene Dinge, die er zu erledigen und die Dully ihm fein säuberlich und ohne schlechtes Gewissen in seinen Aktenkorb gelegt hatte, fragte er sich, was er überhaupt hier machte. Er war Polizist, kein Statistikonkel, der Berichte analysierte und Papierkram erledigte. Er musste raus auf die Straße, zurück in den Außendienst. Noch nie zuvor in den letzten Monaten war ihm mit einer solchen Deutlichkeit bewusst geworden, wie fehl am Platz er hier war. Diese Erkenntnis raubte ihm beinahe den Atem. Raus, raus, raus – aber wohin?

Radek versuchte, diese Gedanken zu verdrängen, doch das war nicht so leicht. Sie versetzten ihn in eine innere Unruhe, mit der es ihm noch unangenehmer wurde, am Schreibtisch zu sitzen und die neuesten Meldungen durchzusehen.

Er blieb eine halbe Stunde, blätterte lustlos und unkonzentriert in den Papieren. Seine Gedanken kreisten ständig um die Erhebungen in Schandau, um seine Entführung, seine Angst, als er auf dem Boden des Lieferwagens lag. Es war nicht das erste Mal, dass er in einer gefährlichen Situation gewesen war, aber noch nie hatte er sich so ausgeliefert gefühlt, und das irritierte ihn. Ihm war klar: Wenn er nächste Woche nach Schandau zurückkehrte, dann nur bewaffnet. Und wachsam, ein zweites Mal würden sie ihn nicht so leicht erwischen.

Er suchte im Internet eine Pension in Gresten und reservierte dort für die nächste Woche ein Zimmer, schrieb den Reiseauftrag und organisierte sich für Montagmorgen ein Dienstauto.

Dann ging er nach Hause, die fragenden Blicke Dullys auf die Uhr ignorierte er. Radek brauchte Luft.

Er fuhr in seine Wohnung in Senftenberg, leerte seinen Postkasten, unter all der Werbung fand er zwei Rechnungen, und ging hinauf in den zweiten Stock. Der Alltag hatte ihn wieder.

Seine Wohnung war nicht groß. Gemeinnütziger Wohnbau aus den 90er-Jahren, etwa 50 Quadratmeter, Vorzimmer, Wohnzimmer mit Kochnische, Schlafzimmer, Bad, Klo, Abstellraum, Balkon. Das Wohnzimmer füllte sich langsam mit Büchern.

Radek war müde, aber auch aufgedreht. Die vergangene Woche, seine Entführung, der Zorn darüber und die Ohnmacht, die er immer noch spürte. Er konnte jetzt nicht einfach zur Tagesordnung übergehen und sich um die Haushaltsroutinen kümmern.

Automatisch zog er seine Laufsachen an und drehte seine übliche Runde durch die hügeligen Wälder im Süden seines Wohnhauses. Hinauf zur Hiesbergwarte und in langem Bogen über den Hiesberg bis zum Weißen Kreuz, anschließend über den Kobel zurück nach Hause.

Früher war er regelmäßiger gelaufen, aber in den letzten Wochen und Monaten war er nachlässig geworden. Er nahm sich vor, etwas disziplinierter zu werden. Der Lauf tat ihm gut, obwohl er merkte, dass die Strecke, die über weite Teile bergauf und bergab führte, ihn schnell erschöpfte. Er war nicht mehr trainiert und seine Kondition ließ zu wünschen übrig. Trotzdem fühlte er sich nach der Runde um einiges besser.

Im Schlafzimmer hatte er sich einen Arbeitsplatz eingerichtet. Er setzte sich am Abend an seinen Schreibtisch und überlegte, was er für sein Studium brauchte. Die Uni begann bald, aber die meisten Lehrveranstaltungen starteten erst etwas später. Er musste sich trotzdem einen Semesterplan zurechtlegen, um sich für die Lehrveranstaltungen anzumelden. Das war sein Job für die nächsten beiden Tage.

Radek verbrachte in seiner Wohnung ein beschauliches Wochenende mit Lesen, der Suche nach Lehrveranstaltungen und Fernsehen. Er rief niemanden an und wollte niemanden sehen. Ganz kurz überlegte er, sich für Samstag oder Sonntag zu verabreden, entschied sich jedoch dagegen. Er hatte nicht die Nerven, mit Bekannten oder Freunden Small Talk zu machen, und noch weniger hatte er Lust, über die vergangene Woche zu reden. Er wollte seine Ruhe haben.

Er unterdrückte auch seinen Wunsch, sich mit dem Baron zu beschäftigen und weiterzurecherchieren.

Carina ging ihm nicht aus dem Kopf und die Frage, ob sie sich mit der Absicht an ihn herangemacht hatte, ihn zu kompromittieren, oder aus dem ehrlichen Verlangen, mit ihm ins Bett zu gehen, weil er ihr gefiel. Im ersten Fall war er froh, die Finger von ihr gelassen zu haben, aber möglicherweise war doch alles ganz harmlos gewesen. Was war mit ihm los, dass er mittlerweile jedem und allem misstraute? Warum konnte er es nicht als etwas Normales nehmen, dass sich auch eine Frau einen Mann für eine Nacht aufreißt? Wäre es umgekehrt, würde er nichts dabei finden. Er hatte keine Freundin und war kein Womanizer. Warum also hatte er diese einmalige Chance vertan? War er wirklich schon so von der Rolle?

Neben Carina spukte ihm seine Entführung im Kopf herum. Und die Warnung, die flüsternde Stimme an seinem Ohr, die ihm sagte, es würde Schlimmeres geschehen, wenn er sich nicht fernhielt. Er fragt sich, ob er überhaupt zurückgehen sollte, ob es nicht besser wäre, die Ermittlungen den örtlichen Behörden zu überlassen. Er ertappte sich bei dem Gedanken, dass es einfacher war, in seinem Büro zu sitzen und den Papierkram der Gruppe zu erledigen. Aber er hatte einen Auftrag. Er würde nach Gresten fahren. Je länger er über seine Entführung nachdachte, desto mehr wuchs seine Wut, und schließlich siegte sie über seine Angst. Es war eine persönliche Sache geworden. Es ging nicht mehr nur um Bernadette Lindner, es ging nun auch um ihn. Er würde nicht klein beigeben, nicht den Schwanz einziehen und sich still und heimlich verdrücken. Er würde zurückkehren.

Am Sonntag schlug das Wetter um, es wurde kalt und begann zu regnen. Der Herbst war gekommen.

34.

»Bringt sie her und hängt sie auf!«, schrie der Priester. Er trug eine schwarze Kutte und eine Larve, die einem Widderschädel ähnelte, eine hässliche Fratze mit zwei schwarzen Hörnern. Die Maske ließ seine Stimme dumpf und unheimlich klingen.

Der Raum war voller Menschen, die ebenfalls in Kutten gehüllt waren, alle hatten die Kapuzen über die Köpfe gezogen. Von ihren Gesichtern waren nur dunkle Schatten zu erkennen. An den Pfeilern, die das große Gewölbe trugen, brannten Fackeln. In der Mitte des Raums verfolgte der Mann mit dem Widderschädel das Geschehen. Er stand neben dem steinernen Tisch. Ein Altar, eine Opferstätte.

Zwei Männer führten ein nacktes Mädchen, dem ein dunkler Sack über den Kopf gestülpt worden war, in die Halle. Die beiden Männer trugen dunkle Hosen und schwarze Lederhauben, ihre muskulösen Oberkörper waren nackt. Sie sahen aus wie Henker aus einer anderen Zeit.

Wie gebannt starrten die Anwesenden auf das Mädchen, das zuerst ängstlich zitternd dastand und schließlich zusammenbrach. Die Henker mussten sie an den Armen festhalten, damit sie nicht zu Boden fiel.

»Hängt sie auf«, wiederholte der Priester seinen Befehl.

»Nein, bitte, tut mir nicht weh«, flehte sie mit ängstlicher Stimme. »Bitte nicht.«

Sie banden Stricke an ihre Handgelenke und zogen sie an einem alten Seilzug mit Holzrollen hoch, bis sie auf den Zehenspitzen stehen musste. Die Füße fesselten sie an einen großen Eisenring auf dem Boden.

Sie begann zu weinen.

Der Mann mit dem Widderschädel trat zu ihr und zog ihr den Sack vom Kopf. Furchtsam und voller Grauen blickte sie in die Runde der Umstehenden. »Nein, bitte, tut mir nichts. Ich habe mich bemüht, das zu machen, was Ihr gesagt habt«, jammerte sie. »Und ich werde es noch einmal versuchen. Ich werde mich noch mehr bemühen. Bitte, bitte, tut mir nicht weh.«

Der Mann mit der Widdermaske schlug sie mit einer Rute auf die zitternden Brüste.

Sie schrie.

»Sei still!«, brüllte er. Durch die Maske klang seine Stimme, als käme sie aus den Tiefen der Hölle. »Jetzt ist es zu spät für Reue. Du hast nicht getan, was wir dir aufgetragen haben, und dafür wirst du deine Strafe erhalten.«

Sie flehte um Gnade.

»Seht her, was mit diesem Teufelskind ist!«, rief der Mann den Umstehenden zu und schlug das Mädchen erneut mit seiner Gerte. »Jetzt winselt sie um Gnade. Noch vor ein paar Tagen wollte sie uns zugehören. Aber sie hat nicht einmal ihre erste Prüfung bestanden. Dafür muss sie bestraft werden!« Er ging um sie herum und schlug sie auf den Rücken, wieder und wieder.

Sie wand sich in ihren Fesseln, schrie und weinte und schluchzte, er möge aufhören und sie verschonen.

»Seid achtsam. So geht es den Kindern, wenn sie ungehorsam sind.« Er prügelte weiter auf sie ein, ohne Erbarmen und ohne sich von ihrem Wimmern besänftigen zu lassen. Dann hörte er auf, trat zu ihr, riss ihren Kopf hoch, der kraftlos zwischen ihren Schultern nach unten hing. »Und nun – sieh zu, was wir mit dir machen werden!«, brüllte er ihr ins verweinte Gesicht.

Er ging zu den Umstehenden, wählte eine Frau in roter

Kutte aus, zog sie zum Steintisch und sagte herrisch: »Sei deinem Herrn zu Willen!«

Die Frau öffnete ihre Kutte, ließ sie achtlos zu Boden fallen, darunter war sie nackt. Sie legte sich auf den Altar und spreizte ihre Beine. Der Priester stieg über sie und nahm sie. Seine Kutte verdeckte ihre Körper wie ein schützender Mantel.

Das Mädchen hörte das Stöhnen der Frau und das Grunzen des Mannes und sah den Widderkopf, der wild schaukelte, und es schien ihr, als würde die Frau sich einem Tier hingeben. Das Mädchen ekelte sich vor dem, was sie sah. Nicht weil sie prüde war, sondern wegen des Gedankens, was mit ihr geschehen würde. Ihre Arme und die Stricke an den Handgelenken schmerzten unerträglich. Sie wimmerte leise.

Schließlich kroch der Mann von der Frau und vom Altar, kam zu ihr zurück und stand vor ihr, nackt unter der geöffneten Kutte, verschwitzt, und seine Augen starrten sie aus dem gehörnten Schädel heraus an. Sein Blick spiegelte eine Verachtung wider, die sie nie zuvor gesehen hatte.

Er umkreiste sie, stand dann hinter ihr, sie spürte, wie er seinen steifen Schwanz an ihrem nackten Gesäß rieb, seine Hand grob zwischen ihre Beine fuhr und sich um ihr Geschlecht krallte wie die Pranke eines Tieres. Sie schrie vor Schreck und Angst.

Langsam kam der Schädel näher. An ihrem Ohr hörte sie ihn flüstern: »Das nächste Mal liegst du auf dem Altar, und ich werde nicht der Einzige sein.«

Seine Hand gab sie frei, er trat zurück, zog seine Kutte zu und schloss sie mit der Kordel. Dann hob er beide Arme und schrie: »Jetzt gehört sie euch!«

Der stinkende Sack wurde wieder über ihren Kopf gezogen und plötzlich waren überall Hände. Sie wusste nicht, wie viele, ob vier oder vierzig. Sie waren überall, wie Spinnen krabbelten sie über ihren Körper, berührten sie, streichelten sie, zwickten sie in die Brüste, in die Pobacken, suchten den Weg unter den Sack in ihr Gesicht, wollten zwischen ihre Lippen in den Mund. Aber sie hielt die Zähne fest zusammengepresst. Ekel befiel sie in mehreren Wellen. Scham, Grauen. Grobe Hände öffneten ihre Schenkel, so weit es mit den gefesselten Fußgelenken möglich war. Eine schwielige raue Hand packte sie zwischen den Beinen, sie konnte nicht verhindern, dass ein Finger brutal in sie eindrang. Sie schrie, und augenblicklich zwangen Hände sie, den Mund geöffnet zu halten. Finger drangen nun auch in ihren Mund, zusammen mit einem ekelhaften Geschmack. Sie wollte sich übergeben, aber sie brachte nur ein unkontrolliertes Würgen zustande.

Da waren die Hände weg, so schnell, wie sie gekommen waren. Gönnten ihr einige Momente der Entspannung. Ihr Kopf fiel nach vorne. Sie weinte leise schluchzend. Ihre Beine versagten, sie hing in den Stricken und spürte, wie ihre Arme langsam blutleer und taub wurden.

»Bei deiner nächsten Aufgabe wirst du dich mehr bemühen«, hörte sie die Stimme wie aus einer anderen Welt. »Und jetzt gib uns dein Blut.«

Bevor sie begriff, was geschah, schnitt ihr einer der Henker in den Oberarm. Sie schrie auf und zerrte mit letzter Kraft an den Fesseln. Blut lief in einem dünnen Faden an ihrem Arm und über ihren Körper. Einer der Henker fing einige Tropfen in einem Gläschen auf. Der Geruch von Weihrauch stieg ihr in die Nase.

Der Henker reichte dem Priester das kleine Glas mit dem Blut des Mädchens. Der trat in die Mitte des Pentagramms, das auf den Boden gezeichnet war und in dem eine tote Ratte lag, mit einem großen Nagel an einem Holzbrett festgespießt.

»Im Namen des Satans nenne ich dich Eindringling«, sagte er mit beschwörender Stimme und ließ einen Tropfen Blut auf die Ratte fallen.

»Domine Satanas exaudi orationem meam!«, schrie er den Umstehenden zu. »Veni, omnipotens aeternae diabolus! Satanas – venire!«

»Satanas – venire!«, antwortete der Chor dumpf.

»Tui sunt caeli! Tua est terra! Ave Satanas«, sprach der Priester mit erhobenen Händen.

»Ave Satanas!«, antwortete ihm die Gemeinschaft.

»Im Namen des Satans beschwören wir dich, Glasya-Labolas, du Dämon des Todes, steig auf und hilf.« Der Priester drehte sich einmal im Kreis und wiederholte seine Beschwörungsformel. Dann fuhr er fort: »Wir verfluchen dich, Eindringling. Bei deinem Kommen sollst du in die ewige Finsternis zurückgeworfen werden, aus der keine Wiederkehr mehr möglich ist. Zum Tode verflucht seist du! Zum Tode verflucht seien alle, die mit dir sprechen. Zum Tode verflucht seien alle, die dir helfen. Verschwinde dahin, woher du gekommen bist. Barra edin na zu!«

»Edin na zu!« Der Chor steigerte sich bis zur Besessenheit.

Der Henker reichte ihm ein Schwert, und mit einem schnellen Hieb zerschlug der Priester die Ratte auf dem Holzbrett in zwei Teile.

»Barra! Barra! Barra!«, stießen die Anwesenden fanatisch hervor, mit drohend erhobenen Fäusten zur Bekräftigung ihres Fluchs.

35.

Es war gegen 10 Uhr, als er vor der Polizeiinspektion in Gresten einparkte und anschließend im Gebäude in einige überraschte Gesichter sah, allen voran in das des Kommandanten Blaha.

Radek hatte am Morgen den Dienstwagen abgeholt und Pistole und Handschellen aus dem Waffenschrank im Büro mitgenommen. Vorige Woche war er unbewaffnet in Schandau gewesen. Er hatte nicht geglaubt, dort eine Dienstwaffe zu benötigen. Eine schnelle Sache, zwei Tage höchstens, harmlos, ein Urlaub beinahe – davon war er ausgegangen. Es war anders gekommen, und diesmal war er besser vorbereitet. Den spöttischen Kommentar von Dully – »Ziehst du in den Krieg?« –, als er das Holster und das Etui mit den Handschellen in den Gürtel fädelte, war er übergangen.

Steiger war angenehm überrascht. »Ich finde es toll, dass du wieder da bist«, begrüßte sie ihn, und das schien ehrlich gemeint zu sein. Dann erklärte sie ihm, dass der Fall seiner Entführung an sie übertragen worden sei.

»Das find ich gut.« Auch das war die Wahrheit. »Ich untersuche weiter in Richtung Satanismus, aber wenn du willst, werde ich dich gerne unterstützen.«

Sie nickte leicht, es kam Radek vor wie eine kleine verschwörerische Geste.

Blaha unterbrach sie, indem er ins Büro stürmte und Radek anschnauzte: »Sie sollen zum Bezirkspolizeikommandanten kommen.«

»Sagt wer?«

»Der Bezirkspolizeikommandant.«

»Und warum sagt er das Ihnen?«

»Weil er Sie nicht erreicht hat und niemand wusste, ob Sie heute noch einmal kommen.«

»Warum hätte ich das nicht tun sollen?«

Radek zog das Sakko aus und hing es an die Garderobe. Als er zum Schreibtisch zurückkehrte, entgingen ihm nicht die Blicke von Blaha und Steiger auf die Glock an seinem Gürtel. Nun war auch ihnen klar, dass sich die Situation seit letzter Woche grundlegend verändert hatte.

»Na ja, weil …« Blaha ließ den Satz unvollendet, aber Radek konnte sich denken, was er sagen wollte: weil Sie Angst haben.

»Also, jetzt bin ich da.«

»Ich rufe Oberstleutnant Hager an und gebe ihm Bescheid, dass Sie kommen.«

»In eineinhalb Stunden.«

Blaha dampfte ab.

»Was hat er gedacht? Dass ich mir vor Angst in die Hosen mache und den Schwanz einziehe?«, fragte er Steiger.

Sie betrachtete ihn aufmerksam. »Wahrscheinlich.«

»Da hat er sich getäuscht.«

Anschließend tauschte er sich mit Steiger darüber aus, was seit Freitag in Schandau und in Sankt Pölten geschehen war und wie sein weiterer Auftrag lautete, und erzählte noch einmal alle Details seiner Entführung.

Dann machte er sich auf den Weg ins Bezirkspolizeikommando Scheibbs.

Der Oberstleutnant erwartete ihn schon. Ungeduldig blätterte er in den Unterlagen, die ihm bereits übermittelt worden waren, und bot Radek einen Platz vor seinem Schreibtisch an. Hager machte seinem Namen alle Ehre. Radek hatte die Befürchtung, dass der Bezirkspolizeikommandant jeden Moment in dehydriertem Zustand vom Sessel fiel. Sogar seine dünnen Haare sahen wie eingetrocknet aus.

»Was soll das Ganze?« Hager kam ohne Umschweife zur Sache.

»Ich weiß nicht, was Sie meinen.« Radek gab sich ahnungslos.

»Na, was wohl? Was machen Sie in Schandau, und was ist das für eine Geschichte mit dieser angeblichen Entführung?«

Der Ton, den Hager anschlug, irritierte Radek. Er behandelte ihn wie einen seiner Mitarbeiter, doch der junge Kriminalbeamte entschied, das vorerst zu ignorieren.

»Ich bin hier, um wegen des Verdachts auf einen strafbaren Hintergrund im Fall der abgängigen Minderjährigen Bernadette Lindner zu ermitteln.« Radek zog sich auf einen reinen Formalismus zurück und fasste seine Ergebnisse knapp zusammen.

»Entführung kann nicht nachgewiesen werden und an dieser Satanismussache ist nichts dran«, zog Hager Resümee.

»Das stimmt, soweit ich bis jetzt sehen konnte.«

»Was machen Sie dann noch hier?«

»Möglicherweise habe ich noch nicht tief genug gegraben.«

Hager beugte sich über den Schreibtisch. »Herr Kollege, ich weiß nicht, was Sie erwarten. Wir sind ein überschaubarer Bezirk. Wenn es hier so etwas wie Satanismus gäbe, bliebe uns das nicht verborgen. Wir sind durchaus selbst in der Lage, mögliche Anzeichen darauf zu deuten.«

»Na ja, Herr Oberstleutnant, das macht auf mich nicht den Eindruck, sonst wäre ich nicht hier.«

Hager tat das mit einer misslaunigen Handbewegung ab. »Das ist von einer Kollegin ausgegangen«, erklärte er, »die die Dinge falsch eingeschätzt hat. Hätte sie die richtigen Leute gefragt, wäre das ganze Thema schon abgehakt.«

Radek war überrascht, wie Hager ohne Zögern seiner Mitarbeiterin Steiger die Schuld daran gab, dass der Lindner-Akt zunächst ins LV und dann ins LKA weitergeleitet worden war. Denn Steiger hatte getan, was aus kriminalpolizeilicher Sicht nur logisch war. Sie wollte Unterstützung bei der Beurteilung eines Sachverhalts, eine im Grunde lobenswerte Vorgehensweise. Dass alle übrigen Beteiligten sich abputzten und davon nichts wissen wollten, war für sie nicht vorhersehbar gewesen. Radek hatte keine Lust, ihn damit durchkommen zu lassen. »Soweit ich das beurteilen kann, hat die Kollegin Steiger richtig gehandelt«, korrigierte er den Oberstleutnant trocken. »Das Versagen liegt im Bezirkspolizeikommando und beim Verfassungsschutz, weil dort niemand aufzutreiben war, der einen Sachverhalt entsprechend kriminalistisch bewerten konnte. Ich nehme an, dass der Lindner-Akt im Dienstweg auch über Ihren Schreibtisch gegangen ist. Da hätten Sie durchaus eingreifen können, wenn Ihnen die Sache so wichtig gewesen wäre, wie Sie jetzt tun.«

Radek konnte sehen, wie sich Hager zusammenzog. Er wirkte eingeschüchtert und wischte mit der Hand durch die Luft, als wäre damit das Thema vom Tisch.

»Unerheblich«, sagte Hager. »Jedenfalls laufen Sie angeblich genauso herum wie die Kollegin Steiger und befragen alle möglichen Leute. Sogar Unbeteiligte in Sankt Pölten. Das bringt viel Unruhe nach Schandau und führt zu bösem Blut, wie Sie selbst erlebt haben.«

Radek hatte eigentlich nicht viele Leute befragt, nicht mehr als Steiger zuvor. Er verstand daher nicht, warum das mehr Aufregung verursacht haben sollte als bisher. Außerdem war er neugierig, woher Hager diese Dinge wusste. »Kriminalpolizeiliche Erhebungen zu führen ist meine Aufgabe. Ich kann das schwer tun, indem ich nur die Gemeindezeitung lese.« Radek konnte sich eine Spur Sarkasmus nicht verkneifen. »Außerdem muss ich feststellen, dass Sie sehr gut informiert sind, Herr Oberstleutnant.«

»Ich bin hier der Polizeikommandant. Gut informiert zu sein ist *meine* Aufgabe«, schnauzte Hager sein Gegenüber an.

Trotzdem interessierte Radek, wie der Oberstleutnant von Radeks Gespräch mit Frau Lenkstein erfahren hatte. Denn außer Steiger, der er heute Morgen davon erzählt hatte, wusste niemand im Kollegenkreis davon. Doch er kam nicht dazu, nachzufragen, weil der Oberstleutnant schnell das Thema wechselte.

»Und was ist mit Ihrer angeblichen Entführung?«

Radek stellte in wenigen Sätzen dar, was in der Nacht auf Freitag geschehen war.

Hager hörte aufmerksam zu, dann blätterte er in den Unterlagen vor sich auf dem Schreibtisch. »Das ist keine Entführung«, stellte er fest.

»Ich verstehe nicht …«

»Das war keine Entführung, Herr Kollege.« Hager beugte sich über den Schreibtisch und sprach mit Radek, als hätte er einen Mitarbeiter vor sich, der etwas schwer von Begriff war. »Das sollten Sie eigentlich wissen.« Triumphierend lehnte er sich in seinem Sessel zurück. »Die Merkmale einer erpresserischen Entführung sind: Wer einen anderen entführt, um einen Dritten zu einer Handlung, Duldung oder Unterlassung zu nötigen«, dozierte er mit belehrendem Ton. »Wo ist der Dritte, der genötigt wurde?«

Radek fühlte sich ertappt. Ja, der Oberstleutnant hatte recht, das war Radek bisher entgangen. Er überlegte und versuchte den Tatbestand zu analysieren. Andererseits spürte er Wut in sich aufsteigen über die selbstgefällige Art, mit der ihn der Oberstleutnant bloßstellte und belehrte.

»Hören Sie mir auf mit Ihren Spitzfindigkeiten.« Das war ein flauer Gegenangriff.

»Herr Kollege, das sind keine Spitzfindigkeiten.« Hager fühlte sich jetzt sehr sicher. »Das macht einen gewaltigen Unterschied, was die Strafdrohung betrifft. Ich versuche nur, mir Klarheit über den Sachverhalt und die infrage kommenden Delikte zu verschaffen. In der Anzeige wird von Freiheitsentziehung gesprochen und nicht von erpresserischer Entführung.«

»Gut, dann war es eine Freiheitsentziehung. Jedenfalls handelt es sich dabei um ein strafrechtliches Delikt. Und hinzu kommen Körperverletzung und gefährliche Drohung.«

Hager blätterte wieder in der Anzeige. »Herr Kollege, wir sprechen von einer Schnittwunde von zirka einem Zentimeter Länge am Finger und einer angeblichen Aufforderung, zu verschwinden. Da sind Körperverletzung und gefährliche Drohung schon sehr weit hergeholt.«

»Machen wir jetzt ein Strafrechtseminar?« Radek konnte sich diese spitze Bemerkung nicht verkneifen.

Hager blickte ihn herablassend an. »Kollege Radek, okay, die Sache war etwas übertrieben. Aber glauben Sie nicht, dass wir hier mit Kanonen auf Spatzen schießen? Auf mich macht das eher den Eindruck eines, wie soll ich sagen, blöden Scherzes von Jugendlichen.«

»Verdammt noch einmal.« Jetzt platzte Radek endgültig der Kragen und er wurde lauter. »Herr Oberstleutnant, ich wurde überfallen! Man hat mich mit einem Elektroschocker niedergemacht, ich wurde gefesselt, geknebelt und mit verbundenen Augen in einem Lieferwagen durch die Gegend gefahren. Ohne zu wissen, was die mit mir vorhaben. Meine Entführer – oder muss ich sagen: meine Freiheitsentzieher? – haben mich mitten im Dorf abgestellt und mich zum Gespött eines ganzen Ortes gemacht. Genauso gut hätten sie mich umbringen können. Das ist kein Spaß! Nicht für mich! Ich hab Anzeige erstattet, als Polizist und als Bürger, weil ich nicht weiß, ob das mit meinen Erhebungen zusammenhängt.«

»Aber Sie sind nicht mehr im Dienst gewesen«, analysierte Hager. »Also werden wir das wie bei einer Privatperson behandeln.«

»Das werden wir noch sehen.« Radek bezweifelte diesen Befund, hatte jedoch keine Lust, das mit Hager zu diskutieren. »Auch als Privatperson möchte ich, dass diese Sache weiterverfolgt wird. Es gilt immer noch das Offizialprinzip. Wenn es dazu keine weiteren Erhebungen gibt, zeige ich irgendwen in Ihrem Verantwortungsbereich wegen Amtsmissbrauchs an!«

Nun reagierte auch Hager ungehalten: »Spielen Sie sich nicht so auf, Herr Kollege, nur weil Sie aus Sankt Pölten und vom LKA kommen. Wir arbeiten zwar weit weg vom Schuss, sind deshalb aber noch lange keine Idioten. Vielleicht haben Sie jemandem ans Bein gepisst oder sind jemandem auf die Füße getreten. Was weiß ich, wie Sie Ihre sogenannten Erhebungen führen, möglicherweise ist *das* schon ein Schritt zum Amtsmissbrauch. Wer weiß, was das mit der Freiheitsentziehung für eine Sache war, vielleicht haben Sie das Ganze inszeniert, damit ein Verdacht entsteht und weiterermittelt werden kann. Also, Herr Kollege, passen Sie auf, was Sie sagen, sonst zeigen wir uns gegenseitig an.«

»Was wollen Sie mir unterstellen?« Radek konnte sich nur mühsam beherrschen. »Mir scheint Ihre Einstellung zum Rechtssystem höchst eigenwillig. Wenn ein Kollege aus Sankt Pölten Opfer einer Straftat wird, geht das für Sie in Ordnung. Da brauchen wir nicht viel zu machen, das kehren wir unter den Teppich. Ist eh nichts passiert. Oder wie soll ich das verstehen? Wäre das bei einem Kollegen aus Ihrem Bezirk genauso? Interessant, was Sie unter Kollegialität verstehen. Wissen das Ihre Mitarbeiter? Ich sag Ihnen was: Ich scheiß auf Ihre Kollegialität, ich möchte, dass Sie Ihren Aufgaben nachkommen, nicht mehr und nicht weniger.«

»Sagen Sie mir nicht, wie ich meine Arbeit machen soll.« Hager plusterte sich auf wie ein alter Hahn.

»Das tue ich nicht, aber ich werde genau hinsehen.«

»Wollen Sie mir drohen?« Hager wurde argwöhnisch.

»Wenn Sie es genau wissen wollen: Ja!«

»Das ist doch die Höhe. Was bilden Sie sich ein?« Jetzt riss auch Hager der Geduldsfaden. »Wer ist Ihr Dienstvorgesetzter? Ich werde mich über Sie beschweren. Und ich erwarte, dass Sie mir regelmäßig Bericht erstatten.«

»Das werde ich natürlich nicht tun. Aber Sie können die Berichte von meinem Vorgesetzten anfordern. Und dann gleich Ihre Beschwerde über mich vortragen.«

Radek nannte ihm den Namen von Gierling. Sollte Hager ihn ruhig anrufen.

»War's das? Ich habe noch zu tun.« Da Hager nichts mehr sagte, stand Radek auf, murmelte ein mürrisches »Auf Wiedersehen« und ließ den erblassten Oberstleutnant hinter seinem Schreibtisch sitzen.

Als sein Besucher aus dem Büro gegangen war, griff Hager zum Telefon. Er hatte einige Dinge zu erledigen. Zuerst rief er den Kommandanten der Polizeiinspektion Gresten an und erteilte ihm einige sehr klare Anweisungen. Der Oberstleutnant wusste, dass er sich dabei auf seinen Mitarbeiter voll und ganz verlassen konnte.

Eigentlich hatte Radek nicht mit Hager streiten wollen. Vielmehr hätte es ihn interessiert, wie der Bezirkspolizeikommandant Lenkstein und seinen Betrieb sah. Eine andere Perspektive aus einer gewissen Distanz wäre möglicherweise hilfreich gewesen. Aber Hagers Art war für ihn unerträglich gewesen. Radek hatte den Eindruck, dass Hager ihm von Anfang an mit Ablehnung begegnet war. Und außerdem, tröstete er sich, wären die Antworten wahrscheinlich genauso nichtssagend ausgefallen wie alles andere, das er bisher über Lenkstein und das Dorf erfahren hatte.

Auf der Rückfahrt dachte Radek an Hagers Frage, ob er jemandem auf die Füße getreten war. Der Einzige, der Radek dazu einfiel, war Lenkstein. Er musste noch einmal mit dem Herrn Baron reden. Er suchte aus seinen Unterlagen die Telefonnummer des Sägewerks und rief dort an, um einen Termin mit Lenkstein zu vereinbaren. Die Sekretärin teilte ihm mit, dass der Herr Baron in der Burg weilte. Na, dann werde ich ihn dort besuchen, dachte Radek.

Aber zuvor musste er etwas anderes erledigen, nämlich die Sache mit Carina klären. Er wollte nicht im Dorf herumlaufen und sich dabei ständig wie ein schüchterner Junge fühlen, der sich nicht traute, ein Mädchen zu küssen, obwohl sie ihm bereitwillig die Lippen hinhielt. Er wollte zumindest das aus seinem Kopf bekommen. Das ganze Wochenende hatte er immer wieder über diesen Abend nachgedacht, hatte ihn in Zusammenhang gebracht mit anderen Ereignissen, mit dem Verführungsversuch auf der Burg und mit seiner Entführung. Einen Moment lang war er sogar versucht zu glauben, dass einige eifersüchtige Burschen aus dem Dorf dahintersteckten, aber das schien ihm als Motiv nicht ausreichend.

Trotzdem stellten sich ihm immer mehr Fragen, je länger er darüber nachdachte. Schließlich kam ihm der Gedanke, dass hinter der Entwicklung in der vergangenen Woche eine Art Eskalationsschema stecken könnte. Zunächst war da der Versuch auf der Burg, ihn zu verführen. Als das misslang, hatte sich Carina an ihn herangemacht. Beides wahrscheinlich mit der Absicht, ihn erpressbar zu machen. Als auch das nicht gelungen war, wurden härtere Bandagen ausgepackt. Und dazwischen die Warnung mit der Ratte. Warum das alles? Aus purer Abneigung gegen ihn? Waren das tatsächlich blöde Scherze oder hatten bestimmte Leute etwas zu verbergen und wollten ihn deshalb aus dem Dorf draußen haben? Wenn dem so wäre, was sollte er nicht entdecken? Und wer wollte das verhindern?

Jedenfalls musste er mit Carina reden, allein wegen seines angeknacksten Selbstbewusstseins.

Er parkte sein Auto auf dem Hauptplatz schräg gegenüber der Konditorei. Als er aus Gresten abgefahren war, hatte es zu regnen begonnen, nun goss es in Strömen. Mit hastigen Schritten eilte er in die Konditorei.

Es war Montagmittag und das Geschäft war beinahe leer, nur im hinteren Bereich saßen zwei Frauen mittleren Alters bei Kaffee und Kuchen.

Als Carina ihn sah, huschte ein Ausdruck des Erschreckens über ihr Gesicht, aber sofort hatte sie sich wieder unter Kontrolle und lächelte ihn an. Sie hatte nichts mehr von der Femme fatale, als die sie sich am Mittwochabend gezeigt hatte. Sie wirkte blass und fahrig.

Sie begrüßten sich freundlich, Radek setzte sich an einen Tisch und bestellte Kaffee. Als sie ihn servierte, bat Radek sie, sich zu ihm zu setzen. Einen Moment zögerte sie, blickte sich im Lokal um, als hätte sie Angst, beobachtet zu werden.

»Was willst du?«, fragte sie misstrauisch, nahm dann aber Platz.

»Mit dir über Mittwochabend reden.«

»Da gibt es nichts zu bereden. Ich wollte mit dir bumsen und du hast mich abblitzen lassen. Das war's. Bist du deswegen hier? Tut es dir leid? Möchtest du die verpasste Chance nachholen?« Es klang nicht einladend, sondern nach einer seltsamen Mischung aus Wehmut und Gehässigkeit. Auch die rätselhafte Verführerin war wie weggewischt. Sie war eine junge Frau wie Hunderte andere auch, hatte die Hände auf dem Tisch liegen und spielte nervös mit ihren Fingern.

»Ich möchte wissen, was dich dazu veranlasst hat, dich derart an mich ranzumachen, dass mir die Luft wegblieb.«

Sie blickte ihn argwöhnisch an. »Fragst du als Mann oder als Bulle?«

»Als Polizist.«

»Ist es strafbar, sich einen Mann aufreißen zu wollen?«

»Nein. Aber es interessiert mich trotzdem, wie du gerade auf mich gekommen bist.«

»Das hab ich dir gesagt. Du warst verfügbar und du bist nicht aus dem Ort. Wir hätten es miteinander gemacht und am nächsten Tag wärst du weg gewesen, ohne blöde Fragen oder Verpflichtungen. So einfach ist das.« Einen Augenblick lang schimmerte ihre erotische Aggressivität durch, doch sofort hatte sie sich wieder im Griff. »War's das jetzt?« Ihr Ton wurde abweisend. »Wenn es sonst nichts mehr gibt, würde ich gerne weiterarbeiten.« Sie wollte aufstehen und gehen.

»Nicht so schnell.« Radek wollte sie nach ihrem Verhältnis zum Baron fragen, er hielt sie am Handgelenk fest.

Ein leiser Schmerzensschrei entfuhr ihr und sie verzog das Gesicht. Mit der freien Hand versuchte sie, sich zu von seinem Griff zu lösen, doch Radek hielt auch ihre zweite Hand.

»Was ist los?«, fragte er verwundert. »Was hast du?«

Sie antwortete nicht.

Als der Polizist die Ärmel ihrer weißen Bluse hochschob, sah er die blutunterlaufenen Schürfwunden an den Handgelenken. Ihm war klar, dass diese Verletzungen von Fesseln stammten. Was hatte das zu bedeuten? Sofort war das

Bild seiner eigenen Entführung präsent, wie er mit Kabelbindern fixiert auf dem Hauptplatz am Pranger stand.

Carina blickte ihn ängstlich an, wie eine ertappte Ladendiebin, und versuchte vergeblich, sich seinem Griff zu entziehen. Die dunklen Wunden schienen zu glühen wie archaische Armreifen.

»Was ist passiert?«, fragte er und klang dabei nicht mehr wie ein Polizist im Verhör, sondern wie ein besorgter Freund.

»Lass mich los.« Sie versuchte noch einmal, sich zu befreien. Widerwillig ließ er sie los. »Nichts ist passiert. Ich hab mich verletzt. Beim Klettern. Mit dem Seil.«

Das war eine so dicke Lüge wie das Wahlversprechen eines Politikers.

Sie stand auf und flüchtete hinter den Tresen.

Radek folgte ihr, zählte ein paar Münzen für den Kaffee auf die Theke. »Erzähl mir keinen Blödsinn«, sagte er, schärfer als gewollt. »Also, was ist los? Hast du irgendwelche Sadomaso-Spielchen laufen? Oder ist es etwas anderes?«

»Das ist eine Sportverletzung«, beharrte sie. »Mehr nicht. Und jetzt lass mich in Ruhe.« Sie verschwand durch eine Schwingtür in die angrenzende Küche.

Radek blickte ihr einige Augenblicke lang unschlüssig nach, dann verließ er die Konditorei. Es regnete immer noch, der Himmel war mit dunklen Wolken verhangen.

Er lief zum Auto, zündete sich eine Zigarette an und dachte an ihr Gespräch vom Mittwoch. Ihre Begeisterung für seine Handschellen kam ihm in den Sinn und wie sie sich für Fesselspiele ereifert hatte. War es das, was sie wollte? Die Unterwerfung unter einen starken Dominus? Fühlte sie sich deshalb von ihm als Polizisten angezogen? Die staatliche Autorität, der sie sich im Bett unterwerfen wollte? Schwachsinn, rügte er sich und verdrängte diese Bilder in seinem Kopf. Trotzdem war für ihn klar: Die Ausrede von der Kletterverletzung stimmte nicht. Die Wunden an ihren Handgelenken waren eindeutig Fesselungsspuren. Und es gab nicht viele Möglichkeiten, wie sie dazu gekommen war.

36.

Als er an der Pforte stand und den Klingelknopf drückte, fragte er sich, wie es wäre, wenn die Polizei hier auf der Burg einen Zugriff machen müsste. Das Tor aufsprengen? Mit dem Hubschrauber ein Einsatzkommando im Hof absetzen? Der Gedanke belustigte ihn in gleichem Maße, wie er ihm Sorgen bereitete. Bevor er jedoch länger darüber nachdenken konnte, hörte er die Sekretärin durch die Sprechanlage.

»Ja, bitte?«

Radek entschloss sich, gleich zum Angriff überzugehen. »Guten Tag, Polizei, Gruppeninspektor Radek, ich muss Herrn Lenkstein sprechen«, antwortete er in forschem Ton.

Tatsächlich wurde das Portal sofort geöffnet. »Kommen Sie hoch.« Offensichtlich erinnerte sie sich daran, dass er bereits in der Burg gewesen war und daher den Weg kannte.

Die Sekretärin wirkte verunsichert. »Der Herr Baron nimmt gerade sein Mittagessen ein.«

»Das stört mich nicht. Ich möchte trotzdem mit ihm sprechen.«

Sie führte ihn in den Rittersaal und meldete ihn unterwürfig dem Hausherrn.

Lenkstein saß mit seinen Buhlschaften an der großen Tafel und aß. Die beiden Frauen waren schon fertig. Die Servietten lagen zerknüllt neben ihren Weingläsern und den leeren Tellern auf den Tischsets. Lenkstein schaufelte unverdrossen weiter in sich hinein. Er bot seinem Besucher keinen Platz an.

»Was wollen Sie, Radek?«, fragte er, ohne seinen Unmut zu verbergen. »Sie stören mich beim Essen.«

Radek ignorierte den Ärger, mit dem ihm Lenkstein begegnete, blickte demonstrativ auf die Uhr und antwortete: »Es ist halb drei. Ich hätte eigentlich erwartet, dass Sie jetzt ein Mittagsschläfchen halten.«

Dafür erntete er einen zornigen Blick. »Sparen Sie sich Ihre Frechheiten«, grunzte Lenkstein.

Damit waren die Fronten abgesteckt. Es würde kein freundliches Gespräch werden.

»Weshalb waren Sie bei meiner Frau?«, polterte Lenkstein zwischen zwei Bissen. »Die geht Sie einen Scheißdreck an.«

Lenksteins Ton und die Art, wie er mit ihm umging, machten auch Radek sofort wütend. Er hatte keine Lust, sich zu rechtfertigen, und einen Moment lang überlegte er, zu antworten, dass es seine Sache wäre, wen er befragte. Allerdings wären sie damit sofort in eine heftige Auseinandersetzung gestolpert, und Radek war nicht hergekommen, um mit Lenkstein zu streiten. Er wollte ihn mit dem Umstand seiner Entführung konfrontieren und mit seinem Verdacht, dass möglicherweise er dahintersteckte. Deshalb entschied Radek sich, die Wogen zu glätten und einen halbwegs plausiblen Grund für sein Handeln zu liefern.

»Ich wollte mit jemandem sprechen, der Einblick in die Verhältnisse im Dorf hat, aber nicht in einem Beziehungsgeflecht aus Verpflichtungen und Loyalitäten steckt und deshalb nichts sagen kann oder will oder nur mit dem üblichen Gelaber daherkommt. Das war alles.«

»Blödsinn.« Lenkstein glaubte ihm kein Wort. »Diesen Scheiß können Sie Ihrer Großmutter erzählen. Sie waren bei meiner Frau, weil Sie mir eine reinwürgen wollten. Was haben Sie ihr gesagt? Dass ich mit meinen beiden Musen hier herumvögle? Haben Sie Ihren verfickten Moralisten raushängen lassen und sich über meine Lasterhaftigkeit empört?« Er betonte das Wort »Lasterhaftigkeit« in einer Art, als wäre es lächerlich, ihr nicht zu frönen. Dann wurde er wieder feindselig. »Drauf geschissen. Meine Frau wohnt in Sankt Pölten und ich hier. Jeder lebt sein eigenes Leben, so wie er es für richtig hält.«

War das der Grund für Lenksteins Zorn? Hatte er Angst um den Ruf bei seiner Frau?

»Was ist mit Ihren Kindern? Sind die regelmäßig bei Ihnen?«

»Lassen Sie meine Kinder aus dem Spiel.«

Radek zuckte mit den Schultern. »Es interessiert mich nur.«

»Das hat Sie aber nicht zu interessieren«, erteilte ihm Lenkstein eine schroffe Abfuhr und wechselte das Thema. »Also, Radek, weshalb sind Sie hier?«

»Vorigen Donnerstag hat es einen unangenehmen Zwischenfall gegeben, bei dem ich Opfer einer, sagen wir, Entführung wurde.«

»Das hab ich gehört. Soll ein köstlicher Spaß gewesen sein.« Lenkstein nahm einen großen Schluck Wein und blickte Radek schadenfroh an. »Die Polizei am Pranger. Ein schönes Sinnbild, finden Sie nicht?« Der Spott troff aus Lenksteins Stimme wie zähes schmutziges Öl.

»Nein, finde ich nicht.« Radek bemühte sich, sachlich zu bleiben, auch wenn er innerlich zerspringen wollte.

Lenkstein schob den Teller weg, wischte sich den Mund ab und warf die Serviette achtlos auf den Tisch. Dann fixierte er Radek, als wollte er ihn hypnotisieren. »Sind Sie ein Starker, Radek, oder sind Sie ein Schwacher?«

Der Angesprochene wusste nicht, worauf Lenkstein hinauswollte. »Was meinen Sie damit?«

»Wie haben Sie sich gefühlt, als Sie entführt wurden? Wie war es für Sie, da beim Pranger zu stehen? Waren Sie zornig oder ängstlich? Fühlten Sie sich stark oder schwach?«

Hilflos hatte er sich gefühlt und wütend, jedoch nicht schwach – aber das offenbarte er Lenkstein nicht.

»Radek, sind Sie ein Wolf oder ein Lamm?« Lenksteins Stimme wurde laut, fordernd.

Er würde ihm nicht seine Schwäche eingestehen. Er wusste nicht, welches Spiel Lenkstein spielte, aber er würde ihm nicht den Gefallen tun, sich als Schwächling hinstellen zu lassen. »Ein Wolf«, antwortete Radek, »sonst wäre ich nicht Polizist.«

»Blödsinn.« Lenkstein machte eine wegwerfende Handbewegung. »Sie sind kein Wolf, Radek. Sie sind bestenfalls ein Schoßhündchen, das in die Richtung läuft, in die sein Herrchen das Stöckchen wirft. Und das bringen Sie zurück und freuen sich, wenn es noch mal geworfen wird. Sie bellen ein bisschen, vielleicht zwicken Sie mal ein altes Weib ins Bein, aber Sie beißen nicht. Sie sind auch kein Kampfhund. Wenn man Ihnen einen kräftigen Triff verpasst, verschwinden Sie winselnd hinter Ihrem Herrchen. Sie sind kein Wolf, Radek, Sie sind nicht einmal die Karikatur eines Wolfs.«

Radek wollte zu einer Entgegnung ansetzen, doch ihm wurde bewusst, dass Lenkstein ihn provozierte. Deshalb schwieg er.

Offensichtlich hatte Lenkstein keine Antwort erwartet, denn sofort fuhr er fort: »Wissen Sie, Radek, alle Leute wollen Wölfe sein. Und die meisten glauben auch, dass sie es sind. Aber wer ein Wolf ist und wer ein Schaf, das sehen wir erst, wenn es darauf ankommt, über unsere Grenzen zu gehen.«

Radek war seit fast zehn Jahren Polizist, fünf davon als Streifenpolizist. Er hatte in dieser Zeit einige Dinge erlebt, die sich Lenkstein nicht einmal annähernd vorstellen konnte. Nein – er fühlte sich nicht als Schaf. Auch nicht nach dem, was im Dorf mit ihm geschehen war. Sie hatten ihn überrumpelt, er war unachtsam gewesen, nachlässig. Das würde ihm nicht wieder passieren. Er hatte einen Fehler gemacht, aber deswegen war er kein Schaf. Und er hatte keine Lust mehr auf dieses Spielchen von Lenkstein, er wollte sich nicht von ihm manipulieren lassen. Dieses Gelaber von Wölfen und Schafen ging ihm auf die Nerven.

Doch der Burgherr dozierte unverdrossen weiter. »Wir leben in einer natürlichen Rangordnung, auch wenn die Gutmenschen das abstreiten. Deshalb gibt es ein Oben und ein Unten, bei den Tieren wie bei den Menschen. Wer wo steht, wird durch Kraft und Stärke bestimmt. Der Schwache wird immer unten und der Starke immer oben stehen. So ist das Gesetz der Natur.«

Lenkstein nahm erneut einen kräftigen Schluck. Er war aufgewühlt, sein Gesicht glänzte rot.

»Die Wölfe jagen und fressen die Schafe. Sie suchen sich oft die schwachen Tiere einer Herde. Sie töten das Schwache, das Kranke, und stärken damit die gesamte Herde, weil sie gesund erhalten bleibt. Fressen und gefressen werden, das ist der Sinn unserer Existenz. Nicht das, was uns die Kirche vorlügt. ›Religion ist das Opium des Volkes‹, sagte Marx. Ich mag diese Scheißkommunisten nicht, aber in diesem Punkt hatte er recht. Religion lullt uns ein. Sie gaukelt uns etwas vor, was es nicht gibt. Dass wir den gerechten Lohn erst im Himmelreich erhalten, wenn unsere Seelen auferstanden sind. Blödsinn, es gibt kein Himmelreich und keine Seele. Es gibt nur Fleisch und fleischliche Gelüste.«

Er machte eine weit ausladende Handbewegung, als wollte er damit alle religiösen Weltbilder wegfegen.

»Alles ein Trugbild. Nur das Leben ist wirklich. Und das Böse darin, weil es dem Guten überlegen ist. Die bösen Menschen regieren, die Guten sehen zu und schweigen. Das wusste schon der alte Napoleon. ›Es gibt viel Leid auf der Welt‹, sagte er, ›nicht wegen der Gewalt der bösen Menschen, sondern wegen des Schweigens der Guten.‹ Genau so ist es. Die Schwachen schweigen und die Starken handeln. Deshalb gehört ihnen die Welt.«

Er blickte Radek verächtlich an.

»Die Starken herrschen, die Schwachen müssen sich ducken. Das sind die Gesetze der Natur und die Prinzipien des Lebens. Beim Menschen gilt außerdem: Nicht nur wer stärker ist, überlebt, sondern vor allem, wer böser ist. Es ist ganz einfach. Das sind auch die Regeln, nach denen wir hier im Dorf leben. Denn stark sind wir in der Gemeinschaft und nur, wenn wir dem Guten keine Chance lassen. Deshalb brauchen wir hier starke Menschen, Wölfe. Deshalb dulden wir keine Schwäche im Dorf. Wir wollen stark sein. Eine starke Gemeinschaft. Das Schwache hat bei uns keinen Platz. Es untergräbt die Gemeinschaft, pflanzt sich fort wie eine ansteckende Krankheit und zieht uns hinunter. Auf so etwas können wir verzichten. Das Starke bleibt bestehen, das Schwache ist dem Untergang geweiht und hat ihn auch verdient.«

Lenkstein hatte sich mit hochrotem Kopf in einen Rausch der Begeisterung hineingesteigert, als stünde er auf einer Tribüne und spräche zu einer Wählerversammlung.

»Die richtige Auslese sorgt für eine gesunde Entwicklung, nicht die Gutmenschen mit ihrer Demokratie und ihrem Gleichheitsgeschwafel. Es gibt keine Gleichheit. Darum bin ich hier der Baron und das Dorf ist mir untertänig. Ich dulde keine schwachen Menschen im Dorf.«

»Klarerweise sind Sie es, der bestimmt, wer im Dorf zu den Starken oder den Schwachen zählt?« Radek konnte sich seinen Sarkasmus nicht verbeißen.

»Ja, das tue ich«, erboste sich Lenkstein. »Die Leute gehören mir. Entweder sie parieren und kuschen oder sie scheren sich weg.«

Radek war überrascht, dass Lenkstein seinen Machtanspruch über das Dorf so offen darlegte. Außerdem reichte es ihm, er hatte genug von diesem Gequatsche. »Können wir jetzt diesen sozialdarwinistischen Schwachsinn beenden und uns um andere Fragen kümmern? Wenn ich eine Predigt hören will, gehe ich zum Pfarrer.«

Radek wusste nicht, warum er gerade dieses Argument brachte, vielleicht, weil beide vom Bösen so fasziniert waren, wenngleich jeder auf seine Art. Jedenfalls bemerkte er, wie Lenkstein zögerte und bei der Erwähnung des Priesters ein Ausdruck des Unbehagens über sein Gesicht huschte. Doch sofort hatte der zornige Blick wieder die Oberhand gewonnen. Es war, als erwachte Lenkstein aus einer Trance, als hätte er Radek an etwas teilhaben lassen, was er eigentlich verbergen wollte, was nicht für den Besucher bestimmt war. Er hatte sich gehen lassen. Lenkstein leerte sein Glas in einem Zug. Fronica schenkte sofort nach. Der Polizist war sicher, dass Lenkstein ihn in diesem Moment am liebsten umgebracht hätte. Doch als er weitersprach, war er wie verwandelt.

»Radek, ich hab gehört, dass Sie sich an die kleine Kellnerin aus der Konditorei herangemacht haben«, wechselte er das Thema. »Das sorgt für böses Blut im Dorf. Es stößt den Burschen sauer auf, wenn die Fremden, die Sankt Pöltner, kommen und ihre Weiber ficken wollen. Da können sie schon mal die Beherrschung verlieren. Außerdem, warum bemühen Sie sich um diese Anfängerin, wenn Sie hier wahre Meisterinnen haben können?« Er wies auf seine beiden Begleiterinnen, die Radek sofort vielsagend anlächelten.

»Ich glaube nicht, dass die Burschen aus dem Dorf dahinterstecken«, entgegnete der junge Polizist.

»Ah.« Lenkstein wurde hellhörig. »Was glauben Sie dann?«

»Ich habe mich nach meiner Entführung gefragt, wer ein Interesse daran und die Mittel dazu hat, mir zu schaden.«

Lenkstein wurde misstrauisch. »Zu welchem Ergebnis sind Sie gekommen?«

»Mir ist nur eine Person im Dorf eingefallen.«

Lenkstein verstand sofort. »Sie denken an mich?«

»Ja.«

Radek konnte sehen, wie sich Lenksteins Gemütszustand veränderte. Er dachte lange nach, bevor er etwas sagte. Die plötzliche Stille wirkte nach dem lautstarken Vortrag von vorhin fast unerträglich.

»Radek, was wollen Sie von mir?« Lenkstein sprach nun langsam und überlegt. »Bin ich ein Verdächtiger? Sind Sie da, um mich festzunehmen? Ist das eine offizielle Einvernahme?«

Radek wusste, dass er verloren hatte. Lenkstein würde kein Wort mehr sagen. »Sie sind kein Verdächtiger. Dieses Gespräch dient dazu, mir ein Bild von der Situation zu machen.«

»Also sind Sie als Privatperson hier.«

»Selbstverständlich nicht. Ich recherchiere das Tatumfeld.« Das war Schwachsinn, aber er wollte sich gegenüber Lenkstein keine Blöße geben.

»Na, dann recherchieren Sie mal. Aber nicht mehr hier.«

Lenkstein war wieder ganz der Alte. Er nahm einen großen Schluck Wein, beugte sich zu Fronica und flüsterte ihr etwas ins Ohr. Einen Moment lang fürchtete Radek, das Spiel vom letzten Mal würde sich wiederholen und die beiden Frauen könnten sich an ihn heranmachen.

Doch es kam anders. Der Baron rückte mit dem Stuhl weit zurück und Fronica rutschte zwischen seine Beine. Radek konnte nur den Rücken der knienden Frau in ihrem dunklen Kleid sehen und ihren schwarzen Haarschopf. Er brauchte nicht viel Fantasie, um zu begreifen, was da geschah. Er hörte das Schmatzen und Saugen der Frau und sah ihren Kopf in langsamen Bewegungen auf- und niedergehen. Lenkstein grunzte. Er warf Radek einen provokanten Blick zu. Gerlin beobachtete Radek.

»Was wird das jetzt?«, fragte Radek und hatte Mühe, sich seine Verblüffung nicht anmerken zu lassen.

»Wonach sieht es denn aus?« Lenkstein grinste ihn an.

Radek überging die Frage. »Ich hätte mich gerne noch mit Ihnen unterhalten. Aber sicher nicht unter diesen Voraussetzungen.«

Lenkstein atmete heftiger und konnte seine Erregung kaum mehr zügeln. »Radek, ich werde keine Fragen mehr beantworten«, keuchte er. »Ich habe Ihnen nichts mehr zu sagen. Das Gespräch ist beendet. Sie können gerne hierbleiben und zusehen, wenn Sie das anmacht.« Er konnte ein lustvolles Stöhnen nicht unterdrücken und schloss einen Moment lang die Augen. Doch dann blickte er Radek verachtungsvoll an. »Oder wollen Sie Gerlin haben? Das Angebot steht noch. Ihr würde es Spaß machen.«

Die Angesprochene schenkte Radek einen Augenaufschlag, der sehr deutlich signalisierte, wie sie die Sache sah.

Einige Sekunden lang fragte sich Radek, was passieren würde, wenn er diese Einladung annähme. Er gab sich einen Ruck. So lief das nicht, so billig bekam ihn der Baron nicht an den Haken. »Danke, ich verzichte.« Radek wandte sich zum Gehen. »Aber wir sind noch nicht miteinander fertig. Unser nächstes Gespräch wird anders ablaufen.«

»Es wird zwischen uns kein Gespräch mehr geben, Radek.«

»Sind Sie sich da nicht so sicher. Das nächste Mal lade ich Sie in die Polizeiinspektion vor wie einen kleinen Hühnerdieb. Und dann, Lenkstein, können Sie sich Ihre Mätzchen in den Arsch schieben. Vielleicht gewöhnen Sie sich an den Gedanken, dass die Zeit der Feudalherrschaft vorbei ist. Willkommen im 21. Jahrhundert.«

Radek drehte sich um und ging aus der Halle. Auf der Treppe hörte er Lenkstein schreien. Es war eine Mischung aus Zorn und Lust.

37.

Er war außer sich vor Wut. Was bildete sich Lenkstein ein? Und vor allem: Was wollte er mit seinem Verhalten beweisen? War es nur das exzentrische Gehabe eines dekadenten Aristokraten oder wollte er ihn provozieren? Oder signalisieren, dass für ihn keine Regeln galten? Ihr könnt mich alle mal. Ich mache, was ich will. Das Dorf ist wirtschaftlich von mir abhängig. Ihr könnt euch eure ganze Staatsgewalt sonst wohin stecken. Ich bin Baron Lenkstein und ich habe die Verfügungsgewalt über das Dorf und seine Bewohner. Oder war er einfach ein Riesenarschloch, dem es Spaß machte und der es sich leisten konnte, sich über alle gesellschaftlichen Konventionen hinwegzusetzen und seine Umgebung damit lächerlich zu machen?

Radek wusste, dass ihm nichts anderes übrigblieb, als hierherzukommen, wenn er mit Lenkstein sprechen wollte. Ihn vorzuladen war viel zu zeitaufwendig, außerdem hätte Lenkstein auch dann genug Möglichkeiten, seine Macht zu demonstrieren.

Als Radek die Burg verließ, wurde er vorsichtig, blickte sich um, achtete auf seine Umgebung und darauf, ob ihm etwas Ungewöhnliches auffiel. Gleichzeitig wechselte er seine Schreibmappe in die linke Hand, damit der die rechte frei hatte, um nötigenfalls sofort zur Waffe greifen zu können.

Aber nichts geschah.

Er rauchte eine Zigarette, stieg ins Auto, fuhr hinunter ins Dorf und parkte den Wagen vor dem Kaufhaus Kroner.

Es hatte aufgehört zu regnen, doch der Himmel war immer noch wolkenverhangen und es war kühl geworden.

Auf dem Hauptplatz herrschte gähnende Leere. Nur zwei junge Männer sprachen vor dem Gemeindeamt miteinander. Sie warfen ihm einen seltsamen Blick zu. Radek fragte sich unwillkürlich, ob die beiden mit seiner Entführung zu tun hatten. Wahrscheinlich nicht, aber sie wussten sicher, was vergangene Woche geschehen war. Das ganze Dorf war mittlerweile bestimmt über seine Entführung informiert.

Radek überlegte, was er jetzt tun könnte. Es war fast fünf und er hatte für den restlichen Tag nichts mehr geplant. Einen Augenblick lang musste er dem Verlangen widerstehen, zu Carina in die Konditorei zu gehen und sich mit ihr zu verabreden. Diese Chance war vertan und würde nicht mehr wiederkommen.

Er beschloss, ein frühes Abendessen in der »Linde« einzunehmen und anschließend nach Gresten in seine Pension zu fahren. Er wollte dem Dorf und den Leuten zeigen, dass er keine Angst vor ihnen hatte, dass er sich nicht abschrecken ließ. Er würde es genau so machen wie am Donnerstag: essen und so tun, als sei nichts gewesen. Aber sie würden ihn nicht mehr erwischen.

Im Gasthaus war noch nicht viel los. An der Theke lehnte wieder der Mann, den er bisher bei jedem seiner Besuche in der »Linde« gesehen hatte und der immer noch den Arm in einer Schlinge trug. Im hinteren Teil des Lokals saßen zwei weitere Gäste an einem Tisch und plauderten leise miteinander. Radek nahm vorne in der Gaststube Platz und bestellte eine Kleinigkeit aus der Kategorie »Für den Hunger zwischendurch«.

Während er auf das Essen wartete, machte er sich einige kurze Notizen über die Gespräche mit Carina und Lenkstein.

Radek fiel auf, dass ihn der Gast an der Theke misstrauisch beobachtete. Der war auch am vorigen Donnerstag hier gewesen, aber vor ihm gegangen. Trotzdem überlegte er sich, ob der Mann etwas gesehen haben könnte. Vielleicht wohnte er auf dem Hauptplatz und hatte zufällig beobachtet, was geschehen war. Doch dann wäre er sicherlich zur Polizei gegangen und hätte sich als Zeuge gemeldet. Oder auch nicht. Radek musste den Drang unterdrücken, hinzugehen und ihn danach zu fragen.

Er war mit dem Essen fertig und hatte gerade seine Notizen beendet, als ein neuer Gast das Lokal betrat. Radek erkannte in ihm sofort den Typen, der ihn einige Tage zuvor auf dem Hauptplatz um eine Zigarette angeschnorrt und ihm den Hinweis gegeben hatte, dass Bernadette Lindner beim Pfarrer gewesen war. Der Mann sah genauso verwahrlost aus wie bei ihrem ersten Zusammentreffen. Er blickte sich verlegen um, als warte er auf die Erlaubnis, hierbleiben zu dürfen, trat nervös von einem Bein auf das andere, und als sein Blick auf Radek fiel, grüßte er ihn mit einem stummen Kopfnicken. Radek erwiderte seinen Gruß und deutete ihm mit der Zigarettenpackung an, zu ihm zu kommen. Mit schlurfenden Schritten trat er an Radeks Tisch.

»Wollen Sie eine Zigarette?«, fragte Radek.

»Ja, klar, danke.« Der Mann griff nach der Packung.

»Darf ich Sie einladen? Setzen Sie sich her zu mir.«

Der Angesprochene blickte sich um, aber anscheinend nahm niemand von ihm Notiz. Er setzte sich Radek gegenüber auf einen Stuhl. Er bestellte ein Viertel Veltliner, Radek begnügte sich mit seinem Apfelsaft. Er sei Autofahrer, fügte er entschuldigend hinzu. Trotzdem stießen sie an.

»Ich bin der Benesch Sepp«, stellte er sich vor. »Wir können ruhig per Du sein.«

Auch Radek nannte ihm seinen Namen.

»Du bist der Polizist aus Sankt Pölten, oder?«

Radek bestätigte. »Und du hast die kleine Lindner beim Pfarrer gesehen?«

»Ja, wie sie hinein ist. Ich bin auf der Parkbank in der Mitte vom Platz gesessen.«

»Wann ist sie wieder herausgekommen?«

Benesch wurde vorsichtig. »Ungefähr eine Stunde später. Sie ist danach zum ›Falk‹ gegangen. Und am nächsten Tag war sie weg.«

»Was hältst du von der Sache?«

Benesch schaute sich erneut im Lokal um. »Ich weiß nicht. Der Teufel kommt nie zweimal im selben Gewand.«

Radek wusste nicht, worauf Benesch hinauswollte. »Was meinst du damit?«

»Alle sagen, dass die Lindner in der Stadt war und dort gesoffen hat, aber ich glaub das nicht.«

»Wieso nicht?«

»Weil ich sie gesehen habe.«

»Als sie beim Pfarrer war?«

»Ja, aber später auch.« Benesch trank einen großen Schluck und beugte sich über den Tisch. Er flüsterte: »Als sie wieder heimgekommen ist, hab ich sie gesehen.«

Radek war wie elektrisiert. Er hatte Angst, dass Benesch gleich einen Gedächtnisschwund bekam, deshalb fragte er behutsam weiter: »Magst du erzählen, was du gesehen hast?«

»Ich hab gesehen, wie sie aus einem Wagen gestiegen ist. Vorne bei der Abzweigung nach Unterdorf. Weißt du, wo das ist?«

Radek nickte, das war die erste Siedlung nach dem Ort, dort wohnten die Lindners.

»Da ist ein Wartehäuschen aus Holz für den Postbus, mit einer breiten Bank. Da schlaf ich manchmal, wenn ich nimmer heimkomm.« Er blickte beschämt auf den Tisch und griff noch einmal nach den Zigaretten. »Auf jeden Fall, als die Lindner zurückgekommen ist, hab ich dort geschlafen und bin wachgeworden, weil ein Auto angehalten hat. Ich hab geschaut, was los ist. Und da steht die Lindner auf der Straße.«

»Wann war das?«

»In der Früh um fünf oder so. Das war ja ein Sonntag.«

»Und du bist dir sicher, dass es die Lindner war?«

»Na klar, ich kenn das Mädel. Die hat beim Doleschal Haare g'schnitten.« Benesch trank einen großen Schluck und musterte argwöhnisch die neuen Gäste, die zur Tür hereinkamen.

»Was ist dann passiert?«, fragte Radek.

»Nix. Sie ist in die Siedlung gegangen. Ich nehm an, zu ihren Eltern. Und ich hab weitergeschlafen.« Benesch lallte bereits deutlich. Offensichtlich war das nicht sein erstes Glas Wein heute.

»Ist dir etwas an ihr aufgefallen?«

»Sie hat ganz fertig ausg'schaut. Und sie war schmutzig. Im Gesicht und auch ihr Gewand. Als hätte sie eine Woche auf der Straße g'schlafen. Sie war völlig verwirrt und verschreckt. Ständig hat sie sich umgesehen, als ob sie Angst hätt, dass ihr jemand folgt. Die ist an mir vorbei'gangen und hat mich nicht gesehen, so fertig war die.«

»Hast du mit ihr gesprochen?«

»Nein.«

»Ist dir sonst noch etwas aufgefallen?«

Benesch schüttelte den Kopf.

»Hast du was von dem Auto gesehen? Ein Kennzeichen vielleicht?«

»Das war ein schwarzer Lieferwagen. So ein Kastenwagen. Mehr kann ich dir nicht sagen.«

Das war nicht viel, aber mehr, als Radek die ganze vergangene Woche erfahren hatte. Ihm fiel noch etwas ein. »Was hat das mit dem Teufel zu tun?«, wollte er wissen.

»Der Teufel kommt nie zweimal im selben Gewand«, wiederholte Benesch. »Aber trotzdem war es so wie damals mit der Marie.«

»Mit welcher Marie?« Radek wurde noch hellhöriger. Er wollte sich Notizen machen, unterließ es jedoch, weil er fürchtete, Benesch damit zu verschrecken.

»Mit der Steinhammer Marie.«

»Was war mit der?«

»Die war auch einmal ein paar Tage weg. Jetzt sitzt sie in der Psychiatrie und keiner weiß warum.« Er blickte Radek eindringlich an. »Es war genau gleich.« Benesch wurde noch leiser und warf Radek einen verschwörerischen Blick zu. »Die Lindner hat ausg'schaut, als wenn sie direkt aus der Hölle käm. Und alle glauben, die Hölle und der Teufel sind unten. Aber das stimmt nicht. Die sind oben. Der Teufel ist oben auf dem Berg, nicht unten.«

»Was meinst du damit?« Radek hatte keine Ahnung, was das bedeuten sollte.

Benesch strich sich eine graue Haarsträhne aus dem Gesicht. Wieder wanderte sein Blick durch das Lokal. Dann hatte er es plötzlich eilig. »Dankeschön, Herr Inspektor«, murmelte er, trank sein Glas aus, griff noch einmal bei den Zigaretten zu, stand auf und ging grußlos aus der Gaststube.

Radek blieb einigermaßen verwirrt zurück. Was war das jetzt gewesen? Das konfuse Gerede eines alten Alkoholikers? Andererseits hatte Benesch keinen sehr verwirrten Eindruck gemacht. Auch das, was er über die Lindner und diese Marie Steinhammer gesagt hatte – Radek machte sich bereits Notizen in seinen Block –, klang nach klaren Beobachtungen und nicht nach den Halluzinationen eines Trinkers. Dem würde er nachgehen.

Er winkte der Kellnerin und verlangte die Rechnung.

Er hatte sich verzettelt, denn es war bereits dunkel, als er auf den Hauptplatz trat. Der dicht bewölkte Nachthimmel verstärkte die Finsternis. Radek wurde vorsichtig, knöpfte Jacke und Sakko auf und rückte das Holster ein Stück weiter nach vorne, um nötigenfalls schneller an die Waffe zu kommen. Er wusste, dass die Pistole ihn nicht vollständig schützte, aber er war auf der Hut und beobachtete aufmerksam seine Umgebung. Ganz egal, was als Nächstes kam, sie würden ihn nicht mehr überraschen.

Schnell suchte er seine Umgebung nach verdächtigen Personen oder anderen Auffälligkeiten ab, doch er entdeckte nichts Ungewöhnliches. Zwei Frauen unterhielten sich vor dem Kaufhaus und warfen ihm einen flüchtigen Blick zu. Auf der Bank in der Mitte des Platzes, unter den Bäumen neben dem Pranger, saß ein Pärchen und beobachtete ihn. Die beiden kamen ihm bekannt vor. Waren sie nicht vor der »Linde« gestanden, als er gekommen war? Auf der anderen Seite gingen ein paar Jugendliche in Richtung »Falk«. Ansonsten war der Hauptplatz leer. Er ertappte sich dabei, wie er nach einem schwarzen Lieferwagen Ausschau hielt. Vergeblich natürlich.

Radek ging zu seinem Wagen. Einen Moment lang dachte er darüber nach, ob jemand während seiner Abwesenheit eine Bombe an seinem Auto angebracht hatte, fand diesen Gedanken allerdings lächerlich. Trotzdem wurde er das ungute Gefühl nicht los, als er den Wagen mit der Fernbedienung aufschloss, einstieg und den Schlüssel im Zündschloss umdrehte. Der Motor sprang sofort an, das Auto explodierte nicht. Langsam fuhr er zurück nach Gresten.

Der Fotograf hatte ihn sofort gesehen. Der Polizist war also wieder da. Er wusste nicht, was er davon halten sollte. Warum war er zurückgekommen? Was wollte er noch hier?

Alle wussten, was geschehen war. Es hatte sich schnell im Dorf herumgesprochen. Warum verstand der Polizist die Warnung nicht? War er wirklich so dumm und unvorsichtig? Reichte es ihm noch nicht?

Alle wussten, dass noch viel Schlimmeres passieren würde. Das war immer so. Wer die Warnung missachtete, lief Gefahr, einen Unfall zu erleiden. Eine Hand oder ein Arm waren schnell gebrochen.

Aber der Polizist schien es nicht zu verstehen. Wie auch? Er war nicht von hier, kam aus Sankt Pölten, hatte keine Ahnung von den Regeln im Dorf. Niemand würde sie ihm erklären. Der Polizist tappte herum wie ein Blinder, und alle sahen ihm zu und warteten, bis er das nächste Mal stürzte. Hoffentlich verletzte er sich nicht allzu schwer.

Er fragte sich, warum der Polizist in die »Linde« gekommen war. Warum hatte er mit dem Benesch Sepp gesprochen? Was wollte er von dem? Jeder kannte den Sepp, er war eine Art Dorftrottel, obwohl er nicht dumm war. Geduldet, aber nicht geliebt. Schnorrte sich durch den Tag und meistens fand er jemanden, der ihm ein paar Euro, eine Zigarette oder beim Wirt ein Glas Wein spendierte. Benesch hatte keinen festen Wohnsitz, schlief mal hier, mal da, hatte keine Arbeit, machte aber den einen oder anderen Gelegenheitsjob. Ein Gespenst, das im Dorf herumlief, ständig auf der Suche nach einer mitleidigen Seele.

Was wollte der Polizist von ihm?

Was wusste der Benesch?

Der Fotograf trank sein Bier aus, zahlte und ging. Draußen blickte er sich vorsichtig um. Der Hauptplatz war leer. Nur auf der Bank beim Pranger saßen zwei Jugendliche, das Mädchen spielte mit dem Handy, der Bursche telefonierte. Er wandte sich nach rechts und ging die Göstlinger Straße hinunter. Nach wenigen Metern griff er zum Telefon und wählte eine Nummer aus den Kontakten.

»Der Polizist ist zurückgekommen«, sagte er leise. »Er war in der ›Linde‹ und hat mit dem Benesch gesprochen. Es wird Zeit, dass wir etwas unternehmen.«

Er hörte aufmerksam zu, dann beendete er das Gespräch, steckte das Telefon ein und blickte nachdenklich aus dem Fenster. Er war aufgeregt, versuchte aber, sich zu beherrschen. Jetzt war nicht der richtige Zeitpunkt, um seinem Zorn freien Lauf zu lassen. Er brauchte einen kühlen Kopf. Es musste etwas unternommen werden.

»Der Bulle schleicht immer noch im Ort herum«, sagte er mehr zu sich selbst als zu dem Mann, der hinter ihm an einem Tisch stand.

»Er wird nichts finden«, beruhigte der Zweite. »Die Leute werden nichts sagen.« Er war nervös. Und zupfte an seiner Krawatte herum, obwohl er genau wusste, dass sie genauso perfekt saß wie sein Anzug.

Der Mann am Fenster drehte sich um. »Da bin ich mir nicht so sicher. Die Leute sind feige und schwach, aber wenn sie eine Chance wittern, werden sie mit ihm reden.«

Der Mann am Tisch überlegte laut. »Ich hab mir gedacht, dass wir es einfach aussitzen könnten und der Bulle verschwindet, wenn er nichts findet. Doch er ist hartnäckiger, als ich erwartete habe. Vor allem, seit er entführt wurde.«

»Er hat es nicht verstanden.«

»Nein, das hat er nicht.«

»Wir haben ihn unterschätzt. Ich habe geglaubt, er ist wie die anderen, wie diese Provinzsheriffs, die schnell eine Runde drehen, ein paar Leute befragen und dann wieder abzischen. Aber der Sankt Pöltner lässt nicht so schnell locker. Die Leute werden nervös. Der Polizist bringt zu viel Unruhe ins Dorf.« Er kehrte zurück zum Tisch und ließ sich auf einen Stuhl fallen. Möglicherweise war das mit der Entführung keine gute Idee gewesen, zumindest jedoch ein Riesenspaß, einem Bullen das Fürchten zu lehren.

»Der Bulle war in der ›Linde‹ und hat dort mit dem Benesch gesprochen. Es sieht so aus, als würden die Leute im Dorf bereits zu ihm laufen und sich ausweinen. Das können wir nicht dulden.« Er wusste, dass es einer Maßnahme bedurfte, die klarmachte, wie die Verhältnisse im Dorf waren. Etwas, das die Dorfbewohnter daran erinnerte, wo ihr Platz war. »Wir müssen ein Exempel statuieren, eines, das die Leute verstehen.«

»Haben Sie eine Idee?«, fragte der zweite. Insgeheim hoffte er auf ein »Nein«, denn schon die Attacke auf den Polizisten war ihm unsinnig erschienen. Und er hatte recht behalten. Er vermutete, dass es erst diese Entführung gewesen war, die den Sankt Pöltner zur Rückkehr veranlasst hatte. Aber das behielt er für sich. Es war nicht klug, wenn er seinen Gesprächspartner auf Fehler aufmerksam machte.

»Ja, habe ich. Das wird zwar für Aufsehen sorgen, doch das Dorf wird die Botschaft verstehen, die ich ihm sende.«

»Was haben Sie vor?« Der Mann im Anzug befürchtete Übles.

»Wir werden ihn umbringen.«

Radek fuhr nicht mehr in die Polizeiinspektion Gresten. Was hätte er dort auch machen sollen? Ihm wurde klar, dass er sogar den Polizeibeamten misstraute. Mit einer Ausnahme vielleicht – der Steiger. Aber nicht einmal für die wagte er es, die Hand ins Feuer zu legen.

Es dauerte eine Weile, bis er die Pension Irene fand. Eine kleine rundliche Dame um die 60 empfing ihn und führte ihn in sein Zimmer im ersten Stock. Es war geräumig und praktikabel eingerichtet.

Bevor er seine Sachen auspackte, telefonierte Radek mit Gierling und gab ihm einen groben Überblick. Gierling erzählte ihm, dass Hager ihn kontaktiert und sich über Radek und seine rüpelhafte Art beschwert hatte. Der Oberstleutnant hatte sogar erwähnt, dass Radek ihm gedroht hatte. Radek erläuterte kurz seine Sicht der Dinge, und spätestens als er Gierling erklärte, dass Hager die Angelegenheit mit der Entführung als Scherz abtun wollte und Radek deshalb etwas emotionaler geworden war, war die Sache erledigt.

Nachdem er seine Sachen ausgepackt hatte, lag er auf dem Bett und las über die nationalsozialistische Unterdrückung. Er hatte das Buch wieder so weit hergestellt, dass er es weiterlesen konnte. Es war ein Geschenk seines Bruders, als er ihm offenbart hatte, dass er studieren wollte. Sein Bruder, um zwei Jahre älter, kannte seine Interessen und wollte ihn damit motivieren. Es wäre schade gewesen, wenn das Buch verloren oder kaputtgegangen wäre.

Später zappte er im Fernsehen herum, bevor er langsam in den Schlaf hinüberdämmerte.

Die Glock hatte er auf dem Nachtkästchen liegen. Man konnte nie wissen.

38.

Es war Steiger. Er blickte auf die Uhr, kurz vor halb sechs am Morgen. Scheiße, was wollte sie um diese Uhrzeit?

»Was ist los?«, brummte er verschlafen ins Telefon.

»Wir haben einen Toten in Schandau.« Sie klang aufgeregt. »Angeblich ein Selbstmord.«

Was geht mich das an, wollte Radek in einer ersten Eingebung antworten. Aber plötzlich wurde ihm klar, dass es ihn etwas angehen musste, sonst hätte Steiger ihn nicht angerufen. Sofort war er hellwach. Er setzte sich im Bett auf und widmete ihr seine ganze Aufmerksamkeit.

»Bist du vor Ort?«

»Mehr vor Ort kann man gar nicht sein.«

»Wisst ihr, wer es ist?«

»Ja, ein gewisser Josef Benesch.«

Nun stand Radek voll unter Strom. »Scheiße, mit dem hab ich gestern Abend noch geredet. Ich bin sofort bei euch.«

»Wir sind auf dem Hauptplatz, nicht zu übersehen. Du kannst dir ruhig Zeit lassen. Er läuft nicht mehr davon«, versuchte Steiger einen Scherz, aber Radek war nicht zum Lachen.

Er verzichtete auf Dusche und Frühstück und war eine halbe Stunde später auf dem Hauptplatz in Schandau.

Steiger hatte recht gehabt, sie waren nicht zu übersehen. Der halbe Hauptplatz war mit rot-weißen Plastikbändern abgesperrt. Auf der einen Seite drängten sich etwa 20 Schaulustige, die von zwei uniformierten Polizisten in Schach gehalten wurden. Innerhalb der Absperrung stand Steiger und machte Fotos mit einer Spiegelreflexkamera, während Blaha nervös um sie herumschwänzelte.

Radek war überrascht, dass um diese Uhrzeit so viele Leute herumliefen. Er bemerkte einige Gesichter, die ihm mittlerweile bekannt vorkamen. Auch der Pfarrer war darunter.

Als Radek näher kam, sah er am eisernen Ring des Prangers Josef Benesch hängen, den Kopf unnatürlich zur Seite geknickt, die Augen geschlossen, das fahle Gesicht halb von den ungepflegten Haaren verdeckt. Über dem rechten Auge hatte er eine Platzwunde, das Blut auf seiner Wange war bereits eingetrocknet.

Er trug die gleichen Klamotten wie die beiden Male zuvor, als Radek mit ihm zu tun gehabt hatte. Um seinen Hals hing ein Stück Karton mit der Aufschrift »Ich bin ein Verräter«. Er sah aus wie einer der Delinquenten, die im Ersten Weltkrieg am Würgegalgen hingerichtet worden waren. Auf dem Boden befand sich ein Haufen Kleingeld. Neben dem Pranger lag eine leere Getränkekiste, wie achtlos beiseite geworfen.

Zwei Männer begutachteten den Toten, der eine von ihnen, in dunkler Jacke, sprach dabei in ein Diktiergerät.

Als Radek zur Absperrung trat und Steiger ihn sah, kam sie zu ihm, begrüßte ihn flüchtig und schlüpfte unter dem Plastikband durch. Sie war ungeschminkt und nur notdürftig gekämmt, das fiel Radek trotz der weißen Kapuze des Overalls auf, den sie trug.

»Bleib vor der Absperrung oder hol dir einen Schutzanzug und Schuhüberzüge«, ermahnte sie ihn. »Das ist ein Tatort.«

»Was?« Radek war verwirrt. »Ich dachte, es sei Selbstmord.«

»So hat es am Anfang ausgesehen. Als die Kollegen, die zuerst hier eingetroffen sind, den Toten untersuchten, gingen sie zunächst davon aus. Dann hat mich die Polizeiinspektion verständigt. Als ich hier angekommen bin, hatte ich meine Zweifel.«

»Welche Zweifel?«

»Verdammt, sieht so ein Selbstmord aus? Das ist eine Inszenierung und macht auf mich den Eindruck einer Hinrichtung.«

Radek musste ihr recht geben. Auch sein erster Eindruck war nicht der eines Selbstmords.

»Der Amtsarzt ist schon da«, erklärte Steiger kurz den Status. »Der Kriminalsachbearbeiter aus Scheibbs ebenfalls. Fix die Jungs, oder?« Sie grinste unverschämt. »Die Tatortgruppe ist unterwegs. Wir haben auch das LKA verständigt, das volle Programm. Blaha ist ganz aus dem Häuschen, er hält den Aufwand für übertrieben. Versucht ständig, den alten Hager zu erreichen, was ihm aber bisher nicht gelungen ist.«

»Wer kommt vom LKA?«, wollte Radek wissen.

»Gruppe Eins, Gierling«, sagte sie.

»Mein Chef«, erklärte Radek, das war gut. Damit war er an den Ermittlungen beteiligt. »Und wenn es doch Selbstmord war?«

»Dann haben alle was zu sehen gekriegt. Das soll der Blaha verantworten. Ich hab ein sauberes Gewissen. Ich hab nur das gemacht, was in solchen Fällen vorgesehen ist.« Steiger zuckte mit den Schultern und lächelte schelmisch. »Du hast gestern noch mit ihm geredet?«, fragte sie.

Radek bejahte und erklärte ihr kurz, wie das Gespräch verlaufen war, vor allem die Informationen zu Bernadette Lindner.

»Hattest du den Eindruck, dass du mit jemandem sprichst, der sich ein paar Stunden später auf dem Hauptplatz aufhängen wird?«

Radek schüttelte den Kopf.

»Und was glaubst du jetzt?«

»Am Donnerstag werde ich entführt und am selben Platz hier abgestellt, wie ein Stück Sperrgut. Das war eine Warnung. Ein paar Tage später erzählt mir jemand das erste Mal etwas Brauchbares und am nächsten Morgen ist er tot. Ich glaub an keine Zufälle.«

»Ich auch nicht. Deshalb gehe ich davon aus, dass Benesch ermordet wurde. Ich bin ganz aufgeregt – mein erster Mord.«

Radek wusste nicht, ob sie das ernst meinte oder sarkastisch. Jedenfalls gewann sie schnell ihre berufsmäßige Routine zurück.

»Ich muss weitermachen«, sagte sie. »Bleib in der Nähe.«

»Darauf kannst du wetten.« Radek war klar, dass er hier nichts tun konnte außer zu warten. Zunächst musste die Leichenbeschau abgeschlossen werden, dann ging die Tatortgruppe an die Arbeit und danach erst begann die kriminalpolizeiliche Ermittlungsarbeit. Als er sich an den Schaulustigen auf dem Gehsteig vorbeidrängte, stand plötzlich Pater Georg neben ihm.

»›Der Satan aber ergriff Besitz von Judas, genannt Iskariot, der zu den zwölf gehörte‹«, sagte der Priester und bekreuzigte sich. Es klang nicht andächtig, sondern hart und abweisend. Im Blick des Priesters glaubte Radek eine Spur von Verachtung zu erkennen. »›Und Jesus sagte: Habe ich nicht euch, die zwölf, erwählt? Und doch ist einer von euch ein Teufel.‹ Er sprach von Judas, denn dieser sollte ihn verraten. So steht es geschrieben. Judas bekam 30 Silberlinge, um den Herrn an seine Häscher auszuliefern, und konnte mit seiner Tat nicht leben. Er warf die Silberstücke in den Tempel, ging weg und erhängte sich.«

Nun war Radek klar, weshalb auf dem Boden beim Pranger Münzen verstreut lagen. Ohne dass er sehen konnte, um welche Münzen es sich handelte, hätte er ein halbes Monatsgehalt darauf gewettet, dass es 30 Ein-Euro-Münzen waren und auf vielen von ihnen mindestens ein Fingerabdruck von Benesch zu finden sein würde.

Steiger hatte recht, es war eine Inszenierung. Hier war jemand ermordet worden, weil er mit Radek gesprochen hatte, dem Bullen, dem Schnüffler. Jetzt hing er hier als Warnung für alle anderen. Seht, was mit euch geschieht, wenn ihr den Mund aufmacht.

»Er war sündig und schwach«, fuhr der Priester fort, immer noch ohne die geringste Milde in der Stimme. »Deshalb hat er sich selbst gerichtet. Der Herr sei seiner armen Seele gnädig. Er war kein gläubiger Mensch, aber auch kein böser.«

Radek wusste nicht, was er dem Pfarrer und seinen Bibelzitaten entgegnen sollte. »War Herr Benesch auch bei Ihnen zur Beichte?«, fragte er. Es klang um eine Spur zynischer als beabsichtigt.

»Nein, das war er nicht. Wie ich schon sagte, er war kein gläubiger Mensch. Trotzdem ist dieser Anlass tragisch. Deshalb können Sie sich Ihre Boshaftigkeiten sparen«, erwiderte der Pfarrer scharf, wandte sich um und ging zurück ins Pfarramt.

Die Tatortgruppe traf ein und begann nach einer kurzen Einweisung mit der Arbeit. In den weißen Einwegoveralls und mit ihren blauen Schuhüberzügen sahen sie aus, als würden sie mit giftigen Chemikalien hantieren. Benesch wurde abgeschnitten und der Amtsarzt setzte seine Untersuchungen an dem am Boden liegenden Körper fort. Als er fertig war, wurde die Leiche mit einer dunklen Plastikfolie abgedeckt.

Steiger hatte die Absperrung verlassen und zog beim Streifenwagen ihren Overall und die Schuhüberzüge aus. Radek gesellte sich zu ihr. Sie rauchten schweigend und beobachteten die Tatortgruppe.

Etwas später fuhren zwei Kriminalbeamte des Landeskriminalamts Niederösterreich in einem weißen Škoda Octavia Kombi in der billigen Behördenausführung vor. Es waren Gierling und Andrea Bosch.

Radek, Steiger und Blaha gingen zu ihnen hinüber. Eine schnelle Vorstellungsrunde, dann fragte Gierling: »Also, was ist hier los?«

Radek wies seine beiden Kollegen ein, so gut es ging, den Rest erzählte ihnen Susanne Steiger.

Gierling hörte aufmerksam zu und nickte einige Male. Bosch machte sich Notizen.

»Gut. Vorerst übernehmen wir das. Kollege Radek ist ohnehin in die Vorgeschichte involviert und ab jetzt Teil unseres Teams. Schauen wir uns mal den Tatort an.«

Andrea Bosch ging unaufgefordert zum Kofferraum und holte drei Garnituren Schutzkleidung heraus.

»Du hast gestern mit dem Benesch in der Angelegenheit Lindner gesprochen?«, vergewisserte sich Gierling, während sie auf die Rückkehr von Bosch warteten.

»Ja, am Abend.«

»Glaubst du, dass das Verschwinden der Lindner, deine Entführung und der Tod von diesem Benesch zusammenhängen?«

Radek nickte. »Ja, das sieht für mich so aus.«

Gierlings Ablehnung gegenüber Radek, die er üblicherweise im Büro an den Tag legte, war einer professionellen Sachlichkeit gewichen. Jetzt war er Kriminalbeamter und es galt, einen Fall zu lösen. Die Befindlichkeitskiste konnte in der Zwischenzeit in der Ecke stehen bleiben.

Er hatte Angst. Langsam fuhr er aus dem Dorf. Er dachte an die Fotos und ob sie ihn erwischen würden. Aber niemand wusste, dass er sie gemacht hatte, und sie waren gut versteckt. Sie würden die Bilder nicht so schnell finden.

Ihm war klar, dass er etwas unternehmen musste. Jetzt war der richtige Augenblick, jetzt war die Polizei da. Das mit Benesch sah aus wie Mord, sie würden ermitteln und nicht mehr so schnell gehen. Nicht wie früher, wo sie sofort wieder weg waren, kaum dass sie begonnen hatten, im Dorf Fragen zu stellen.

Jetzt war der richtige Zeitpunkt. Aber wen sollte er auswählen? Er hatte die Polizisten beobachtet und er traute ihnen nicht, den neuen genauso wenig wie der Frau, am ehesten noch dem Sankt Pöltner, der die ganze Woche schon in Schandau herumschnüffelte, den sie entführt hatten. Er war Polizist, schien aber nicht ganz zu den anderen zu gehören. Und seit der Entführung war klar, auf welcher Seite er stand. Möglicherweise war er der Richtige.

Wieder dachte er an seine Fotos, es war Zeit, sie zu verwenden. Aber was, wenn es schiefging? Die Angst packte ihn erneut.

Benesch war eine Warnung gewesen und der entführte Polizist ebenso. Jeder im Dorf wusste das, wusste, was der Tod von Benesch bedeutete. Gestern war er in der »Linde« gesessen und hatte mit dem Polizisten gesprochen, heute war er tot. Und er trug ein Schild mit der Aufschrift »Ich bin ein Verräter« um den Hals. Das war deutlich. Wenn ihr nicht kuscht, geht es euch genauso. Jeder wusste, was damit bezweckt war. Niemand würde reden, alle würden schweigen.

Aber sie konnten es nicht ewig dulden, er wollte es nicht mehr hinnehmen. Er musste Gleichgesinnte finden, jemanden, mit dem er sich verbünden konnte. Zwei, drei andere würden reichen, dann könnte es gelingen. Sie konnten sich wehren, wenn sie es gemeinsam taten.

Wer käme dafür infrage? Er kannte einige, doch er traute ihnen nicht. Wem konnte man überhaupt noch trauen? Er musste es riskieren. Und er musste sich beeilen. Aber was, wenn die anderen es bemerkten? Und was, wenn die Polizisten mit ihm sprachen? Was sollte er sagen? Die Wahrheit? Lächerlich. Das war zu gefährlich. Niemand würde die Wahrheit sagen. Alle hatten Angst, auch er. Doch er wollte keine Angst mehr haben. Er wollte etwas tun. Er musste etwas tun.

Als er auf die B 31 abbog, rief er an. Es wurde ein kurzes Gespräch. Sie brauchten nicht viel zu sagen, jeder wusste, worum es ging und was als Nächstes zu tun war.

»Sie haben Benesch gefunden, erhängt am Pranger. Sieht aus wie Selbstmord«, sagte er.

»Das hab ich schon gehört. Was ist geschehen?«

»Ich weiß es nicht. Aber der Polizist ist wieder da.«

»Was willst du jetzt machen?«

»Das, was wir besprochen haben.«

»Allein?«

»Wir werden noch jemanden brauchen. Einen oder zwei.«

»Ich wüsste schon wen.«

»Du machst mit?« Hoffnung keimte in ihm auf.

»Ja, es ist genug.«

»Es ist genug«, bestätigte er.

»Ich kümmere mich darum.«

»In Ordnung, aber es muss schnell gehen. Heute noch.«

»Mach ich. Du hörst von mir.«

Sie beendeten das Gespräch. Nun waren sie schon zwei.

Er kam bei der Schule an und parkte. Er zwang sich, an etwas anderes zu denken. Der Alltag griff wieder nach ihm. Erste Stunde Mathematik, dritte Klasse Berufsschule, lineare Gleichungssysteme. Das war jetzt wichtig, die anderen Dinge mussten warten, aber sie würden geschehen.

39.

Sie blieben bis gegen Mittag am Tatort. Es gab eine Unmenge an Spuren, die Kriminaltechnische Untersuchungsstelle würde Tage brauchen, bis das alles ausgewertet war und brauchbare Ergebnisse vorlagen.

Gierling hatte sich lobend darüber geäußert, dass Radek gewartet hatte, bis er und Bosch gekommen waren, und dass er nicht zuvor schon auf dem Tatort herumgelatscht war.

Nachdem die Leiche weggebracht worden war, begann die Tatortgruppe ihre Spurensuche Schritt um Schritt auszuweiten. Vom unmittelbaren Fundort der Leiche weg zum Pranger und zum Platz davor.

Für Gierling, Bosch und Radek blieb vorerst am Tatort selbst nichts zu tun.

Gierling traf schnell einige Anordnungen. Bosch sollte beginnen, die Anwohner auf dem Hauptplatz zu befragen. Radek kannte das Ergebnis schon jetzt. Niemand würde etwas gesehen oder gehört haben. Aber alle würden ganz entsetzt darüber sein, dass so etwas in Schandau geschehen war.

Steiger, die von Blaha dem LKA-Team ohne Widerstand zur Verfügung gestellt wurde, weil sie hier vor Ort die Situation am besten kannte, sollte bei der Tatortgruppe bleiben, bis die mit ihrer Arbeit fertig war.

Zu Radek sagte Gierling: »Wir müssen uns unterhalten.« Offenbar nahm er nun die Angelegenheit um einiges ernster, als er es bisher getan hatte.

Radek holte sich aus der Café-Konditorei Wieser ein Frühstück. Das Café war leer. Carina stand an der Tür und beobachtete, was auf dem Hauptplatz passierte. Als Radek in die Konditorei kam, blickte sie ihm ängstlich entgegen. Sie fragte nicht, was passiert war. Vielleicht hatte sie Angst vor der Antwort.

Gierling und Radek fuhren schweigend in die Polizeiinspektion Gresten, wo sie vorerst ihren Stützpunkt aufschlagen wollten. Sie holten sich Kaffee und setzten sich in Steigers Büro.

»Also gut, dann erzähl noch mal, was du alles herausgefunden hast«, forderte Gierling Radek auf.

Radek schilderte, was vorige Woche geschehen war, um ein Vielfaches detaillierter, als er es am Freitag in Gierlings Büro getan hatte. Er schloss seinen Bericht mit seinen Aktivitäten vom Vortag ab. Er überlegte, das Ende des Gesprächs mit Lenkstein auszulassen, entschied sich jedoch, es genau so zu beschreiben, wie es abgelaufen war.

Gierling hörte geduldig und aufmerksam zu. »Lass mich zusammenfassen«, sagte er anschließend. »Wir haben ein verschwundenes Mädchen, das völlig verwahrlost und verstört wiederauftauchte. Einen kurzfristig entführten Polizisten. Einen Obdachlosen, von dem wir nicht wissen, ob er Selbstmord begangen hat. Wir haben einen Adeligen mit Vorlieben für sexuelle Eskapaden, einen Pfarrer mit Ansichten von vorgestern und einen Bürgermeister, der versucht, alles unter den Teppich zu kehren und dort zu belassen. Und einige Dorfbewohner, die sich der Polizei gegenüber auffällig bis ablehnend verhalten. Also eine ganz normale Dorfgemeinschaft. Wir haben keine Ahnung, wie diese Dinge zusammenhängen. Wir haben keinen tatsächlichen Hinweis auf Satanismus. Die Lindner macht keine Anzeige wegen Freiheitsentziehung. Ob Benesch Selbstmord verübt hat oder nicht, wissen wir noch nicht. Deshalb gibt es mit der Entführung des Kollegen Radek bisher nur eine relevante Straftat. Und wir haben das Gefühl eines Ermittlers, dass im Dorf etwas nicht stimmt. Habe ich das richtig verstanden?«

Radek spürte, wie ihm das Blut in den Kopf stieg.

»Ich möchte deine ehrliche Meinung hören. Wenn einer deiner Mitarbeiter mit diesen Fakten zu dir käme, was würdest du ihm sagen?« Er erwartete keine Antwort, und Radek gab ihm auch keine. Das war wie ein Schuldeingeständnis.

»Wie, glaubst du, sollen wir jetzt weitermachen?«

Diese Frage überraschte Radek. Für ihn war das völlig klar. »Weiterermitteln«, sagte er. »Wir können die Sache mit dem Freiheitsentzug als Bagatelle abtun, auch wenn es keine ist. Aber wenn wir den Tod von Josef Benesch als Selbstmord behandeln, dann lassen wir möglicherweise einen Mord durchgehen.«

Gierling überlegte. »Wie sicher bist du dir, dass im Dorf etwas faul ist?«

»Sehr sicher. Ich würde ein Monatsgehalt darauf wetten.«

»Okay, ich weiß nicht, was mit Lenkstein oder den anderen nicht stimmt. Aber was den Selbstmord betrifft, teile ich deine Meinung. Das ist eine Inszenierung. Ich bin mir beinahe sicher, dass es sich um Mord handelt.« Er nahm einen Schluck Kaffee. »Und eines ist auch klar. Wenn es tatsächlich um Lenkstein geht oder den Bürgermeister oder den Pfarrer oder möglicherweise um alle drei, wird es eine Menge Wirbel geben und viel Gegenwind.«

»Ich habe keine Probleme mit Wirbel und Gegenwind«, antwortete Radek trocken.

»Also wäre das geklärt.« Gierling schien zufrieden. Er musterte seinen Mitarbeiter eine Weile schweigend, bevor er ihn unvermittelt fragte: »Thomas, welche Schlüsse ziehst du aus der ganzen Sache hier?«

»Wie bereits gesagt: Irgendetwas stimmt nicht«, begann er. »Ich kann nicht sagen, was das ist. Ich sehe kein Motiv dahinter. Aber ich sehe Leute, die ständig mauern oder Geschichten erzählen, die wie von einem Textblatt abgelesen klingen. Und dafür gibt es nur zwei Erklärungen: Entweder handelt es sich bei den Dorfbewohnern um eine eingeschworene Gemeinschaft, die, aus welchen Gründen auch immer, so fest zusammenhält, dass sie sich nach außen völlig abschottet. Oder es übt jemand einen derartigen Druck auf das Dorf aus, dass jegliches Aufmucken bereits im Keim erstickt wird.«

»Was hältst du für wahrscheinlicher?«

»Beides. Ich habe den Eindruck, dass viele Leute eingeschüchtert und verängstigt sind. Und andere rotzfrech und anmaßend.«

»Angenommen, es ist wirklich so, dass die Leute Angst haben. Vor wem oder vor was?«

»Meiner Ansicht nach kommen dafür nur wenig Personen infrage. Lenkstein oder der Bürgermeister, wobei der Bürgermeister eher wie eine Marionette aussieht und nicht wie jemand, der die Fäden zieht.« Wie ein Schaf, nicht wie ein Wolf, wollte Radek sagen, schluckte es aber hinunter. »Oder es steckt eine Gruppe dahinter, die sich im Verborgenen hält, jedoch in der Lage ist, mächtig Druck auszuüben. Vielleicht unter Führung des Pfarrers. Immerhin ist die Kirche hier nur eine Kulisse, keine Glaubensgemeinschaft.«

Gierling nickte. »Wenn wir uns mit Lenkstein anlegen, werden wir mehr Leute brauchen. Ich habe mich auf der Fahrt hierher über Schandau schlaugemacht. Lenkstein ist keine kleine Nummer. Der steht im Bezirk und im Land ziemlich weit oben. Dem pisst man nicht einfach ans Bein, auch nicht als Polizist. Was ist mit der Satanismusgeschichte?«

Radek zuckte mit den Schultern. »Darüber habe ich bis jetzt nichts herausgefunden. Ich halte es eher für unwahrscheinlich, auch wenn die Leute manchmal vom Teufel reden und jugendliche Goths herumlaufen.«

Das erschien Gierling einleuchtend. Dann traf der Chefinspektor eine Entscheidung. »In Ordnung. Gehen wir davon aus, dass der Tod von Josef Benesch ein Mord gewesen ist, und ermitteln in diese Richtung. Allerdings würde ich das gerne bedeckt halten. Offiziell geht es um Selbstmord.« Gierling schwieg für einige Augenblicke, bevor er hinzufügte: »Eines noch, Radek. Wir werden uns auch um deine Entführung kümmern. Das ist kein Bagatelldelikt. Einen Polizisten zu attackieren ist kein Scherz. Niemals.«

Sie machten 15 Minuten Pause. In dieser Zeit erledigte Gierling einige Telefonate. Er informierte Bosch und Steiger darüber, wie es weiterging und was sie zu tun hatten. Für den Nachmittag gab es noch zwei Dinge: Steiger und Bosch kümmerten sich nach der Befragung der Anwohner um die Biografie von Benesch, während Gierling und Radek in die Pathologie des Krankenhauses nach Amstetten fuhren, wohin die Leiche gebracht worden war.

40.

Gierling hatte über die Staatsanwaltschaft eine gerichtliche Obduktion beantragt, und der Pathologe wirkte erfreut, weil es endlich einmal etwas anderes zu tun gab als die tägliche Routinearbeit.

Sie standen um die nackte Leiche, die auf einem Nirostatisch lag und im grellen Licht der OP-Leuchte wie eine Wachsfigur aussah. Als Radek den dürren Körper von Benesch vor sich auf dem Seziertisch liegen sah, fragte er sich, ob der Obdachlose zu schwach für die Gemeinschaft gewesen war und deshalb hatte sterben müssen.

Der Pathologe erklärte an der Leiche seine ersten Untersuchungsergebnisse. »Ich habe den Körper noch nicht geöffnet«, das klang beinahe entschuldigend, »sondern lediglich eine externe Beschau und ein Röntgen durchgeführt.«

»Können Sie uns schon etwas sagen?«, wollte Gierling wissen.

»Ja, selbstverständlich!« Der Obduzent war empört über diese Frage. »Das Wichtigste zuerst: Der Todeszeitpunkt, soweit ich ihn bisher bestimmen konnte, liegt etwa zwischen 1 und 4 Uhr heute Morgen. Und die Würgemale hier am Hals weisen eindeutig jene Charakteristik auf, die für Erhängen typisch ist. Es scheint nicht so, dass er erwürgt oder bereits in totem Zustand aufgehängt wurde. Dafür gibt es keine Anzeichen. Allerdings habe ich an den Fingern seiner linken Hand Verletzungen gefunden, die Abwehrspuren sein könnten.«

Er hob die linke Hand an und zeigt ihnen die Finger. Der Nagel des Zeigefingers war abgebrochen, an der Fingerkuppe fand sich eine blutverkrustete Schürfwunde.

»Möglicherweise ist eine geringe Menge Blut an der Kleidung des Täters zu finden, sollte es tatsächlich Mord gewesen sein. Außerdem konnte ich mehrere Fasern unter den Fingernägeln von Mittel- und Ringfinger sicherstellen. Die Platzwunde über dem Auge könnte von einem Sturz oder etwas Ähnlichem stammen.«

Der Arzt ließ die Hand des Toten zurücksinken und zeigte auf dessen Arme. »Seltsam sind diese Blutergüsse an den Oberarmen. Es handelt sich dabei um Druckstellen, die durch festes Halten entstanden sein könnten. Außerdem hat er einen großen Bluterguss auf der linken Seite der Magengegend, wie von einem Sturz oder einem Schlag.«

Als Radek den dunklen Fleck auf dem ausgezehrten Körper von Benesch sah, dachte er sofort an seine Entführung und den Hieb, der ihm versetzt worden war, als er aus dem Wagen gezerrt wurde und sich wehren wollte.

»Sonst gibt es keine aktuellen äußerlichen Verletzungen«, erklärte der Obduzent weiter. »Allerdings zwei alte. Im Röntgen konnte ich eine Fraktur des rechten Unterarms feststellen, sowohl der Ulna als auch des Radius, was auf eine ziemlich schwere Verletzung hindeutet. Außerdem hatte er sich irgendwann in den Finger geschnitten.« Er zeigte ihnen eine Narbe an der Kuppe des Zeigefingers der rechten Hand.

Auch hier sah Radek sofort die Ähnlichkeit zu seiner eigenen Verletzung und fragte sich unwillkürlich, ob das Zufall sein konnte.

»Das war es im Wesentlichen«, beendete der Arzt seine Ausführungen. »Ach ja, eines habe ich vergessen. Interessant ist die kleine Tätowierung an der linken Achsel.«

Er ging um den Tisch herum und bedeutete ihnen, ihm zu folgen. Dann hob er den linken Arm so weit, dass sie das erwähnte Tattoo sehen konnten. Radek erkannte ein umgekehrtes, auf der Spitze stehendes Pentagramm von etwa drei

Zentimetern Größe. Das war ein eindeutiges satanistisches Symbol.

»Aber diese Tätowierung dürfte schon älter sein«, erklärte der Arzt. »Ich schätze sie auf Ende der 70er-, Anfang der 80er-Jahre. Keine sehr schöne Arbeit, nicht zu vergleichen mit den heutigen Tattoos.« Der Arzt schob den leblosen Arm zurück auf den Seziertisch. »Tja, das war's fürs Erste. Mehr hab ich momentan noch nicht. Wollen Sie hierbleiben? Ich werde die Leiche jetzt öffnen.«

Die beiden Polizisten lehnten dankend ab. Radek hatte kein Interesse, der Autopsie beizuwohnen. Nicht, weil es ihn davor ekelte, sondern weil es ihm als Zeitverschwendung erschien.

Sie waren mit zwei Autos gefahren, weil Gierling nach Sankt Pölten zurückmusste. Vor dem Krankenhaus verabschiedeten sie sich, die Obduktionsergebnisse würden sie morgen analysieren.

Als Gierling weg war, stand Radek alleine auf dem Parkplatz. Er rauchte eine Zigarette und überlegte, was er heute noch tun konnte, aber es fiel ihm nichts mehr ein.

Der Hinweis »unbekannter Teilnehmer« auf dem Display seines Diensthandys zeigte an, das der Anrufer seine Nummer unterdrückt hatte. Deshalb nahm Radek das Gespräch mit einem simplen »Hallo« entgegen.

»Guten Tag, spreche ich mit Herrn Gruppeninspektor Radek?«, fragte der Anrufer leise.

Etwas in der Art, wie er sprach, alarmierte Radek. Er fuhr gerade mit dem Auto zurück nach Gresten, blieb jetzt aber in der Bucht einer Bushaltestelle stehen, um sich auf das Telefonat zu konzentrieren. »Ja, am Apparat. Mit wem habe ich das Vergnügen?«

»Tut mir leid, ich möchte Ihnen meinen Namen momentan nicht nennen. Ich habe möglicherweise Informationen zum Verschwinden von Bernadette Lindner.« Er wartete auf eine Reaktion.

Radek ließ sich Zeit, obwohl sein Interesse sprunghaft stieg. Er hörte im Hintergrund Straßenlärm, also stand der Anrufer im Freien. »Welche Informationen sind das?«

»Das muss ich Ihnen persönlich sagen, das geht nicht am Telefon.«

Radeks Alarmglocken schrillten. Was beabsichtigte der Anrufer? Ein geheimes Treffen, um ihn in eine Falle zu locken? Radek wurde vorsichtig, aber er wollte den Anrufer nicht verschrecken. »Welche Informationen haben Sie?« Radek versuchte noch einmal, etwas zu erfahren.

»Das werden Sie dann sehen.«

Radek gab es auf, am Telefon würde er nichts erfahren. »Was schlagen Sie vor?«

»Vielleicht könnten wir uns irgendwo treffen?«

»Haben Sie eine Idee?«

»Wo sind Sie jetzt?«

»In Amstetten, kurz vor der Ortsausfahrt.«

»Fahren Sie nach Schandau?«

»Nein, nach Gresten.«

Am anderen Ende wurde überlegt. Was sollte diese Heimlichtuerei?

»An der B 31 ungefähr einen Kilometer nach Waidhofen ist ein kleiner Parkplatz an der Ybbs. Dort könnten wir uns treffen, um 20 Uhr.«

Als Radek zustimmte, beschrieb ihm der Anrufer, wie er diesen Parkplatz finden konnte.

»Wie erkennen wir uns?«, fragte Radek.

»Ich weiß, wer Sie sind. Welches Auto fahren Sie?«

»Einen weißen VW Golf mit Sankt Pöltner Kennzeichen. Ich nehme an, auf dem Parkplatz werden davon nicht allzu viele stehen.«

»Und bitte, kommen Sie alleine«, verlangte der Anrufer.

»Warum?« Radek wurde noch eine Spur misstrauischer.

»Weil ich nicht möchte, dass allzu viele Polizisten mein Gesicht kennen.«

»Warum wollen Sie mir Ihren Namen nicht nennen?«

»Weil es zu gefährlich ist.«

»Gefährlich für wen?«

Der Anrufer zögerte. »Für mich«, antwortete er leise.

Es war bereits dunkel, als Radek auf den Parkplatz einbog. Der war ungefähr 50 Meter lang, durch eine Hecke und einige Bäume von der Straße abgeschirmt, auf der anderen Seite lag ein Auwald, der das Ufer des Flusses säumte. Es gab eine Reihe Schrägparkplätze, ein dunkler Opel hatte etwa in der Mitte geparkt. Zwei Bogenlampen warfen ihr mickriges Licht auf den Platz. Der ideale Ort für eine Falle, war Radeks erster Gedanke, als er im Schritttempo auf den Parkplatz rollte. Er hielt an, überlegte, wo es hier am sichersten war, und entschied sich dafür, das Auto unter der Lampe in der Nähe der Ausfahrt so abzustellen, dass er sofort nach vorne wegfahren konnte und im Rückspiegel rechtzeitig sah, wenn sich jemand von hinten dem Fahrzeug näherte.

Es war 20 Minuten vor acht. Radek ließ den Motor laufen, nahm die Pistole und hielt sie schussbereit unter einer Zeitung versteckt auf dem Schoß. Dann wartete er und beobachtete die Gegend.

Je länger er in der Dunkelheit saß, desto unwohler fühlte er sich. Es war eine völlig verblödete Idee gewesen, alleine herzufahren, auch wenn es zeitlich sehr knapp war. Er hätte zumindest Steiger informieren können, die hätte es sicher geschafft, rechtzeitig hier zu sein.

Der Parkplatz blieb ruhig. Auf der Bundesstraße war wenig Verkehr. Nichts schien ungewöhnlich zu sein.

Plötzlich kam ein Mann auf den Parkplatz, er ging von vorne zielstrebig auf Radeks Auto zu. Er war von mittlerer Größe und normaler Statur, trug Jeans und ein dunkles Blouson. Die Hände hatte er in den Taschen vergraben.

Sofort fühlte sich Radek unter Strom. Die Uhr im Armaturenbrett zeigte 19.55 Uhr. Er warf einen prüfenden Blick in den Rückspiegel, konnte aber nichts Verdächtiges entdecken.

Der Mann schaute sich kurz um und marschierte, ohne seinen Schritt zu verlangsamen, geradewegs auf Radeks Auto zu. Er musterte den Fahrer intensiv, soweit er ihn im düsteren Licht erkennen konnte, zögerte eine Sekunde, dann nahm er die Hände aus den Taschen.

Eine Schrecksekunde für Radek, möglicherweise hielt er eine Waffe in der Hand. Aber das war nicht der Fall. Der Mann trat entschlossen näher, öffnete die Tür und setzte sich auf den Beifahrersitz.

Radeks Herz schlug rasend schnell, er nahm die Waffe fester und beobachtete jede Bewegung des Fremden. Doch der saß nur still da und betrachtete Radek. Sie begrüßten sich kurz, dann herrschte Schweigen. Radek drückte den Verriegelungsknopf an der Tür. Es sollte niemand die Gelegenheit haben, sie überraschend aufzureißen.

»Haben Sie unter der Zeitung eine Waffe auf mich gerichtet?«, fragte der Mann.

Radek fühlte sich ertappt. »Ja«, gab er unumwunden zu.

»Die werden Sie nicht brauchen.«

»Hoffentlich. Ich behalt sie aber trotzdem dort, wo sie ist.«

»Solange Sie mich nicht versehentlich damit erschießen.«

»Ich werde aufpassen. Können wir jetzt zum Grund unseres Zusammentreffens kommen?« Radek fühlte sich immer lausiger. Er wollte das hier so schnell wie möglich hinter sich bringen. »Welche Informationen wollen Sie mir geben?«

»Entschuldigen Sie. Ich möchte nur sicher sein, dass ich Ihnen vertrauen kann.«

»Vertrauen inwiefern, Herr …«

»Hans, Sie können mich Hans nennen.« Er tappte nicht in die Falle.

»Woher haben Sie meine Telefonnummer?«

»Eine Kollegin auf der Polizeiinspektion in Gresten hat sie mir gegeben.«

So einfach geht das, dachte Radek. »Also, Hans, welches Problem haben Sie?«

»Ich möchte, dass Sie die Informationen, die ich Ihnen gebe, streng vertraulich behandeln. Niemand darf wissen, wie Sie da rangekommen sind.«

»Wovor haben Sie Angst?«

»Muss ich Ihnen das wirklich sagen? Können Sie es sich nicht vorstellen? Was glauben Sie, wer Sie an den Pranger gestellt hat?«

Radek überging die Frage. Ja, er konnte es sich denken, aber er wollte eine Bestätigung hören. Er bekam jedoch keine.

»Sie ermitteln gegen den Baron, oder?«

Die Frage kam unerwartet. Sofort schlug Radeks innerer Alarm wieder an. War dieser Hans hier, um ihn auszuspionieren? Um zu erfahren, wie der aktuelle Stand der Ermittlungen war? »Das darf ich Ihnen nicht sagen«, antwortete er ausweichend. »Was wäre, wenn es so ist?«

Hans dachte nach. »Ich könnte Ihnen helfen. Aber zuerst muss ich wissen, woran ich bei Ihnen bin, denn das Risiko liegt auf meiner Seite. Sie sind nächste Woche wieder weg, ich und meine Familie müssen danach jedoch immer noch im Dorf leben.«

Trotz der Dunkelheit konnte Radek die Angst in seinen Augen sehen.

»Wir müssen uns gegenseitig vertrauen. Nur so können wir einen Schritt weitergehen. Also hören wir auf, Spielchen zu spielen.«

Das klang überzeugend. »Ja«, gab Radek zu. »Wir ermitteln auch gegen den Baron.«

»Wie ernst ist es Ihnen damit? Wenn Sie morgen jemand anruft und davon abbringen will: Lassen Sie das zu oder machen Sie weiter?«

»Was mich betrifft, ist die Antwort klar: Ich mache weiter.«

»Schön.« Hans nickte. »Wenn Sie wirklich gegen den Baron ermitteln, wird es schwierig werden.«

Das hatte Radek heute schon einmal gehört.

»Ich nehme an, Sie haben bisher nichts Greifbares in der Hand, oder?«

»Wir haben sehr wenig.«

»Weil niemand im Dorf redet. Alle schweigen und mauern, nicht wahr?«

Wieder musste Radek bejahen.

»Daran wird sich so schnell auch nichts ändern. Sie kennen das Dorf nicht, nicht die Verhältnisse hier, die Beziehungen der Leute untereinander. Sie wissen nichts und stochern blind im Heuhaufen herum. Wenn ich Ihnen weiterhelfe, muss ich mir sicher sein, dass Sie weiterermitteln.«

Diese Vorsicht schien Radek übertrieben. »Ich werde weiterermitteln.« Er wurde ungeduldig. Und er kam sich lächerlich vor, weil er einen Mann, der nichts Bedrohliches ausstrahlte, mit einer Pistole in Schach hielt. Gleichzeitig war ihm aber klar, dass er nicht unaufmerksam sein durfte. Vielleicht war Hans gerade deswegen gefährlich, weil er so harmlos wirkte. Aus den Augenwinkeln überprüfte er mit einem schnellen Blick in den Rückspiegel die Umgebung hinter dem Auto.

In der Zwischenzeit hatte Hans behutsam und langsam, ihm war bewusst, dass schnelle Bewegungen falsch ausgelegt werden könnten, in seine Jackentasche gegriffen und einen USB-Stick herausgeholt. Er reichte ihn Radek.

»Da sind Fotos drauf«, erklärte er. »Sehr viele Fotos. Möglicherweise sind sie Ihnen hilfreich.«

»Was für Fotos?«

»Fotos von Treffen.«

»Welche Treffen?«

»Sie wissen wirklich nichts, absolut gar nichts.« Hans schüttelte ungläubig den Kopf und sagte zu sich selbst: »Du meine Güte, was mach ich hier?«

»Dann helfen Sie mir auf die Sprünge«, verlangte Radek.

Hans dachte nach, vermutlich darüber, wo er beginnen sollte. »Auf der Burg gibt es viele Zusammenkünfte. Der Baron gibt sich als geselliger Mensch. Traditionell sind das ein Ball im Winter, ein Kostümfest oder ein historischer Maskenball im Sommer und ein Jagdfest im Herbst.«

Radek erinnerte sich an den Ausspruch des Pfarrers, dass das Gewand des Jägers oft die Verkleidung des Teufels sei. Hatte er ihm damit einen Hinweis geben wollen, oder hatte er auf etwas anderes angespielt?

»Daneben gibt er immer wieder Soirées mit Künstlern, Musikern, Lesungen von Schriftstellern, solche Sachen«, fuhr Hans fort. »Das ist an sich nichts Ungewöhnliches, außer wenn man danach fragt, wie er diese Feste finanziert. Lenkstein benutzt diese Veranstaltungen, um seine Beziehungsnetze aufzubauen, um sich die Leute zu kaufen. Es ist eine Ehre, auf seiner Gästeliste zu stehen. Und ein gutes Geschäft. Man kennt sich, man hilft sich. Und man ist dem Baron dankbar, man ist ihm verpflichtet. Man will sich mit ihm gut stellen, damit man im nächsten Jahr wieder dabei ist. So läuft das.« Er machte eine Pause, zögerte.

Wer ist »man«, wollte Radek fragen, schluckte es aber hinunter. Das, was er bisher gehört hatte, erschien ihm nicht ungewöhnlich. Das waren normale Geschäftspraktiken. Beziehungen pflegen, Leute umgarnen, auf welche Weise auch immer.

»Aber es gibt Gerüchte über andere, geheime Zusammenkünfte. Dunkle, böse Dinge sollen dort geschehen. Orgien, Teufelsanbetungen, rituelle Handlungen, solche Sachen eben. Ich weiß nicht, ob diese Gerüchte wahr sind. Möglicherweise handelt es sich dabei um Übertreibungen oder um einen dummen Aberglauben.«

Radeks Aufmerksamkeit stieg. »Diese Zusammenkünfte finden beim Baron statt?«

»Angeblich. Es ist nicht einfach, darüber Auskunft zu bekommen. Die Leute laufen nicht herum und prahlen damit.«

»Wer ist bei dieser zweiten Art von Treffen dabei?«

Hans blickte ihn erstaunt an, als wollte er sagen: was für eine blöde Frage. »Das weiß kein Außenstehender. Die Zusammenkünfte beginnen nach Einbruch der Dunkelheit. Viele Teilnehmer kommen aus dem Dorf. Aus diesem Grund leben in Schandau zwei Arten von Menschen. Die Guten und die Bösen. Nur die Bösen wissen, wer zu ihnen gehört, weil sie sich von ihren Treffen kennen. Daher können sich die Guten nicht zusammentun, denn keiner von ihnen weiß, ob der, mit dem er sich gerade unterhält, ein Guter oder ein Böser ist. Darum trauen die Leute einander nicht. Und deshalb haben die Bösen das Sagen und die Guten werden unterdrückt und ruhig gehalten. Es dauert lange, bis man sicher ist, wer zu den Guten gehört.«

Radek kam das ziemlich wirr und an den Haaren herbeigezogen vor. Ihm erschienen diese Unterscheidung und die

Bezeichnungen dafür reichlich dumm, aber er wollte das jetzt nicht mit Hans diskutieren. Er dachte an Pater Georg und seine Erklärungen über den Teufel und das Böse. »Ist Falk ein Böser?«, fragte er trotzdem, einer plötzlichen Eingebung folgend.

»Ja.«

»Und die ›Linde‹?«

»Die ist gut.«

»Und die Gäste?«

»Das kann man nicht mehr so genau zuordnen, aber viele der Guten gehen in die ›Linde‹ und die Bösen zum ›Falk‹.«

Radek bedauerte, dass er nicht besser auf die Gäste in den beiden Wirtshäusern geachtet hatte. Carina fiel ihm ein. Möglicherweise steckte also doch mehr hinter ihrer Anmache im »Falk«, als sie zugab. »Ich nehme an, Sie haben eine Ahnung davon, wer im Dorf ein Guter und wer ein Böser ist?«

»Ein bisschen, bei einigen Leuten im Dorf ist klar, auf welcher Seite sie stehen, bei anderen weniger.«

»Könnten Sie mir eine Liste erstellen, wer Ihrer Meinung nach wohin gehört? Mit einer Reihung von sicher bis unsicher?«

»Ja, soweit ich es einschätzen kann.«

»Bei diesen Treffen, die auf der Burg stattfinden, ist Lenkstein der Schirmherr und der Führer dieser … Gruppe?« Radek wusste nicht, wie er es anders nennen sollte.

»Auch das weiß niemand genau, aber man munkelt, es sei der Baron und alles geschehe auf der Burg.«

»Und Sie haben diese Treffen fotografiert?«

»Natürlich nur die Ankunft der Gäste. Alles, was möglich war. Personen, Gesichter, Autos, Kennzeichen.«

»Wie lange läuft das schon so?«

»Ich weiß es nicht, die Gerüchte kursierten bereits in meiner Kindheit. Da war auch der Baron noch ein Kind. Ich habe keine Ahnung, ob diese Geschichten wahr sind oder überspitzte Fantasien einer abergläubischen Dorfbevölkerung.«

»Warum haben Sie diese Fotos von den Treffen gemacht? Gibt es dafür einen besonderen Grund?«

Hans ließ sich Zeit mit der Antwort. »Ich habe mein ganzes Leben lang dieses Gerede über das Böse und den Teufel gehört. Von meinen Eltern, von anderen Leuten, vom Pfarrer. Wenn ich als Junge schlimm gewesen bin, hat man mir angedroht, ich käme zum Teufel in die Burg. Ich habe keine Ahnung, was dort oben vor sich geht und was an diesen Gerüchten dran ist, aber seit meiner Kindheit ist die Burg für mich ein finsterer Ort. Genauso wie die Kirche. Die war immer leer. Jeder hat sie gemieden.« Er machte eine Pause und es schien, als kehre er nur langsam aus seinen Erinnerungen in die Gegenwart zurück. »Ich habe einen Freund, dessen Tochter verschwand vor zwei Jahren ein Wochenende lang. Als sie zurückkam, war sie psychisch zerstört und ein Fall für die Nervenheilanstalt. Das war ähnlich wie mit der Lindner. Wir wissen bis heute nicht, was damals geschehen ist, aber wir vermuten, dass sie irgendwo festgehalten wurde. Ich habe selbst zwei Töchter in jugendlichem Alter. Und ich habe Angst um sie. Angst, dass sie da hineingezogen werden. Nachdem das mit der Tochter meines Freundes geschehen war, hab ich begonnen, heimlich die Treffen zu fotografieren. Als Rückversicherung sozusagen.«

Radek war klar, dass Hans von Marie Steinhammer sprach. Doch das war momentan nicht interessant. »Wissen die Leute im Dorf von diesen Treffen?«

»Ich nehme an, dass sie nicht allen verborgen geblieben sind.«

»Und bis heute haben Sie nie mit jemandem darüber gesprochen?«

»Nein, mit niemandem. Sie wissen ja, was passiert, wenn man zu laut mit anderen redet.«

Das wusste Radek nicht. »Nein, was meinen Sie damit?«

»Sie haben wirklich gar keine Ahnung.« Hans schüttelte den Kopf. »Solange man sich brav an die Regeln hält, geschieht einem nichts. Aber wer aus der Reihe tanzt, wird zuerst verwarnt. Ein kleines Ungemach, eine leichte Verletzung eben, üblicherweise ein Schnitt in den Finger.«

Radek sah sich gefesselt und mit einer Kapuze über dem Kopf am Pranger stehen.

»Wenn der Betroffene nicht erkennt, wo sein Platz ist, geht es weiter, mit einem größeren Ungemach. Je nach Dringlichkeit und Schwere des Verstoßes. Und irgendwann hat man dann einen Autounfall oder hängt als Selbstmörder am Pranger.«

Radek starrte den Mann auf dem Beifahrersitz ungläubig an. »Wollen Sie damit sagen, Lenkstein unterdrückt das ganze Dorf, und wer nicht pariert, wird eingeschüchtert bis hin zum Umbringen?«

»Lenkstein oder jemand anderer, ja«, kam die Antwort und ließ keinen Zweifel daran, dass sie ernst gemeint war.

»Und dieser jemand legt diese Regeln fest?«

»Das weiß ich nicht. Nur eines ist gewiss: Anpassung sichert das Überleben. Solange ich mich ruhig verhalte, passiert mir nichts.«

Radek konnte es nicht fassen. »Verdammt, warum lassen sich die Leute das gefallen und wehren sich nicht?«

Wieder erntete er einen nachsichtigen Blick, wie ein ungelehriger Schüler. »Das ist nicht so einfach. Das Dorf gehört dem Baron. Die Leute im Dorf stehen in verschiedenen Abhängigkeiten zu ihm. Sie arbeiten für ihn oder machen mit ihm Geschäfte. Schweigen und kuschen ist für sie zur Gewohnheit geworden.«

»Deshalb lassen sie sich unterdrücken?«

»Ja. Die Dorfbewohner sind eingespannt in ein Geflecht aus Interessen, Verpflichtungen, Verbindlichkeiten und Schuld. Bequemlichkeit und Angst, das sind die Gründe, weshalb es keine Auflehnung gibt. Dieses System funktioniert hervorragend. Auch ich habe mich immer ruhig verhalten. Bis heute.«

»Aber Sie haben fotografiert.«

»Ja. Ich bin mir allerdings nicht sicher, ob das vernünftig war. Ich weiß nicht einmal, ob es tatsächlich diese berüchtigten Zusammenkünfte waren. Vielleicht handelte es sich um ganz andere, harmlose Dinge. Genauso wenig sicher bin ich mir, ob es eine gute Idee war, Sie zu kontaktieren.«

»Doch, das war in Ordnung«, bestätigte ihm Radek. Zumindest sollte Hans nicht das Gefühl haben, im Regen stehen gelassen zu werden. »Sie können sich nicht ewig verstecken. Irgendwann werden Sie über das, was Sie mir erzählen, aussagen müssen.«

Hans fuhr empor. »Sind Sie verrückt? Sie haben gesehen, was mit Benesch passiert ist.«

»Ich weiß«, versuchte Radek ihn zu beruhigen. »Aber wenn wir die Fotos verwenden wollen, müssen wir dafür eine Quelle benennen. Möglicherweise werden Sie bei einer Verhandlung aussagen müssen, um die Authentizität der Bilder zu belegen.«

Der Mann auf dem Beifahrersitz überlegte lange. »Sie müssen weiterermitteln. Ich werde erst aussagen, wenn ich mir sicher bin, dass der Verantwortliche nachher aus dem Dorf verschwunden ist. Sonst kann ich von hier wegziehen oder mir einen Platz auf dem Friedhof suchen.«

Sollte das stimmen, was Hans ihm zuvor gesagt hatte, war

seine Angst wohl berechtigt, aber Radek wollte das trotzdem nicht mehr kommentieren. Allerdings interessierte ihn etwas anderes brennend: »Kennen Sie weitere Dorfbewohner, die etwas über die Verhältnisse im Dorf sagen könnten?«

Die Antwort kam sofort: »Ja, aber ich weiß nicht, ob sie sich trauen. Wir arbeiten daran.«

»Wir? Wer ist wir?«

»Ich bin nicht allein, das ist alles, was Sie wissen müssen.«

Das war nicht zufriedenstellend, doch Radek war klar, dass Hans jetzt nichts weiter darüber sagen würde. »Wie kann ich Sie in Zukunft erreichen?«

»Gar nicht.«

Radek wurde ungehalten. »Hören Sie: So geht das nicht. Wenn wir eine Art der Zusammenarbeit aufrechterhalten wollen, müssen wir in irgendeiner Form miteinander kommunizieren.«

Hans überlegte, Radeks Argument schien ihm einzuleuchten. »Ich werde einen E-Mail-Account einrichten und Ihnen die Adresse per SMS schicken. Dort können wir uns austauschen.«

»In Ordnung. Haben Sie sonst noch etwas für mich?«

»Nein«, antwortete Hans. »Ich glaube, das reicht ohnehin fürs Erste. Ich habe Ihnen geholfen, jetzt helfen Sie uns.« Er murmelte einen flüchtigen Gruß, stieg aus und ging.

Radek blickte ihm nach und wusste nicht, was er von diesem Treffen halten sollte.

Der Fotograf eilte über den Parkplatz und auf der Bundesstraße weiter zu seinem Auto, das er in einer Seitenstraße etwa 100 Meter entfernt abgestellt hatte. Er war sehr zufrieden, alles verlief so, wie er es geplant hatte.

Nach wenigen Kilometern fuhr er auf den beleuchteten Parkplatz eines Kaufhauses und rief Gierling an. Der war äußerst ungehalten. Selbst als Radek ihm die Situation erklärte, auf die Notwendigkeit einer schnellen Entscheidung hinwies und seine Vorsichtsmaßnahmen erklärte, ließ er sich nicht beruhigen. Gierling war kein Idiot. Ihm war das Risiko bewusst, in das sich Radek begeben hatte, ohne Rückendeckung und ohne jemanden darüber zu informieren. Aber sein Zorn verebbte ein wenig, als Radek in groben Zügen das Gespräch wiedergab.

Das sei unfassbar, kommentierte Gierling, um im nächsten Satz zu fragen, inwieweit diese Geschichte überhaupt glaubhaft sei. Er war sich sehr schnell der Tragweite dieser Informationen bewusst. Das würde eine ganz neue Dimension eröffnen und die Sache auf eine andere Ebene heben. Radek solle strengstes Stillschweigen bewahren, bis sie morgen die weitere Strategie festgelegt hätten.

Diesen Hinweis hielt Radek für unnötig – mit wem hätte er darüber reden sollen? Mit Lenkstein?

Als er eine halbe Stunde später über die B 22 nach Gresten kam, spürte er seinen Hunger, denn er hatte seit dem Frühstück nichts mehr gegessen. Am Unteren Markt, kaum fünf Gehminuten von der Pension entfernt, in der er wohnte, gab es eine Pizzeria, in die er sich setzte.

Wieder Pizza, dachte er, während er auf seine Bestellung wartete. Polizeiessen. Er fragte sich, wie viel Pizza er in seiner Polizeikarriere schon in sich hineingestopft hatte und wie viel es bis zu seiner Pensionierung noch werden würde.

Er hatte seinen Laptop mitgenommen, unterdrückte aber seine Neugier und gab nicht dem Drang nach, sich sofort die Fotos anzusehen. Doch der USB-Stick in seiner Sakkotasche schien zu glühen, als wäre er radioaktiv, und beherrschte seine Gedanken während des Essens. Er wartete ungeduldig, schlang die Pizza schnell hinunter, und kaum hatte die Kellnerin abgetragen, zog er den Computer aus der Tasche, klappte ihn auf und fuhr ihn hoch.

Andächtig holte Radek den USB-Stick heraus. Die Anspannung und Aufregung waren schwer zu ertragen.

Der Stick hatte ein großes Speichervolumen von 32 Gigabyte und war zu mehr als zwei Dritteln gefüllt mit einzelnen Dateiordnern, in denen sich die Fotos befanden, fein säuberlich nach Datum sortiert. Der erste Ordner stammte vom März 2017, der letzte war mit 29. September 2019 datiert, das war vor zwei Tagen. Radek öffnete ihn und fand darin etwa 120 Bilder. Fotos von Autos, Kennzeichen, Personen, Gesichtern. Männer und Frauen unterschiedlichen Alters, manche waren gut zu erkennen, andere kaum. Keines der Bilder war beschriftet. Obwohl er es nicht erwartet hatte, erkannte Radek drei Personen: den Gastwirt Falk, den Friseur Doleschal und Carina, die Kellnerin aus der Konditorei. Seine Aufregung stieg, er öffnete willkürlich mehrere andere Ordner, musste aber enttäuscht feststellen, dass er auf den Fotos kein bekanntes Gesicht mehr fand.

Danach konzentrierte er sich wieder auf das Wesentliche. Auf dem Stick waren 79 Dateiordner und in Summe mehr als 15.000 Fotos. Das würde eine Riesenarbeit werden, alle Fotos durchzusehen und auszuwerten. Damit begann er sicher nicht jetzt.

Radek kopierte die Fotos auf die Festplatte des Laptops. Während der Kopiervorgang lief, wurde ihm bewusst, dass dies eine gute Gelegenheit war, einen Virus auf seinen Computer einzuschmuggeln, eine Spyware, einen Trojaner oder was auch immer, um seine Daten auszukundschaften. Aber da das Antivirenprogramm nicht angeschlagen hatte, beruhigte er sich.

Radek zahlte und ging in die Pension Irene. Es war ein langer Tag gewesen, er war müde. Nach einer ausgiebigen Dusche lag er im Bett und zappte wahllos in den Fernsehprogrammen herum. Die ganze Zeit über beschäftigten ihn drei Gedanken: Was würden sie auf den Fotos entdecken? Welche weiteren Informationen würde ihm der unbekannte Fotograf noch zukommen lassen? Und warum machte der das überhaupt? Obwohl ihm diese Fragen ständig durch den Kopf gingen, schlief Radek während der Spätnachrichten ein.

Am nächsten Morgen fand er auf seinem Handy eine kurze SMS von einem unbekannten Teilnehmer: »e-mail-adresse wie auf parkplatz vereinbart, dorf-info@smail.at, ab jetzt aktiv.«

Ein bisschen mehr Fantasie hätte Radek seinem Kontaktmann schon zugetraut. »Finsterdorf«, das wäre ein passender Name gewesen.

41.

Im Besprechungsraum der Polizeiinspektion Gresten stand beinahe die gesamte Gruppe Eins des Einsatzbereichs Leib und Leben vom Landeskriminalamt Niederösterreich. Dully und Hammer waren ebenfalls anwesend. Dully erzählte gerade einen ordinären Witz.

Steiger saß am Tisch und blätterte in ihren Notizen. Es war 8 Uhr. Radek ging zu der Runde und begrüßte die Anwesenden.

Sie verströmten das Flair professioneller Polizeiarbeit. Vorbei die Zeit, wo ein Frischling aus Sankt Pölten alleine herumgelaufen und nur auf taube Ohren und verschlossene Münder gestoßen war. Jetzt wurden Nägel mit Köpfen gemacht. Jetzt begann ein neuer Abschnitt polizeilicher Ermittlungsarbeit in Schandau.

Radek setzte sich zu Steiger und sie erklärte ihm, was sie gestern mit der Kollegin vom LKA herausgefunden hatte. Doch ihr Gespräch wurde unterbrochen: Gierling kam mit Blaha und Gasser im Schlepptau.

Die Runde löste sich auf und alle suchten sich Plätze am Besprechungstisch.

»Guten Morgen, Leute.« Gierling hielt sich nicht lange mit Höflichkeiten auf, kam sofort zur Sache, stellte Blaha und Gasser als die Kommandanten der Polizeiinspektion vor, forderte von ihnen uneingeschränkte Unterstützung, was diese mit deutlichem Widerwillen zusagten, und klärte die Rolle von Steiger. Damit war klar, wer die Mitspieler waren. Dann entließ er die beiden Kommandanten. Das Signal war deutlich: Die Details der Ermittlung gingen sie nichts an.

Gierling positionierte die Punkte, die er zu besprechen gedachte: die Ergebnisse von Bosch und Steiger zum Hintergrund von Benesch, einen ersten Spurenbericht, der Informant und das von ihm überlassene Material sowie die weitere Vorgehensweise. Er begann mit einer Vorstellungsrunde und machte Steiger mit den Leuten seines Teams bekannt. Anschließend klärte Gierling die Anwesenden über seine eigene Rolle auf. Er werde bis auf Weiteres die Ermittlungen leiten. Dies begründete er damit, dass die Situation durch die Beteiligung lokaler VIPs entsprechend heikel geworden sei und umsichtig behandelt werden müsse.

Er skizzierte für die neu Hinzugekommenen kurz die Ausgangslage, den Tod von Benesch, und fasste, beginnend bei der Entführung Lindners, die zentralen Ergebnisse von Steigers und Radeks Ermittlungen zusammen. Die Vermutung, ein satanistischer Zirkel treibe im Dorf sein Unwesen, löste bei den Kriminalbeamten Heiterkeit aus, die Geschichte von der Entführung Radeks hingegen Bestürzung und ehrliche Empörung. Keine Spur von Schadenfreude und kein Verständnis für die Annahme, es habe sich dabei um einen Scherz gehandelt. Die Erwähnung des Informanten erregte besonderes Interesse, Gierling vertröstete die Anwesenden damit aber auf später.

Zunächst begann er mit dem Wenigen, was sie am Vortag in der Pathologie in Amstetten erfahren hatten, bevor er zu den ersten Erkenntnissen der Spurenauswertung kam, die auch für Radek neu waren.

»An den Münzen und der Getränkekiste wurden Fingerabdrücke von Benesch gefunden«, erklärte Gierling anhand der Unterlagen, die er mitgebracht hatte. »Die Getränkekiste stammt aus dem Hof des Kaufhauses Kroner, das Gittertor war unversperrt. Außerdem wurde ein frischer Schuhabdruck in einem der Blumenbeete nahe dem Pranger gesichert. Der gehört nicht zu Benesch. Bei dem Seil handelt es sich um eine Wäscheleine mit glatter Kunststoffummantelung. Darauf konnten keinerlei biologische Spuren von Benesch festgestellt werden. Weder Hautabrieb noch Schweißabsonderungen. Das ist verwunderlich, denn wenn er Selbstmord begangen hat, muss er es in der Hand gehalten haben. Sonst gab es am Fundort der Leiche bisher keine weiteren verwertbaren Spuren. Aber die Kollegen der KTU sind dran. Die Kleidung des Toten muss ebenfalls noch untersucht werden. Das war's fürs Erste, ein genauer Bericht und die Ergebnisse der KTU dauern noch ein bisschen.«

Als Nächstes waren Bosch und Steiger mit ihrem Bericht an der Reihe. Assistiert von Steiger begann Bosch mit dem, was sie über den Toten herausgefunden hatten. »Josef Benesch, geboren am 23. März 1957 in Schandau, aufgewachsen im Dorf. Derzeit keine aufrechte Meldeadresse. Letzter Wohnort in Schandau, Hinterau 27. Geschieden, keine Kinder. Wohnt derzeit in der Garage einer Witwe namens Helene Brenner in Unterdorf, ebenfalls Schandau.« Bosch blätterte in ihrem Notizbuch einige Seiten weiter. »Benesch war von Beruf technischer Zeichner und bis Ende der 1990er-Jahre bei der Firma Sindelar-Bau in Scheibbs beschäftigt. Dann hat er dort gekündigt und war seither arbeitslos. Schlug sich mit Gelegenheitsjobs durch. Seit einem halben Jahr war er offiziell in Pension. Sein ehemaliger Arbeitgeber bescheinigt ihm, ein intelligenter und talentierter Kerl gewesen zu sein. Warum er damals seinen Job hinschmiss, weiß niemand. Vermutlich wegen seiner Scheidung, bei der er auch sein Haus verloren hat. Seither treibt er sich in Schandau als obdachloser Gelegenheitsarbeiter herum. Die Leute beschreiben ihn als friedlich und harmlos. Geduldet und ein wenig belächelt, eine Art Dorftrottel ohne Trottel, dafür mit viel Alkohol. Er wurde immer wieder von den Leuten im Dorf beschäftigt, wenn sie schnell jemanden brauchten. Angefangen vom Rasenmähen bis zu Hilfsarbeiten auf den Baustellen der Häuselbauer. Eine sehr reduzierte Existenz. Wenn er was zu trinken bekam, Alkohol natürlich, war er zufrieden. Und das dürfte in den letzten 20 Jahren hervorragend funktioniert haben. Selbstverständlich kann sich niemand vorstellen, warum er sich umgebracht haben sollte.«

Sie gab Susi Steiger ein Zeichen, und die übernahm.

»Am Montagabend war er in der ›Linde‹, hat dort ein paar Gläser Wein getrunken und sich mit dem Kollegen Radek unterhalten. Er ging kurz vor 20 Uhr. Danach haben wir keine Spur mehr von ihm. Eigentlich hätte er bei der Brenner schlafen sollen. In ihrer Garage hat er sich halbwegs häuslich eingerichtet. Dafür hilft er ihr im Haus und im Garten. Am Montagabend ist er dort nicht aufgetaucht. Jedenfalls hat die Brenner nichts davon mitbekommen. Aber das hat nichts zu sagen, denn, so behaupten einige Leute, der Benesch hat oft auch auf der Parkbank am Hauptplatz oder woanders geschlafen, wenn er so besoffen war, dass er nicht mehr nach Hause kam oder kommen wollte.« Steiger blickte in die Runde, um sich zu vergewissern, dass die Anwesenden zuhörten. »Unbekannt ist also, wo Benesch in der Zeit von 20 bis 2 Uhr gewesen ist. Und wir haben keinen Abschiedsbrief gefunden.«

»Da sind noch eine Menge Fragen offen«, mischte sich Hammer ein. »Was hat ihn zum Beispiel veranlasst, sich erst um 2 Uhr aufzuhängen und nicht schon früher? Wo war er in der Zeit zwischen seinem Besuch in der ›Linde‹ und seinem Selbstmord? Er war offensichtlich in der ›Linde‹ schon ziemlich betrunken, wo hat er sich besoffen? Woher hatte er das Seil? Warum erhängte er sich am Pranger und nicht daheim in der Garage?« Er merkte diese Dinge beiläufig an, aber alle wussten, dass dies ganz wesentliche und zentrale Fragen waren.

»Wenn er sich überhaupt selber aufgehängt hat«, schränkte Dully ein.

»Und weshalb diese Inszenierung?«, ergänzte Steiger. »Warum auf dem Hauptplatz? Warum das Schild und die 30 Münzen? Angeblich war er pleite, als er in der ›Linde‹ mit Radek sprach.«

»Okay, lassen wir das so stehen«, merkte Gierling an. »Vielleicht sollte uns Thomas noch erzählen, was gestern Abend passiert ist, bevor wir die Details diskutieren.«

Radek erzählte in knappen Sätzen von seinem Treffen mit dem Fotografen am Vorabend, fasste die Informationen, die er über Lenkstein bekommen hatte, zusammen und berichtete vom USB-Stick und den Fotos. Als er deren Zahl nannte, erhob sich Gemurmel unter den Anwesenden.

»Wie glaubwürdig ist der Informant?«, fragte Hammer. »Ist er nur aufgetaucht, um Verwirrung zu stiften?«

»Mir erscheint er sehr glaubhaft«, antwortete Radek. Auch er hatte sich diese Frage bereits gestellt. Die Angst des Fotografen war ehrlich gewesen und seine Absichten schienen es ebenso. Weshalb sonst hatte er ihm die Bilder gegeben? »Ich denke, dass es zwei einfache Möglichkeiten gibt, zu überprüfen, ob das stimmt, was er erzählt«, erklärte er. »Erstens: diese Warnungen in Form eines sogenannten ›Ungemachs‹, von denen er gesprochen hat. Wenn es sich dabei um Unfälle handelt, ganz egal ob Autounfall, Arbeitsunfall oder Freizeitunfall, müssten diese Vorfälle Spuren hinterlassen haben, bei der Polizei oder in den Krankenhäusern. Und zweitens: Wenn das Dorf tatsächlich in einer derartigen wirtschaftlichen Abhängigkeit von Lenkstein steht, sollten wir uns die Eigentums- und Besitzverhältnisse in Schandau genauer ansehen. Damit hätten wir meiner Ansicht nach zwei Indizien für die Glaubwürdigkeit des Fotografen.«

Das erschien auch den anderen einleuchtend.

Dann begann eine kurze Erörterung der einzelnen Punkte, die für oder gegen einen Selbstmord sprachen.

Gierling notierte die einzelnen Argumente und schnell waren sie sich einig: Es gab zu viele Ungereimtheiten und Zweifel, als dass man den Fall als Selbstmord behandeln konnte.

Schließlich beendete Bosch die Debatte elegant. »Es gibt ein einfaches Mittel, um zu erkennen, ob Benesch sich umgebracht hat oder nicht«, erklärte sie. »Das Schild mit der Aufschrift ›Ich bin ein Verräter‹. Wir sollten ein grafologisches Gutachten einholen. Wurde es nicht von Benesch geschrieben, ist die Wahrscheinlichkeit eines Mordes sehr hoch. Denn dann hat es jemand anderer getan und ihm umgehängt.«

»Eine gute Idee«, nickte Gierling. »Soweit ich die Diskussion mitverfolgt habe, geht ohnehin niemand von einem Selbstmord aus.«

Es gab keinen Widerspruch.

Anders verhielt es sich bei der Frage, welche Rolle Lenkstein im Dorf spielte. Es war für alle schwer vorstellbar, dass eine Person über eine derartige Macht verfügte, um ohne Widerstand ein ganzes Dorf zu unterdrücken – auch wenn es nur ein kleines war. Und das über Jahre hinweg. Außerdem sollte man überprüfen, welche Rolle der Bürgermeister und der Pfarrer im Dorf spielten.

Sie waren alle Polizisten, und keiner von ihnen war so abgestumpft, um nicht anzuerkennen, dass manchmal die verrücktesten Dinge Wirklichkeit werden konnten. Es gab den Vater, der seine eigene Tochter einsperrte und jahrelang vergewaltigte, und den Mörder, der Teile seines Opfers verspeiste. Warum sollte es nicht einen degenerierten Aristokraten geben, der unter dem Deckmantel des seriösen Unternehmers dunklen Gelüsten frönte und immer noch in einer Welt von vorgestern lebte? Oder einen Priester, der den Glauben verloren hatte und das Kreuz einfach umdrehte? Oder einen Bürgermeister, der sich dezent im Hintergrund hielt, aber vielleicht von dort unsichtbare Fäden zog? Nur weil sich das niemand vorstellen konnte? Wer konnte sich 1933 vorstellen, dass die deutsche Kulturnation einen industriellen Massenmord an der jüdischen Bevölkerung begeht, weil die von ihrer politischen Führungsschicht als rassisch minderwertig klassifiziert wurde?

Sie waren Polizisten und hatten eines in ihrem Job gelernt: Alles, was der Mensch an Bösem denken kann, ist er auch bereit zu tun. Sie würden sich nicht durch die Vorstellung des Unvorstellbaren beeinflussen lassen und deshalb die Tatsachen leugnen.

»Okay, Leute, ich fasse zusammen«, beendete Gierling schließlich die Diskussion. »In der Angelegenheit Benesch gehen wir von einem Mord aus. Und wenn das, was uns der Informant über Lenkstein gesagt hat, stimmt, geht es auch um eine Reihe anderer schwerer Delikte. Gründung einer kriminellen Vereinigung und Beteiligung daran, gefährliche Drohung, Freiheitsentziehung und schwere Körperverletzung fallen mir als Erstes ein.«

Die Kriminalbeamten nickten zustimmend.

»Aber wenn Lenkstein da wirklich mit drinhängt, müssen wir behutsam vorgehen. Er darf keinen Verdacht schöpfen. Offiziell ermitteln wir wegen Selbstmord und der Freiheitsentziehung von Radek. Doch wir werden unsere Ermittlungen nicht lange dahinter verstecken können. Wenn erst einmal bekannt ist, dass wir gegen Lenkstein vorgehen, wird er versuchen, alles, was ihn belasten könnte, so schnell wie möglich wegzuschaffen. Wir haben vielleicht zwei, drei Tage, dann müssen wir die Sache entweder im Sack haben oder unsere Strategie ändern. Erstes Ziel ist daher, die Haupttäter aus dem Verkehr zu ziehen. Dafür müssen wir so viele Beweise zusammentragen, dass sie Haftbefehle rechtfertigen. Danach schlagen wir zu und arbeiten im Nachhinein den Fall in Ruhe sorgfältig auf.«

Sie überlegten, wer was als Nächstes tun sollte, das war schnell geklärt. Radek, Steiger und Bosch begannen mit der Auswertung der Fotos. Je nachdem, wie sich das entwickelte, sollte Bosch später damit weitermachen, die Dorfbewohner zu Benesch und den Verhältnissen im Ort zu befragen. Hammer klapperte die umliegenden Krankenhäuser ab. Gierling kümmerte sich zunächst um die dafür notwendigen gerichtlichen Anordnungen und kontaktierte anschließend einen Grafologen der Universität Linz, mit dem er früher zu tun gehabt hatte. Dully bot sich an, die Besitzverhältnisse im Dorf zu recherchieren.

42.

»Staatsanwalt Doktor Schupper«, meldete er sich mit der ganzen formalen Autorität seines Amtes.

»Lenkstein hier.«

»Ah, servus, Herr Baron.« Sofort wechselte er in einen jovialen Tonfall, als spräche er mit einem alten Bekannten. »Was verschafft mir die Ehre?«

»Spar dir das Süßholzgeraspel«, schnauzte Lenkstein. Ihm war nicht nach nettem Geplauder. »Wir haben hier ein Problem. Der Benesch, das war dieser Dorftrottel, der hat sich aufgehängt, und jetzt schnüffeln überall die Kripo-Leute herum.«

»Und was soll ich deiner Meinung nach dagegen machen?«

»Sie zurückpfeifen, das Verfahren einstellen, was weiß ich. Mir ist scheißegal, wie du es machst, aber ich will, dass diese Saukerle aus meinem Dorf verschwinden.« Lenkstein wurde ungehalten.

Schupper kannte den Jähzorn des Barons und er wusste, dass man mit Lenkstein in solchen Situationen nicht diskutieren konnte. Der Staatsanwalt hatte von den Vorfällen in Schandau gehört. Chefinspektor Gierling vom LKA hatte ihn deswegen am Morgen kontaktiert. »Aber Baron Leo, das ist nicht so einfach, wie du dir das vorstellst«, versuchte er eine vorsichtige Entgegnung. »Das fällt unter die Zuständigkeit Hagers und des LKA. Da kann ich nicht –«

»Erzähl mir nicht, was du nicht kannst! Das interessiert mich einen Scheißdreck!« Lenkstein konnte seinen Zorn nicht mehr beherrschen und schrie wütend ins Telefon. »Mit Hager hab ich schon geredet, der scheißt sich genauso in die Hose wie du. Aber ich werde ihm Beine machen, dem sauberen Herrn Oberstleutnant.«

»Ich scheiß mich nicht an, ich sag nur, dass es nicht einfach ist, die Ermittlungen abzuwürgen«, wehrte sich Schupper. »Wenn der Akt bei mir ist, wird es leichter. Doch bis dahin –«

Wieder ließ Lenkstein ihn nicht ausreden. »Was glaubst du eigentlich, wie das hier läuft? Du kommst zu mir, schießt meine Böcke und fickst meine Weiber, und wenn *ich* was von dir brauche, dann hast du plötzlich keine Eier mehr. So geht das Spiel nicht, meine lieber Freund. Du bist mir etwas schuldig. Also setz deinen Arsch in Bewegung und kümmere dich darum, dass diese Sache ein Ende findet.« Da Schupper nicht antwortete, fügte Lenkstein drohend hinzu: »Sonst wirst du erfahren, wozu ich in der Lage bin.«

Radek schrieb eine E-Mail an die Adresse, die er via SMS in der vergangenen Nacht erhalten hatte, und schickte seinem Informanten die erforderlichen Kontaktdaten, seine dienstliche und eine private E-Mail-Adresse, um miteinander in Verbindung bleiben zu können.

Dann machten sie sich daran, die Fotos aufzuarbeiten, begannen bei den jüngsten und arbeiteten sich Ordner für Ordner weiter zurück in die Vergangenheit. Radek klickte an seinem Laptop die Fotos durch und diktierte die Kennzeichen und Fahrzeugdetails, soweit sie erkennbar waren. Steiger erhob an ihrem Computer in der Zulassungsevidenz sofort den Zulassungsbesitzer, und Bosch, die neben ihr saß, trug die Daten auf einem Laptop in eine Excel-Liste ein.

Radek legte eigene Dateiordner an, um nicht die Übersicht zu verlieren. Außerdem führte er ein Textdokument, in dem er die Personenfotos der Reihe nach auflistete und erste Informationen dazu erfasste. Später wollten sie die Leute identifizieren und daraus eine Personenmappe erstellen.

Es war eine mühselige Arbeit, aber sie musste gemacht werden. Und es waren die einzigen brauchbaren Informationen, die sie bisher erhalten hatten. Alle drei wussten, dass diese Fotos eine Menge weiterer Ermittlungsansätze liefern würden. Daher warfen auch Steiger und Bosch zwischendurch immer wieder einen Blick auf die Personenfotos.

»Warum müssen wir die Sekretärinnenarbeit machen, während die Herren Kriminalbeamten draußen herumlaufen und ermitteln?«, maulte Bosch.

Steiger blickte sie verständnislos an. »Vielleicht weil wir die Jüngsten sind«, versuchte sie zu erklären.

»Oder vielleicht, weil wir Frauen sind.«

Steiger antwortete nichts darauf. Auch Radek zog es vor, zu schweigen, und nahm sich das nächste Bild vor.

Die Fotos waren von unterschiedlicher Qualität, je nach Tageszeit und Lichtverhältnissen. Vor allem auf den bei Dunkelheit aufgenommenen Bildern konnte Radek nur schwer Details erkennen. Sie waren teilweise unterbelichtet und grobkörnig. Offensichtlich hatte der Fotograf mit einer hohen Lichtempfindlichkeit gearbeitet.

Trotzdem machten sie schnell Fortschritte. Falk, Doleschal und Carina, die drei hatte Radek schon am Vorabend gefunden, waren nicht die einzigen vertrauten Personen. Bis Mittag hatte vor allem Steiger andere bekannte Gesichter entdeckt und identifiziert.

»Scheiße, das gibt's doch nicht«, fluchte Bosch wieder. Das überraschte Entsetzen in ihrer Stimme ließ die anderen beiden aufhorchen. Sie war eine schmächtige Frau, wirkte sehr zurückhaltend, und Radek schätzte ihre ruhige und überlegte Art. Dieser Ausbruch passte überhaupt nicht zu ihr, auch nicht, nachdem sie zuvor schon ihrem Unwillen Ausdruck verliehen hatte.

»Was ist los?«, fragte Radek. Er hatte ihr gerade ein Kennzeichen diktiert, jetzt wandte er sich ihr zu.

»Horst Schupper«, antwortete Bosch und blickte wie gebannt auf den Bildschirm, der den Zulassungsbesitzer anzeigte. »Der Zulassungsbesitzer des letzten Kennzeichens, das du mir genannt hast, ist Horst Schupper.«

»Und?« Radek hatte keine Ahnung, was Bosch daran überraschte. Er kannte den Namen nicht.

»Schupper, der Staatsanwalt?«, fragte Steiger aufgeregt.

»Staatsanwalt?« Radek glaubte, sich verhört zu haben. »Das ist nicht euer Ernst, oder?«

»Doch, ein Staatsanwalt aus Sankt Pölten heißt Horst Schupper. Das ist kein Name, der häufig vorkommt. Kennst du ihn nicht?«

Radek verneinte. Mit einem Staatsanwalt dieses Namens hatte er noch nie zu tun gehabt.

»Gibt es brauchbare Aufnahmen von seinem Gesicht?«, fragte Bosch.

Sie sahen die Fotos durch. Bosch entdeckte den Staatsanwalt auf einigen der Bilder. Und nur wenige Fotos später war es Steiger, die ihre Überraschung nicht zurückhalten konnte. »Verflucht, das ist Hager.«

Auch Radek erkannte den Bezirkspolizeikommandanten von Scheibbs sofort.

»So eine Scheiße«, murmelte Bosch, nachdem sie auch das Auto von Hager aufgestöbert hatten. »Wen werden wir da noch alles finden?«

Sie sahen die restlichen Fotos des aktuellen Ordners durch, aber es war kein Gesicht mehr darunter, das sie kannten. Der Anlass dieses Zusammentreffens war offensichtlich eine Jagd gewesen. Jedenfalls liefen die meisten Gäste in Lodenklamotten herum und viele von ihnen trugen Jagdgewehre bei sich. Der Staatsanwalt und der Polizeikommandant von Scheibbs kamen zum Lenkstein zur Jagd. Was bedeutete das für die beiden, jetzt, da gegen Lenkstein ermittelt wurde?

»Wir sollten Gierling informieren«, murmelte Bosch. »Das wird eine echt heiße Sache.«

Gierling fuhr zuerst zur Witwe Brenner und suchte dort in der Garage nach Schriftproben von Benesch. Sie fanden einen alten Kalender, in dem Benesch Termine und Notizen zu seinen spärlichen Gelegenheitsarbeiten gemacht hatte.

Anschließend begab sich der Chefinspektor nach Linz. Am Institut für Pädagogik und Psychologie der Johannes Kepler Universität traf er sich mit einem Grafologen, den er von früheren Kontakten her kannte, und legte ihm ein ausgedrucktes Foto von dem Pappkarton mit der Aufschrift »Ich bin ein Verräter« und die Schriftproben vor.

Die grobe Analyse erfolgte rasch. Der Grafologe konnte mit hoher Wahrscheinlichkeit ausschließen, dass die Wörter auf dem Karton von dem Mann geschrieben worden waren, der die Einträge im Kalender vorgenommen hatte.

»Mit wie hoher Wahrscheinlichkeit?«, fragte Gierling nach.

»Nach der ersten Einschätzung etwa 70 bis 80 Prozent«, antwortete der Grafologe. Er zweifelte zwar kaum an seinem Urteil, schränkte aber ein, dass er, um eine genaue Analyse durchführen zu können, das Original und etwas mehr Zeit bräuchte.

Gierling versprach ihm beides und machte sich auf den Rückweg. Auf der Autobahn, kurz vor der Abfahrt Amstetten, läutete sein Handy. Es war sein Chef, Oberst Hannes Mayr, der Leiter des Landeskriminalamts in Sankt Pölten.

»Scheiße, Gierling, was läuft da bei euch?« Mayr war aufgebracht.

»Ich weiß nicht, worauf du hinauswillst. Wir ermitteln in Schandau wegen eines angeblichen Selbstmords. Derzeit keine große Sache.«

»Mich hat eben der Schupper angerufen. Er hat von einer Benesch-Sache gesprochen. Keine Ahnung, was er damit meinte. Ist das der Selbstmord?«

»Ja«, bestätigte Gierling.

»Er will sofort umfassend informiert werden. Und er war ziemlich ungehalten.«

»Wieso das?« Gierling war überrascht. »Warum macht er so ein Theater? Schupper mischt sich doch sonst nicht in unsere Arbeit ein. Weshalb also in dieser Angelegenheit, die am Anfang steht und wahrscheinlich ohnehin nur eine Kleinigkeit ist?« Gierling versuchte zu beruhigen, aber in seinem Inneren hatten bereits alle Warnsysteme angeschlagen. »Außerdem habe ich heute Morgen mit ihm in dieser Angelegenheit gesprochen, und er hat mir eine gerichtliche Anordnung zur Einsicht in Patientenakten besorgt. Da hat er nichts davon erwähnt, dass wir ihm sofort berichten sollen.«

»Ich hab keine Ahnung, was in ihn gefahren ist«, erklärte Mayr. »Bisher haben wir immer gut mit ihm zusammengearbeitet.«

»Ich werde ihn anrufen, sobald ich in Gresten bin. Dann kläre ich das mit ihm persönlich. Vielleicht ist es ein Missverständnis.« Aber das glaubte Gierling nicht, da musste etwas anderes dahinterstecken. Doch diesen Gedanken behielt er für sich.

»In Ordnung, mach das. Und halt mich auf dem Laufenden, was diese Sache betrifft.«

Damit beendeten sie das Gespräch.

Die Warnlichter in Gierling blinkten immer noch sehr hell. Üblicherweise mischten sich weder Schupper noch einer der anderen Staatsanwälte in laufende Ermittlungen ein. Es reichte ihnen, wenn sie den fertigen Akt bekamen. Außer es handelte sich um einen besonders spektakulären Fall mit einem entsprechenden öffentlichen Interesse oder es gab Interventionen von höheren Stellen, dem Justizministerium etwa, die eine unmittelbare Beteiligung der Staatsanwaltschaft an den laufenden Ermittlungen verlangten. Beides konnte sich Gierling in diesem Fall nicht vorstellen. Benesch war ein Niemand, und sein Tod konnte nicht einen derartigen Wirbel verursachen.

Was hatte also diese Aufregung herbeigeführt? Lief da etwas, von dem er keine Ahnung hatte? Er spürte, dass die Ermittlungen an Tempo gewannen, und er fragte sich, weshalb das so war und was es bedeutete.

Fünf Minuten später bekam er einen Anruf von Andrea Bosch. Danach wusste er, woher der Wind wehte. Er drückte aufs Gas. Sein Gefühl hatte ihn nicht betrogen, die Dinge beschleunigten sich.

Er hatte schweigend zugehört.

»Du bist verrückt«, war seine erste Reaktion. »Warum hast du das getan?«

Sie fuhren mit dem Auto von Amstetten zurück nach Schandau. Steinhammer hatte seine Tochter in der Klinik besucht und Sperl nahm ihn nun mit nach Hause. Das Auto war einer der wenigen sicheren Orte, um offen über alles reden zu können.

»Wieso diese Fotos? Was versprichst du dir davon? Wir wissen, wer mit dem Baron unter einer Decke steckt.«

»Ja, wir wissen es, aber wir können es nicht beweisen. Die Fotos sind ein hieb- und stichfester Beweis.«

»Warum, verdammt noch einmal? Du kannst nicht ansatzweise abschätzen, was dabei herauskommt.« Steinhammer war verzweifelt. Er hatte Angst.

»Es hat begonnen, Alfons. Jetzt haben wir eine Chance, Lenkstein loszuwerden. Vielleicht ist das die letzte Möglichkeit für die nächsten Jahre. Jetzt oder nie. Es ist genug, wir müssen uns endlich wehren. Deshalb bin ich zu dem Polizisten gegangen.«

»Das wird nicht funktionieren. Der Baron ist zu stark, er kennt zu viele wichtige Leute.«

»Aber die Polizisten ermitteln gegen ihn.«

»Das sagen sie. Vielleicht tun sie es sogar. Doch wie lange noch? Bis der Baron seine Freunde anruft. Dann werden die Ermittlungen eingestellt. Wie immer bisher.«

»Nein, diesmal ist es anders. Diesmal sind die Polizisten anders. Deshalb müssen wir ihnen helfen.«

»Wenn der Baron erfährt, dass du ihn jahrelang ausspioniert hast, lässt er dich umbringen.« Steinhammer sagte es ruhig und mit einer Selbstverständlichkeit, die beiden unheimlich war, vielleicht deswegen, weil sie wussten, dass er recht hatte.

»Dann muss er vorher ins Gefängnis.«

»Und wie soll das gehen?«

»Wenn wir zusammenhalten, sind wir stärker als Lenkstein. Wenn du erzählst, was mit Marie passiert ist, wenn andere auch aussagen, der Schnitzer vielleicht und der Höger, sind wir schon vier. Vielleicht folgen noch mehr Leute unserem Beispiel. Alle wissen es. Und alle, die nicht dem Baron in den Arsch kriechen, leiden darunter. Wenn wir zusammenhalten, können wir es schaffen.«

»Blödsinn!« Steinhammer war nicht überzeugt.

»Kein Blödsinn, die Dinge nehmen ihren Lauf. Das können wir nicht mehr stoppen. Zu viel ist bereits geschehen. Wir können uns entweder auf die richtige Seite stellen oder weiterhin das Maul halten und die Scheiße fressen, die uns der Baron hinstellt.« Sperl klang verzweifelt. »Alfons, hilf mir. Du hast versprochen, mitzuziehen, sobald wir Gewissheit haben. Jetzt haben wir sie. Du hast einen guten Draht zu Schnitzer, ruf ihn an, sag ihm, was los ist. Sag ihm, dass wir ihn brauchen. Wir brauchen jeden, den wir kriegen können. Nur so haben wir eine Chance gegen den Baron.«

»Ich weiß nicht. Was ist, wenn wir uns irren?«

»Daran darf ich genauso wenig denken wie du. Es gibt kein Verlieren. Wir müssen gewinnen, sonst werden wir untergehen. Deshalb – hilf mir, alles zu mobilisieren, was möglich ist.« Sperl hatte ebenso Angst wie Steinhammer, aber er wusste, dass sich ihnen jetzt eine Gelegenheit eröffnete, die so schnell nicht wiederkommen würde. Jetzt oder nie. Die ersten Steine bröckelten, sie durften nicht lockerlassen, nur so konnten sie die Mauer zum Einsturz bringen, nur so würde die Burg fallen. Aber er konnte das nicht alleine schaffen.

Der Chefinspektor war aufgeregt wie ein kleines Kind an seinem Geburtstag, als er in Steigers Büro stürmte.

Radek, Steiger und Bosch hatten in der Zwischenzeit weitere Fotos von Schupper und Hager gefunden. Nachdem sich Gierling die Bilder angesehen hatte, erzählte er ihnen von dem Telefonat mit dem Leiter des Landeskriminalamts.

»Besteht die Möglichkeit, dass sich Schupper und Hager von Lenkstein schmieren lassen?« Gierling brachte das auf den Punkt, was sie alle überlegten.

»Das lässt sich allein anhand der Fotos nicht sagen«, antwortete Bosch. Das war für niemanden etwas Neues. »Allerdings, auch wenn sie keinen Amtsmissbrauch begangen haben, sind sie zumindest befangen und sollten sich aus dem Fall heraushalten.«

»Soweit wir bis jetzt gesehen haben, war Hager bei mindestens zwei Jagden dabei. Schupper taucht öfters auf, hier dürfte ein engerer Kontakt zu Lenkstein bestehen«, ergänzte Radek.

»Bei den Jagden war auch andere lokale Prominenz eingeladen. Kommunalpolitiker, Beamte aus den Bezirksbehörden, quer durch den Gemüsegarten«, sagte Steiger. »Und dabei konnten wir erst einen Bruchteil der Leute identifizieren.«

Gierling hörte aufmerksam zu. »Wir müssen morgen nach Sankt Pölten und die Staatsanwaltschaft informieren. Möglicherweise wird man Schupper suspendieren, jedenfalls muss er von diesem Fall weg. Und Leute, bis auf Weiteres keine Silbe über die Fotos und deren Inhalte. Zu niemandem, ist das klar?«

Die drei bejahten. Was hätten sie auch anderes tun sollen, dachte Radek, die Fotos auf Facebook posten?

»Ich würde gerne noch etwas erledigen«, wechselte Radek das Thema. »Ich möchte mit den Eltern von Martin Darovec sprechen.«

Er kam sich albern vor, Gierling um Erlaubnis zu fragen, weil er beabsichtigte, etwas zu erheben, aber er wollte nicht noch einmal in den Verdacht geraten, auf eigene Faust zu handeln.

»Wer ist das?«

»Ein Jugendlicher, der vor einem Jahr Selbstmord begangen hat.«

»Was versprichst du dir davon?«, fragte Steiger. »Die haben schon bei mir nichts gesagt.«

»Ja, aber mittlerweile ist die Sache mit Benesch passiert. Vielleicht sind sie jetzt gesprächiger.«

Gierling nickte. »In Ordnung, mach das. Brauchst du dabei Unterstützung?«

»Nein, ich denk, das ist alleine zu schaffen. Oder willst du mitkommen?« Seine Frage war an Steiger gerichtet, die aber sofort abwinkte.

»Nein, ich verzichte. Muss meine Kleine vom Kindergarten abholen.« Als die anderen sie ungläubig ansahen, fügte sie hinzu: »Leute, ich bin eine verheiratete Frau und habe ein Familienleben.«

Sie war frühzeitig ergraut und hatte sich immer geweigert, ihre Haare zu färben. Sie wollte nicht mehr attraktiv sein. Weder für ihren Mann noch für andere.

Früher, ja, früher war sie schön und begehrt gewesen, die jungen Burschen im Dorf waren ihr nachgelaufen. Dann hatte sie Karl geheiratet. Sie hatten ein Haus gebaut und ein Kind bekommen. Martin, ein so süßer Junge. Und das Leben hatte seinen üblichen Lauf genommen. Gerne hätte sie noch ein zweites Kind gehabt, aber das war nicht mehr drin. Zu viel Arbeit und zu wenig Geld. Sie arbeitete im Kaufhaus Kroner, schlechte Arbeitszeiten, geringer Verdienst. Als es leichter wurde, wäre der Altersunterschied zwischen den Geschwistern zu groß gewesen.

Aber sie hatte ja Martin, den sie dafür umso mehr liebte. Sie schenkte ihm die Zuneigung für zwei Kinder. Lange Zeit dankte er es ihr so, wie man es von seinen Kindern erwartete. Er war brav, tüchtig in der Schule, ging nach Scheibbs ins Bundesoberstufenrealgymnasium und hatte auch dort immer gute Noten. Doch mit der Zeit im BORG veränderte er sich. Zuerst seine Kleidung, dann seine Frisur, dann sein Charakter und seine Freunde. Alles wurde dunkel und finster.

Martin Darovec verwandelte sich innerhalb eines Jahres vom strahlenden Jüngling zu einem düsteren Menschen. Am Anfang dieser Entwicklung hatte sie gehofft, dass dies eine vorübergehende Phase in seinem jungen Leben war. Der Halbstarke aus einer Subkultur, der im Laufe der Zeit wieder zu einem normalen Leben finden würde. Aber es schien für Martin keinen Weg zurück zu geben. Im Gegenteil, die Leistungen in der Schule wurden schlechter und Martin immer abweisender, zurückgezogener, unzugänglicher.

Bis zu jenem Mittwoch im vorigen Jahr, an dem sie ihn gefunden hatte. Das Leben der Sabine Darovec war an diesem Tag zu Ende gegangen, in ihrem 42. Lebensjahr.

Ihr Sohn war tot.

Jetzt saß dieser Polizist in ihrem Wohnzimmer und wühlte in der Vergangenheit herum. Sie wollte das nicht mehr, wollte es vergessen, wollte nicht mehr daran denken, was geschehen war.

Sie wusste, dass Martin in die Fänge des Barons geraten war. Sie wusste nicht, was der Baron mit ihm gemacht oder was er von ihm verlangt hatte, jedenfalls war es ausreichend gewesen, um ihr Kind in den Tod zu treiben. Das war geschehen. Aber warum sollte sie es dem Polizisten sagen? Das machte ihren Sohn nicht mehr lebendig. Sie hatte ihn nicht beschützt, und sein Tod war die Strafe dafür. Den Polizisten einzuweihen, würde nichts ändern, sondern ihre Situation nur noch unerträglicher machen. Der Baron würde sich rächen, wenn sie dieses Geheimnis verriet. Er würde es nicht dulden. Bei ihr genauso wenig wie bei den anderen, die es versucht hatten.

Der Polizist redete und versuchte, sie zu überzeugen. Wie sinnlos.

Er war noch jung, Ende 20. Ein Alter, das ihr Sohn nicht erlebt hatte. Der Baron hatte ihn ihr genommen, dessen war sie sich gewiss. Sie hätte es dem Baron gerne heimgezahlt, obwohl ihr solche Gefühle immer fremd gewesen waren. Aber es ging nicht. Der Baron war zu mächtig. Er würde sie zermalmen, so wie den Höger, den Schnitzer oder den Benesch.

Nein, sie würde nichts verraten. Sie antwortete auf die Fragen des Polizisten unbestimmt und merkte, wie er langsam die Geduld verlor. Du armer Junge hast keine Ahnung, dachte sie. Wenn du wüsstest. Aber es ist besser, wenn du ahnungslos bleibst.

Nachdem der Polizist zum fünften Mal die gleiche Frage, nur anders formuliert, gestellt hatte, und nachdem sie ihm das fünfte Mal ausgewichen war, begriff er, dass sie nichts sagen würde.

Sabine Darovec war freundlich geblieben, höflich, unverbindlich und beherrscht. Als der Polizist gegangen war, kehrte sie ins Wohnzimmer zurück, setzte sich an den Tisch und weinte.

»Checken Sie Ihre Mails«, lautete das SMS, das Radek von einem unbekannten Teilnehmer bekam. Das konnte nur eines bedeuten.

Er fuhr den Laptop hoch, öffnete seinen privaten E-Mail-Zugang und fand eine Nachricht von »dorf-info«:

Sehr geehrter Herr Radek!

Nach längerem Nachdenken habe ich mich entschieden, über das Entstehen der Fotos und über die Dinge, die wir gestern besprochen haben, auszusagen. Außerdem habe ich zwei weitere Personen überzeugen können, ebenfalls über die Zustände im Dorf zu reden. Die beiden werden meine Angaben bestätigen. Allerdings werden wir unsere Aussagen nur an einem für uns sicheren Ort machen. Auf keinen Fall in Schandau, der Polizeiinspektion in Gresten oder dem Polizeikommissariat in Scheibbs.

Mit besten Grüßen, Hans

Das war mehr, als Radek erwartet hatte. Und es erschien ihm als Zeichen, dass sich etwas im Dorf bewegte, auch wenn er noch nicht abschätzen konnte, was es war.

Er rief Gierling an und berichtete ihm von der Neuigkeit. Nach kurzer Beratung waren die nächsten Schritte klar. Sie würden sich in der Pension in Radeks Zimmer treffen und dort die Einvernahmen durchführen. Gierling sagte zu, Laptop und Drucker mitzubringen.

Es war kurz nach 22 Uhr, als Radek dem Unbekannten antwortete und mit ihm die weiteren Arrangements fixierte. Sie vereinbarten für den nächsten Morgen ab 7 Uhr jeweils im Stundentakt ein Treffen bei ihm im Zimmer der Pension. Nachdem Hans die Termine bestätigt hatte, informierte Radek Gierling über diese Entwicklung und ging zu Bett.

Die Dinge kamen in Bewegung.

43.

Am nächsten Morgen kam Gierling eine halbe Stunde vor dem ersten Termin zu Radek. Der hatte die Vermieterin beim Frühstück über die bevorstehenden Besuche informiert, ihr die Einzelheiten dazu aber verschwiegen.

Sie schoben den Tisch, der an der Wand stand, in die Mitte des Zimmers, sodass man daran an drei Seiten bequem sitzen konnte, und stellten den Laptop und den Drucker auf.

Der Fotograf, der sich Hans nannte, war der Erste der drei Männer, die eine Aussage machen wollten. Er war nervös und stellte sich als Emil Sperl vor. Radek erfasste die Personaldaten für die Niederschrift und ließ sich einen Ausweis zeigen, um die Identität zu überprüfen.

Dann begannen sie mit der Einvernahme. Gierling führte das Gespräch, Radek assistierte mit einzelnen Zwischenfragen und protokollierte die Aussagen. Die Polizisten ließen ein Diktiergerät mitlaufen. Sperl erzählte detailreich das, was er Radek bereits vor zwei Tagen gesagt hatte. Damit bot er keine großen inhaltlichen Überraschungen. Es war nur ein formaler Akt, um die Informationen, die er bei einem zwielichtigen Treffen auf einem finsteren Parkplatz preisgegeben hatte, offiziell verwertbar zu machen.

Kaum fünf Minuten, nachdem Sperl seine Aussage unterschrieben hatte und gegangen war, klopfte es erneut. Ein schlanker Mann mittlerer Größe in blauem Arbeitszeug betrat das Zimmer. Er blickte sich vorsichtig um und wirkte eingeschüchtert.

Sein Name sei Alfons Steinhammer, er sei ein Freund von Emil Sperl und wolle eine Aussage machen, murmelte er unbeholfen. Sie baten ihn, Platz zu nehmen, und Gierling erklärte ihm die Rahmenbedingungen ihres Gesprächs.

Steinhammer erzählte in ruhigem, fast teilnahmslosem Ton, als spräche er von Dingen, die jemand anderem passiert waren und ihn nichts angingen. Aber Gierling und Radek erkannten sofort, dass dahinter die Absicht steckte, den Schmerz und die Wut zu verdrängen, sie weit wegzuschieben, sie zu beherrschen.

Er erzählte von den Gerüchten über den Baron und die Burg und was viele Leute glaubten, was dort oben passierte, ganz ähnlich wie Sperl. Er erzählte von den beiden Lagern im Dorf, den Anhängern und den Außenstehenden, vom gegenseitigen Misstrauen und der Angst vor dem Baron, die allerorts herrschte, und den Mechanismen der Unterdrückung.

Dann sprach er über seine Tochter Marie. »Sie ist unser einziges Kind. Sie ist klug, war immer fleißig. In Amstetten hat sie die Handelsschule absolviert und anschließend bei Lenkstein im Büro begonnen, in der Personalabteilung. Ich bin dort in der Tischlerei beschäftigt. Seit über 30 Jahren. Die Arbeit hat Marie Spaß gemacht. Alles war in Ordnung, alles hat gepasst. Wir kannten die Gerüchte über die Burg und wir haben gedacht, Marie da heraushalten zu können. Aber das war nicht möglich. Irgendwie ist sie hineingerutscht. Wir wissen nicht, wie. Vielleicht durch den Baron selbst, vielleicht durch eine Freundin oder einen Freund. Am Anfang ist es uns nicht aufgefallen, erst im Laufe der Zeit, als sie immer abweisender wurde, unzugänglicher, verschlossener, finsterer. Wir haben es zu spät gesehen. Da war es nicht mehr möglich, mit ihr zu reden, sie da herauszuholen. Sie hat jedes Gespräch verweigert, ist aggressiv geworden. Dann ist sie ausgezogen. Da war sie 19. In eine kleine Wohnung in den Häusern bei Vorderau. Ich weiß nicht, wie sie zu dieser Wohnung gekommen ist und wie sie das finanzieren konnte. Jedenfalls war sie weg von zu Hause. Aber wir hatten noch regelmäßig Kontakt zu ihr. Klar, Schandau ist ja nicht Wien. Da verliert man sich nicht aus den Augen. Das ist einige Monate lang so gegangen. Und eines Tages war sie verschwunden. Weg, einfach so. Wir haben nicht gewusst, was passiert ist. Am Freitagabend verschwunden. Das ganze Wochenende war sie weg, und am Montag in der Früh hat man sie auf dem Hauptplatz gefunden. Sie war zuerst nicht ansprechbar, völlig durchgedreht. Sie hat nur geflüstert, dass wir nicht zur Polizei gehen dürfen und dass alles in Ordnung sei. Aber es war nichts in Ordnung.« Sein Blick schweifte ins Leere, aus dem Fenster des Zimmers hinaus in den trüben Morgen. »Sie war ... verrückt geworden.«

»Waren Sie bei der Polizei?«, fragte Gierling.

»Nein.«

»Warum nicht?«

»Weil Marie es nicht wollte. Wir haben sie ins Krankenhaus nach Scheibbs gebracht. Dort hat man sie untersucht. Ich weiß nicht, ob auch ein Frauenarzt bei ihr gewesen ist, jedenfalls wurden keine körperlichen Verletzungen festgestellt. Aber sie wurde nach Amstetten in die Nervenklinik überstellt. Dissoziative Amnesie, haben die Ärzte gesagt, ausgelöst durch ein schweres Trauma. Wir wissen nicht, was das verursacht hat. Seither ist Marie nicht wieder gesund geworden. Das ist beinahe zwei Jahre her. Sie hat in dieser Zeit kaum mehr gesprochen, redet nur manchmal wirres Zeug, vom Teufel und dass er sie holen würde und von der Hölle und den Strafen, die sie alle dort erwarten. Sie ist jetzt 21 Jahre alt und ein Pflegefall.«

Steinhammer hatte Tränen in den Augen und wischte sich schnell mit der Hand übers Gesicht, um die schmerzlichen Erinnerungen zu verscheuchen.

»Was, denken Sie, ist passiert?«, fragte Gierling.

Steinhammer blickte ihn an, als wollte er sagen: Das ist doch ganz klar. »Sie war auf der Burg und der Baron hat ihr etwas angetan, und seither ist sie verrückt.« Wie Steinhammer das sagte, klang es so logisch, so glaubhaft und so normal, als erzähle er den Schluss eines Kriminalfilms, den er kürzlich im Fernsehen gesehen hatte.

»Können Sie das beweisen?«

Steinhammer lächelte wehmütig. »Nein, natürlich nicht. Kein Mensch kann dem Baron etwas beweisen. Deshalb ist er so mächtig. Weil ihm niemand etwas anhängen kann.«

»Haben Sie nie versucht zu erfahren, was passiert ist?« Gierling konnte das nicht glauben.

»Doch, ich habe im Dorf herumgefragt. Bekannte, Freunde. Aber niemand konnte mir weiterhelfen. Und dann sind eines Tages drei Männer bei mir gewesen. Sie haben mich in meiner Garage abgefangen und niedergeschlagen. Nicht schlimm, anscheinend wollten sie mich nicht ernsthaft verletzen, sondern nur einschüchtern. Ich solle aufhören, blöd herumzufragen, haben sie mir gesagt, und vergessen, was mit Marie geschehen sei. Und wenn ich mich nicht ruhig verhalte, passiere meiner Tochter noch was viel Schlimmeres. Oder sie holen meine Frau und machen mit ihr dasselbe wie mit Marie. Anschließend haben sie mir den Arm gebrochen. Daraufhin habe ich den Mund gehalten.« Steinhammer erzählte nüchtern, aber Radek konnte sehen, wie sehr es in seinem Inneren brodelte.

»Wer waren diese drei? Haben Sie sie gekannt?«, wollte Gierling wissen.

»Sie waren maskiert, ich habe ihre Gesichter nicht gesehen. Doch ich weiß, wer sie sind. Die drei Gehilfen des Barons, die oben in der Burg wohnen, seine Leibwächter oder Vollstrecker oder was auch immer sie sind. Sie erledigen für ihn die Drecksarbeit. Das war's, mehr kann ich Ihnen nicht sagen.«

Radek bemühte sich, Steinhammers Aussage zu protokollieren, trotzdem brannte ihm eine Frage auf der Zunge. »Arbeiten Sie eigentlich immer noch bei Lenkstein?«

Steinhammer senkte den Blick zu Boden und nickte wie ein ertappter Junge, der den Eltern seine Schuld eingestehen muss.

»Warum?« Vielleicht, weil er eine Chance für seine Rache suchte, war eine von Radeks Vermutungen.

Aber Steinhammer schaute ihn aus furchtsamen Augen an. Er war nicht rachsüchtig, er schämte sich. »Ich habe keine andere Wahl. Was soll ich tun? Alles verkaufen und wegziehen? Wo sonst bekomme ich einen Job? Ich bin Tischler, 48 Jahre alt. Was denken Sie, wie ich an das Geld komme, um meiner Tochter die nötigen Behandlungen und Therapien zu bezahlen?«

»Und deshalb bleiben Sie bei Ihrem …«, Radek suchte nach dem richtigen Wort, »… Feind?«

Steinhammer blickte neuerlich zu Boden. »Ich habe keine andere Wahl«, wiederholte er. Das war nicht richtig. Er hatte immer eine Wahl gehabt, aber er hatte sie nie wahrgenommen. Dafür verabscheute er sich.

Radek verstand es nicht. Gierling legte ihm die Hand auf den Unterarm, um ihn zu bremsen, und beendete die Einvernahme.

Sie hatten gerade noch so viel Zeit, um auf dem Balkon eine Zigarette zu rauchen, bevor ihr letzter Gast kam.

Radek erkannte in ihm jenen Mann, mit dem er eine Woche zuvor auf dem Hauptplatz gesprochen hatte und bei dem er den Eindruck gehabt hatte, er wollte ihn aushorchen.

Jetzt trug er den linken Arm in einer Schlinge. Den Polizisten war sofort klar, wie er sich diese Verletzung zugezogen hatte.

Sein Name war Hermann Schnitzer. Auch er erzählte davon, wie der Baron agierte und wie er mit seinen Vollstreckern Druck ausübte, um das zu erreichen, was er wollte, und das Dorf unter der Knute zu halten. Es war vor allem die wirtschaftliche Abhängigkeit, die den Leuten im Dorf kaum Spielraum ließ. Neben dem Umstand, dass fast die Hälfte der Bewohner bei Lenkstein beschäftigt war, gab es noch eine weitere Methode, der sich der Baron bediente.

»In Schandau gibt es drei Wohnsiedlungen mit Einfamilienhäusern, die seit den 1950er-Jahren errichtet worden sind«, erklärte Schnitzer. »Die Baugründe für die erste dieser Siedlungen in Vorderau waren den Häuselbauern noch verkauft worden, die für die Siedlungen in Hinterau und Unterdorf nicht mehr. Dort wurden die Gründe für eine Dauer von 50 Jahren verpachtet. Vom Baron natürlich. Zu einem lächerlich geringen Preis, also eigentlich geschenkt. Keiner der Hausbesitzer dort hat sein Haus auf dem eigenen Grund erbaut. Klar haben sie eine Option, die Pacht zu verlängern. Aber wenn die Häuselbauer oder ihre Kinder nicht kuschen und brav das tun, was der Baron will, gehören ihnen ihre eigenen Häuser irgendwann nicht mehr. Damit hat der Baron das halbe Dorf in der Hand und verdient auch noch durch die Pachteinnahmen.«

»Warum lassen sich die Leute auf so einen Deal ein?«, fragte Gierling ungläubig.

»Haben Sie schon mal darüber nachgedacht, wie es mit der Arbeit in dieser Gegend aussieht? Die nächste Möglichkeit ist in Hollenstein in einem großen Betrieb, der aber nichts mit Holzverarbeitung zu tun hat. Dann Waidhofen und Gresten. Da schaut es etwas besser aus, jedoch auch nicht rosig. In beide Ortschaften fahren Sie ungefähr eine halbe Stunde mit dem Auto. Scheibbs eine Dreiviertelstunde Autofahrt, Amstetten eine Stunde. Dort gibt es die erste realistische Chance, eine brauchbare andere Arbeit zu finden. Keine wirklich guten Aussichten.«

Das leuchtete den Polizisten ein. Beide waren nicht in der Stadt groß geworden und kannten die Probleme der Arbeiter und Pendler aus den ländlichen Gebieten. Irgendwann waren die wirtschaftlichen Sachzwänge so groß, dass keine Alternativen mehr blieben. Familie, Schulden fürs Haus, Lebenshaltungskosten, den Lebensstandard halten, den man gewohnt war. Und dafür einen Job direkt vor der Haustür. Da vergaß man schnell die Moral. Es war in Schandau wie überall.

»Außerdem gibt es keine anderen Baugründe. Das meiste Bauland gehört Lenkstein und die Gemeinde widmet ihre Gründe nicht um. In Wirklichkeit unterstützt die Gemeinde die Machenschaften von Lenkstein. Und, denken Sie nach, die Pacht ist nicht teuer. Sie können das Geld, das Sie durch Pacht statt Grundkauf ersparen, für den Hausbau verwenden. Das ist ein verlockendes Modell, vor allem für junge Leute.«

Auch das erschien Radek und Gierling nachvollziehbar.

»Wie ist das bei Ihnen?«, wollte Gierling wissen.

Einen Moment lang dachte Schnitzer nach, als hätte er sich diese Frage noch nie gestellt. Vielleicht wurde ihm bewusst, wie tief auch er in dieses System der Abhängigkeiten verstrickt war. »Ich habe auch ein Haus auf einem Pachtgrund von Lenkstein stehen«, gestand er kleinlaut. »Wie gesagt, es gibt kaum andere Möglichkeiten.«

»Und weshalb helfen Sie uns jetzt?«

»Ich habe eine Tochter. Sie ist 15. Jeder weiß, wie verführbar die Jugend ist. Und es gibt diese Gerüchte von den

Orgien und den wilden Partys bei Lenkstein auf der Burg. Das reizt die Jungen. Aber wir, also meine Frau und ich, wir wissen, wie es ausgehen kann. Wir haben es bei der Steinhammer Marie gesehen und jetzt bei der kleinen Lindner. Beim Selbstmord vom Darovec Martin hatte der Baron ebenfalls seine Finger im Spiel. Wir wissen, dass es nicht nur Spaß ist, was da oben in der Burg passiert, sondern gefährlich. Davor möchte ich meine Tochter bewahren. Aber ich weiß nicht, wie. Auch der Steinhammer Alfons hat es versucht, vergeblich, und der Lindner ebenso. Ich habe mit Sperl gesprochen, der hat zwei Töchter und ist genauso ratlos. Wir alle wissen, dass es nur zwei Möglichkeiten gibt, um unsere Kinder zu beschützen: Entweder der Baron verschwindet oder wir gehen.«

»Wie haben Sie sich den Arm gebrochen? Ein Arbeitsunfall?«, fragte Radek.

Schnitzer lächelte hilflos. »Sie wissen, was passiert ist. Nachdem ich mit Ihnen gesprochen habe, vorige Woche am Montag, ging ich auf ein Bier in die ›Linde‹. Als ich herauskam und nach Hause wollte, haben mich drei Maskierte überfallen und mir den Arm gebrochen.«

»Haben die Männer gesagt, warum sie das tun?«

»Ja, weil ich mit den falschen Leuten rede. Damit waren Sie gemeint.«

»Wissen Sie, wer es war?«

»Ich habe ihre Gesichter nicht gesehen, aber wahrscheinlich waren es die drei Henker vom Baron.«

Wieder einmal, dachte Radek und schrieb weiter an seinem Protokoll.

44.

Sie kamen kurz nach 10 Uhr in die Polizeiinspektion Gresten. Radek überprüfte seine E-Mails und fand in seinem privaten Account eine Nachricht von Sperl, der noch jemanden überzeugen konnte, gegen den Baron auszusagen. Ein gewisser Klaus Höger, der sich derzeit wegen eines gebrochenen Unterarms im Krankenstand befand. Außerdem nannte Sperl dessen Adresse und Telefonnummer.

Um 10.30 Uhr trafen sich alle im Besprechungszimmer. Der Rest des Teams war bereits seit zwei Stunden an der Arbeit und erledigte jene Dinge, die auf der Polizeiinspektion oder am Telefon gemacht werden konnten. Sie waren ungeduldig.

Gierling erklärte kurz, wie es zu den drei Einvernahmen am Morgen gekommen war und was sich dabei ergeben hatte. Dann wurde reihum berichtet, zu welchen Ergebnissen die Recherchen geführt hatten.

Bosch machte den Anfang und zeigte sich ziemlich frustriert. Sie hatte am Nachmittag die Befragung der Anwohner fortgesetzt, das habe allerdings absolut nichts ergeben. Niemand habe etwas gesehen oder gehört. Interessant erschien ihr die zweigeteilte Reaktion auf das Ableben von Benesch. Während sich die einen ehrlich erschüttert zeigten, gab es viele im Dorf, die in Benesch nur einen schäbigen Landstreicher sahen, der sich als lebensunfähig erwiesen hatte und dessen Tod für ihn selbst und für die Dorfgemeinschaft eine Erlösung darstellte. Gleichzeitig hatte jeder, den Bosch befragt hatte, ganz unabhängig davon, wie viel er von der Sache tatsächlich wusste, eine eigene Theorie zu Beneschs

Selbstmord. Sie blätterte in ihrem Notizblock und fasste die Meinungen zusammen.

»Da gibt es Überlegungen wie: Benesch hat Selbstmord begangen, weil er ein unglücklicher Mensch und mit seinem Leben unzufrieden gewesen ist. Oder: Er hat sich aufgehängt, weil er dem Bürgermeister eins auswischen wollte, da der ihn wie den letzten Dreck behandelt hat. Deshalb auch auf dem Hauptplatz und das Schild um seinen Hals. Ich gebe keinen Kommentar zur Sinnhaftigkeit dieser Theorien ab. Dann kommen die Verschwörungstheoretiker, die glauben, dass es sich nicht um einen Selbstmord handelt, sondern dass jemand nachgeholfen hat. In der Liste der Verdächtigen steht der Bürgermeister ganz oben. Warum, das konnte mir keiner sagen. Auf den Bürgermeister folgen Doleschal, der Fleischermeister und Falk als Verdächtige. Allerdings kann sich niemand für einen von ihnen ein plausibles Motiv vorstellen. Also, das ist reichlich verworren. Außerdem gibt es einige kryptische Äußerungen, dass der Pfarrer seine Hand im Spiel hat und der Teufel und der Baron. In Wirklichkeit wissen die Leute nichts, aber alle reißen das Maul auf und reden mit. Ich glaube, das bringt in dieser Form überhaupt nichts. Wenn wir nichts Konkretes haben, womit wir ein bisschen Druck ausüben können, werden uns die Leute blöd sterben lassen.«

Das war vorhersehbar, dachte Radek, behielt seine Meinung jedoch für sich.

»Eines ist mir noch aufgefallen«, fügte Bosch zum Abschluss hinzu. »Über viele Leute gibt es jede Menge Gerüchte, über andere Personen hört man überhaupt nichts an Dorfklatsch. Wäre ich beim Verfassungsschutz, würde ich vermuten, dass bewusst Desinformation betrieben wird.«

Als Nächstes berichtete Felix Dully von seiner Einsichtnahme in die Grundstücksdatenbank im Bezirksgericht

Scheibbs. Beim ersten Durchsehen habe er festgestellt, dass Lenkstein in der Gegend über einen ansehnlichen Grundbesitz verfüge und auch auf vielen Immobilien die Hand draufhabe. Es scheine so, als gehöre ihm das halbe Dorf. Diese Besitzverhältnisse sollten genauer erhoben werden, allerdings sei das eine mühsame Arbeit, vielleicht könne ihm jemand dabei helfen.

Josef Hammer, ein korpulenter Mann Anfang 40, hatte eine Mappe mit mehreren Computerausdrucken vor sich und blätterte eifrig darin, als die Reihe an ihm war. »Ich hab die Krankenhäuser in Scheibbs, in Amstetten und in Waidhofen abgeklappert und mir die Verletzungen von Erwachsenen in den letzten drei Jahren ausheben lassen«, begann er seine Ausführungen. »Auffallend ist die Häufigkeit von Knochenbrüchen. Ich bin auf 25 Brüche unterschiedlicher Art und Schwere in Schandau gestoßen. Bis auf einen Knöchelbruch waren es immer Hände, Finger oder Unterarme. Als Erklärungen wurden bis auf zweimal, wo es eindeutige Arbeitsunfälle waren, fadenscheinige Freizeitunfälle genannt. Interessant ist auch, dass bis auf drei Ausnahmen alle Unfälle am Abend oder in der Nacht passierten. Die Aufnahmen erfolgten meist zwischen 22 Uhr und Mitternacht. Also keine Zeiten, an denen man üblicherweise einen Freizeitunfall erleidet. Und – als Abschluss: Ich habe auch etwa zehn ähnliche Verletzungen in benachbarten Orten gefunden, aber um dem näher nachzugehen, hat mir die Zeit gefehlt.«

Gierling bedankte sich, berichtete von den Erkenntnissen des Grafologen in Linz und kam zum, seiner Meinung nach, wichtigsten Punkt: den Fotos von Staatsanwalt Schupper und Bezirkspolizeikommandant Hager als Gäste bei den Veranstaltungen von Lenkstein. Diese Neuigkeit sorgte bei den Anwesenden für einige Überraschung und zuallererst für betretenes Schweigen. Sie alle wussten, was das bedeutete und welche Dimensionen das plötzlich annahm.

»Gut. Also, wie schaut's jetzt aus?« Gierling fasste die Ergebnisse kurz zusammen. »Wir haben drei Aussagen, die bestätigen, was wir bisher nur informell gewusst haben. Der Baron dürfte Führer einer sektenähnlichen Vereinigung, vielleicht mit satanistischem Hintergrund, sein und sowohl diese Sekte als auch seine Position als Unternehmer dazu benutzen, das Dorf zu unterdrücken und sich selbst zu bereichern. Dazu verwendet er gewaltsame Mittel, die von gefährlicher Drohung bis hin zu schwerer Körperverletzung, möglicherweise sogar Entführung und Mord reichen. Eine ganze Palette von Delikten in Verbindung mit einer besonderen Form von organisierter Kriminalität. Wir sollten davon ausgehen, dass zwischen den Entführungen von Lindner und Radek und dem Selbstmord von Benesch ein Zusammenhang besteht.« Er dachte kurz nach, bevor er fortfuhr. »Okay, wir konzentrieren uns auf den Baron und seine – ja, was sind das? –, sagen wir: Mitarbeiter. Sollte das ins Leere laufen, überlegen wir, mit wem wir weitermachen, dem Bürgermeister oder dem Pfarrer. Die große Frage ist zunächst: Was können wir Lenkstein und seinen Komplizen nachweisen? Im Augenblick haben wir nämlich nicht viel. Die Aussagen unserer Informanten sind zu wenig. Die fallen schneller um als ein Kartenhaus im Windkanal. Wir brauchen was Handfestes. Denn unser Problem ist: Wie kriegen wir diesen Lenkstein an den Haken? Er ist mächtig und einflussreich. Es wird nicht einfach sein, ihn dranzukriegen, und schon gar nicht, ihn hinter Gitter zu bringen.«

Er blickte in die Runde und wartete, ob jemand widersprechen wollte, aber alle Anwesenden teilten seine Ansicht.

»Folgende weitere Vorgehensweise: Steiger, ich möchte, dass du die Fotoauswertung fortsetzt. Ich weiß, das ist mühsam, aber wichtig, damit wir eine ungefähre Ahnung haben, wer alles mit drinhängt. Josef, lass die drei Arschlöcher vom Lenkstein durch den Computer laufen und hol mir alles raus, was du findest. Die Personaldaten hat Radek. Und wir sollten die Spur des dunklen Transporters verfolgen, von dem Benesch gesprochen hat. Anschließend kannst du Felix bei der Grundbuchauswertung helfen.«

Mit einem schwachen Grinsen sagte Dully: »Ich hab's schon verstanden. Nase rein ins Grundbuch.«

Gierling nickte und wandte sich an Bosch: »Schnüffle noch ein bisschen im Dorf herum. Geh den Leuten auf den Keks. Sei sichtbar. Ihnen muss bewusst werden, dass wir uns für die Verhältnisse im Dorf interessieren. Wenn die Bombe mit Lenkstein platzt, sollen die Leute wissen, dass sie jederzeit zu uns kommen können. Wenn weitere Ortsansässige den Mund aufmachen, wird die Suppe immer dicker. Aber zuerst besuch diesen Klaus Höger, Adresse bei Radek. Höger ist derzeit im Krankenstand. Dreimal dürft ihr raten, womit.«

»Knochenbruch«, sagte Hammer trocken.

»Höger möchte eine Aussage machen. Nimm den Laptop und den Drucker mit, lass ihn das Protokoll gleich unterschreiben. Und geh diskret vor. Ich möchte Höger nicht als Leiche finden.«

Bosch brummte bejahend.

»Fein. Radek und ich werden noch einmal mit der Lindner sprechen und dann nach Sankt Pölten fahren und mit der Staatsanwaltschaft Kontakt aufnehmen. Dort ist einiges zu klären. Gibt es sonst noch etwas?«

»Ja«, meldete sich Steiger zu Wort. »Oberstleutnant Hager hat mich heute in der Früh angerufen und wollte sich über den Stand der Ermittlungen informieren.«

Sofort verstummten alle leisen Nebengespräche, und die ganze Aufmerksamkeit der Anwesenden richtete sich auf Steiger.

»Was hast du ihm gesagt?«, fragte Gierling misstrauisch. Ihm war klar, dass sich Steiger damit in einem schweren Loyalitätskonflikt befand, und er musste wissen, auf welcher Seite sie stand.

»Dass wir den ganzen Tag über damit beschäftigt waren, die Ergebnisse von mir, die er ja kennt, mit denen von Radek und den euren zusammenzuführen und weitere Schritte zu planen. Sonst nichts. Aber ich glaube, mit dieser Antwort war er nicht zufrieden.« Beim letzten Satz klang eine schelmische Schadenfreude durch.

»Gut. Lassen wir ihn im Dunkeln. Ich bin mir fast sicher, dass er mit Lenkstein in Verbindung steht und ihn informiert. Wir müssen uns beeilen. Der Baron wird nicht untätig bleiben, wir müssen heute oder morgen zuschlagen. Und eines noch – passt auf euch auf. Wir wissen nicht, womit und mit wem wir es tatsächlich zu tun haben, wie viele Leute involviert und wie gefährlich sie sind. Ich möchte niemanden meines Teams am Pranger stehen und schon gar nicht irgendwo hängen sehen.«

45.

Die Mutter empfing sie genauso misstrauisch und abweisend wie eine Woche zuvor.

»Warum können Sie uns nicht endlich in Ruhe lassen?«, klagte sie.

Bevor er sich auf eine Diskussion einließ, schlug Radek mit seiner vollen amtlichen Gewalt zu. »Frau Lindner. Wir gehen davon aus, dass Ihre Tochter Opfer eines Verbrechens geworden ist. Wir können hier mit ihr sprechen oder sie in die Polizeiinspektion vorladen. Angesichts ihres Zustands erscheint es uns für Bernadette allerdings als angenehmer, wenn wir hier mit ihr sprechen.«

Das erzielte die gewünschte Wirkung. Frau Lindner wurde kleinlaut. »Welches Verbrechen?«, fragte sie leise.

»Das wissen wir noch nicht genau. Deshalb sind wir hier.«

Gierling hielt sich dezent im Hintergrund.

Wieder führte die Mutter die beiden Polizisten über die Treppe hoch zu Bernadettes Zimmer, klopfte vorsichtig, meldete die Besucher an und trat mit ihnen ein. Das Mädchen saß wie beim letzten Mal auf ihrem Bett, an die Wand gepresst, die Knie fest umschlungen. Es schien, als hätte sie sich die ganze Woche über nicht bewegt, aber ihre Haare waren frisch gewaschen und sie trug einen anderen Sweater.

»Ich würde gerne hierbleiben, wenn Sie mit meiner Tochter sprechen«, verlangte die Mutter ruhig, aber bestimmt. Das war den Polizisten nur recht.

Radek setzte sich wieder aufs Bett und legte seine Schreibmappe neben sich. »Bernadette, kannst du dich noch an mich erinnern?«

Sie nickte. »Ja, Sie sind der Polizist aus Sankt Pölten.«

»Gut. Ich würde gerne noch einmal mit dir über die Zeit reden, in der du weg gewesen bist. Und ich möchte das Gespräch aufnehmen.«

Radek legte ein Diktiergerät aufs Bett und drückte die Aufnahmetaste. Bernadette beobachtete ihn interessiert, sagte aber nichts.

»Wie gut kennst du Herrn Lenkstein?«, fragte Radek.

Bernadette erschrak bei der Nennung dieses Namens und warf ihrer Mutter einen panischen Blick zu, bevor sie antwortete: »So gut wie alle im Dorf. Nur vom Sehen, mehr nicht.«

»Bist du einmal zu Besuch auf der Burg gewesen?«

Sie schüttelte energisch den Kopf. »Nein, nie.«

»Du wurdest auch nicht zu irgendwelchen Zusammenkünften eingeladen?«

»Nein.«

Radek zog mehrere Fotos aus der Schreibmappe und breitete sie vor dem Mädchen auf dem Bett aus. Die Bilder zeigten Bernadette beim Betreten der Burg. Sie starrte voller Abscheu auf die Bilder, als wären es Aufnahmen des Leibhaftigen selbst.

»Bernadette, wir wissen, dass du mehrmals auf der Burg warst. Was hast du dort gemacht?«

»Nichts, überhaupt nichts. Wir haben gegessen und ein bisschen was getrunken.«

»Wer ist ›wir‹?«

»Ich und ein paar Freunde.«

»Welche Freunde?«

»Das möchte ich nicht sagen.«

»War der Baron auch dabei?«

»Nein.«

»Und was ist sonst noch passiert?«

»Nichts, gar nichts. Ich möchte nicht mehr darüber reden.« Sie zog sich zusammen, als wollte sie durch die Wand, an der sie saß, verschwinden.

Radek wartete darauf, dass sie wieder aggressiv wurde, wie beim letzten Mal, aber sie wirkte vor Angst wie gelähmt. Aus großen Augen starrte sie ihn an. Sie tat ihm leid und er hätte ihr das Ganze gerne erspart. Eigentlich sollte hier ein Therapeut sitzen und kein Polizist. Doch ihm war klar, dass sie Bernadette nur helfen konnten, wenn sie ihnen half und erzählte, was in der Woche ihrer Abgängigkeit vorgefallen war.

»Bernadette«, Radek klang beinahe beschwörend eindringlich, »was ist in dieser Woche geschehen, als du weg gewesen bist?«

Sie sagte nichts.

»Was ist mit dir passiert?«

Keine Antwort.

»Wo bist du gewesen? Auf der Burg?«

Ein Flackern in ihren Augen, aber keine Antwort. Sie blickte in die Ferne, als könnte sie dorthin entkommen.

»Hat man dir wehgetan?«

Ein ängstlicher Blick zu Radek.

»Wovor hast du Angst?«

Nichts.

»Vor dem Baron? Vor seinen Handlangern?«

Keine Reaktion.

Das war sinnlos, Radek musste sich etwas anderes einfallen lassen. »Bernadette, ich möchte dir erzählen, was wir in den letzten Tagen herausgefunden haben. Vielleicht fällt es dir dann leichter, uns zu sagen, was passiert ist.« Er begann mit dem Verdacht auf eine satanistische Sekte, dem er nachgegangen war, und berichtete von seinen Nachforschungen. Sie hörte teilnahmslos zu. Erst als er seine eigene Entführung schilderte, seine Angst und die Hilflosigkeit, die er dabei empfunden hatte, wurde sie aufmerksamer, und einen Augenblick lang glaubte er, in ihrem Blick so etwas wie Verständnis zu entdecken.

Radek sprach von Sperl und Schnitzer und Steinhammer, vor allem von Steinhammer und von Marie, wie es ihr jetzt ging, und wie weit weg sie von dieser Welt war, obwohl sie nur eine Autostunde von ihren Eltern entfernt lebte. Er sagte ihr, dass die drei Männer gegen Lenkstein ausgesagt hatten, obwohl auch sie Angst hatten. Er erzählte von den Machenschaften Lenksteins, soweit sie es bisher recherchiert hatten. Er wisse, was im Dorf passiere, er beginne zu verstehen, aber sie stünden erst am Anfang und benötigten alle Hilfe, die sie bekommen könnten. Sie seien nun auf der Suche nach anderen Leuten im Dorf, die sie dabei unterstützten, und sie würden nicht eher ruhen, bevor der Baron zur Strecke gebracht sei. Das war zwar etwas dick aufgetragen, doch er wollte ihr vermitteln, dass sie nicht alleine dastand mit dem, was sie erlebt hatte, und dass die Polizisten sie beschützen würden.

Als er alle diese Fakten offengelegt hatte, begann er zu spekulieren. »Ich weiß nicht, was mit dir passiert ist, aber wenn ich alles, was wir bisher erfahren haben, zusammennehme, ergibt sich für mich folgendes Bild: Du bist in die Sekte des Barons geraten. Irgendwann ist dort etwas schiefgelaufen und du bist in Ungnade gefallen. Du wolltest mit dem Pfarrer sprechen. Warum? Weil er auch beteiligt ist und ein gutes Wort für dich einlegen sollte? Oder weil er nicht beteiligt ist und du von ihm Hilfe erwartet hast? Egal. Jedenfalls hat das den Baron und die Sekte alarmiert und du bist entführt worden. Als Strafe. Ich vermute, es waren die drei Männer, die beim Baron auf der Burg leben, seine Vollstrecker. Sie waren maskiert, du hast ihre Gesichter nicht gesehen. Sie haben dich eingesperrt. Ich weiß nicht, was sie in dieser Woche mit dir angestellt haben, aber ich bin mir sicher, dass es schlimm gewesen ist. Und dann, nach einer Woche, haben sie dich auf der Straße ausgesetzt und dir gedroht, damit du den Mund hältst. Ich denke, so wird es gewesen sein. Jetzt sitzt du hier, hast deinen Job verloren und keine Ahnung, wie deine Zukunft aussieht. Du wirst immer im Schatten der Burg und des Barons leben. Aber wenn du uns hilfst, werden wir dafür sorgen, dass Lenkstein und seine Helfer ins Gefängnis kommen und ihre Macht über die Leute im Dorf verlieren. Dann wirst auch du wieder in Frieden leben können und vielleicht vergessen, was geschehen ist, und zu einem normalen Leben zurückfinden. Oder willst du für immer in Angst leben?«

Sie hatte ihm aufmerksam zugehört. Sie wirkte aufgewühlt und schüttelte den Kopf. Radek wusste nicht weshalb, möglicherweise bezog es sich auf seine letzte Frage. Doch sie sagte nichts.

»Lassen Sie meine Tochter in Ruhe«, empörte sich hingegen die Mutter. »Gehen Sie jetzt bitte, bevor …«

Gierling, der neben ihr stand, ergriff sie am Oberarm und brachte sie mit einer unscheinbaren, aber energischen Handbewegung und einem Blick, der keinen Widerspruch duldete, zum Verstummen.

Dann herrschte Schweigen. Radek hatte nichts mehr zu sagen. Er hoffte, Bernadette würde erkennen, dass sie noch lange Zeit in sich gefangen blieb, wenn sie nicht mit ihnen sprach, ganz egal ob jetzt oder später.

Sie warteten. Die Stille wurde dick und zäh und füllte wie eine träge Flüssigkeit langsam den Raum. Bernadettes Blick irrte zunächst unruhig zwischen Radek, Gierling und ihrer Mutter herum, doch niemand konnte ihr bei der Entscheidung, die es zu treffen galt, helfen. Dann fixierte sie

Radek. Der hielt ihrem Blick stand. Schließlich verlor sie sich in der Betrachtung der Fotos auf dem Bett.

Drei oder vier Minuten vergingen in absoluter Ruhe, Radek erschien diese Zeit wie eine halbe Stunde, aber er ließ das Mädchen nicht aus den Augen. Endlich riss Bernadette ihren Blick von den Fotos und wandte ihn wieder Radek zu. Eine weitere Minute verging.

»Sie haben mich nicht vergewaltigt«, sagte sie so leise, dass Radek sie kaum verstehen konnte. »Die ganze Woche hatte ich Angst davor. Ich habe immer gedacht, sie würden es tun, aber es ist nicht geschehen.«

Der Damm hatte einen Riss bekommen.

»Ich weiß nicht, ob ich auf der Burg war, aber ich vermute es. In einem Verlies, einem Kerker. Es war kalt und feucht und völlig dunkel. Wissen Sie, wie es ist, wenn man die ganze Zeit über in einem dunklen Raum gefangen ist?«

»Nein, das weiß ich nicht.« Dunkelhaft, ging Radek durch den Kopf, und Isolationshaft, er wollte sich nicht vorstellen, wie das war.

»Sie waren maskiert und haben mir die Augen verbunden. Am Freitag, ich war mit Veronika beim ›Falk‹. Als ich heimging, haben sie mich gefangen. Sie haben mich in den Kerker gebracht. Ich hatte solche Angst. Es war so dunkel. Und ich hatte solchen Hunger. Ich habe jeden Tag nur einen Teller Suppe bekommen. Einen Teller dünne Gemüsesuppe und eine Flasche Wasser, sonst nichts. Ich hatte solchen Hunger und immer diese Angst. Aber man kann sich an die Angst gewöhnen. Wenn immer nur Angst da ist, den ganzen Tag lang, dann stumpft man irgendwann ab. Es wird normal. Ich wollte nur noch, dass es vorbei ist. Ich weinte so lange, bis keine Tränen mehr da waren. Es wurde alles einförmig, die Dunkelheit und die Einsamkeit und die Angst. Nur wenn ich Schritte hörte, wuchs die Furcht, wenn die

Tür geöffnet wurde, wenn die Männer das Essen brachten. Danach beruhigte ich mich wieder, bis sie das nächste Mal kamen. So war es die ganze Zeit über.«

Sie begann hin und her zu wippen.

»Ich weiß nicht, wie lange ich in der Zelle war. Irgendwann haben sie mich geholt. Ich musste mich nackt ausziehen. Sie haben mich gefesselt und in die große Halle gebracht. Dort hat er mich bestraft. Er hat mich geschlagen. Mit der Peitsche. Es hat so wehgetan.«

»Wer hat dich bestraft?«, fragte Radek behutsam.

Sie blickte ihn überrascht an, als wollte sie ihn tadeln, weil er das nicht wusste. »Der Baron, wer sonst?«

»Bist du dir da sicher?«

»Kein Mensch kann sich dessen sicher sein. Außerdem hatte ich die Augen verbunden. Aber es kann nur er gewesen sein.«

Radek hörte, wie die Mutter hinter ihm zu weinen begann.

»Sie haben mich danach wieder in die Zelle geführt. Und irgendwann haben sie mich geholt und in den Wagen gezerrt und mich ins Dorf gebracht. Dort haben sie mich freigelassen.« Bernadette verfiel erneut in Schweigen.

Doch der Riss im Damm wurde größer.

»Warum haben sie dich entführt und bestraft?«, versuchte Radek sie zum Weiterreden zu ermutigen.

Keine Reaktion, nur diese unerträgliche Stille. Dann leise: »Weil ich nicht mehr hingehen wollte, in die Burg.«

Radek ließ ihr Zeit. Eine weitere Minute verging.

»Veronika hat mich zum Baron gebracht. Sie hat erzählt, wie toll es dort sei. Sex mit so vielen Männern, wie man will, oder mit Frauen, freie Liebe, Orgien, Alkohol, Drogen, wenn man möchte, hemmungslos, freizügig. Keine Eltern und keine Erwachsenen, die einem Vorschriften machen oder sich entrüsten, nur Leute, die alle das Gleiche wollen. Veronika hat mich mitgenommen. Ich wurde Novizin. Beim ersten Mal war es nur ein kleiner Kreis, vier oder fünf Leute. Alle in dunklen Kutten und Masken, ich auch. Ich habe niemanden erkannt. Wir haben die halbe Nacht miteinander … gefickt. Es war … schön … unbeschreiblich. Gruppensex. Ich habe so etwas nur aus Pornos gekannt, die ich mir mit meinen Freundinnen angesehen hatte. Und jetzt war es Wirklichkeit.« Sie wippte noch immer hin und her.

Der Damm zerbarst.

»Dann wurde ich in die Gemeinschaft aufgenommen. Ich war 16. Ich wurde eine Braut des Teufels. Beim Aufnahmeritual hat er mich genommen, während ich sein Zeichen bekam. Lust und Schmerz, ein unglaubliches Erlebnis. Ich habe ihm und der Gemeinschaft Treue geschworen.«

Ius primae noctis, dachte Radek. Obwohl ein Mythos des Mittelalters, ist das Herrenrecht bei Lenkstein in anderer Form offensichtlich Wirklichkeit geworden. »Wer ist *er*?« Radek unterbrach sie nur ungern, aber er brauchte Gewissheit.

»Der Meister, der Teufel, der Baron.«

»Und das weißt du sicher?«

»Niemand weiß es sicher«, antwortete sie, als wäre das eine unumstößliche Wahrheit. »Er ist der Einzige, der immer eine Maske trägt. Eine hässliche Larve, die aussieht wie ein Widderschädel, wenn er jemanden bestraft. Ansonsten trägt er eine kleine, dezentere. Wer sollte es sonst sein? Der Gärtner?«

»Du hast von seinem Zeichen gesprochen. Was ist das?«

»Ein tätowiertes Pentagramm unter der linken Achsel«, erklärte sie. Ohne einen Moment zu zögern, schob sie ihr Sweatshirt hoch und hob den linken Arm. Sie trug keinen BH und es schien ihr egal zu sein, dass sie mit entblößtem

Oberkörper vor ihnen saß. Radek sah eine kreisrunde Narbe, aber kein Pentagramm.

»Sie haben es mir herausgebrannt. Ich bin eine Verstoßene. Es gibt Mitglieder, Ehemalige und Verstoßene. Ich bin eine Verstoßene.«

»Kannst du uns das näher erklären?«

»Der Baron ist der Meister. Er hat drei Gehilfen. Die leben bei ihm auf der Burg. Das sind die Henker, die Vollstrecker. Sie sind entweder wie die anderen gekleidet und tragen dunkle Kutten, oder sie sind die Folterknechte, mit nackten Oberkörpern und ledernen Kapuzen, wenn jemand bestraft wird.«

»Woher weißt du, dass es die gleichen Männer sind?«

»Ich kenne ihre Körper. Sie sind durchtrainiert, stark, muskulös. Wunderschöne Körper. Sie sind unverwechselbar. Außerdem hat einer von ihnen eine Tätowierung auf dem Arm.« Sie zeigte auf ihren linken Oberarm. »Ein Symbol für Baphomet, den Dämon. Ein gehörnter Ziegenkopf, der in ein auf dem Kopf stehendes Pentagramm eingezeichnet ist, umgeben von einem doppelten Kreis mit seltsamen Schriftzeichen.«

»Woher kennst du dieses Tattoo so genau?«

»Ich sagte doch, ich kenne ihre Körper.« Einen Augenblick lang bekam ihr Blick etwas Schwärmerisches. »Dann gibt es die Teufelsjünger, die zu den Treffen kommen«, wechselte sie das Thema. »Deren Zahl ist unterschiedlich, manchmal sind es mehr, manchmal weniger. 20, 30, 40. Es gibt auch Gäste, die nicht aus dem Dorf stammen, die kenne ich nicht. Sie alle leben ihre Lust aus, ihre Triebe, ihre Bosheiten. Jeder von ihnen bekommt das Zeichen, das verkehrte Pentagramm. Wer aus diesem Kreis ausscheidet, bleibt durch das Zeichen mit dem Zirkel verbunden. Das sind die Ehemaligen. Sie sind nicht mehr aktiv, aber sie wissen genau, was passiert. Allerdings kennen sie nicht alle Aktiven, nur die aus ihrer Zeit.«

Radek dachte an Benesch und die Tätowierung unter dessen Achsel.

»Daneben gibt es die Verstoßenen wie mich«, fuhr Bernadette fort. »Die sind geächtet, rechtlos bei den Teufelsjüngern im Dorf. Sie werden aus der Gemeinschaft verbannt, aber solange sie den Mund halten, werden sie geduldet. Die Mitwisser gehören nicht zum Zirkel, wissen jedoch, was läuft, allerdings nicht im Detail. Sie profitieren von ihrem Schweigen, versuchen, sich mit dem zu arrangieren, was im Dorf passiert. Ebenfalls nicht zum Zirkel gehören die Feiglinge, im Teufelskreis heißen sie Ducker, weil sie immer gebeugt im Dorf herumlaufen. Sie haben nur eine schwache Ahnung von dem, was in der Burg geschieht, aber sie wissen, dass sie in Ruhe gelassen werden, solange sie selbst den Mund halten. So ist es im Dorf.«

»Was passierte nach deiner Aufnahme?«

»Ich bekam eine Aufgabe. Jeder, der aufgenommen wird, bekommt eine Aufgabe. Oder man bekommt einen Auftrag, wenn es zum Schutz der Gemeinschaft erforderlich ist.«

»Was war deine Aufgabe?«

Sie brauchte einen Moment, bevor sie davon erzählen konnte. »Mein Aufnahmeritual war, mit einem Geschäftsmann aus Amstetten ins Bett zu gehen. Es war widerlich. Ich habe mich wie eine Hure gefühlt. Wir haben es im ›Falk‹ miteinander gemacht. Dort gibt es eine Videoüberwachung für jedes Zimmer. Er war verheiratet, und wahrscheinlich wurde er danach mit den Aufnahmen erpresst.«

»Von wem?«

»Vom Baron natürlich.« Wieder ein ungläubiger Blick. »Wer seinen Auftrag nicht erfüllt oder wer gegen die Gemeinschaft oder ihre Regeln verstößt, wird bestraft«, erklärte sie weiter. Die Erinnerung an ihre eigene Bestrafung überkam sie neuerlich und sie umschlang ihre Knie fester.

»Wie bestraft?«, fragte Radek vorsichtig.

»Ausgepeitscht, vergewaltigt, gefoltert.« Sie zählte diese Dinge mit einer solch selbstverständlichen Nüchternheit auf, dass Radek eine Gänsehaut über den Rücken lief. »Je nach der Schwere des Verstoßes.«

Die Mutter schluchzte hinter ihnen.

»Hast du so etwas jemals gesehen?«

»Ja, mehrmals. Aber man hat mir von anderen, viel schlimmeren Bestrafungen erzählt. Ich habe das von Marie und von Martin gehört. Fragen Sie Veronika, die hat alles miterlebt.«

»Was ist dann geschehen? Nachdem du aufgenommen worden bist?«

»Ich ging zu den Treffen. Meistens. Zwei-, drei-, viermal im Monat. Immer bei Vollmond und Neumond. Manchmal auch dazwischen, das war unregelmäßig. Dort gab es eine Art Beschwörung des Bösen, des Teufels, eine schwarze Messe. Eine … Orgie … freie Liebe. Ich konnte jeden nehmen, den ich wollte, und ich konnte mich jedem hingeben, der es mit mir machen wollte.«

»Wurdest du zu etwas gezwungen?«

»Kein Mensch wird bei den Treffen zu etwas gezwungen. Alle kommen freiwillig, und alle tun, was immer sie wollen, ohne Zwang. Es macht ihnen Freude.« Sie verlor sich wieder in Erinnerungen. »Wenn es eine Aufgabe gibt, muss sie gemacht werden. Wer in den Zirkel eintritt, unterwirft sich den Regeln. Es gibt Vereinbarungen zum Schutz der Gemeinschaft. Man hilft sich gegenseitig.«

»Wie hilft man sich?«

»Überall. Wenn es etwa darum geht, einen Job zu bekommen, wird man vermittelt. Oder wenn jemand Probleme hat, zum Beispiel in der Schule mit anderen Mitschülern, wird das geregelt.«

»Wie wird das geregelt?«

»Die Vollstrecker kommen und es passiert ein Unglück. Eine gebrochene Hand oder etwas in der Art. Zuerst eine kleine Verletzung, dann eine größere. Danach ist das Problem meist gelöst. Wenn nicht, geschieht Schlimmeres.«

Radek wusste, was sie meinte. »Warum wolltest du die Gemeinschaft verlassen?«

Sie sah ihn an, dachte nach, als wüsste sie den Grund dafür nicht mehr. »Wegen Markus.« Als niemand nachfragte, erklärte sie von sich aus: »Ich habe ihn vor zwei Monaten kennengelernt. Er ist aus Hollenstein. Wir … lieben uns.«

Sie schaute zuerst zu Radek, dann zur Mutter, mit dem Blick eines kleinen Mädchens, das die erste Verliebtheit gesteht.

»Ich wollte nicht mehr in den Zirkel gehen, wollte nicht mehr mit jedem herummachen, wollte nur Markus gehören. Veronika sagte, ich sei verrückt, das gehe nicht so einfach, ich könne ja mit Markus zusammen sein *und* dem Kreis gehören. Man darf die Gemeinschaft nur verlassen, wenn es der Meister erlaubt und man einen Ersatz bringt. Aber er hat es nicht zugelassen. Das sei kein Ort, an den man komme und gehe, wie es einem passe, hat er gesagt, und dass ich noch zu kurz in der Gemeinschaft sei. Deshalb bin ich zum Pfarrer gegangen.«

Sie machte eine Pause, als müsse sie sich sammeln.

»Ich beichtete ihm alles, was ich getan habe. Doch er konnte mir nicht helfen. Oder er wollte nicht, ich habe keine Ahnung. Am selben Abend haben mich die Vollstrecker geholt.«

»Was ist mit Markus?«, fragte Radek sacht.

Sie begann zu weinen. »Ich weiß es nicht«, schluchzte sie. »Ich habe ihn seither nicht mehr gesehen.«

Radek gab ihr eine Minute, um sich zu beruhigen. »Kannst du uns die Leute nennen, die an diesem Zirkel beteiligt sind?«, fragte er.

»Sicher, ja. Jeder weiß, wer dabei ist, nur der Meister bleibt maskiert. Aber niemand zweifelt daran, dass es der Baron ist.«

»Ist es für dich vorstellbar, mit uns zusammenzuarbeiten, um diesen Leuten das Handwerk zu legen?« Er musste wissen, woran sie mit Bernadette waren.

Sie hob die Augen und wurde plötzlich ganz ruhig. »Werden Sie mich beschützen?«

Zum ersten Mal nahm Radek keine Angst in ihren Augen wahr.

»Wenn der Baron erfährt, dass ich mit Ihnen gesprochen habe, und mich erwischt, bringt er mich um«, sagte sie mit ruhiger Stimme.

Die Mutter schrie leise auf.

»Ja, wir werden dich beschützen«, sagte Gierling. Laut und bestimmt. Niemand zweifelte daran, dass es so sein würde.

Sie nickte. »Dann werde ich Ihnen alle Namen sagen, die ich weiß.«

46.

Gierling und Radek sprachen kein Wort, bis sie auf der Polizeiinspektion in Gresten angekommen waren. Tausend Gedanken rasten durch ihre Köpfe. Strafdelikte, Anzeigen, Verdächtige, Ermittlungsansätze, Motive, Verfahrensabläufe, Beweissicherung, Zeugen, Erhebungen, Zwangsmittel. Und das war noch lange nicht alles.

Es gab viele unbeantwortete Fragen. Sie würden noch mehrmals mit Bernadette reden müssen. Aber sie wollten das Mädchen nicht überfordern. Sie hatten vereinbart, dass Bernadette morgen oder übermorgen zu einer weiteren Einvernahme kam, diesmal auf die Polizeiinspektion. Dort musste sie die Aussage dieses Tages unterschreiben und dort würden sie ihre Einvernahme fortsetzen. Sie würden Bernadette abholen. Und niemand würde etwas mitbekommen, das hatte ihr Gierling versprochen. Sie hatte genickt wie ein braves Schulmädchen. Radek und Gierling hatten den Eindruck gehabt, als wäre sie befreit, als hätte ihr die Entscheidung, über das zu reden, was ihr widerfahren war, den Lebenswillen zurückgegeben.

Gierling arbeitete schnell und professionell. Sie kopierten die Audiodatei vom Diktiergerät auf den Computer und er wies Steiger an, aus der Einvernahme ein brauchbares Protokoll zu machen. Ihre Frage, was bei dem Gespräch herausgekommen sei, ließ er unbeantwortet. Sie erfuhr es ohnehin bald.

Dann packten Gierling und Radek jene Unterlagen zusammen, die für ihre Vorsprache bei der Staatsanwaltschaft notwendig waren, und machten sich wieder auf den Weg.

Auch während der nächsten halben Stunde, die sie bis zur Autobahn benötigten, herrschte nachdenkliches Schweigen. Keiner von ihnen hatte das Bedürfnis, zu reden. Sie mussten erst verarbeiten, was ihnen Bernadette Lindner erzählt hatte. Beide wussten, was das bedeutete, welche Konsequenzen sich daraus ergaben.

Nachdem Gierling den Wagen auf der Autobahn bis zur erlaubten Höchstgeschwindigkeit beschleunigt hatte, brach er das Schweigen. »Das sieht nach einer großen Sache aus. Und einer beschissenen. Viel Wind, viel Wirbel, viel Öffentlichkeit. Presse, Medien, Interventionen. Ein Fehler und sie hängen uns auf. Wir müssen schnell sein. Wir müssen spätestens morgen zuschlagen. Festnahme, Hausdurchsuchung, weitere Ermittlungen. Wir müssen den leitenden Staatsanwalt so weit bringen, dass er Schupper aus dem Verkehr zieht.«

»Was ist mit Hager?«, warf Radek ein.

»Um den kümmern wir uns später. Der ist im Moment kein Problem.«

Gierling telefonierte anschließend über die Freisprechanlage mit seinem Chef Mayr, dem Leiter der Kriminalabteilung, und gab ihm einen ausführlichen Bericht. Dessen anfängliche Zweifel wichen schnell einer grimmigen Empörung. Sie sollten die ganze Partie hochgehen lassen, sagte der LKA-Leiter, sie hätten dabei seine volle Unterstützung. Dann berieten Mayr und Gierling die nächsten Schritte.

»Du hast mitgehört und weißt jetzt, worum es geht.« Mehr erklärte Gierling nicht. »Halt dich beim Staatsanwalt zurück, lass mich mit ihm reden. Ich brauch dich allerdings, wenn es notwendig sein sollte, um diese Satanismusgeschichte und den Beginn des Falls genauer zu erläutern.«

»In Ordnung.«

Zehn Minuten später fuhr Gierling von der Autobahn ab, lenkte den Wagen zügig durch die Stadt zum Landesgericht und stellte das Auto auf den Parkplatz vor dem Gebäude.

»Showtime«, sagte er beim Aussteigen.

Der leitende Staatsanwalt, Sebastian Lamprecht, war ein schwerfälliger Mensch, zumindest was seinen fülligen Körper betraf. Seine Bewegungen brachten den Bürostuhl zum Ächzen, und Radek fürchtete, dass der jeden Moment unter dem Gewicht des Staatsanwalts zusammenkrachte. Lamprecht war langsam und umsichtig, aber die Behäbigkeit galt nicht für seinen Geist.

Mit wachen Augen hörte er aufmerksam den Ausführungen Gierlings zu. Obwohl er schon nach den ersten Sätzen gerne Zwischenfragen gestellt hätte, hielt er sich zurück. Er kannte Gierling seit mehreren Jahren und wusste, dass es einen wichtigeren Grund geben musste als die bisherigen Ausführungen, wenn Gierling direkt zu ihm, dem Leiter der Staatsanwaltschaft in Sankt Pölten, gekommen war. Und das, ohne vorher einen Termin zu vereinbaren.

Während Radek unbeteiligt neben Gierling saß und zuhörte, wie der die üblen Machenschaften des Barons erläuterte, fragte er sich, wie sehr Gierling Lamprecht tatsächlich vertraute. Andererseits musste er es tun, denn sie konnten schlecht zum Oberstaatsanwalt laufen, nur weil sie Angst hatten, dass hier alle unter einer Decke steckten.

Nachdem Gierling seine Falldarstellung beendet hatte, spielte er Lamprecht den Mitschnitt des Interviews mit Bernadette Lindner vor. Konzentriert lauschte Lamprecht der leisen Mädchenstimme. Die beiden Polizisten konnten sehen, wie sich der Gesichtsausdruck des leitenden Staatsanwalts verfinsterte. Ab und zu machte er sich Notizen. Danach stellte Lamprecht mit brummiger Stimme eine

Reihe von Fragen. Gierling und Radek beantworteten sie, so gut es ihnen möglich war. Schließlich nahm Lamprecht den Bericht, den Gierling ihm gegeben hatte, studierte ihn sorgfältig und betrachtete noch einmal die vor ihm liegenden Fotos. Ruhig und überlegt analysierte er für sich die Fakten des Falles.

Als er damit fertig war, lehnte er sich zurück und saß mit halb geschlossenen Augen wie ein schlafender Buddha hinter seinem Schreibtisch. Doch dieser Eindruck täuschte. Er dachte angestrengt nach.

»Das ist ungeheuerlich. Sowohl was Lenkstein betrifft als auch, und das vor allem, wegen Schupper. Ich vermute, Sie wissen, was das bedeutet. Suspendierung, Disziplinarverfahren, Einschaltung des Bundesamtes zur Korruptionsbekämpfung und der Korruptionsstaatsanwaltschaft. Also das volle Programm.«

Gierling nickte. Ja, er wusste es.

»Aber das bedeutet auch Kompetenzgerangel, politische Interventionen und Abwiegelungsversuche und die Gefahr, dass alles irgendwo versandet. Lenkstein ist nicht irgendein unbekannter Ladendieb im letzten Nest in Niederösterreich. Er ist ein angesehener Unternehmer, leitet einen Traditionsbetrieb, der wiederum Motor für die ganze Region ist. Ein Geschäftsmann mit Beziehungen und Verbindungen in höchste Kreise.«

Solche Lobeshymnen auf Lenkstein kamen Radek bekannt vor.

»Das wird nicht einfach. Spätestens eine Stunde, nachdem Sie die ersten Aktivitäten gegen Lenkstein gesetzt haben, werden seine Anwälte antanzen, jeden unserer Schritte überwachen und alle Beweise in ihre Einzelteile zerlegen, um zu schauen, wie sie sie ausheben können. Wenn wir daher gegen Lenkstein vorgehen wollen, und das will ich, verstehen Sie mich bitte nicht falsch, müssen wir mehr haben als ein paar Fotos von Besuchern auf seiner Burg.«

»Das haben wir«, bekräftigte Gierling.

Lamprecht wiegte den Kopf. »Na ja, Herr Chefinspektor, so viel haben Sie nun auch wieder nicht. Vier Aussagen von Opfern oder ihren Angehörigen. Sonst nichts. Keinen einzigen Sachbeweis. Es geht um die Bildung einer kriminellen Organisation. Das ist kein leichtes Delikt, und es ist schwer nachzuweisen. Wenn das stimmt, was Sie mir erzählt haben, wird Zeugenbeeinflussung das geringste Problem sein, mit dem wir es zu tun bekommen.«

»Ich weiß«, stimmte Gierling zu. »Deshalb sollten wir so schnell wie möglich handeln, um Lenkstein und seiner Bande keine Möglichkeit zu lassen, Beweise zu vernichten.«

»Von welchen Beweisen reden Sie?« Lamprecht klang skeptisch. »Sie haben nichts Konkretes. Gegen niemanden. Nur Spekulationen und Vermutungen.«

»Aber ich bin mir sicher, dass wir auf der Burg Beweise finden, wenn wir dort eine Hausdurchsuchung durchführen.«

»Wie sicher sind Sie?«

»Sehr sicher. Außerdem gibt es die Fotos.«

Lamprecht machte eine wegwerfende Handbewegung. »Ach, die beweisen gar nichts. Nur dass bestimmte Leute zu bestimmten Zeiten Gäste auf Burg Rotenstein waren. Das bringt sie noch nicht einmal mit Lenkstein in Verbindung.«

»Aber die Bilder sind ein guter Anfang. Wir werden damit beginnen, die Leute zu befragen, was sie auf der Burg gemacht haben. Sie werden sich in Widersprüche verstricken, solange sie keine Zeit haben, sich abzusprechen, und solange ihnen niemand sagt, welche Geschichten sie uns erzählen sollen. Es gibt noch einige andere Ansätze, denen wir folgen können. Wir werden Lenkstein und seine Partie ausheben.«

»Sie sind sehr zuversichtlich.« Lamprecht zog zweifelnd die Augenbrauen hoch.

»Ja, das bin ich«, antwortete Gierling im Brustton vollster Überzeugung.

Radek war davon nicht so überzeugt, aber er bewunderte die Selbstsicherheit, mit der Gierling seine Mutmaßungen vortrug.

»Zuerst müssen wir Lenkstein und seine engsten Komplizen aus dem Verkehr ziehen«, forderte Gierling.

Lamprecht beugte sich über den Schreibtisch. »Herr Chefinspektor, wenn ich Ihnen die Festnahme- und Durchsuchungsanordnungen besorge, die Sie haben wollen, begeben wir uns auf dünnes Eis. Sie haben dann maximal 48 Stunden Zeit. Wenn ich bis dahin nicht genügend Beweise habe, um bei Gericht die Untersuchungshaft zu beantragen, ist Lenkstein wieder draußen. Sie kennen die Haftfristen. Wenn Lenkstein in U-Haft sitzt, haben wir 14 Tage Zeit bis zur ersten Haftprüfung. Wenn wir bis dahin keine brauchbaren Indizien gegen ihn haben, können Sie Ihren Fall in den Wind schießen. So schaut es momentan aus.«

Lamprecht machte eine kurze Pause, um sich zu vergewissern, dass seine beiden Besucher verstanden hatten, was er meinte.

»Die zweite Möglichkeit ist, Sie ermitteln weiter und wir warten, bis wir mehr in der Hand haben, bevor wir losschlagen.«

Gierling wog die Alternativen ab. Ihm war das Risiko durchaus bewusst, das sie eingingen. Wenn sie übereilt handelten, hatten sie am Ende womöglich zu wenig Beweise gegen Lenkstein. Doch mit jedem Tag, den sie abwarteten, konnten sie den wahren Grund ihrer Erhebungen schwerer unter der Decke halten. Und wenn Lenkstein Wind von den Ermittlungen gegen ihn bekam, war es nur eine Frage der Zeit, bis sich alles in Luft auflöste, was ihn jemals belasten könnte. Nein, es war klar, sie mussten so schnell wie möglich gegen ihn vorgehen.

Radek stellte ähnliche Überlegungen an, aber ihm waren ohnehin die Hände gebunden. Er war sich dessen bewusst, dass es nicht klug war, hier und jetzt seine Meinung zu sagen. Er musste darauf vertrauen, dass Gierling das Richtige tat. Außerdem war er gespannt, wie viel Loyalität Lamprecht zu seinem Mitarbeiter Schupper hatte.

Sehr wenig, wie sich herausstellte.

»Ich halte es für besser, gleich loszuschlagen.« Gierling hatte seine Entscheidung getroffen.

Lamprecht sah ihn lange an. Dann nickte er. »In Ordnung. Aber halten Sie Schupper aus dem Fall draußen, ebenso Ihren eigenen Polizeikommandanten, diesen Hager. Gehen Sie äußerst diskret vor. Nicht wegen des Wirbels, den wir verursachen, sondern um die Betroffenen nicht zu warnen. Wenn Sie Lenkstein und seine Komplizen eingesackt haben, knöpfen wir uns Schupper und Hager vor. Und dann machen Sie Dampf. Wenn wir Lenkstein nicht in U-Haft halten können, haben wir ein Problem.«

Das war allen bewusst.

»Ich bleibe vorerst Ihr Ansprechpartner vonseiten der Staatsanwaltschaft. Nur ich, sonst niemand«, bekräftigte Lamprecht, holte eine Visitenkarte aus dem Schreibtisch und schrieb eine Telefonnummer auf die Rückseite. »Sie bleiben mit mir in ständigem Kontakt. Sie können mich jederzeit unter einer dieser Telefonnummern erreichen, wenn Sie gerichtliche Anordnungen oder sonstige Unterstützung benötigen. Und wenn ich sage jederzeit, dann meine ich das so. Auch um 3 Uhr in der Früh, wenn erforderlich.«

Das Gespräch war beendet. Sie warteten im Vorzimmer, bis die Formalitäten erledigt waren, und befanden sich eine halbe Stunde später auf dem Rückweg.

Radek fuhr. Gierling hatte eine Menge Telefonate zu erledigen.

47.

Einen Moment lang überlegte Radek, was er tun würde, wenn niemand die Tür öffnete. Aber er versuchte, sich nicht mit diesem Gedanken zu belasten. Sie standen vor dem riesigen Gemäuer der mittelalterlichen Burg. Sollte es erforderlich werden, Zwangsmittel anzuwenden, bekäme die ganze Angelegenheit eine völlig neue Dimension.

Hinter ihm stand Steiger, und beide versuchten, einen normalen Eindruck zu machen.

Am Vorabend war das Team noch einmal zusammengetroffen und hatte die Aktion bis ins Detail geplant.

Auf dem Parkplatz in Sichtweite zum Burgeingang parkte der Streifenwagen, mit dem Radek und Steiger gekommen waren. In ihm warteten Gierling und zwei weitere uniformierte Kollegen auf den Augenblick, in dem jemand die Tür öffnete. Dann würde der Zugriff erfolgen.

Eine Tatortgruppe und zusätzliche Kriminalbeamte aus dem Landeskriminalamt standen bereit, um die Hausdurchsuchung durchzuführen und nötigenfalls Spuren zu sichern. Von den Polizeiinspektionen Gresten, Scheibbs und Lunz am See waren drei Funkstreifen mit je zwei Mann Besatzung abkommandiert worden. Offiziell, um eine Suchaktion durchzuführen. Keiner der beteiligten Beamten wusste an ihrem Treffpunkt vor der Polizeiinspektion Gresten, worum es tatsächlich ging, auch die Einsatzbesprechung war knapp und dürftig.

Jetzt wartete ein Teil der Einheiten an der Zufahrtsstraße zur Burg Rotenstein auf ihr Kommando zum Eingreifen und würde in weniger als zwei Minuten am Einsatzort sein. Ein weiteres Team befand sich in unmittelbarer Nähe der Firma Holzbau Lenkstein und begann dort mit der Hausdurchsuchung, sobald es von Gierling das Go bekam.

Es war 8.30 Uhr, als Radek den Klingelknopf drückte.

Die Zeit schien sich unendlich lange zu dehnen.

»Ja, bitte«, hörte er die bekannte Frauenstimme von Lenksteins Sekretärin.

»Guten Morgen. Polizei, Gruppeninspektor Radek. Wir würden gerne noch einmal mit dem Herrn Baron sprechen. Können Sie uns bitte hineinlassen?« Radek bemühte sich um einen freundlichen, unverbindlichen Ton. Er rechnete damit, dass die Sekretärin ihn bereits von seinen früheren Besuchen her kannte und deshalb keine große Sache hinter seinem Auftauchen vermutete.

»Einen Moment bitte.«

Wieder zogen sich die Sekunden unerträglich in die Länge. Gut eine halbe Minute verging, in der sie vermutlich Lenkstein kontaktierte.

»Der Herr Baron hat keine Zeit. Er muss um 9 Uhr zu einem Termin«, schnarrte die Sekretärin aus der Gegensprechanlage.

Verdammt, sie mussten in diese Scheißburg.

»Das ist kein Problem, es dauert nur ein paar Minuten. Wir haben nur zwei Punkte, die wir gerne klären möchten.«

»Können Sie nicht später kommen?«

»Wer weiß, ob Herr Lenkstein dann Zeit hat. Wir sind in zehn Minuten wieder weg.« Mach diese Scheißtür auf, du Miststück, dachte Radek und musste sich zusammenreißen, um nicht genau das in die Gegensprechanlage zu brüllen.

»Aber wirklich nur zehn Minuten, sonst wird der Herr Baron ungehalten.«

»Ja, zehn Minuten, versprochen«, log Radek und dann ging der Türsummer. Steiger drückte die Tür auf.

»Finden Sie hoch?«

Darauf können Sie einen lassen. »Aber sicher.«

Als Steiger die schwere Pforte geöffnet hatte, gab Gierling über Funk den wartenden Beamten den Einsatzbefehl. Gleichzeitig stieg er mit den beiden uniformierten Beamten aus und eilte zur Tür. »Sie bleiben hier am Tor. Keiner kommt aus der Burg raus. Wenn unsere Kräfte da sind, sollen sie uns folgen und über Funk kontaktieren.«

Die beiden Beamten waren jung und hatten gehörigen Respekt vor dem Chefinspektor des LKA, deshalb versuchten sie, ihren Auftrag gewissenhaft auszuführen.

Gierling folgte Radek und Steiger ins Innere der Burg. Sie durchquerten den Hof betont langsam, einerseits, um keinen Verdacht zu erregen, andererseits, um den übrigen Polizeikräften Zeit zum Nachkommen zu verschaffen.

Radek führte seine Begleiter über die Wendeltreppe ins Obergeschoss zum Büro der Sekretärin.

»Bitte gehen Sie weiter.« Sie deutete auf die Tür am anderen Ende des Büros, die in den großen Saal führte. »Und wirklich nur zehn Minuten«, fügte sie nervös hinzu. Offensichtlich war Lenkstein von ihrem Besuch nicht sonderlich begeistert.

»Ja, nur zehn Minuten«, antwortete Radek und ging mit Gierling in den Saal. Steiger blieb bei der Sekretärin, um die nachfolgenden Beamten per Funk durch die Burg zu lotsen.

Lenkstein saß in weißem Hemd und Krawatte allein am Tisch beim Frühstück. Das Sakko seines Anzugs hatte er über einen Stuhl gehängt.

»Radek, ich hab gedacht, Sie lassen sich hier nicht mehr blicken. Was wollen Sie von mir in aller Früh?«, polterte er mit spöttischem Lächeln und biss von einer Semmelhälfte mit Schinken und Käse ab. »Ich hab keine Zeit, muss zu einem Termin. Also machen Sie's kurz.«

»Selbstverständlich, Herr Lenkstein«, sagte Gierling.

Doch der Angesprochene unterbrach ihn sofort. »Wer sind Sie denn?«, wollte er wissen.

»Chefinspektor Gierling vom Landeskriminalamt Sankt Pölten«, stellte sich Radeks Begleiter vor. »Ich ermittle mit meinen Kollegen hier in Schandau in verschiedenen Fällen vom Verdacht der Körperverletzung bis zum Mord.«

Lenkstein hörte sofort auf zu essen. Er war nicht dumm und ahnte, dass hinter diesem Besuch mehr steckte als der angegebene Vorwand der schnellen Erhebung zu einigen offenen Punkten. »Was wollen Sie dann von mir?«, fragte er argwöhnisch.

Es war Zeit, die Katze aus dem Sack zu lassen. Gierling wurde förmlich, griff in seine Sakkotasche, zog den Haftbefehl hervor und legte ihn auf den Tisch.

»Herr Lenkstein, Sie sind verhaftet. Und zwar wegen Verdachts der Bildung einer kriminellen Organisation, wegen

Verdachts der mehrfachen Anstiftung zur schweren Körperverletzung, wegen Verdachts der mehrfachen Anstiftung zur Freiheitsentziehung, wegen Verdachts der Erpressung und der gefährlichen Drohung und wegen Verdachts der Anstiftung zum Mord.«

Das spöttische Lächeln in Lenksteins Gesicht wich einem überraschten Ausdruck. »Blödsinn.« Lenkstein starrte die beiden Polizisten ungläubig an. Aber er erkannte, dass der Mann, der sich als Gierling vorgestellt hatte, keinen Scherz machte. Er wusste, weshalb man ihn festnahm. Er hatte in den vergangenen Jahren im Stillen sogar damit gerechnet. Auch wenn er im Moment unvorbereitet war, würden sie ihn nicht so schnell aus dem Konzept bringen. Er kannte seine Rechte. Und sie würden kaum etwas beweisen können. Er brauchte nur Ruhe zu bewahren. Seine Anwälte würden ihn da schnell wieder rausholen.

Einige Sekunden lang herrschte Schweigen. Aus dem Büro nebenan hörten sie, wie Steiger in ihr Funkgerät sprach und den Kollegen den Weg nach oben erklärte.

»Bildung einer kriminellen Organisation?«, fragte Lenkstein mit ironischem Unterton. »Sie meinen so etwas wie die Mafia?«

»Wenn Sie so wollen, ja«, antwortete Gierling.

»Das klingt interessant. Sie werden mir sicherlich auch sagen können, wie ich all das gemacht haben soll.«

»Selbstverständlich. Wir werden alle Vorwürfe, die gegen Sie im Raum stehen, belegen.« Gierling sprach überlegt und betont korrekt. Er wollte Lenkstein keinen Grund geben, später eine Unredlichkeit bei der Festnahme zu beanstanden.

Draußen waren laute und eilige Schritte zu vernehmen, die von hektischen Stimmen übertönt wurden. Radek befürchtete, dass möglicherweise die drei Gehilfen von Lenkstein aufgetaucht waren und es unerwartete Komplikationen gab. Unwillkürlich tastete er nach der Waffe unter seinem Jackett.

Dann flog die Tür auf. Angeführt von Hammer, Bosch und Dully strömten Kriminalbeamte und uniformierte Polizisten in den Saal. Gierling nahm sofort Hammer und Dully zur Seite und beauftragte sie, mit den anderen Beamten die Handlanger von Lenkstein zu suchen und festzunehmen.

Radek erwartete einen Wutausbruch von Lenkstein oder eines seiner Spielchen, aber nichts dergleichen geschah. Er wirkte überraschend ruhig und gefasst, saß am Tisch und beobachtete neugierig das Geschehen. Radek glaubte wahrzunehmen, dass Lenkstein innerlich kochte. Aber offensichtlich war ihm bewusst, dass sein Zorn diese Situation nicht verhindern, sondern nur verschlimmern konnte. Trotzdem machte er in seiner Ohnmacht einen armseligen Eindruck.

»Wir werden Ihr Anwesen durchsuchen. Die Burg sowie alle anderen Gebäude, zu denen Sie Zutritt haben. Auch Ihren Betrieb«, erklärte Gierling. »Dort befindet sich bereits ein Team von Kriminalbeamten. Dafür haben wir die erforderlichen gerichtlichen Anordnungen.« Gierling übergab Lenkstein die entsprechenden Papiere.

»Wer hat das angeordnet?«, fragte Lenkstein.

»Die Staatsanwaltschaft selbstverständlich.«

»Schupper?« Lenkstein klang ungläubig.

Natürlich nicht, der steckt mit euch unter einer Decke. »Nein, der Leiter der Staatsanwaltschaft persönlich.«

Radek sah, dass Lenkstein um eine Spur blasser wurde.

»Ich möchte meinen Anwalt beiziehen«, verlangte Lenkstein in schroffem Ton, aber die Unsicherheit in seiner Stimme zeigte, dass die übliche Arroganz angeschlagen war.

»Selbstverständlich. Aber bitte nur in unserem Beisein, und beschränken Sie Ihr Gespräch auf das Nötigste.«

Lenkstein griff zu seinem Handy, das auf dem Tisch lag, drückte eine Kurzwahlnummer, erklärte seinem Gesprächspartner, was passiert war, und forderte ihn herrisch auf, sofort zu kommen.

Während Lenkstein telefonierte, gelangten über Funk die Bestätigungen herein, dass die drei Zielpersonen problemlos festgenommen werden konnten. Das weitere Vorgehen war abgesprochen. Die Festgenommenen würden getrennt nach Scheibbs ins Bezirkspolizeikommando gebracht, dort einvernommen und morgen weiter ins Landesgericht nach Sankt Pölten überstellt werden. Gierling rief das zweite Team an und gab ihm den Befehl, mit der Hausdurchsuchung in Lenksteins Unternehmen zu beginnen. Nachdem nun die Haupttäter in Gewahrsam waren, bestand kaum Gefahr, dass dort gegen die Hausdurchsuchung größere Widerstände auftauchten.

Als Lenkstein sein Telefonat beendet hatte, nahm Gierling das Handy an sich. »Das müssen wir vorläufig sicherstellen, um die Daten auszuwerten.«

Lenkstein nahm es widerspruchslos zur Kenntnis.

Hammer und Dully kamen zurück und bestätigten mit einem kurzen Nicken das, was bereits über Funk gemeldet worden war.

Gierling nahm sie beiseite. »Was ist mit den drei Komplizen von Lenkstein?«, fragte er leise, als sie abseits der übrigen Anwesenden standen.

»Einer war in der Küche, beim Frühstück«, berichtete Hammer. »Die anderen beiden noch im Bett. Sie haben keine Schwierigkeiten gemacht. Wir haben auch ein Ehepaar angetroffen, das hier auf der Burg so eine Art Hausmeister ist. Ich hab sie zum Tor geschickt und ihnen gesagt, sie sollen sich dort zur Verfügung halten.«

»Gut.« Gierling ging zurück zum Burgherrn. »Herr

Lenkstein, wir werden jetzt die Hausdurchsuchung durchführen. Wollen Sie jemanden beiziehen, der uns begleitet?«

»Was suchen Sie eigentlich?«

»Spuren und Hinweise auf die vorhin genannten Strafdelikte.«

Lenkstein nickte verstehend. »Ich würde gerne auf meinen Mitarbeiter, Herrn Steininger, warten«, sagte er, legte die Serviette von seinen Knien auf den Tisch, nahm die Krawatte ab und ließ sie mit der Bemerkung »Ich glaube, die ist jetzt unnötig« auf dem Tisch liegen. Dann zog er sein Sakko an und wartete auf weitere Anweisungen.

Wenige Minuten später kam einer der beiden Polizisten vom Tor in Begleitung eines etwa 30-jährigen Mannes in einem tadellosen hellgrauen Business-Anzug in die Halle.

»Dieser Herr sagt, er sei von Herrn Lenkstein herbestellt worden«, erklärte der Beamte.

Der Anzugträger wartete nicht, bis der Polizist mit seiner Erklärung fertig war, sondern kam aufgeregt und ungeduldig näher und baute sich vor Gierling auf, den er sofort als den Leitwolf erkannte.

»Ich bin Magister Steininger«, stellte er sich harsch und grußlos vor, »ein Mitarbeiter von Baron Lenkstein. Was ist hier los?«

Wonach sieht es denn aus, hätte Radek am liebsten geantwortet, unterließ es aber, diesen Typen zu provozieren.

»Herr Lenkstein und drei weitere Personen wurden festgenommen und wir führen eine Hausdurchsuchung durch«, gab Gierling nüchtern Auskunft.

»Wir werden einen Anwalt beiziehen«, drohte Steininger.

»Ich dachte, Sie sind der Anwalt.« Radek konnte sich diese Bemerkung nicht verkneifen.

Der Anzugträger ignorierte sie, drehte sich um und wollte zu Lenkstein gehen, doch er wurde von Bosch daran gehindert.

»Rufen Sie Zelenka an«, befahl Lenkstein in barschem Ton, »und sagen Sie ihm, er soll sofort herkommen.«

Steininger ging ans andere Ende der Halle und führte mit seinem Handy ein Telefonat. Wenige Minuten später stand er wieder vor den Beamten. »Unser Anwalt ist auf dem Weg. Wenn Sie die Hausdurchsuchung machen, möchte ich dabei sein.«

Sie gingen durch die Burg und versuchten, sich einen Überblick zu verschaffen. Zunächst begannen sie bei den Räumlichkeiten, die Lenkstein für private Wohnzwecke nutzte. Ein Wohnsalon, eine Küche, ein riesiges Badezimmer, ein großzügig dimensioniertes Schlafzimmer, eine gewaltige Bibliothek und ein etwas bescheideneres Arbeitszimmer.

Während die Kriminalbeamten Kästen und Läden durchwühlten, standen Lenkstein und Steininger flankiert von zwei uniformierten Polizisten unbeteiligt daneben und beobachteten das Geschehen.

Radek merkte, dass Lenkstein zwar zunehmend unruhiger wurde, sich aber trotzdem die eine oder andere höhnische Bemerkungen nicht verkneifen konnte.

In unmittelbarer Nähe von Lenksteins Wohnung befanden sich zwei geräumige Suiten mit getrenntem Schlaf- und Wohnbereich, die unschwer als die Räumlichkeiten seiner beiden Gespielinnen zu erkennen waren. Allerdings waren die Wohnungen leer, die Damen waren vermutlich unterwegs.

In einem anderen Flügel befanden sich mehrere Gästezimmer und die Wohnbereiche von Lenksteins Gehilfen, drei kleine Wohnungen, die sie zunächst unberührt ließen. Um die zu durchsuchen, mussten sie sich Zeit nehmen und benötigten dafür möglicherweise die Spurensicherung.

Im Bergfried war eine große Waffenkammer untergebracht, die über drei Etagen reichte. Radek vermutete, dass sich einige besondere Stücke darunter befanden, und bedauerte es, sie sich nicht näher ansehen zu können. Ihm fiel auf, dass auch Lenkstein, trotz seiner misslichen Lage, sofort in den Bann der hier gesammelten Waffen gezogen wurde.

»Das sind kostbare Stücke. Berühren Sie die Waffen nicht«, verlangte Lenkstein forsch. »Oder glauben Sie, dass ich die Pistolen mit Rauschgiftkugeln geladen habe?«

Sie blickten sich in der Waffenkammer um, durchsuchten erfolglos einen Kasten und einen Schreibtisch. Darin fanden sie fein säuberlich geordnete Unterlagen zu den Waffen. Anscheinend beschäftigte Lenkstein einen eigenen Kustos für die Betreuung der Sammlung.

Im Erdgeschoss kamen sie in eine großräumige Küche. Die Frau des Hausmeisters sei seine Köchin, erklärte Lenkstein. Durch einen Gang getrennt gelangten sie in einen mächtigen Saal, mindestens doppelt so groß wie die Halle im Obergeschoss. Er verfügte nicht nur über ein beachtliches Ausmaß, sondern auch über eine beeindruckende Architektur. Zwei Säulenreihen mit Kreuzgewölben stützten die Hallendecke und in der Mitte stand ein großer steinerner Tisch wie ein Altar. In den Säulen, in der Decke und auf dem mit großen Steinplatten ausgelegten Boden waren vereinzelt eiserne Ringe eingelassen.

»Wir befinden uns hier in der Säulenhalle«, erklärte Lenkstein beiläufig und mit der Leichtigkeit eines Fremdenführers, der eine Gruppe Touristen durch die Burg führte. »Hier veranstalten wir manchmal Feste, auch wenn sie dafür nicht wirklich geeignet ist, weil die Fenster so hoch liegen, dass man nicht hinaussehen kann. Aber es ist der größte Raum in der Burg und er verfügt über einen direkten Zugang zum Hof. Man muss nicht durch das ganze Gebäude laufen, um hierher zu gelangen. Außerdem ist die Küche gleich in der Nähe, wie Sie gesehen haben.«

Radek wusste, wo sie waren – im Zeremoniensaal der Sekte. Auch hier musste sich die Spurensicherung genauer umsehen.

Sie durchquerten die Halle entlang der Steinmauer, um möglichst wenig Fremdspuren zu hinterlassen, gingen am Ende des Raumes durch eine hohe, schwere doppelflügelige Holztür und kamen neuerlich in einen breiten Gang. In den Räumen links und rechts befanden sich ein Weinkeller und mehrere Lager für Lebensmittel und Möbel, vor allem für Sessel und Tische. Am Ende des Gangs gelangten sie zu einem Treppenabgang, der in die Keller führte.

»Dieser Bereich wird schon lange nicht mehr genutzt«, erklärte Lenkstein. »Da unten sind nur Räume, die nicht einmal als Lager verwendet werden können.«

Radek merkte sofort, dass es gelogen war.

Sie stiegen die enge Wendeltreppe hinab. Bereits im ersten Raum am Fuße der Treppe machten sie eine ungewöhnliche Entdeckung. An zwei Wänden standen Regale mit verschiedenen Peitschen, Stricken, breiten, antiquiert wirkenden eisernen Hand- und Fußschellen und anderen Utensilien, die an Folterwerkzeuge erinnerten. Ein Kohlebecken stand herum und eine Art Streckbank. An einer Wand lehnte ein hölzernes Andreaskreuz mit Metallringen an den Enden. In einem der Regale lag eine Larve, die einem Widderkopf ähnelte.

Den Polizisten war klar, was sie hier vor sich hatten.

»Ich dachte, diese Räume seien ungenutzt«, bemerkte Gierling.

»Ach, das ist altes Zeug, das niemand mehr braucht. Irgendwann müssen wir den ganzen Krempel entsorgen«, kommentierte Lenkstein abfällig.

Aber die Gegenstände waren sorgfältig abgelegt und nicht nachlässig hineingeworfen. Und alles war sauber und zum

Gebrauch fertig, nicht verstaubt und schmutzig, wie man es in einer Rumpelkammer erwartete hätte.

Gierling ignorierte Lenksteins Erklärung. »Hier brauchen wir ebenfalls die Spurensicherung«, wandte er sich an Bosch und sie verließen den Raum. »Sie sollen alle Gegenstände mitnehmen und im Labor untersuchen lassen.«

Wenige Meter weiter entdeckten sie einen anderen Raum, der durch eine Holztür aus mindestens fünf Zentimeter dicken Holzbohlen und mit zwei dicken Metallriegeln verschlossen war. Sie öffneten die Tür und erkannten, dass sie das Verlies gefunden hatten, von dem Bernadette Lindner gesprochen hatte.

»Wofür wird dieser Raum verwendet?«, fragte Gierling.

Lenkstein zuckte mit den Schultern. »Für nichts. Sie sehen ja, dass er leer ist. Ich sagte doch, dass dieser Teil der Burg nicht mehr genutzt wird.«

»Auch diesen Raum soll sich die Spurensicherung genauer ansehen«, sagte Gierling, und als Bosch nickte, fügte er hinzu: »Bleib bei der Tatortgruppe. Du weißt besser als sie, was für uns wichtig ist.«

Schließlich verließen sie das Gebäude und standen im Hof.

»Wir werden noch eine genaue Durchsuchung der Räumlichkeiten vornehmen«, erklärte Gierling förmlich. »Selbstverständlich können Sie uns Personen Ihres Vertrauens namhaft machen, die uns dabei begleiten.«

»Das werde ich tun«, murrte Lenkstein. »Steininger, nehmen Sie sich den Hausmeister und die Köchin und bleiben Sie hier. Schauen Sie den Herren Polizisten auf die Finger.«

»Ja, Herr Baron, das machen wir.«

»Und Zelenka soll alles Erforderliche unternehmen, um diese Sache aus der Welt zu schaffen.«

»Ich werde ihm das mitteilen.«

Gierlings Handy läutete, er ging einige Schritte zur Seite und telefonierte kurz, dann rief er Hammer und Radek zu sich.

»In Lenksteins Firma haben unsere Leute in einer Garage einen schwarzen Ford Transit, Baujahr 2016, gefunden.«

»Das Fahrzeug der Entführer?«, fragte Radek sofort.

»Möglicherweise. Ich habe angeordnet, den Wagen sicherzustellen, die Spurensicherung soll sich darum kümmern.«

Über die nächsten Schritte waren sie sich schnell einig. Die Tatortgruppe und die Kollegen sollten mit den Wohnungen der drei Komplizen beginnen und sie auf den Kopf stellen, anschließend mit der großen Halle und den beiden Räumen im Keller fortfahren und sich danach die Räumlichkeiten außerhalb der Burg vornehmen, die Garagen und die Wirtschaftsgebäude. Der Zutritt zur Burg und allen anderen Gebäuden sollte bis auf Weiteres niemandem gestattet werden.

Sie kehrten zu den anderen zurück. Gierling bat Dully, Lenkstein wegzubringen.

»Brauchen wir keine Handschellen?«, fragte Lenkstein spöttisch und streckte ihnen die Hände entgegen.

»Ich denke, das wird nicht nötig sein«, antwortete Gierling ruhig. »Erst wenn Sie einen Fluchtversuch unternehmen.«

Gemeinsam mit einem der uniformierten Beamten geleitete Dully den Festgenommenen zum Funkwagen.

»Machen Sie keine Unordnung«, mahnte Lenkstein im Weggehen, dann verließ er erhobenen Hauptes seine Burg. Er war stark und mächtig. Das Dorf war schwach und feige. Die Polizisten waren dumm und naiv. Sie konnten ihm nichts anhaben. Das Dorf würde schweigen, erbärmlich und mutlos wie immer. Und ohne Dorf konnten sie nichts von dem beweisen, was sie ihm vorwarfen, überhaupt nichts. Er hatte eine Schlacht verloren, aber der Krieg war noch lange nicht zu Ende.

48.

Es machte schnell die Runde.

Telefonate wurden geführt, immer noch still und heimlich.

Gerüchte wurden gestreut.

Es habe eine Hausdurchsuchung beim Baron gegeben. In seiner Firma und in der Burg. Vor der Burg stehe eine Menge Polizeiautos. Man habe den Baron festgenommen und seine Vollstrecker auch.

Jemand habe gesehen, wie der Baron auf dem Rücksitz eines Streifenwagens, neben ihm ein Uniformierter, weggebracht worden sei. Abgeführt wie ein Verbrecher, und das am helllichten Tag, mitten durch das Dorf.

Die Polizisten in Lenksteins Betrieb hätten ein Auto beschlagnahmt. Den schwarzen Ford Transit. Die meisten kannten dieses Auto.

Viele waren skeptisch. Die Polizei war schon öfters im Dorf gewesen, aber jedes Mal verschwunden, ohne etwas gegen den Baron zu unternehmen.

Doch jetzt schien es anders zu sein. Die Leute spürten es. Diesmal geschah etwas von größerem Ausmaß. Diesmal hatten sie den Baron und seine Vollstrecker mitgenommen. Das war vorher noch nie passiert. Das hatte etwas zu bedeuten.

Sperl telefonierte mit Steinhammer.

»Sie haben den Baron verhaftet.«

»Ich hab es gehört. War das wegen unserer Aussagen?«

»Ich weiß nicht, aber die haben sicher etwas damit zu tun.«

»Was machen wir jetzt?«

»Wir müssen noch mehr Leute davon überzeugen, zur Polizei zu gehen.«

»Höger hat bereits mit den Polizisten gesprochen.«

»Was ist mit deiner Frau?«

»Sie hat Angst.«

»Meine auch.«

»Reden wir noch einmal mit ihnen?«

»Ja.«

Auch Schnitzer und Darovec sprachen miteinander.

»Die Polizei hat Lenkstein einkassiert«, sagte Schnitzer.

»Geschieht diesem Schwein recht.«

»Ja.«

»Aber wie lange wird er im Gefängnis bleiben? Einen Tag? Oder zwei? Dann ist er wieder draußen und alles geht weiter wie bisher. Er hat gute Anwälte. Und viele Kontakte.«

»Sperl, Steinhammer und ich waren bei der Polizei und haben ihnen Informationen gegeben.«

»Das war leichtsinnig.« Darovec klang entsetzt. »Ihr seid verrückt.«

»Nein, sind wir nicht. Es ist genug. Nur wenn wir ihnen helfen, können die Polizisten etwas gegen den Baron unternehmen.«

»Niemand kann etwas gegen den Baron unternehmen.«

»Nicht ein Einzelner, aber wenn wir zusammenhalten, dann schon. Der Baron hat deinen Sohn in den Selbstmord getrieben. Willst du ihn damit davonkommen lassen?«

»Niemand kann etwas gegen den Baron unternehmen«, wiederholte Darovec entmutigt.

»Die Schweine haben mir den Arm gebrochen. Ich werde mich nicht länger vom Baron und seiner Drecksbande terrorisieren lassen. Deshalb habe ich Anzeige erstattet. Mir ist egal, was weiter passiert. Entweder halten wir jetzt zusammen oder wir werden ewig unter Lenksteins Knüppel stehen.«

Renate stand am Fenster und beobachtete den Hauptplatz.

»Die Leute sind ganz nervös«, sagte sie nach hinten ins Geschäft.

»Kein Wunder, wenn die Polizisten oben auf der Burg sind.« Kathi trat neben sie. »Schau, die Gabi und die Karin laufen herum wie zwei aufgescheuchte Hühner.«

»Sie kommen aus der Konditorei.«

»Die Carina ist auch ganz komisch geworden in den letzten Wochen.«

»Ist mir aufgefallen. Ob sie beim Baron war?«

»Ich habe keine Ahnung.«

Sie schwiegen.

»Schau, da ist der Doleschal.«

Sie beobachteten den Besitzer des Friseurladens, der aufgeregt vor dem Geschäft auf und ab ging und heftig gestikulierend telefonierte.

»Der ist nervös.«

»Was geschieht jetzt? Glaubst du, dass sie den Baron ins Gefängnis stecken?«, fragte Renate.

»Die Polizei? Niemals. Die waren schon so oft hier und sind immer wieder gegangen. Der Baron ist geblieben und nichts hat sich verändert.«

»Aber wenn so viele kommen? Und diesmal nicht nur die aus Gresten, die wir kennen, sondern aus Sankt Pölten. Vielleicht kommt der Baron ins Gefängnis.«

Kathi zuckte mit den Schultern. »Ich weiß nicht.«

»Wir sollten den Polizisten helfen. Ihnen sagen, was mit dem Baron ist und mit den Leuten im Dorf.«

»Das wissen sie sicher. Sonst hätten sie ihn nicht geholt. Du weißt, was passiert, wenn man die falschen Dinge zu den falschen Leuten sagt.«

»Ja, aber wenn nie jemand etwas sagt, wird der Baron immer oben sein.«

»Und wenn es schiefgeht, sind wir die Verlierer. Ich habe ein Geschäft, ich bin vom Dorf abhängig, und das Dorf ist vom Baron abhängig. Ich kann nicht hingehen und alle verraten.«

»Nicht du verrätst das Dorf, sondern sie haben uns verraten. Die Leute unter dem Schutz des Barons glauben, sie stehen über uns. Sie verraten uns, nicht wir sie«, bekräftigte Renate. »Und deshalb sollten wir uns wehren. So eine Gelegenheit wie jetzt kommt nie wieder.«

»Ich weiß nicht. Bisher haben wir unsere Ruhe gehabt.«

»Ja, bisher, aber wer weiß, was morgen ist.«

»Ja.«

Nachdenklich starrte Kathi Fenzl aus dem Fenster. Doleschal verschwand in seinem Laden. Der Hauptplatz war menschenleer geworden, ungewöhnlich um diese Zeit. Es war unheimlich. Als wäre das Dorf ausgestorben.

»Ich werde Anette anrufen. Ich muss ihr erzählen, was passiert ist«, sagte Renate und ging, um ihr Telefon zu holen.

49.

Die Kriminalbeamten brachten Lenkstein ins Bezirkspolizeikommando nach Scheibbs. Auf dem Weg dorthin rief Gierling den leitenden Staatsanwalt Lamprecht an und unterrichtete ihn von den laufenden Aktionen gegen Lenkstein und seine Handlanger.

Dann könne er selbst sich jetzt Schupper vorknöpfen, kommentierte Lamprecht trocken.

Als Gierling mit Hammer und Radek in Scheibbs eintraf, wartete bereits ein Doktor Zelenka auf sie und stellte sich als Lenksteins Anwalt vor. Zelenka war ein korrekt auftretender Mann Anfang 50, trotzdem machte er auf Radek den Eindruck eines windigen Winkeladvokaten. Als er forderte, unverzüglich und alleine mit seinem Mandanten zu sprechen, war die erste Konfrontation vorprogrammiert. Gierling wies entschieden darauf hin, dass dieses Verlangen nicht zu Lenksteins Rechten gehörte. Als der Anwalt kleinlaut beigab, begriff Radek, dass er sie nur testen wollte.

In den Räumlichkeiten der Polizeiinspektion lief Hager nervös herum. Als er Gierling und Radek bemerkte, stürmte er auf sie zu. »Was soll das?«, schimpfte er los. »Sie machen hinter meinem Rücken in meinem Bezirk ein Riesentamtam, und niemand weiß etwas davon. Ich möchte über solche Dingen informiert werden.«

»Gehen wir da rein.« Gierling zeigte auf ein leeres Büro. Radek wusste zwar nicht, was jetzt kam, es erschien ihm aber klüger, die beiden alleine zu lassen. Allerdings bedeutete Gierling ihm, mitzukommen. Hammer blieb bei Lenksteins Anwalt.

Der Chefinspektor schloss die Tür hinter ihnen, legte den Packen Papier, den er bei sich trug, auf den Schreibtisch und durchsuchte ihn kommentarlos, bis er den gesuchten Aktenumschlag fand. Die aufgebrachte Art Hagers und dessen mehrfach wiederholte Frage »Würden Sie mir bitte erklären, was da vor sich geht?« ignorierte er geflissentlich.

Als Hager die Fotos sah, die Gierling vor ihm auf dem Tisch ausbreitete, verstummte er schlagartig und wurde blass.

»Also, Herr Oberstleutnant. Ihr – Freund? – oder was auch immer er ist, dieser Leopold Lenkstein, steht im Verdacht der Bildung einer kriminellen Organisation. Wir haben ihn und drei seiner Komplizen festgenommen. Derzeit wird wahrscheinlich Staatsanwalt Schupper suspendiert, weil er möglicherweise von Baron Leo geschmiert wurde. Die nächste Frage ist nun: Welche Rolle spielen Sie in diesem Geflecht? Sind Sie nur ein kleiner Mitläufer, der sich von Lenkstein korrumpieren ließ, oder steckt da mehr dahinter? Haben Sie vertrauliche Informationen an Lenkstein weitergegeben? Haben Sie Amtshandlungen zu seinen

Gunsten beeinflusst? Haben Sie etwas begangen, was den Strafbestand des Amtsmissbrauchs erfüllt? Das sind Fragen, denen wir ab jetzt nachgehen werden. Das ist los, wenn Sie es genau wissen wollen.«

»Ich bin …«, stammelte Hager, »… ich bin … Ich war Jagdgast beim Baron. Sonst nichts.«

»Wir werden uns das ansehen. In der Zwischenzeit empfehle ich Ihnen, sich ruhig zu verhalten, in Ihrem Büro zu bleiben oder den Rest des Tages freizunehmen, aber lassen Sie uns unsere Arbeit machen. Ich denke, nächste Woche wird klar sein, wie es weitergeht.«

Hager wusste, was das bedeutete. Zweifelsohne seine Suspendierung, das Bundesamt für Korruptionsbekämpfung würde eingeschaltet und ein Disziplinarverfahren eingeleitet werden, möglicherweise gab es sogar eine Anklage vor Gericht. Er dachte fieberhaft nach, was er sich an beweisbaren Vergehen hatte zuschulden kommen lassen. Während er die Treppe in sein Büro hochstieg, wurde ihm klar, dass er eine Menge erklären musste.

Lenkstein gewann seine Überheblichkeit schnell wieder. Sie verwendeten ein Besprechungszimmer im ersten Stock als Verhörraum. An der Tür stand ein uniformierter Beamter. Gierling glaubte zwar nicht, dass Lenkstein flüchten würde, aber die Anwesenheit des Uniformierten sollte ihn einschüchtern, was allerdings bis jetzt nicht gelungen war.

»Lesen Sie mir nun meine Rechte vor?«, fragte Lenkstein in spöttischem Ton. »So in der Art: Sie haben das Recht, zu schweigen. Alles, was Sie sagen, kann vor Gericht gegen Sie verwendet werden.«

»Das gibt es nur in Amerika«, antwortete Gierling. »Bei uns läuft das anders.« Er legte ihm ein Blatt Papier vor, auf dem in fetten Lettern »Belehrung« stand.

»Lesen Sie bitte dieses Informationsblatt durch und unterschreiben Sie am vorgesehenen Platz rechts unten«, verlangte er in nüchternem Ton. »Hier werden alle Rechte angeführt, die Ihnen laut Strafprozessordnung zustehen.«

»Wir kennen unsere Rechte«, merkte der Anwalt, Doktor Zelenka, an, der am anderen Ende des Tisches saß.

Lenkstein las trotzdem. »Und wenn ich nicht unterschreibe?«

Gierling zuckte mit den Schultern. »Auch egal.«

Lenkstein unterschrieb die Belehrung. »Ich möchte alleine mit meinem Anwalt reden«, verlangte er.

»Herr Lenkstein.« Gierling sprach zu ihm wie zu einem ungezogenen Kind. »Das ist Ihnen nicht gestattet. Ihr Anwalt darf bei Ihrer Vernehmung anwesend sein, hat aber keinerlei Rechte, einzugreifen. Sie können sich hier und jetzt in unserem Beisein mit ihm beraten. Wenn Sie Dinge besprechen, die die Ermittlungen oder die Suche nach Beweisen beeinträchtigen, werden wir Ihren Anwalt von der Vernehmung ausschließen.«

Lenkstein warf Zelenka einen fragenden Blick zu, dieser bestätigte mit einem Nicken Gierlings Warnung und ergänzte: »Sagen Sie nur Dinge, die Sie entlasten können. Wenn Sie das Gefühl haben, sich durch etwas selbst zu belasten, dann verweigern Sie die Aussage.«

Lenkstein konnte nur mühsam seine Wut unterdrücken.

»Wir werden mehrere Einvernahmen führen«, erklärte Gierling dem Festgenommenen. »Das ist nur der Anfang.«

Sie wollten Lenkstein abklopfen und einen ersten Eindruck gewinnen. Gierling würde das Verhör beginnen, und Radek sollte sich später einschalten, um Lenkstein zu verunsichern und zu provozieren.

Guter Bulle, böser Bulle.

»Und wir werden das Gespräch aufzeichnen«, fügte Gierling hinzu und legte ein Diktiergerät in die Mitte des Tisches, an dem sie saßen.

»Herr Lenkstein …«, begann Gierling, wurde aber sofort unterbrochen.

»Ich bevorzug die Anrede ›Baron‹.«

»Gerne, Herr Baron. Wenn Sie auf die Verwendung dieses Adelstitels bestehen, begehen Sie jedoch einen Verstoß gegen das Adelsaufhebungsgesetz und ich werde Sie deswegen anzeigen.« Gierling sprach in ausgenommen ruhigem Ton und wich Lenksteins Blick keine Sekunde lang aus.

»Ach, ist nicht so wichtig.« Lenkstein wischte das Thema mit einer Handbewegung weg.

»Gut, nachdem das geklärt wäre, zurück zum Anfang. Es wurden einige glaubwürdige und schwerwiegende Anschuldigungen gegen Sie und Ihre Mitarbeiter erhoben«, begann Gierling und erklärte Lenkstein in groben Zügen die zentralen Vorwürfe, die sich aus den Aussagen von Sperl, Steinhammer und Schnitzer ergeben hatten.

Lenkstein hörte aufmerksam zu. »Schwachsinn«, sagte er dann. »Das ist alles Schwachsinn. Wer beschuldigt mich überhaupt? Sie haben von glaubwürdigen Anschuldigungen gesprochen, die muss ja jemand erhoben haben.«

»Sicher. Es gibt Personen, die entsprechende Aussagen gemacht haben. Selbstverständlich werden wir Ihnen diese Namen nicht nennen.«

»Dann kann ich mich auch nicht dazu äußern.« Lenkstein lehnte sich zurück und verschränkte die Arme wie ein trotziges Kind, um deutlich zu zeigen, dass er nicht mehr gewillt war, weiterzusprechen.

»Sie brauchen keine Aussage zu machen. Aber wenn Sie nicht mit uns reden, haben Sie auch keine Gelegenheit, sich zu rechtfertigen und mögliche Anschuldigungen zu entkräften«, meinte Gierling trocken.

Eine Weile schwiegen alle. Mittlerweile glaubte Radek Lenkstein einigermaßen einschätzen zu können. Er war jähzornig, selbstgefällig und arrogant, musste sich mitteilen, hörte sich gerne reden. Es war nur eine Frage der Zeit, bis er loslegen würde, weil er nicht mehr hinter dem Berg halten wollte. Auf diesen Moment wartete Radek.

»Herr Lenkstein«, mischte er sich wie abgemacht in die Einvernahme. »Wir haben eine Reihe von Beweisen, dass Sie in der Burg regelmäßig Treffen abgehalten haben.«

»Ja, und? Was ist daran strafbar?«

Radek ignorierte diese Frage. »Welchen Zweck verfolgten diese Treffen?«

Lenkstein zuckte mit den Schultern. »Alles Mögliche. Jagden, Feste, kulturelle Veranstaltungen, Einladungen von Freunden, solche Dinge eben. Nichts Besonderes.« Er grinste und fügte spöttisch hinzu: »Ich bin ein geselliger Mensch.«

»Wir haben auch Hinweise, dass in Ihrer Burg regelmäßige Zusammenkünfte einer satanistischen Sekte stattgefunden haben, deren Führer Sie sind.«

»Ah.« Lenkstein horchte auf. »Wer sagt das?«

Radek überging Lenksteins Frage wieder. »Stimmen diese Informationen?«

Lenkstein dachte nach und betrachtete Radek interessiert. »Ja, und? Ist das verboten?«

»Das hängt davon ab, was in einer solchen Sekte geschieht.«

»Nichts Verbotenes, wenn Sie das meinen.«

»Was ist dann dort passiert?«

»Wir hatten Spaß miteinander.« Lenkstein grinste ihn unverschämt an.

»Spaß in welcher Form?«

Lenkstein wurde ungeduldig. »Ach, Radek. Benehmen Sie sich nicht wie eine alte Jungfrau. Sie wissen genau, welchen Spaß ich meine und was bei uns passiert ist. Wir haben es miteinander getrieben. Und es hat allen sehr viel Freude gemacht.« Triumphierend blickte Lenkstein sein Gegenüber an.

Radek antwortete nicht und wartete.

»Wissen Sie, Radek, was die Leute möchten?« Lenkstein beugte sich über den Tisch, seine Augen funkelten zornig.

Jetzt war es so weit, Lenkstein wollte sich erklären.

»Sie wollen keine hochgeistigen philosophischen Gespräche. Sie wollen nicht nachdenken und weltbewegende Probleme lösen. Sie wollen fressen, saufen und ficken. Das ist alles. Fressen und saufen können sie sich inzwischen leisten, aber beim Ficken haben sie ihre Schwierigkeiten. Da steht ihnen die Moral im Weg. Alle wollen es, aber die Kirche mit ihrer Arme-Sünder-Moral sagt ihnen: ›Nein, du darfst nicht genießen. Genuss ist Sünde. Erst wenn du abgekratzt und auferstanden bist, kommt der Genuss – im Paradies.‹ Scheiß drauf. Ich geh lieber in die Hölle, da sind die interessanteren Leute: Alexander, Cäsar, Napoleon, Hitler.«

Er lachte über den Scherz, doch seine Augen blieben kalt auf Radek gerichtet.

»Die Leute halten sich nur aus Feigheit an die Moral. Sie haben Angst davor, was die Nachbarn sagen könnten, Angst davor, dass sie ihr kleines bisschen lächerliches Ansehen einbüßen. Angst davor, ihre Mittelmäßigkeit zu verlieren.«

Er lachte wieder trocken und humorlos.

»Aber im Grunde ihres Herzens wollen sie den Nachbarn ficken oder die Lehrerin ihrer Kinder oder es sich vom Hausarzt besorgen lassen.«

Er sah Radek wütend an.

»Wenn Sie Gerlin und Fronica in einem Kaffeehaus in Wien treffen und sie Ihnen ein ähnlich deutliches Angebot machen würden wie neulich bei mir, dann hätten Sie keine

Probleme damit, in ihre Wohnung zu gehen und einen flotten Dreier zu machen. Oder etwa nicht?«

Lenkstein wartete auf eine Bestätigung, Radek ließ sich darauf jedoch nicht ein.

»Bei mir auf der Burg stand Ihnen die Moral im Weg. Der aufrechte Hüter des Gesetzes. Ohne Fehl und Tadel. Bei den anderen Leuten ist es genauso. Sie wollen etwas, trauen sich aber nicht, es zu nehmen. Weil sie schwach sind. Bei mir bekommen die Menschen, was sie wollen. Sie können ficken! Ihre Nachbarn oder wen auch immer. Bei mir brauchen sie keine Moral und kein Internet. Wir sind ein privater Swinger-Club, eine Gruppe von Menschen, die sich gerne miteinander vergnügen. Sonst nichts. Hedonisten, wenn Sie so wollen.«

Lenksteins Blick wurde herablassend.

»Aber dieser Spaß ist nicht umsonst. Dafür bezahlen die Leute. Mit ihrer Seele. Die Leute verkaufen mir ihr Leben, dafür besorge ich ihnen die Befriedigung ihrer Gelüste. Dazu ein bisschen Hokuspokus, um die Fantasie anzuregen, und eine harte Hand, damit die Angst bestehen bleibt – das ist mein Erfolgsrezept.«

»Und dazu Erpressung, Freiheitsentziehung, Körperverletzung und Mord.«

»Blödsinn. Erpressung habe ich nicht nötig. Die Leute gehören ohnehin mir, das halbe Dorf ebenfalls. Die Leute machen freiwillig mit. Niemand wird gezwungen, auf die Burg zu kommen und unserer Gemeinschaft beizutreten. Das passiert alles aus freien Stücken. Die Leute sind stolz darauf, und sie genießen es. Sie wollen Spaß. Nicht nur die Kids – auch ihre Eltern.«

»War es auch Spaß, wenn Sie unfolgsame Mitglieder Ihrer Gemeinschaft bestraft und gefoltert haben?«

»Ach.« Eine abfällige Handbewegung. »Das war Show.

Sie wissen gar nicht, wie viele Menschen es gibt, denen es gefällt, wenn sie geschlagen werden. Denen es Lust bereitet, wenn sie die Peitsche spüren. Oder die ihre Vergewaltigungsfantasien ausleben wollen und sich dafür vor den anderen schämen. Also inszenieren wir eine Bestrafung. Das gibt dem Ganzen einen besonderen Kick. Und es hilft, den Respekt aufrechtzuerhalten. Ein bisschen Sadomaso ist doch kein Verbrechen, oder? Die Leute experimentieren gerne mit solchen Dingen. Schmerz und Lust, das ist ein besonderes Erlebnis. Oder glauben Sie ernsthaft, wir hätten jemanden gegen seinen Willen zum Bumsen gezwungen oder gefesselt und ausgepeitscht? Ach, Radek, Sie haben zu viel Fantasie.« Lenkstein grinste sein Gegenüber an, als wollte er sagen: nicht zu glauben, wie prüde dieser Bulle ist.

Radek dachte an Marie Steinhammer und an Martin Darovec und Bernadette Lindner und an die Fesselspuren bei Carina und ihre Angst. Das alles sollte Ergebnis von harmlosen Sexspielchen gewesen sein?

»Sie haben also nie jemanden in Ihrem Keller gefangen gehalten, gefoltert oder vergewaltigt?«, brachte es Radek auf den Punkt.

Lenkstein lachte ohne Freude und winkte neuerlich mit einer jovialen Geste ab. »Aber nein, Radek, niemals. Wo denken Sie hin?« Mit einem amüsierten Ausdruck beobachtete er die beiden Polizisten, die ihm reichlich hilflos erschienen.

»War Bernadette Lindner in Ihrem Keller eingesperrt?«

Der Gefragte schüttelte den Kopf. »Nein, davon weiß ich nichts. Außerdem ist meine Burg kein Gefängnis, sondern ein offener Ort. Darüber hinaus wohnen dort drei meiner Mitarbeiter, und das sind nicht meine Sklaven. Ich habe keine Ahnung, was die in ihrer Freizeit alles machen und mit wem.«

»Vielleicht können wir einige formale Dinge klären, bevor wir allzu sehr in die Details gehen«, unterbrach Gierling und zog ein Blatt Papier aus seinen Unterlagen. »Die Herren Konrad, Perischek und Sachs arbeiten für Sie?«

Dieser plötzliche Themenwechsel überraschte Lenkstein und er wurde vorsichtiger. »Ja. Das werden Sie wohl schon wissen.«

»In welcher Funktion?«

Lenkstein blickte misstrauisch. »In unterschiedlichen. Hauptsächlich als Fahrer, Begleiter und Portier.«

»Begleiter bedeutet Bodyguard.«

»Wenn Sie so wollen.«

»Erfüllen die drei für Sie noch andere Aufgaben?«

»Selbstverständlich. Wenn es etwas zu tun gibt. Die Leute arbeiten für mich.«

»Haben Sie jemals einem Ihrer Mitarbeiter den Auftrag gegeben, andere Personen zu verletzen?« Gierling wurde konkreter.

»Nein. Wo denken Sie hin?«

»Zu erpressen?«

»Natürlich nicht. Ich weiß nicht, wie Sie zu diesen Annahmen kommen.«

»Zu töten?«

»Nein. Diese Anschuldigungen sind ja lächerlich.«

»Wir haben Indizien dafür, und wir werden es beweisen«, erklärte Gierling ruhig.

»Blödsinn. Die Dinge, die Sie mir vorwerfen, sind absurd. Ich habe nichts davon gemacht. Sie werden keine Beweise finden.«

Lenkstein war sich seiner Sache so sicher, dass Radek einen Moment lang überlegte, ob der Burgherr vorgewarnt worden war und bereits alles vernichtet hatte, was ihn belasten könnte.

50.

Für den Nachmittag war eine Teambesprechung in der Polizeiinspektion Gresten anberaumt. Der kleine Besprechungsraum war bis auf den letzten Stuhl gefüllt. Radek musste, wie einige andere Kollegen, stehen bleiben. Es waren Kollegen aus mehreren Dienststellen des Bezirks und des Landeskriminalamts zusammengezogen worden.

Schon am Vortag nach der Einsatzbesprechung hatten die Kriminalbeamten ihre Rechercheergebnisse abgeglichen. Dabei waren einige interessante Dinge herausgekommen.

Steiger hatte die Fotos weiter durchgearbeitet und eine umfassende Zusammenstellung der Termine mit möglichen Anlässen erstellt. Außerdem hatte sie eine Bildermappe angelegt, in der sie die Aufnahmen der Besucher systematisch auflistete und die sie nun mit zusätzlichen Informationen ergänzte. Sie würde aber noch einige Zeit brauchen, bis sie mit allen Fotos durch war.

Hammer und Dully hatten das Grundbuch durchgeackert und waren auf einige bemerkenswerte Besitzverhältnisse im Dorf gestoßen. Nicht nur das Pachtsystem, von dem ihnen Schnitzer erzählt hatte, spiegelte sich im Grundbuch wider, auch viele andere Immobilien im Dorf befanden sich in Lenksteins Besitz. Dabei handelte es sich nicht nur um das Sägewerk oder den sogenannten Südhof, ein riesiger landwirtschaftlicher Betrieb außerhalb des Dorfes, sondern der Baron war auch an den meisten Häusern im Dorf selbst beteiligt, sofern es sich dabei nicht um Einfamilienhäuser handelte. »Dem gehört der halbe Ort«, hatte es Hammer zusammengefasst. »Und dabei sind wir noch nicht mal zur Gänze durch.«

Auch Bosch hatte am Vortag ein wesentliches Detail geklärt, nämlich warum sich im Dorf bisher keine Kaufhausketten angesiedelt hatten. Das lag daran, dass Bürgermeister Kopetzky keine Baugenehmigungen erteilte. Radek konnte sich erinnern, dass ihm Kopetzky einen anderen Grund genannt hatte: dass sich die Handelsketten aus wirtschaftlichen Überlegungen nicht für den Standort Schandau interessierten.

Hammer hatte die Computerausdrucke aus den Krankenhäusern in eine Liste übertragen und Kopien davon an die Kriminalbeamten verteilt. Es waren 22 mögliche Körperverletzungen, die auf das Konto von Lenksteins Vollstreckern gehen könnten. Alle Personen auf dieser Liste mussten einvernommen werden, hatte Gierling angeordnet. Und Radek war sofort eine Person aufgefallen, die er dort nicht erwartet hätte: Pater Georg. Um den würde er sich kümmern, hatte Radek sofort angeboten.

Außerdem hatte Bosch die übrigen Bewohner der Burg gecheckt. Die beiden jüngeren Männer hatten bereits ein beträchtliches Vorstrafenregister, das von Diebstahl bis Körperverletzung reichte. Einer von ihnen hatte 18 Monate wegen Einbruchs im Gefängnis gesessen. Der Dritte war unbescholten.

Radek selbst konnte nicht viel beitragen, aber er hatte die Kleidung, die er am Abend seiner Entführung getragen hatte, als Beweismittel bei jenen Dingen deponiert, die am Ort der Auffindung von Beneschs Leiche sichergestellt worden waren und die von der KTU untersucht werden sollten. Und er hatte einen Mundhöhlenabstrich gemacht, damit das Labor das erforderliche Vergleichsmaterial bekam.

Durch die Festnahmen und Hausdurchsuchungen war keiner von ihnen dazu gekommen, an dem weiterzuarbeiten, was sie bisher gemacht hatten. Das wurde auf später verschoben.

Gierling begrüßte jetzt die Anwesenden und berichtete kurz von Lenksteins erster Einvernahme. Wie erwartet, habe sich nichts Brauchbares ergeben. Lenkstein streite alle Vorwürfe ab und warte auf konkrete Beweise, die ihn mit den entsprechenden Delikten in Verbindung brachten. Hammer gab anschließend Auskunft über die Verhöre der Komplizen Lenksteins. Auch die hatten alles abgestritten und redeten wahrscheinlich erst, wenn eindeutige Beweise auf dem Tisch lagen. Allerdings hatte Hammer durch die Androhung einer gerichtlichen Anordnung die drei zu einer Schriftprobe mit dem Text »Ich bin ein Verräter« überreden können.

Als Nächstes berichteten die Leute reihum über ihre Ermittlungsergebnisse.

Der schwarze Ford Transit, den sie in einer Garage in Lenksteins Tischlerei gefunden hatten, war laut Fahrtenbuch von mehreren Angestellten benutzt worden. Eine Befragung der Arbeiter und ein Abgleich der Daten mit den infrage kommenden Zeitpunkten der Entführungen von Lindner und Radek hatte ergeben, dass die jeweils erste Fahrt nach diesen Abenden von einem der Handlanger Lenksteins durchgeführt worden war und damit ausreichend Gelegenheit bestanden hatte, die Einträge im Fahrtenbuch zu manipulieren. Jedenfalls war die Spurensicherung dabei, den Wagen genauer zu untersuchen.

Die Tatortarbeit in den Räumlichkeiten der Burg ging voran. Im Verlies waren ausreichend Blut- und andere biologische Spuren gefunden worden, um sie einer DNA-Analyse zu unterziehen. Allerdings brauchte man Vergleichsmaterial, vor allem von der Lindner. Weitere Blutspuren waren in der großen Halle und auf der Wendeltreppe, die in den Keller führte, entdeckt worden.

Die Spurensicherung hatte zudem festgestellt, dass in der großen Halle ein Pentagramm und unterschiedliche andere Zeichen mit Kreide auf den Boden gemalt und wieder weggewischt worden waren. Derzeit bemühte man sich, diese Zeichnungen zu rekonstruieren.

In den Räumlichkeiten von Lenksteins Handlangern waren verschmutzte Kleidung und ein Turnschuh, im Kasten Perischeks zudem eine Jacke mit Blutspuren sichergestellt worden. Der Profilabdruck des Turnschuhs passte zu dem am Tatort Benesch. Das alles wurde bereits in der Kriminaltechnischen Untersuchungsstelle geprüft. Ebenso die Kleidung Radeks. Die Rückstände darauf wurden mit den Schmutzproben aus dem Ford Transit verglichen. Die Kollegen arbeiteten auf Hochdruck. Vonseiten der Spurensicherung würden sich einige wichtige Hinweise auftun, ein erster vorläufiger Bericht könne morgen geliefert werden, schloss der Leiter der Tatortgruppe seine Ausführungen.

Gierling bedankte sich und hielt die Leute dazu an, in ihren Bemühungen nicht nachzulassen. Außerdem stellte er bezahlte Überstunden in Aussicht, auch das war für die Kollegen ein Anreiz, sich ins Zeug zu legen.

Wichtig sei nun, die Liste der Verletzten abzuarbeiten und die betroffenen Personen einzuvernehmen, erklärte Gierling. Man müsse ihnen bewusstmachen, dass Lenkstein keine Gefahr mehr darstelle, und so diese Personen dazu bringen, eine Aussage zu machen und Anzeige zu erstatten. Er selbst wolle mit den Schriftproben noch einmal zum Grafologen nach Linz fahren, um dessen Urteil einzuholen.

Nach der Besprechung trennten sich die Anwesenden. Steiger wirkte aufgedreht. So etwas habe sie noch nie erlebt, es sei ein Wahnsinn. Sie hätte nie gedacht, dass der Baron dermaßen Dreck am Stecken hätte. Sie machte sich erneut an die Auswertung der Fotos. Der Leiter der Tatortgruppe verschwand zur Burg. Dully wollte auf dem Bezirksgericht noch ein wenig im Grundbuch stöbern. Bosch und Hammer fuhren ebenfalls nach Schandau, um die Personen auf der Liste der Verletzten zu befragen. Auch Radek hatte vor, nach Schandau zu fahren. Er wollte mit dem Pfarrer reden.

Sabine Darovec saß mit einem etwa gleichaltrigen Herrn, der ein Paket auf dem Schoß liegen hatte, auf der Bank im Parteienraum. Sie unterhielten sich leise. Sabine Darovec kannte Franz Lindner nur vom Sehen. Manchmal hatte sie mit seiner Frau einige Worte gewechselt, aber sonst gab es keinen Kontakt zwischen den beiden Familien. Doch sie wusste, was mit Bernadette geschehen war, und wie die meisten im Dorf ahnte sie, was dahintersteckte. Der Umstand, dass beide ein ähnliches Schicksal verband, ließ sie jetzt, während sie warteten, schnell eine gemeinsame Gesprächsbasis finden.

Wie überall im Dorf war auch bei ihnen die Tatsache, dass der Baron und seine Vollstrecker festgenommen worden waren, Thema Nummer eins. Auch wenn sie es nicht konkret ansprachen, wussten beide, dass der andere hier saß, um auf den jungen Polizisten aus Sankt Pölten zu warten, der die ganze Angelegenheit ins Rollen gebracht hatte, der bei den Lindners gewesen war und bei Sabine Darovec, der keine Ruhe gegeben hatte und dessen Hartnäckigkeit es zu verdanken war, dass nun im Dorf Hoffnung aufkeimte. Sie wollten ihm helfen, die Kräfte, die sich plötzlich gegen den Baron wandten, unterstützen. Zu lange hatten sie unter Lenkstein gelitten, jetzt bestand die Chance, die Verhältnisse ein für alle Mal zu ändern.

Als sie Radek aus dem hinteren Bereich der Polizeiinspektion kommen sahen, standen sie gleichzeitig auf und stürmten ihm entgegen. Franz Lindner stellte sich vor, er und Radek kannten sich noch nicht, und überreichte ihm das Päckchen, das er bisher sorgfältig gehütet hatte.

»Das sind die Kleider meiner Tochter, die sie trug, als sie zurückgekommen ist. Sie sind stark verschmutzt, aber vielleicht können Sie damit etwas in Ihrem Kriminallabor anfangen.«

Radek bedankte sich. Er würde Lindner sofort eine Übernahmebestätigung ausstellen.

»Und dann ist da noch etwas«, fuhr Lindner schüchtern fort. Doch als er sah, wie Radeks Aufmerksamkeit stieg, gewann er schnell an Selbstvertrauen. »Ich möchte eine Anzeige erstatten.« Ehe ihn der Mut verlassen konnte, sprach er weiter. »Nachdem meine Tochter verschwunden war, wurden meine Frau und ich in unserem Haus überfallen und bedroht. Von drei Männern. Sie haben uns gewarnt, wir sollten die Sache mit Bernadette auf sich beruhen lassen und keinen großen Wind deswegen machen, sonst würde Schlimmeres passieren. Das war der Grund, weshalb wir Bernadettes Kleidung aufgehoben haben. Wir dachten, möglicherweise könnten wir sie irgendwann einmal brauchen. Jetzt etwa.«

»Und ich möchte Ihnen etwas über die Hintergründe von Martins Selbstmord erzählen«, mischte sich Sabine Darovec ins Gespräch.

Es schien Radek, als wetteiferten die beiden darum, wer die interessanteren Informationen für ihn hatte.

»Sie haben mich bei Ihrem letzten Besuch danach gefragt«, erklärte Sabine Darovec weiter, »und ich habe Ihnen nichts darüber erzählt. Ich hatte Angst vor den Konsequenzen. Angst davor, was der Baron mit uns machen wird, wenn er es erfährt. Aber ich glaube, Sie bemühen sich ehrlich darum, die Verhältnisse im Dorf aufzuhellen, und ich möchte Ihnen dabei helfen. Es ist an der Zeit, aufzustehen.« Sabine Darovec sprach ruhig und überlegt, denn nun war sie fest davon überzeugt, das Richtige zu tun.

Radek war klar, dass er den Besuch beim Pfarrer auf später verschieben musste. Er fragte, wer den Anfang machen wolle – es war Frau Darovec –, und bat Lindner, in der Zwischenzeit zu warten. Radek brachte Sabine Darovec in Steigers Büro, setzte sich an den Computer und begann die Einvernahme. Anschließend holte er Lindner und protokollierte dessen Anzeige.

Es gärte unter der Oberfläche. Die Dinge bewegten sich, kamen zum Vorschein wie das Gras unter der schmelzenden Schneedecke im Frühling.

Der Pfarrer schien ihn zu erwarten. Als die Haushälterin Radek in dessen Büro führte, saß Pater Georg hinter seinem Schreibtisch und las in der Bibel. Er war sehr förmlich gekleidet und trug ein schwarzes Sakko über seinem Kollarhemd.

»Bitte nehmen Sie Platz, Herr Inspektor.« Er bot seinem Besucher einen Platz auf dem Stuhl vor seinem Schreibtisch an. »Ich nehme an, Sie kommen in der Angelegenheit der Bernadette Lindner.«

»Auch. Aber vielmehr würde mich interessieren, in welchem Verhältnis Sie zu Herrn Lenkstein stehen.«

»Ah, daher weht der Wind.« Der Pfarrer war erstaunt. »Wenn ich richtig unterrichtet wurde, befindet sich Herr Lenkstein in Haft.«

»Ihre Informationen sind richtig.«

»Und jetzt laufen Sie herum und suchen wonach?«

»Nach Komplizen beispielsweise.«

»Sie glauben, ich sei ein Helfer des Barons?« Die Stimme des Pfarrers bekam einen spöttischen Unterton.

Nein, das glaubte Radek nicht, aber er wollte den Priester nicht mit den Unterlagen zu seinem gebrochenen Arm konfrontieren. Außerdem konnte es nie schaden, sein Gegenüber ein bisschen aus der Reserve zu locken.

»Ich möchte wissen, auf welcher Seite Sie stehen«, kam Radek zum Kern der Sache.

Der Priester schwieg und dachte lange über seine Antwort nach. »Ich stehe auf der Seite Gottes«, sagte er. »Ich wurde von ihm hierhergeführt, um dem Bösen zu trotzen, nicht um zu weichen oder mich damit zu verbünden.«

Pater Georg wartete auf eine weitere Frage, doch Radek blickte ihn nur aufmerksam an.

»Diese Aufgabe war nicht einfach. Ich stand alleine in einem Meer von Ungläubigen. Aber die Menschen sind trotzdem zu mir gekommen mit ihren Sorgen und Ängsten. Am Anfang zumindest, später immer seltener. Ich kenne das Böse im Dorf. Allerdings bin ich an das Beichtgeheimnis gebunden. Ich kann nicht einfach zur Polizei gehen und sagen: Herr Inspektor, dort oben auf der Burg treibt der Lenkstein sein Unwesen und verdirbt mir meine Gemeinde. Ich durfte nichts sagen.« Er schüttelte den Kopf. »Was ist schlimmer? Nichts zu wissen oder alles zu wissen und zum Schweigen verdammt zu sein?« Wieder schüttelte er den Kopf, ohne eine Antwort zu erwarten. »Aber ich habe mich gewehrt«, fuhr er fort. »Ich habe gegen das Böse in der Burg gepredigt. So lange, bis sie zu mir gekommen sind und mir dafür den Arm gebrochen haben. Diese Teufelsbande hat mir gedroht. Wenn ich mich nicht ihrem Willen füge, würden sie meinen Gläubigen und jedem, der zu mir in die Kirche kommt, etwas antun. Dann habe ich nachgegeben. Nicht um des Friedens willen, sondern zum Wohl meiner Gemeinde, dem letzten Rest an gläubigen Kirchgängern.«

Radek stellte keine Zwischenfragen, er ließ den Pfarrer erzählen.

»Sie haben mich auch wegen der Lindner bedroht. Bernadette war bei mir und hat mir alles gebeichtet. Sie wollte sich aus den Fängen des Barons befreien. Angeblich, weil sie sich in einen jungen Mann verliebt hatte. Ich weiß nicht, ob das stimmt. Jedenfalls hat es der Baron nicht zugelassen. Und nach ihrem Verschwinden kamen die Maskierten, die teuflischen Gehilfen, diese Totenvögel. Sie haben mich gewarnt, ich solle mich aus der Sache heraushalten und vergessen, was mir die Lindner gesagt hat.«

»Und Sie haben sich daran gehalten?«

»Selbstverständlich. Was hätte ich anderes tun sollen? Außerdem war ich ohnehin an das Beichtgeheimnis gebunden.«

So war das also: der Pfarrer, ein einsamer Fels in der teuflischen Brandung.

»Werden Sie uns helfen, die Wahrheit über das Dorf herauszufinden und Lenkstein das Handwerk zu legen? Werden Sie eine Anzeige erstatten?«

»Nein, ich werde keine Anzeige erstatten«, lautete die wenig überraschende Antwort. »Ich bin nicht hier, um einen Krieg zu führen, sondern um meine Gemeinde zu beschützen und ihr zu dienen, wenn sie mich braucht. Ich bin kein Soldat, ich bin Priester. Aber wenn es gewünscht und erforderlich sein sollte, werde ich vor den Richter treten und Zeugnis ablegen über das, was hier in meiner Gemeinde geschehen ist. Darauf gebe ich Ihnen mein Wort, Herr Inspektor, Sie brauchen mich nur über das weitere Prozedere zu informieren.«

»Das würde bereits genügen, Herr Pfarrer. Ich werde Ihre Bereitschaft weiterleiten.«

»Gut, dann nehmen Sie das als ein Versprechen.«

51.

Ihr könnt uns mal, stand den dreien ins Gesicht geschrieben. Frank Konrad war der Älteste von ihnen, Mitte 30, der Einzige ohne Vorstrafen. Er wirkte ruhig und überlegt. Unschwer war zu erkennen, dass er das Gehirn der Gruppe war. Er knetete seine mit Handschellen gefesselten Hände und betrachtete die beiden Polizisten. Seine Haltung drückte das aus, was er dachte: Ihr habt nichts gegen uns in der Hand. Er war derjenige, der Radek bei seinem ersten Besuch auf der Burg empfangen hatte, und selbst jetzt konnte das weite Sweatshirt seinen muskulösen Körper nicht verbergen.

Viktor Perischek war etwas jünger und wirkte unsicher, aber immer noch selbstbewusst genug, um sich auf die Allmacht Lenksteins zu verlassen, der sie seiner Ansicht nach gewiss aus dieser misslichen Lage befreite. In seinem dunklen Anzug, den er als Chauffeur am Tag seiner Festnahme getragen hatte, wirkte er etwas deplatziert.

Dominik Sachs war zwar der Jüngste, seine Überheblichkeit konnte aber mit der seines Arbeitgebers locker mithalten. Er war ebenso trainiert wie Konrad und schaukelte lässig mit seinem Stuhl.

Das also waren Lenksteins Gehilfen, seine Vollstrecker. Das waren die Typen, die wahrscheinlich auch Radek entführt und wie einen nassen Sack auf dem Hauptplatz abgestellt hatten. Die Handschellen schienen sie nicht zu stören.

Radek spürte Zorn in sich aufsteigen, und es kostete ihn viel Mühe, ihn nicht zu zeigen. Diese Blöße wollte er sich nicht geben. Sie sollten den Eindruck haben, als hätte ihn die Entführung nicht berührt, als wäre sie beinahe vergessen. Sie zeigten ihre Schadenfreude nicht, aber Radek vermutete, dass sich die drei insgeheim über das amüsierten, was sie mit ihm gemacht hatten. Und das machte ihn wütend. Auch wenn der Spieß nun umgedreht war.

Gierling hatte am Morgen mit der Spurensicherung gesprochen. Es war neues Material aufgetaucht.

Sie hatten sich entschieden, mit den dreien zu reden, um ihnen ihre Lage vor Augen zu führen. Bei ihren ersten Einvernahmen, die Hammer geführt hatte, war schnell klar geworden, dass keiner der drei etwas gestehen würde, was nicht hieb- und stichfest bewiesen war. Daher machte es keinen Sinn, sie noch länger zu verhören. Sie sollten am Vormittag ins Landesgericht Sankt Pölten überstellt werden. Lenkstein war bereits dorthin unterwegs.

Die drei wirkten gelangweilt und, obwohl sie die Nacht in der Zelle verbracht hatten, entspannt und ausgeruht.

Radek, Gierling und Hammer saßen ihnen gegenüber. Jeder Unbeteiligte hätte geglaubt, sie wären hier, um ein belangloses Thema zu besprechen.

Insgeheim wünschte sich Radek, die drei würden einen Fluchtversuch unternehmen, wusste aber, dass sie klug genug waren, um so etwas nicht zu tun.

»Wir wollen, dass unser Anwalt herkommt«, verlangte Konrad noch einmal, diesmal ungeduldiger, nachdem Gierling die ersten beiden Male nicht auf dieses Ansinnen reagiert hatte.

Gierling hatte einen Packen Unterlagen vor sich auf dem Tisch liegen und blätterte geschäftig darin herum. Nun blickte er auf. »Herr Konrad«, antwortete er geduldig. »Das hier ist keine Einvernahme, deshalb ist es auch nicht erforderlich, einen Anwalt beizuziehen.«

»Was machen wir dann hier?« Der junge, ungestüme Sachs hatte aufgehört zu schaukeln und beugte sich über den Tisch.

»Wir möchten mit Ihnen reden, formlos.«

»Wir haben aber nichts zu sagen«, antwortete Konrad, bevor einer der anderen zu Wort kam, und gab damit eine klare Anweisung für seine Mittäter.

Die drei Polizisten wussten, dass sie keine Silbe erfahren würden.

»Das ist auch nicht nötig.« Gierling wirkte, als ginge ihn das Ganze nichts an, als erfülle er lediglich eine lästige Verpflichtung. »Hören Sie mir einfach zu. Wir gehen davon aus, dass der Tod des Herrn Benesch kein Selbstmord war, sondern Mord.«

Die drei blieben unbeeindruckt.

»Dafür gibt es mehrere Indizien.« Er legte ein Foto auf den Tisch, das den Pappkarton zeigte, den Benesch um den Hals getragen hatte. »Zum Beispiel wurde dieses Schild definitiv nicht von Benesch geschrieben.« Er beobachtete die drei interessiert und legte eine der Schriftproben daneben. »Sondern von Ihnen, Herr Sachs.«

Sachs wollte zu einer Entgegnung ansetzen, doch eine Handbewegung Konrads stoppte ihn.

»Wir haben einen Grafologen bemüht«, erklärte Gierling ungerührt. »Sein Befund ist eindeutig. Die Staatsanwaltschaft wird diesbezüglich noch ein genaues Gutachten einholen.« Gierling steckte die Fotos weg und holte zwei neue aus seinen Unterlagen. »Dieser Turnschuh gehört Ihnen, Herr Sachs?«

Sachs wollte neuerlich antworten, überlegte es sich aber anders und schwieg.

»Er wurde in Ihrer Wohnung gefunden. Seine Sohle passt zu einem Abdruck, den wir am Tatort Benesch gefunden haben.« Der Chefinspektor deutete auf das zweite Foto. »Auf dem Schuh wurden auch Spuren von Erde gefunden. Ich bin mir sicher, dass sie vom Tatort stammen.« Er nahm die Fotos wieder weg. »Wir haben in der Garage von Holzbau Lenkstein einen schwarzen Ford Transit sichergestellt. Einen Firmenwagen. Der bringt Sie mit Herrn Lenkstein in Verbindung. Der Wagen, so unsere Vermutung, wurde für mehrere Straftaten verwendet. Unter anderem für die Entführung von Frau Lindner und Herrn Gruppeninspektor Radek. Der Wagen wurde kriminaltechnisch untersucht. Wir haben Blutspuren gefunden und vermuten, dass sie von einem der Opfer stammen.«

Radek dachte an seinen verletzten Zeigefinger und versuchte sich zu erinnern, ob er im Fahrzeug noch geblutet hatte, aber er konnte es beim besten Willen nicht sagen.

»Außerdem haben wir im Laderaum des Transporters Schmutzspuren und andere Rückstände entdeckt. Auch die werden wir den Spuren zuordnen können, die auf den verdreckten Kleidern der Opfer Benesch, Lindner und Radek gefunden wurden. Damit gibt es eine direkte Verbindung zwischen Herrn Lenkstein, dem Transporter und einer oder mehreren schwerwiegenden Straftaten.«

Gierling suchte ein anderes Foto.

»Herr Perischek, das ist Ihre Jacke. Zumindest hing sie in Ihrem Kleiderschrank. Auf dem Ärmel ist Blut nachweisbar. Ich vermute, dass es von Benesch stammt. Was das bedeutet, brauche ich Ihnen nicht zu sagen.«

Perischek starrte das Bild ungläubig an.

»Auf der Burg haben wir ein Verlies entdeckt, auch dort und an anderen Örtlichkeiten konnten wir Spuren sichern. Blutspuren und anderes. Ich bin mir sicher, dass die von einem der Opfer stammen.«

»Was hat das alles mit uns zu tun?«, fragte Konrad und blickte die Polizisten herablassend an.

Radek war nicht entgangen, dass Perischek um einiges blasser geworden war, seit Gierling ihnen die Indizien darlegte.

Gierling schob Sachs ein Foto hinüber. Es zeigte das Tattoo auf seinem Oberarm. Ein auf dem Kopf stehendes Pentagramm mit einem Widderkopf darin. »Ein nettes Tattoo, Herr Sachs. Ungewöhnlich, aber leicht wiederzuerkennen, weil bisher einzigartig. Wir haben es noch nicht in unserer Datenbank erfasst. Auch kein ähnliches Motiv. Es gibt Aussagen über Gewalttaten im Keller der Burg. Möglicherweise wird einer der Beteiligten diese Tätowierung wiedererkennen.«

»Ich weiß nicht, worauf Sie hinauswollen«, kommentierte Konrad die Ausführungen.

Gierling musterte die drei abwechselnd. »Es gibt Anzeigen von mehreren Personen, die davon sprechen, dass sie von maskierten Männern bedroht und/oder schwer verletzt worden sind. Frau Lindner und Gruppeninspektor Radek wurden von mehreren Männern entführt. Kurz: Wir nehmen an, dass Sie hinter diesen Taten stecken und dass Lenkstein Sie angestiftet hat.«

»Annehmen können Sie, was Sie wollen.«

»Sie haben keine Alibis für die drei Tatzeiten«, mischte sich Hammer ein. »Sie decken sich nur gegenseitig. Das zählt vor Gericht nicht die Bohne. Und ich bin mir sicher, dass Ihnen auch für viele andere Tatzeiten ein Alibi fehlt.«

»Wir werden noch mehr Indizien gegen Sie finden«, ergänzte Gierling. »Wir stehen erst am Anfang. Aus den Indizien werden Sachbeweise. Und dann werden wir Sie vor Gericht stellen. Herrn Lenkstein und Sie. Lenkstein wird gute Anwälte haben. Möglicherweise wird er sich damit herausreden, von nichts gewusst zu haben und dass alles ganz allein Ihr Werk war, das hinter seinem Rücken geschehen ist. Bis auf Herrn Konrad sind Sie einschlägig vorbestraft. Der Richter wird Sie weichklopfen und fressen. Sie gehen ins Gefängnis. Lenkstein wird möglicherweise wegen Bildung einer kriminellen Vereinigung verurteilt. Aber er wird sich längst wieder auf seiner Burg mit ein paar neuen Huren vergnügen, während Sie in der Haftanstalt die Jahre zählen, die Sie noch absitzen müssen. Sie werden für Lenkstein in den Knast gehen und dafür keinen Dank erhalten. Günstigenfalls eine Rechtsvertretung vor Gericht. Doch ich würde keinem Anwalt trauen, der von Lenkstein bezahlt wird.«

Gierling packte seine Unterlagen zusammen.

»Das wollte ich Ihnen noch mitgeben auf Ihrem Weg ins Gefängnis. Irgendwer verliert immer. Wir werden einen Antrag auf Einziehung des kriminell erworbenen Vermögens bei Lenkstein einbringen. Möglicherweise verliert er im Falle einer Verurteilung einen Teil seines Besitzes. Das wird ihn doppelt ehrgeizig machen, einen Sündenbock zu suchen. Und momentan fallen mir nur drei Personen ein, die dafür infrage kommen. Wenn Sie schweigend zusammenhalten, werden Sie schweigend untergehen. Dann gibt es keine Haupt- und keine Nebentäter, sondern nur Haupttäter. Aber vielleicht schaffen Sie es, in Stein in die gleiche Zelle zu kommen.«

Der Chefinspektor grinste böse.

»Tja, meine Herren, Sie wissen, wie dieses Spiel funktioniert. Jetzt geht es ab in die U-Haft. Und wir werden beginnen, den Fall Stück für Stück aufzuarbeiten. Das wird einige Zeit dauern. Ich rechne damit, dass der Prozess frühestens in einem Jahr stattfindet. Bis dahin haben Sie viel Zeit, zu überlegen. Lenkstein übrigens auch. Ich bin gespannt, was vor Gericht herauskommt. Wer verlieren und wer gewinnen wird. Wissen Sie, für mich ist das so spannend wie eine Gameshow. Aber ich schweife ab. Ich nehme an, dass Sie uns nichts mehr zu sagen haben.«

Die drei saßen ihnen schweigend und mit ernster Miene gegenüber.

Gierling wusste, dass sie nun verunsichert waren. Genau das war seine Absicht gewesen. Sie würden auf längere Zeit keinen Kontakt mehr miteinander haben. Sie würden in ihren Zellen sitzen und darüber nachdenken, was ihre Freunde tun würden. Ob einer umfiel und auspackte oder nicht. Der Erste hatte immer Vorteile, konnte seine Rolle besser darstellen, wurde vielleicht nicht als Haupttäter angeklagt und bekam mildernde Umstände. Der Erste, der in die Knie ging, hatte die besten Chancen.

Die Polizisten wussten, welchen Gedanken die Vollstrecker in den nächsten Stunden und Tagen nachhängen würden. Sie würden sich in Widersprüche verstricken, die sie noch mehr verunsicherten. Und irgendwann würde einer einknicken. Radek tippte auf Perischek, der schien ihm das schwächste Nervenkostüm zu haben. Danach krachte das ganze Gebäude zusammen, die Schweigemauer zerbrach und auch Lenkstein würde fallen. Es war nur eine Frage der Zeit.

Schweigen.

Frank Konrad ergriff das Wort. »Wie haben Sie sich eigentlich gefühlt, da auf dem Hauptplatz?«, wandte er sich an Radek. »Ich habe gehört, dass Sie sich vor Angst beinahe angeschissen haben.« Er grinste breit. »Wie ein Feigling. Ein Weichei. Haben Sie keine Angst, dass Ihnen das Gleiche noch mal passieren könnte? Für die Täter muss das ein Riesenspaß gewesen sein. Vielleicht …«

Bevor er weitersprechen konnte, sprang Radek auf und verpasste ihm über den Tisch hinweg eine Ohrfeige. Auch Konrad schnellte hoch, mit einer Geschwindigkeit, die ihm niemand im Raum zugetraut hätte, und hob die mit den Handschellen gefesselten Arme. Doch Radek hatte schon ein zweites Mal zugeschlagen. Erst nach einer weiteren Ohrfeige rissen Gierling und Hammer den jungen Polizisten zurück.

»Radek, scheiße. Was machst du? Hör auf!«, hörte er jemanden sagen. Doch er sah nur das blöde Grinsen von Konrad und hätte es ihm gerne aus dem Gesicht geprügelt.

»Du bist ein feiges Schwein«, sagte Konrad. »Einen Wehrlosen schlagen, das geht gut, oder? Nimm mir die Handschellen ab, dann machen wir das aus wie zwei richtige Männer.«

»Radek, beruhig dich.«

Radek wollte sich losreißen. Am liebsten hätte er den Scheißkerl erschlagen. Aufgeregt atmend stand er da. Er zitterte am ganzen Körper vor Wut. »Zumindest weißt du jetzt, wie das ist, wehrlos zu sein. Wie hat es dir gefallen, dich an hilflosen Menschen zu vergreifen? Für mich war das gerade ein ganz schöner Spaß«, zischte er.

Konrad setzte schon zu einer Erwiderung an. Doch sein offener Mund blieb stumm. Im letzten Moment erkannte er, dass er sich nicht provozieren lassen durfte, dass er nichts gestehen durfte, nur um dem Bullen zu imponieren.

»Ich vergreife mich nicht an Wehrlosen. So ein Feigling bin ich nicht«, sagte er und setzte sich wieder hin.

Gerling sorgte dafür, dass die drei weggebracht wurden.

»Verdammt, Radek, bist du verrückt? Du kannst doch nicht einen Festgenommenen schlagen!« Gierling war außer sich. »Wir müssen das anzeigen. Das können wir nicht einfach auf sich beruhen lassen.«

Radek antwortete nicht. Was hätte er auch sagen sollen? Dass er sich nicht beherrschen konnte? Ihm war klar, dass er einen schweren Fehler begangen hatte. Der würde ihn den Kopf kosten. Ein willkommener Anlass, um ihn loszuwerden.

Er setzte sich auf seinen Stuhl und starrte auf seine Unterlagen vor sich. Aber es hat gutgetan, dachte er. Ganz egal, was dabei herauskommt.

»Das wird Konsequenzen haben«, sagte Gierling.

Gierling und Hammer redeten miteinander in verhaltenem Ton. Sie diskutierten, was sie machen sollten. Meldung oder nicht. Hammer war dafür, zu warten. Vielleicht würde Konrad es nicht zur Anzeige bringen.

Radek bekam nicht viel mit.

Später stellte Hammer fest: »Einer fällt sicher um. Ich tippe auf Perischek.« Der erfahrene Kriminalbeamte hatte ein Gespür für seine Kunden. »Und dann kriegen wir alle. Damit hat sich vielleicht auch dieser Ausrutscher erledigt.«

Anschließend ging ihr Gespräch wieder in einem undeutlichen Gemurmel unter.

Radek saß da wie in Trance, unfähig, nachzudenken. Erst das Läuten von Gierlings Handy brachte ihn zurück in die Realität.

»Gierling … ja … in Ordnung, sagen Sie ihr, dass wir gleich kommen.«

Er steckte das Telefon ein. »Frau Lenkstein wartet unten in der Polizeiinspektion auf uns.«

Hammer verabschiedete sich, um nach Schandau wegen der weiteren Ermittlungen zu fahren. Gierling und Radek gingen zu Frau Lenkstein.

»Du hältst den Mund und sagst kein Wort«, forderte Gierling barsch auf dem Weg nach unten.

Frau Lenkstein hatte sich nicht hingesetzt. Es war unter ihrer Würde, wie eine arme Sünderin auf dem Bänkchen der Polizei zu warten, um gehört zu werden. Sie stand aufrecht im Parteienraum und wartete, bis die gewünschten Personen auftauchten. Mit hochgestecktem Haar und in einem dunklen Kostüm sah sie aus, als wäre sie die Rechtsvertreterin ihres Mannes.

Die Begrüßung fiel kühl und trocken aus, und der Blick, den sie Radek zuwarf, war voller Verachtung.

»Ich möchte meinen Mann sprechen«, verlangte sie in herrischem Ton.

»Das ist nicht möglich«, antwortete Gierling. »Herr Lenkstein ist bereits ins Landesgericht nach Sankt Pölten überstellt worden.«

»Was wird ihm vorgeworfen?«

Gierling erklärte es ihr in kurzen Worten.

»Was geschieht jetzt?«

»Wir werden U-Haft beantragen und allen Vorwürfen genau nachgehen. Alles Weitere entscheiden der Staatsanwalt und der Richter.«

»Sie haben eine Hausdurchsuchung durchgeführt?« Offensichtlich wusste Frau Lenkstein ohnehin über alles Bescheid, was geschehen war, und vermutlich hatte sie bereits mit dem Anwalt gesprochen.

Gierling bejahte.

»Ich nehme an, dass Sie dafür eine entsprechende gerichtliche Anordnung hatten. Ich möchte, dass Sie mich in Zukunft informieren und beiziehen, wenn Sie meine Räumlichkeiten betreten. Das gilt für die Burg, für alle Gebäude in ihrem Bereich sowie für das gesamte Firmengelände von Holzbau Lenkstein.«

»Nichts anderes hatten wir vor«, versicherte Gierling mit feiner Ironie.

»Dann haben wir das geklärt.«

Grußlos drehte sich Christine Lenkstein um und verließ die Polizeiinspektion. Die aristokratische Solidarität zu ihrem Mann war anscheinend größer als ihr Zorn über seine Gespielinnen. Man wusste sich standesgemäß zu benehmen, dachte Radek. Vielleicht machte sie sich auch nur Sorgen um das Geld.

52.

Es war eine Nacht der Unsicherheit für die Dorfbewohner. Telefonate wurden geführt, Theorien gewälzt, Vermutungen geäußert, Fragen gestellt. Was sollte man tun? Sich bewegen oder sich still verhalten? Was würde der Baron unternehmen? Was die Polizei? Wen holten sie als Nächstes? Wen verhafteten sie als Nächstes?

Es war Falk.

»Lenkstein und seine Helfer sitzen in U-Haft«, war Radek am Samstagmorgen von Gierling informiert worden. »Ich habe eben mit Zelenka gesprochen, der Journalrichter hat die U-Haft verhängt. Jetzt geht es in die zweite Runde. Wir werden dafür sorgen, dass diese Schweine hinter Gitter bleiben und noch reichlich Gesellschaft bekommen. Den Anfang machen wir bei Falk. Ich habe eben einen Durchsuchungsbefehl besorgt.«

Im Zuge der Hausdurchsuchung im Gasthaus »Falk« wurden in Zimmer 105, wo Radek untergebracht gewesen war, und in zwei weiteren Zimmern Videokameras gefunden und in einem entlegenen Abstellraum die dazugehörigen Computer als Aufzeichnungsgeräte.

Falk wurde festgenommen. Er war der zweite Stein, der aus der Mauer brach. Zunächst erklärte er, weder die Videokameras zu kennen noch die baulichen Veränderungen in seinem Gasthaus, die erforderlich gewesen waren, um diese Videoüberwachung zu installieren. Außerdem bestritt er, die Kameras jemals benutzt zu haben, und schon gar nichts habe er mit Erpressung zu tun. Später fand die Spurensicherung seine Fingerabdrücke an den Kameras in zwei Räumen und an der Computeranlage im Abstellraum. Daraufhin redete er sich damit heraus, dass er heimlich seine Gäste beim Sex gefilmt habe, und bezeichnete sich selbst als einen perversen Voyeur. Aber auf Nachfrage konnte er keine der Aufnahmen vorweisen und verstrickte sich in immer größere Widersprüche. Er behauptete einmal, sie weggeworfen zu haben, bevor die Polizei kam, ein andermal, sie schon vor längerer Zeit im Internet auf einschlägigen Plattformen verkauft zu haben. Keine dieser Behauptungen ließ sich nachweisen.

Anschließend schwieg er und gab auf keine Frage mehr eine Antwort.

Gleichzeitig ließ Gierling Carina abholen und in die Polizeiinspektion nach Gresten bringen. Dort saß sie, ängstlich und unsicher, obwohl sie sich bisher nichts hatte zuschulden kommen lassen. Noch nicht. Es war leicht, sie zu knacken. Carina erzählte, wie sie auf Empfehlung von Veronika Schächter zum Baron gekommen, wie das Aufnahmeritual vonstattengegangen war und welche Vereinbarungen daran gebunden waren. Sie erzählte auch von ihrer Verfehlung, die sie begangen hatte, von der Absicht, Radek zu verführen, ihn mit Falks Hilfe zu kompromittieren und zu erpressen. Und von ihrer Bestrafung, nachdem sie bei ihrer Aufgabe gescheitert war. Sie nannte viele Namen von den Anwesenden bei ihrer Aufnahme und ihrer Bestrafung. Dann legten ihr die Polizisten die Fotosammlung vor, die Steiger angefertigt hatte, und sie identifizierte noch einmal eine Reihe von Personen, denen die Polizisten bisher keine Identität zuordnen konnten.

Nach Carina war Veronika Schächter dran. Die Überheblichkeit, mit der sie Radek bei ihrem ersten Gespräch begegnet war, hatte deutliche Risse bekommen.

Gierling erklärte der jungen Frau ihre Lage und machte sie auf die Konsequenzen aufmerksam. Er verwendete viele Fachtermini, sprach von einer kriminellen Verbindung, dem sogenannten Mafiaparagrafen, von Mittäterschaft, von Festnahme, von Gefängnis. Veronika Schächter wurde von Minute zu Minute stiller, nachdenklicher und bedrückter.

Anschließend erzählte sie in knappen Sätzen: »Ich bin dem Baron von Doleschal vorgestellt worden. Damals war ich 15. Ich habe mich auf die Sekte eingelassen, weil ich das Abenteuer suchte und gerne ficken wollte. Mit dem spießigen Dorf konnte ich ohnehin nichts anfangen. Meine Eltern wussten Bescheid. Sie sind Ehemalige und bestärkten mich bei dem, was ich tat. Es bringe mir viele Vorteile, sagten sie.«

Sie sprach von der Gemeinschaft und den Menschen, die daran beteiligt waren, und bestätigte, was ihnen Bernadette Lindner berichtet hatte.

Sie zündete sich eine Zigarette an, ohne zu fragen, ob es erlaubt war. Radek holte ihr einen Aschenbecher.

»Ich war dabei, als Bernadette bestraft wurde, und bei der Carina ebenfalls«, antwortete Schächter, als Gierling sie danach fragte. »Das hat mich schon betroffen gemacht, weil es ja meine Freundinnen sind. Ich habe die beiden zu Doleschal und damit zum Baron gebracht. Aber Bernadette wollte die Gemeinschaft verraten, und Carina hat ihre Aufgabe nicht erfüllt. Sie hatten es verdient, bestraft zu werden. Beide wussten, worauf sie sich einließen, als sie zur Gemeinschaft kamen. Das ist kein Spaß, sondern eine furchtbar ernste Sache.«

»Wissen Sie etwas darüber, was mit Marie Steinhammer und Martin Darovec geschehen ist?« Gierling war gespannt auf ihre Antwort.

Ja, sie wusste es, sie hatte es gesehen. Schächter dachte nach, eine ganze Zigarette lang, kämpfte mit sich selbst, ob sie erzählen sollte, was geschehen war.

»Es gab eine Massenvergewaltigung eines Mädchens. Das war die Steinhammer. Sie wollte die Gemeinschaft verraten. Sie ist zum Pfaffen gegangen, aber der hat ihr nicht geholfen, deshalb wollte sie zur Polizei. Doch so weit ist sie nicht mehr gekommen.«

Wieder griff sie nach den Zigaretten.

»Es war fürchterlich. Sie haben sie an einen dieser Ringe auf dem Boden gefesselt, mit den Händen, und dann sind alle über sie hergefallen, auch die Frauen. Das war … schrecklich.«

»Haben Sie sich auch beteiligt?«, fragte Radek.

Schächter blickte ihn überrascht an. »An der Vergewaltigung? Nein, natürlich nicht. Ich ging zum Baron, weil ich Sex haben wollte. Nicht nur mit einem dieser Wichtigtuer im Ort, die glauben, dass Frauen drauf stehen, wenn sie sich ihre Brust enthaaren. Diese Weicheier. Ich wollte harten Sex, mit harten Männern, vielleicht die eine oder andere Fantasie ausleben, oder es mal mit einer Frau probieren. Aber Frauen vergewaltigen hat da nie dazugehört. Nein, mich hat das abgestoßen. Ich hab es als unnötig empfunden, übertrieben. Die Kleine hat mir leidgetan. Sie ist danach übergeschnappt und in der Klapsmühle gelandet. Doch sie wollte uns verraten. Das durfte man nicht dulden.«

»Und was war mit dem Darovec?«

Sie zuckte die Schultern. »Er hat seinen Auftrag nicht erfüllt. Ich weiß nicht, was er machen sollte. Sie haben ihn gefoltert. Mit einem Elektroschocker. Mit Stromstößen am ganzen Körper. Auch am Schwanz, vor allem da. Es muss höllisch wehgetan haben. Er hat sich die Seele aus dem Leib gebrüllt und um Gnade gewinselt und geweint wie ein kleines Kind. Bemitleidenswert. Dann sollte er den Auftrag neuerlich versuchen. Aber er hat sich vorher umgebracht.«

Schächter berichtete diese Dinge, als lese sie ihnen aus der Zeitung vor, kalt und gefühllos.

»Hatten Sie keine Angst, dass es Ihnen auch so ergehen könnte wie den beiden?«

»Nein, wieso?« Sie warf den Polizisten einen abschätzigen Blick zu.

»Wie war das mit Ihrem Aufnahmeritual?«, fragte Radek. »Welchen Auftrag haben Sie bekommen?«

»Ich musste mit einem Mann ins Bett gehen. Als Geschenk sozusagen. Er stand auf junge Mädchen. Er sollte rundum zufriedengestellt werden.«

»Hat es funktioniert?«

Sie lächelte stolz. »Na klar, was denken Sie?«

»Wie ist es dann weitergegangen?«

»Ich habe regelmäßig mit ihm geschlafen.«

»Wie lange?«

»Bis heute, immer, wenn er will.«

»Wie eine Hure?« Radek wollte es provokant formulieren.

»Nein.« Sie schüttelte gelangweilt den Kopf. »Er bezahlt mich nicht. Ich bin sein persönlicher Fick, wenn Sie so wollen. Und bevor Sie dumme Schlüsse ziehen: Ich mache es freiwillig und es macht mir Spaß. Er ist verheiratet. Er kommt in die Burg oder wir treffen uns woanders. Wir bumsen miteinander und das war's. Keine Verpflichtungen, nichts.«

»Wissen Sie, wie er heißt?«

Sie zuckte die Schultern. »Keine Ahnung. Ich nenne ihn Horst, und er fickt gut, steht auf Sadomaso. Mehr interessiert mich nicht. Irgendein Beamter, ein hohes Tier bei Gericht.«

Gierling zog ein Foto von Schupper aus seinen Unterlagen. »Ist es dieser Mann?«

Sie zögerte einen Augenblick, dann nickte sie. »Ja.«

»Und was ist mit Doleschal?«

»Der Doleschal ist eine zentrale Drehscheibe«, erklärte sie. »Er bringt dem Baron viele Mädchen. Er ist eine perverse Sau und vögelt alles, was ein Loch hat. Er läuft dem Baron nach wie ein dressiertes Hündchen. Aber der Baron mag ihn nicht.«

»War Doleschal auch bei den Ereignissen dabei, von denen Sie uns gerade erzählt haben?«

»Ja.«

»Bei allen?«

Sie nickte.

»In welcher Rolle?«

»Er hat es der Steinhammer ordentlich besorgt, und bei Bernadette wollte er es auch tun, aber er durfte nicht.«

»Wer war noch bei diesen Bestrafungen und bei den anderen Zusammenkünften dabei?«, fragte Gierling und schob ihr die Fotomappe über den Tisch.

Schächter blätterte die Mappe durch, betrachtete die Fotos aufmerksam und nannte Namen und Ereignisse. Radek schrieb eifrig mit. Anschließend protokollierten sie ihre Aussage.

Doleschal wurde am Vormittag festgenommen.

Am späten Nachmittag ließ Gierling ihn zur Vernehmung bringen.

Gierling setzte sich ihm gegenüber, schlug das Strafgesetzbuch auf und begann ohne Einleitung. »Im Paragraf 278a StGB, Kriminelle Organisation, wird festgehalten – ich vereinfache und kürze auf das Wesentliche: ›Wer eine auf längere Zeit angelegte, unternehmensähnliche Verbindung gründet oder sich an einer solchen Verbindung als Mitglied beteiligt, ist mit Freiheitsstrafe von sechs Monaten bis zu fünf Jahren zu bestrafen. Eine solche kriminelle Organisation muss auf die wiederkehrende und geplante Begehung schwerwiegender strafbarer Handlungen, die das Leben, die körperliche Unversehrtheit, die Freiheit oder das Vermögen bedrohen, ausgerichtet sein, oder sie muss versuchen, andere zu korrumpieren oder einzuschüchtern oder sich auf besondere Weise gegen Strafverfolgungsmaßnahmen abzuschirmen.‹ Was denken Sie, Herr Doleschal – trifft diese Definition für die, nennen wir es ›Sekte‹ des Herrn Lenkstein zu?«

»Ich weiß nicht.«

Gierling schlug das Buch zu und schob es zur Seite. »Mord, gefährliche Drohung, Nötigung, Freiheitsentziehung, Erpressung. Das sind schwerwiegende Straftaten. Pflichten Sie mir bei?«

»Ja.«

»Herr Lenkstein hat eine Organisation geleitet, die dafür verantwortlich ist. Stimmen Sie mir da auch zu?«

Doleschal zögerte. »Ich weiß es nicht.«

»Natürlich wissen Sie es, auch wenn Sie es jetzt abstreiten. Gut, gehen wir davon aus, dass es so ist und dass es sich beweisen lässt. Dann stellt sich die nächste Frage: Waren Sie Mitglied dieser Organisation?«

»Nein.«

»Das ist gut für Sie, denn wenn Sie Mitglied waren, drohen Ihnen bis zu fünf Jahre Gefängnis.«

Doleschal wurde blass. Er hatte einen halben Tag in der Zelle verbracht und einen Vorgeschmack darauf bekommen, was ihn in Zukunft erwartete. Er war nicht stark.

»Die Höhe der Strafe hängt auch davon ab, wie kooperativ Sie sich zeigen«, erklärte Gierling, bevor er zur Sache kam. »Waren Sie häufig in der Burg zu Gast?«

Doleschal überlegte nicht lange. »Ja, manchmal.«

»Wie oft? Einmal, zweimal, zehnmal?«

»Zwei- oder dreimal.«

»Herr Doleschal, wir können belegen, dass Sie in den letzten Jahren mindestens 15-mal in der Burg waren.«

»Lächerlich, womit wollen Sie das beweisen?« Ein letztes Aufbäumen.

Gierling legte ihm ein Foto vor, auf dem Doleschal auf dem Parkplatz vor der Burg zu sehen war. »Sind Sie das?«

»Ja«, kam die verunsicherte Antwort.

Als Nächstes deutete Gierling auf ein Bild, das ihn beim Betreten der Burg zeigte. »Das sind unsere Beweise. Also, welche Anlässe waren das?«

»Es waren …«, Doleschal zögerte, »Essen.« Noch ein

allerletzter, matter Versuch, aber es dauerte nicht lange, bis sich Doleschal in so viele Widersprüche verwickelt hatte, dass er sie nicht mehr erklären konnte. Er brach ein. Er war nicht stark.

Und so ging es weiter. Sie holten einen nach dem anderen. Und alle fielen um wie die Steine am Domino Day.

53.

Langsam krochen sie aus ihren Löchern, sagten aus und erstatteten Anzeigen. Die einen hatten immer schon gewusst, wer dabei war, oben in der Burg beim Baron, bei diesen finsteren Sachen. Dass der Falk dazugehörte und der Doleschal und der Kroner und seine Kassiererin. Trotzdem waren sie als Kunden regelmäßig zu ihnen gegangen. Die Kellnerin in der Konditorei war ihnen auch nie geheuer gewesen, wie die immer angezogen war, wenn sie nicht arbeitete. Sie hatten es gewusst und waren selbst nie in die Versuchung geraten, sich anzubiedern, dazugehören zu wollen. Sie erhoben sich nun moralisch über die anderen.

Die anderen waren dabei gewesen. Sie wurden entweder als Beschuldigte festgenommen, waren verdächtig oder hatten nun Angst, dass die Polizei auch an ihre Tür klopfte, um sie mitzunehmen. Doch diese anderen fühlten sich nicht schuldig. Was hatten sie denn getan? Sie hatten den Benesch nicht umgebracht und die Lindner nicht entführt. Und sie behaupteten auch, die Steinhammer nicht vergewaltigt zu haben, nicht einmal dabei gewesen zu sein. Ab und zu hätten sie sich in der Burg getroffen, sagten sie, um ihren Spaß bei einer großen Swinger-Party zu haben. Das sei ja nicht verboten. Alles geschah freiwillig, niemand sei dabei zu etwas gezwungen worden. Und nie sei etwas Schlimmes passiert.

Sie alle verließen sich darauf, dass der Baron die Sache wieder in Ordnung brachte. Aber das tat er nicht, das konnte er nicht. Diesmal nicht.

Am Samstagabend wurde Radek von Gierling nach Hause geschickt. Konrad hatte über Lenksteins Anwalt Anzeige gegen Radek erstattet. Damit war er aus den Ermittlungsarbeiten raus. Das Landeskriminalamt würde diesen Fall Stück für Stück aufarbeiten – ohne ihn.

Radek fuhr zurück nach Sankt Pölten, lieferte den Wagen im Fuhrpark des LKA ab und kam gegen 10 Uhr in seine Wohnung. Er fiel ins Bett und schlief bis Sonntagmittag.

Am Montag stieg er in den Universitätsbetrieb ein, der mittlerweile angelaufen war. Das lenkte ihn ein wenig ab, denn im Büro stand ihm eine ereignislose Woche bevor.

Er wurde von seinem obersten Vorgesetzten, Hannes Mayr, wegen der Ohrfeigen für Konrad einvernommen. Radek stritt nichts ab. Es gab ohnehin zu viele Zeugen. Ein Strafverfahren und ein Disziplinarverfahren wurden ihm in Aussicht gestellt. Er hatte nichts anderes erwartet.

Von Tag zu Tag wurde ihm bewusster, wie fehl am Platz er in seinem Büro war. Er saß an seinem Schreibtisch und erledigte den Papierkram, der liegen blieb, weil die anderen noch in Schandau waren. Radek hatte seit seiner Rückkehr nichts von ihnen gehört. Sie hatten sich im Bezirkspolizeikommando Scheibbs eingerichtet. Das war das Einzige, was er wusste.

Nach einer Woche reichte es ihm, er nahm sich einen Tag frei und fuhr am Montag nach Gresten. Es hatte die ganze vorangegangene Woche geregnet, aber am Wochenende war das Wetter besser geworden und für Wochenbeginn war Sonnenschein vorausgesagt. Doch die Wetterfrösche hatten sich geirrt. Als Radek losfuhr, war es immer noch bewölkt und regnerisch.

Gierling war überrascht, ihn zu sehen, warf ihn jedoch nicht gleich hinaus. Als Radek sagte, dass es ihn interessierte, wie die Sache stehe, war Gierlings erste Antwort: »Das geht dich nichts mehr an.«

Radek wollte nicht betteln, betonte aber, dass er es gewesen war, der die ganze Sache ins Rollen gebracht hatte, und er daher ein Recht habe, die aktuellen Entwicklungen zu erfahren.

Nach einigem Überlegen erklärte sich Gierling bereit, Radek über den letzten Stand der Ermittlungen zu informieren. Sie holten sich Kaffee, anschließend berichtete Gierling nüchtern und sachlich.

»Wir sind dabei, alle Personen, die in Verdacht stehen, an den Treffen der Sekte teilgenommen zu haben, einzuvernehmen. Einige von ihnen wurden bereits festgenommen. Aufgrund der Aussagen von Lindner und Schächter, dass die Zusammenkünfte mindestens zweimal im Monat, zu Vollmond und Neumond, stattfanden, haben wir einen ziemlich genauen Überblick über die satanistischen Treffen. Und mit den Fotos von Sperl können wir viele Teilnehmer identifizieren. Er hat sie ja nach Datum abgelegt.«

Er holte einen Aktenordner.

»Auch die Handydaten von Lenkstein wurden mittlerweile ausgewertet. Es gab eine Menge Telefonate zwischen ihm, Staatsanwalt Schupper und dem Bezirkspolizeikommandanten Hager. Momentan sind wir dabei, die Zeitpunkte der Telefonate mit Ereignissen in Verbindung zu bringen, bei denen möglicherweise Interventionen von einem der beiden stattgefunden haben. Hager wurde genau wie Schupper suspendiert. Die beiden sind jetzt Dauergäste bei der Korruptionsstaatsanwaltschaft und dem Bundesamt für Korruptionsbekämpfung.«

Als er vom nächsten Punkt berichtete, grinste er.

»Wie erwartet ist Perischek eingeknickt und hat den Baron, Konrad und Sachs schwer belastet. Er hat auch zugegeben, dass er, Konrad und Sachs dich entführt haben, in der Gegend herumgefahren sind, um dich zu verwirren und dir Angst zu machen, und dich anschließend beim Pranger ausgeladen haben. Das sollte für dich und die Bevölkerung eine Warnung sein.«

Gierling trank einen Schluck Kaffee. »Die Gemeinschaft zerbricht. Wir haben mittlerweile viele Aussagen und Anzeigen von Geschädigten und Opfern, nicht nur aus Schandau. Zum Beispiel wurde ein Bauer namens Friesenbichler auf offener Straße überfallen und zusammengeschlagen, damit er sein Holz beim Lenkstein verarbeiten lässt. Wir haben Möbelhändler aus Linz und Amstetten, die erpresst wurden, und so weiter. Erpressung, Nötigung, gefährliche Drohung, schwere Körperverletzung. Und immer waren Perischek und seine Freunde daran beteiligt. Der Baron war ihr Auftraggeber. Meist lief das über Konrad, der war Lenksteins Ansprechpartner, hat die Planung übernommen und die Durchführung überwacht.«

Gierling wurde eine Spur ernster.

»Auch der Tod von Benesch geht auf ihr Konto. Perischek hat seine Beteiligung am Mord gestanden. Den Auftrag erhielten sie vom Baron. Momentan sind wir dabei, das im Detail aufzuarbeiten. Sachs wird sicher der Nächste sein, der spricht. Er wird anhand seines Tattoos durch viele Aussagen belastet. Die Tätowierung wurde von mehreren Leuten, die bei den Zusammenkünften anwesend waren, beschrieben. Bei der Bestrafung der Lindner wurde sie bei einem der Henker gesehen. Trotz Ledermaske, die der Henker getragen hat, sind sich alle Einvernommenen sicher, dass es sich um Sachs handelt. Damit gibt es eine eindeutige Verbindung zur Entführung der Lindner. Das grafologische Gutachten über die Aufschrift, die Benesch um den Hals getragen hat, ist fertig und belastet Sachs ebenfalls. Auch die Spurenberichte liefern jede Menge Indizien. Genetische Spuren aus dem Kellerverlies, von der Wendeltreppe und aus der Säulenhalle können entweder der Lindner oder der Steinhammer zugeordnet werden. Und das Blut im Ford Transit ist tatsächlich von dir.«

Das überraschte Radek nicht im Geringsten.

»Nur diesen Steininger kriegen wir nicht zu fassen«, fuhr Gierling fort. »Der ist eine raffinierte Sau, windet sich aus jeder Anschuldigung. Der war zwar die graue Eminenz hinter Lenkstein im Betrieb, aber wir können ihm keine Beteiligung an einer Straftat nachweisen. Bis jetzt zumindest. Der Baron streitet nach wie vor alles ab und ist zu keiner brauchbaren Aussage zu bewegen. Doch das wird ihm nichts nützen. Selbst wenn er bis zur Gerichtsverhandlung das Maul nicht aufmacht, werden ihn die Indizien und die Zeugenaussagen derart an die Wand drücken, dass er keine

Chance mehr hat, zu entkommen. Der Kerl kriegt lebenslänglich. Wegen Anstiftung zum Mord. Daran führt kein Weg mehr vorbei«, resümierte Gierling zufrieden. »Bei der Untersuchung der Frage, wie lange das mit Lenkstein und seiner Sekte schon geht, sind wir auf eine interessante Zeitlinie gestoßen. Offensichtlich hat sich bereits sein Vater ähnlichen Gelüsten hingegeben, und mittlerweile haben wir Anhaltspunkte, dass auch sein Großvater so war. Wir vermuten, dass dieser satanistische Kult über mehrere Generationen zelebriert wird, und überlegen, wie und wie lange zurück in die Vergangenheit wir das nachweisen können.«

Gierling dachte kurz nach, was sonst noch berichtenswert war.

»Anhand der Fotos und vieler Einzelaussagen haben wir die meisten Mitglieder identifiziert. Die Tattoos unter ihren Achseln verraten ihre Zugehörigkeit zur Sekte. Sie können es nicht leugnen, und sie tun es auch nicht. Allerdings streiten sie ab, jemals etwas Strafbares getan zu haben oder bei einer solchen Handlung dabei gewesen zu sein. Und die Steinhammer hat sowieso niemand angegriffen.« Gierling wurde zynisch und bitter. »Aber wir haben das Datum und wir haben die Beteiligten an der Bestrafung. Es ist nur eine Frage der Zeit, bis wir einen von ihnen knacken.«

Außerdem war die Grundbuchauswertung abgeschlossen und bestätigte, was Hammer von Anfang an vermutet hatte: Der Baron war an den meisten Immobilien im Dorf beteiligt und hatte die Bewohner damit fest in seiner Hand.

»Wir kriegen diese Schweine«, schloss Gierling seine Ausführungen. »Sie haben keine Chance mehr.«

Radek war zufrieden.

»Das war alles, was ich dir berichten kann. Und das letzte Mal, dass ich dir über den Fall etwas sage.« Gierling schob seine Unterlagen beiseite. »Danke«, sagte er dann unvermittelt. »Du hast gute Arbeit geleistet. Ohne dich wäre dieser Dreckskerl einmal mehr mit seinen Sauereien durchgekommen.«

Radek war von diesem Lob aus Gierlings Mund überrascht. Ich hab nur meine Arbeit getan, wollte er erwidern, doch das schien ihm unpassend. »Man tut, was man kann«, entgegnete er mit gespielter Gelassenheit.

Gierling kapierte. »Eines noch – ich habe Verständnis dafür, dass du diesem Kerl ein paar gewischt hast. Auch wenn ich es offiziell nicht gutheißen kann. Trotzdem wird es für dich Konsequenzen haben.«

»Ich weiß«, sagte Radek. »Aber ehrlich gesagt: Ich bereue es keinen Augenblick.«

Sie verabschiedeten sich und Radek machte sich auf den Weg nach Schandau. Er wollte sehen, wie es im Dorf jetzt war. Außerdem hatte er Lust, dort einen Kaffee zu trinken, sozusagen zum Abschied.

Die Wolkendecke hing immer noch tief über dem Land, als Radek nach Schandau kam. Doch das war vermutlich nicht der Grund dafür, dass sich der Hauptplatz fast menschenleer zeigte. Die wenigen, die auf der Straße waren, beeilten sich, ihre Dinge zu erledigen, hetzten zwischen den Geschäften herum, vom Kaufhaus Kroner in die Bäckerei oder in die Fleischerei oder in die Tabak-Trafik. Niemand blieb länger im Freien als notwendig, keine Frauen standen auf dem Platz vor der Kirche, um zu tratschen, oder schlenderten in die Konditorei, um eine Melange zu trinken. Mit gesenkten Köpfen hasteten sie zielbewusst dorthin, wo sie etwas zu erledigen hatten, und erlaubten sich keine unnötigen Verzögerungen.

Radek parkte sein Auto gegenüber der Konditorei und ging hinein.

Als Carina ihn sah, machte sie den Eindruck, als wollte sie davonlaufen. Weil ihr das nicht möglich war, verkroch sie sich in eine Ecke am Verkaufspult.

Zwei Frauen saßen neben dem Eingang. Als Radek eintrat, steckten sie die Köpfe zusammen und tuschelten. Radek ging in den hinteren Bereich. Dort saß Sperl bei einem Kaffee über eine Zeitung gebeugt. Er schreckte hoch, erkannte Radek und winkte ihn zu sich an den Tisch. Radek nahm Platz. Carina fragte mit schüchterner Stimme nach seiner Bestellung und beeilte sich, seinen Kaffee zu bringen.

»Die Affäre Lenkstein schlägt Wellen«, sagte Sperl und deutete auf die Zeitung. »Man fragt sich, wen er alles korrumpiert und bestochen hat. Die Zeitungen sind entrüstet über seinen dekadenten Lebensstil. Sie stellen ihn als einen degenerierten Aristokraten dar, der den Bezug zur Realität verloren hat.«

»Und – stimmt das?«

Sperl lächelte freudlos. »Natürlich nicht. Das ist Kalkül. Er soll damit vor Gericht besser wegkommen. Ein von seiner Herkunft Getriebener, der gar nicht anders kann, als solche entarteten Spielchen zu treiben. Der mit einem Selbstverständnis aus der Vergangenheit in der Gegenwart überlebt hat. Klar, sein Verhalten ist nicht tolerierbar und muss bestraft werden. Aber ein bisschen kann man es auch als Marotte ansehen und Milde walten lassen. Da steckt Absicht dahinter. Sie werden sehen, er kriegt keine zehn Jahre für seine Untaten.« Sperl schaute Radek traurig an, legte die Zeitung beiseite und deutete aus dem Fenster auf den Hauptplatz. »Haben Sie gesehen, wie die Leute herumschleichen? Als würde alle das schlechte Gewissen drücken.«

Radek nickte.

»Wie sollen wir jetzt weiterleben? Schauen Sie nur: Dort gehen die Ducker.« Er zeigte auf zwei Frauen, die sich beeilten, vom Parkplatz zum Kaufhaus Kroner zu kommen. »Die ducken sich jetzt noch tiefer, weil sie sich dafür schämen, dass sie über all die Jahre weggeschaut haben. Sie haben gewusst, was passiert, aber nichts gesagt. Der Baron sitzt mit seinen engsten Kumpanen in Haft. Doch viele seiner Mitläufer verkriechen sich und haben Angst, dass die Polizei sie holt. Die haben sich zwar beteiligt, sind jedoch nicht ganz so schuldig, dass sie dafür ins Gefängnis kommen.«

Sperl zündete sich eine Zigarette an.

»Und da drüben laufen die Sieger.«

Pater Georg verließ in diesem Moment mit Sabine Darovec das Pfarrhaus.

»Die fühlen sich moralisch im Recht, weil sie sich gewehrt haben.«

Er trank einen Schluck von seinem Kaffee.

»Der Baron ist weg, doch die Gegensätze bestehen weiter, nur umgekehrt. Es ist zwar gelungen, uns von der Willkür des Barons zu befreien, aber jetzt müssen wir lernen, mit dieser Freiheit umzugehen. Die Gesellschaft im Dorf ist zerstört, das war sie auch früher schon. Es wird Jahre dauern, bis wir uns wieder in die Augen sehen können, und Generationen, bis die Kluft zwischen uns geschlossen ist. Das ist also das Ergebnis der Gerechtigkeit. Früher verursachte die Tyrannei des Barons die Finsternis, jetzt sind wir es selber.«

Sperl schien mehr zu sich selbst zu sprechen als zu Radek.

»Und was machen wir mit denen, die jetzt im Gefängnis sitzen und irgendwann wieder herauskommen? Was, wenn der Baron zurückkommt?«

Der Polizist wusste nicht, ob Sperl eine Antwort erwartete, gab sie ihm aber trotzdem. »Wenn Lenkstein und die anderen aus dem Gefängnis kommen, wird es nicht mehr so sein wie früher. Sie werden keine Macht mehr haben. Und sie werden auch keine mehr bekommen, wenn ihr es nicht gestattet. Ihr habt euch gegen die Unterdrückung des Barons gewehrt und sie beendet. Es liegt an euch, die Gemeinschaft im Dorf neu zu gestalten. An Ihnen und an den anderen.«

Sperl zweifelte daran. »Jetzt ist Lenksteins Frau mit ihren Kindern auf der Burg«, sagte er. »Sie glaubt nicht an die Schuld ihres Mannes. Klar wusste sie von seinen Eskapaden und seinen Machenschaften. Aber das gesamte verbrecherische Ausmaß, das ihm zur Last gelegt wird, will sie nicht wahrhaben. Sie hält es für eine Verschwörung der Dorfgemeinschaft. Sie denkt, das Dorf habe sich gegen den Baron zusammengetan, um ihn loszuwerden. Obwohl er sich so gut um uns gekümmert habe. Sie hält uns für undankbar.«

Wieder lächelte er dieses traurige, hoffnungslose Lächeln.

»Die Lenkstein hat die Geschäfte ihres Mannes übernommen und führt den Betrieb weiter. Steininger steht ihr dabei zur Seite. Immer noch die graue Eminenz im Betrieb wie damals beim Baron. Es ist ihm egal, wem er dient, Hauptsache, die Kohle stimmt. Ein vollkommener und nahtloser Übergang, in allen Bereichen. Früher haben wir den Herrn Baron hofiert, jetzt die Frau Baronin. Also, was hat sich verändert? Nichts!«

Radek schüttelte den Kopf. »Doch, eines hat sich geändert«, entgegnete er. »Ihr habt den Lenksteins gezeigt, dass ihr euch nicht mehr alles gefallen lasst. Das Mittelalter und die Untertänigkeit sind vorüber. Wenn die Frau klug ist, wird sie sehr schnell erkennen, dass ihr Mann das Arschloch war, nicht die Leute im Dorf. Ihr habt euch gewehrt. Und ihr werdet euch auch in Zukunft wehren.«

Sperl war skeptisch. »Da bin ich mir nicht so sicher. Es sind nur wenige aufgestanden, die meisten haben das Maul gehalten. Das wird auch weiterhin so sein. Die Alten sind das Buckeln gewohnt.«

»Dann werden die Jungen eure Zukunft sein. Klärt sie auf über das, was der Baron mit dem Dorf gemacht hat. Haltet die Erinnerung daran am Leben. Macht sie widerstandsfähig gegen die falschen Verlockungen. Das süße Leben, das der Baron ihnen versprochen hat, war in Wirklichkeit eine bittere Droge. Es gibt noch andere Möglichkeiten eines sinnvollen Lebens.«

»›Bleibt wachsam und wehret den Anfängen.‹« Sperl konnte seinen Zynismus nicht verbergen. »Ich wusste gar nicht, dass Sie ein Moralist sind.«

»Bin ich auch nicht. Wie dem auch sei: Als wir damals im Auto saßen, sagten Sie mir, dass ich bald wieder weg sei, Sie aber müssten weiterhin hier leben. Das gilt immer noch. Allerdings gibt es jetzt die Chance auf einen Neubeginn. Es liegt am Dorf, ob diese Chance genutzt oder vergeben wird.« Radek hatte das Gefühl, zu viel gesagt zu haben. Es lag nicht in seiner Absicht, mit guten Ratschlägen um sich zu werfen. Er trank seinen Kaffee aus.

»Danke für das, was Sie getan haben.« Sperl reichte Radek zum Abschied die Hand. »Was immer am Ende des Tags dabei herauskommt: Ohne Sie hätte sich nie etwas verändert.«

Radek ging. Carina tat sehr beschäftigt, nuschelte einen Gruß und vermied es, ihn anzusehen.

Sperl blieb nachdenklich am Tisch sitzen.

Draußen auf dem Hauptplatz waren mittlerweile mehr Leute unterwegs als zuvor. Die Glocke des Kirchturms schlug 15 Uhr. Zeit, sich auf den Heimweg zu machen. Eine angenehme Fahrt nach Hause stand Radek bevor.

Die milde Herbstsonne zeigte sich nach einer langen trüben Zeit wieder gnädig mit den Menschen.